ちくま学芸文庫

ロシア中世物語集

中村喜和 編訳

最初の戦闘でポーロヴェツの幕舎を襲ったイーゴリ勢
(15 世紀末の年代記写本中のさし絵,『イーゴリ軍記』参照)

目次

叙事詩と軍記物語

世相物語

本文中の「……」は省略を示す。
〔　〕は訳者の挿入を示す。

ロシア中世物語集

年代記

原初年代記（抄）

これは、ルーシの国がどこから出たか、だれが最初にキーエフに君臨したか、そしていかにルーシの国が興ったかについての、過ぎし年月の物語である。

〔スラヴ人の起源〕

さて、物語をはじめよう。

大洪水[1]ののちノアの子セム、ハム、ヤペテの三人は土地を分け合った。東はセムのものとなり……ハムには南の国が与えられ……北と西の国々はヤペテのものとなった……ヤペテの領分にはルーシ人、チュージ人[2]とあらゆる異教徒メーリヤ、ムーロマ、ヴェーシ、モルドワ、連水陸路[3]のかなたのチュージ、ペールミ、ペチョーラ、ヤーミ、ウグラー、リトワ、ジミゴラ、コールシ、レトゴラ、リーヴが住んでいる。リヤフ人、ならびにプルシア人、チュージ人はワリャーグの海に面して住んでいる。この海のほとりに住むワリャーグ人は、ここから東にむかってセムの境界までひろがり、また西へは、おなじ海にそってアングルとヴォロフの国まで住んでいる。次の者たちもヤペテの後裔である――ワリャーグ人、スウェード人、ノルマン人、ゴトランド人、ルーシ人、アングル人、ガリア人、ヴォロフ人、ローマ人、ドイツ人、フランス人、ヴェネツィヤ人、ジェノア人その他。彼らは西から南にかけて住み、ハムの諸族と境を接している……

塔(4)の崩壊と民族の分離ののち、セムの子らは東の国々を、ハムの子らは南の国々を取った。またヤペテの子らは西と北の国々を手に入れた。スラヴ人はこの七十二の民族のうちのひとつで、ヤペテの一族に属していた。ノリクがすなわちスラヴ人なのである。

それからはるかのちになって、スラヴ人は、今ウグル(5)とブルガル(6)の国があるドナウのほとりに住むようになった。そしてスラヴ人の子孫はこの地方一帯に分散し、それぞれ居を定めた場所にしたがって、固有の名で呼ばれるにいたった。すなわち、ある者はモラワという川のほとりに来て住みついたのでモラヴィア人と呼ばれ、他の者はチェク人と名づけられた。おなじスラヴ人のなかに、白クロアチア人、セルビア人、スロヴェニア人もいた。ヴォロフ人がドナウ河畔のスラヴ人に攻撃をしかけ、彼らのあいだに住みついて圧迫を加えたとき、そのスラヴ人たちはヴィスラ川のほとりに移り住んで、リャフ人と呼ばれた。このリャフ人のうち一部はポリャーニンと名づけられ、他のリャフ人のある者はルチチ、ある者はマゾヴィアン、またある者はポモリャーニン人と呼ばれた。

おなじようにスラヴ人はドニエプル川のほとりにも移り住んで、ある者はポリャーニンと名づけられ、ある者は森のなかに住んだのでドレヴリャーニンと名づけられた。ほかのスラヴ人はプリーピャチ川とドヴィナ川のあいだの地を占めて、ドレゴヴィチと名づけられた。またある者はドヴィナ河畔に定住して、ポロチャーニンと名づけられた。それはドヴィナにそそぐポロタという名の小川にちなんだもので、そこからポロチャーニンと呼ばれたのである。スラヴ人はイリメン湖のまわりにも住みつき、本来のスラヴ人の名で呼ばれた。彼らは町をつくり、それをノヴゴロドと名づけた。またある者はデスナ川やセイム川やスーラ川のほとりに住んで、セヴェリャーニンと名づけられた。スラヴ族はこのように分かれ、その名によって言葉もスラヴ語と呼ばれた……

ラジミチとヴャチチはリャフ人から出た。リャフ人のなかに二人の兄弟がいて、ひとりはラジム、もうひとりはヴャトコといった。ラジムはソージ川のほとりに移り住み、ラジミチはその名を彼から得た。一方ヴャトコは一族をひきいてオカ川のほとりに住みつき、ヴャチチは彼の名にちなんで呼ばれるようになった。ポリャーニン、ドレヴリャーニン、セヴェリャーニン、ラジミチ、ヴャチチ、クロアチアの諸族は平和のうちに暮らしていた。ドゥレーブ人は今ヴォルィニャーニンのいるブーグ川のほとりに住み、ウーリチ人とチーヴェレツ人はドニエストル川のほとりに住んで、ドナウと境を接していた。彼らの数は多く、ドニエストルにそって海までひろがっていた。彼らの町々は今にいたるまで残っている。ギリシア人が彼らを大スキチアと呼んだのはこのためである。

〔スラヴ人の異教的風習〕

彼らは固有の慣習と父祖の掟と伝承をもち、それぞれ独自の習俗を保っていた。ポリャーニン族はその祖先から伝わる温順で平和な気風をもち、わが子の嫁や自分の姉妹、母親や父親を尊敬し、嫁は夫の両親と兄弟をふかく敬っていた。婚礼のしきたりもあった。すなわち、花婿が花嫁を迎えにゆくことはなく、花嫁が夕方花婿のもとへ連れてこられ、翌朝嫁入支度が運ばれてくるのであった。一方、ドレヴリャーニン族はけだもののような風習になずんで暮らし、家畜さながらの生活をしていた。たがいに殺し合い、あらゆる不潔なものを食べ、婚礼というものはなく、掠奪によって娘たちをさらってくるのであった。ラジミチ族もヴャチチ族もセヴェリャーニン族も同一の慣習をもっていた。彼らはすべての野獣同様森のなかに住んで、あらゆる不潔なものを食べ、父親や嫁のまえで卑猥な言葉を吐いた。彼らのもとには婚礼はなく、村々のあいだで歌垣《イーグリシチェ》を催した。人々は踊りやあらゆる悪魔的な歌を楽しむためにこの歌垣に集まり、そこで男たちはだれでも話のついた女を連れ去った。彼らは二人あるいは三人ずつの妻をもっていた。人が死ぬと故人のために供養《トリーズナ》を行ない、そのあとで大きな薪の山をつくり、その上に死者をのせて焼き、それから骨を集めて小さな壺に収め、それを路傍の柱の上にのせた。ヴャチチ族は今でもこうしている。この風習はクリヴィチや他の異教徒のもとにもあった。彼らは神の掟を知ら

異教的な歌垣での踊り
(『原初年代記』，15 世紀末の年代記写本中のさし絵)

ず、自分で掟をつくっていたのである……

〔ワリャーグ人の招致〕

六三六七年（八五九年）　ワリャーグが海のかなたから、チュージ、スラヴ、メーリャおよびすべてのクリヴィチに貢税を課した。またホザール(7)はポリャーニン、セヴェリャーニン、ヴャチチに貢税を課し、一戸について銀貨一枚とりすの毛皮一枚ずつを徴収した。

六三六八年(8)（八六〇年）

六三六九年（八六一年）

六三七〇年（八六二年）　ワリャーグ人を海のかなたに追いはらい、彼らに貢税を与えず、自らの手で治めはじめた。しかし彼らのなかには正義がなく、氏族同士が対立し、そのあいだに内紛が生じて、たがいに戦いはじめた。そこで彼らはこう言い合った。「われらを治め、法にしたがって裁く公を探そうではないか」と。そして彼らは、海のかなたのワリャーグであるルーシのもとへおもむいた。そのワリャーグたちはルーシと呼ばれていたのである。あたかも一部のワリャーグがスウェードと呼ばれ、ある者はノルマンとかアングルとか名づけられ、またある者はゴートと呼ばれているように、彼らはそう呼ばれていた。ルーシにむかって、チュージ、スラヴ、クリヴィチおよびヴェーシの諸族が言った。「われらの地は広大で豊かであるが、そこには秩序がない。われらの上に君臨し、支配するために来たれ」と。そこで三人の兄弟がその氏族とともに選ばれ、彼らは全ルーシをひきいてやってきた。長兄のリューリクはノヴゴロドに、次のシネウスはベロオーゼロに、三番目のトルーヴォルはイズボールスクに居を定めた。そしてこれらのワリャーグからルーシの地はその名を得た。現在のノヴゴロド人はワリャーグ一族から出ているが、以前彼らはスラヴ人だったのである。二年後にシネウスとその弟トルーヴォルが死んだ。そしてリューリクが全権をにぎり、家来のある者にはポーロツク、ある者にはロストフ、ある者にはベロオーゼロというように町々を分け与えた。これらの町々でワリャーグは外来者であった。ノヴゴロドの町の昔からの住民はスラヴ人であり、ポーロツクではクリヴィチ、ロストフではメーリャ、ベロオーゼロではヴェーシ、ムーロムではムーロマであった。そして今やリューリクがそれらすべてを支配するにいたった。

　リューリクのもとに、一族の者ではないが貴族の身分をもつ二人の家来がいた。彼らは自分の氏族をひきいてツァーリグラード[9]に行くことを願って許された。彼らはドニエプルによって出発し、川を下ってゆく途中で山の上に小さな町があるのを見て、「あれはだれの町か」とたずねた。人々は「昔、キイ、シチェーク、ホーリフという三人の兄弟がいた。彼らはこの町をつくったが、もう死んでしまった。われわれは彼らの一族であり、ホザール人に貢税を払っている」と答えた。アスコリドとジールはこの町にとどまり、多くのワリャーグを集めてポリャーニンの地を支配しはじめた。一方リューリクはノヴゴロドに君臨していた……

六三八七年（八七九年）　リューリクは死にのぞんで公位を自分の一族であるオレーグにゆずり、わが子のイーゴリを彼の手に委ねた。イーゴリはきわめて幼かったからである。

六三八八年（八八〇年）

六三八九年（八八一年）

六三九〇年（八八二年）　オレーグはワリャーグ、チュージ、スラヴ、メーリャ、ヴェーシ、クリヴィチの多くの戦士を引きつれて出陣し、スモレンスクにはクリヴィチとともに来襲して、町を奪い、家来たちを置いた。そこから川を下り、リューベチを奪って、ここにも家来たちを配置した。やがて彼らはキーエフの山に近づき、オレーグはアスコリドとジールがそこに君臨していることを知った。そこでオレーグは戦士たちを舟のなかにかくし、一部はあとに残して、自分は幼いイーゴリを抱いて近づいていった。戦士たちを舟のなかにかくしたままウグルの山のふもとまで来ると、彼はアスコリドとジールに使いを送って、「われらは商人であり、オレーグと公子イーゴリのもとからギリシアへおもむく途中である。同族のわれらのもとに来たれ」と言わせた。アスコリドとジールがやってくると、かくれていた戦士たちは残らず舟からとび出し、オレーグはアスコリドとジールにむかって「汝らは公ではなく、公の一族でもない。しかし予は公の一族である」と告げ、さらにイーゴリが前に連れ出されると、「これはリューリクの子である」と言った。こうしてアスコリドとジールを殺し、なきがらを山に運んで、山の上に葬った……

〔オレーグ公のギリシア遠征〕

六四一五年（九〇七年）　オレーグはイーゴリをキーエフに残し、ギリシアに対して遠征を行なった。彼は多くのワリャーグ、スラヴ、チュージ、クリヴィチ、メーリャ、ドレヴリャーニン、ラジミチ、ポリャーニン、セヴェリャーニン、ヴャチチ、クロアチア、ドゥレーブ、ならびに通訳として知られたチーヴェレッツの諸族をひきいていった。これらすべてがギリシア人から大スキチアと呼ばれていたのである。オレーグはこれらの全軍をひきつれ、馬と船とで出発した。船の数は二千であった。オレーグがツァーリグラードに到着すると、ギリシア人は金角湾を閉鎖し(10)、町をとざした。そこでオレーグは上陸して戦いはじめ、町のまわりで多数のギリシア人を殺戮し、多くの宮殿を打ちこわし、教会を焼いた。そしてつかまえて捕虜としたもののうち、ある者は斬り殺し、他の者は拷問にかけ、第三の者は射殺し、第四の者は海に投げこみ、その他ルーシは、普通仇敵同士がなすさまざまな悪をギリシア人に対して加えた。

それからオレーグは部下の戦士たちに車輪をつくり船をその上にのせるように命じた。風は順風であったので、彼らは帆を張り、野原から町にむかってすすみはじめた。ギリシア人はこれを見て恐れをいだき、オレーグのもとへ使者を送って、「町をほろぼさないでくれ。われらは汝の望むだけの貢物を与えよう」と言わしめた。そこでオレーグは戦士たちをとどめた。ギリシア人は彼に食物とぶどう酒を運んできたが、彼はそれを受取らなかった。それには毒が仕込んであったのである。ギリシア人は恐れて言った。「これはオレーグではない。聖デメトリオス(11)が神からわれらの敵として送られてきたのだ」と。それからオレーグは二千隻の船に対し、ひとりあたり十二グリヴナ(12)ずつの貢税を支払うことを要求した。一隻の船には四十人ずつの家来が乗っていた。

ギリシア人はこれに同意し、オレーグがギリシアの地を荒らさぬよう和を乞いはじめた。オレーグは町から少し退いて、ギリシアの皇帝レオンならびにアレクサンドロス(13)と講和を結び、首都の二人の皇帝のもとへ、カルル、ファルラフ、ヴェルムード、ルラーフおよびステミードを派遣して、「予に貢税を支払え」と言わしめた。ギリシア人は答えた。「汝の欲するものを与えよう」と。そこでオレーグは二千隻の船に対し橈の座ひとつごとに十二グリヴナずつ支払うことを要求し、さらにルーシの町々、第一にキーエフ、次にチェルニーゴフ、以下ペレヤスラヴリ、ポーロツク、ロストフ、リューベチその他の町々のために貢税を支払うことを求めた。これらの町には、オレーグにしたがう大公たちが坐していたのである。〔オレーグは次のことも要求した。〕「ルーシが来たときには、彼らに必要なだけの穀物を与えるべきこと。商人として来る者は、六カ月間月毎にパン、ぶどう酒、肉、魚、果物などの食料支給を受取るべきこと。彼らに欲するだけの入浴を行なわせるべきこと。

ルーシにむかって帰途につくときには、皇帝から道中用の食物、錨、綱、帆、その他必要なあらゆる物品を受取るべきこと。」ギリシア人はこれに同意し、皇帝とすべての貴族たちは言った。「ルーシが商品をもたずに来た場合には、月決めの食料支給を受けさせぬであろう。公は、こちらに来るルーシがわが国の村々で乱暴をはたらかぬよう、布告をもって禁ずるべきである。到着したルーシは聖ママス教会のわきに住まわせ、わが帝国政府は係りの役人を遣わして彼らの名を書きとらせ、それがすんではじめて、まずキーエフの町の者、次にチェルニーゴフの者、以下ペレヤスラヴリその他の町の出身者に、月決めの食料を支給する。町へはいるときには、武器をもたせず、一度に五十人ずつ、皇帝の家来の付添いのもとにひとつの門だけを通らせ、必要なだけの売買を行なわせて、いかなるものについても取引税は取り立てぬこととする。」

　皇帝レオンとアレクサンドロスはオレーグと講和を結び、貢税を支払うことを約束して相互に誓いを立てた。自らは十字架に口づけし、オレーグとその家来たちにはルーシの掟にしたがって誓わせた。彼らはおのれの武器にかけて、おのれの神ペルーン[14]にかけて、さらに家畜の神ヴォロースにかけて誓い、講和を確認した。

　それからオレーグは「ルーシ族のために錦の帆を、スラヴ族のために絹の帆を縫え」と要求した。要求は容《い》れられた。そこでオレーグは勝利のしるしにおのれの楯を城門にかけ、ツァーリグラードを出発した。ルーシは錦の帆を張り、スラヴは絹の帆を張ったが、風がスラヴの帆を裂いてしまった。スラヴ人たちは言った。「われらは粗布の帆を出そう。スラヴには錦の帆をくれなかったのだから。」かくてオレーグは、金や錦や果物やぶどう酒やその他あらゆる装飾品をたずさえてキーエフに着いた。人々はオレーグを霊妙なる者と名づけた。彼らはまだ異教徒であり、無知だったのである……

〔オレーグ公の死〕

六四二〇年（九一二年）……オレーグはキーエフに君臨し、すべての国々と平和を保ちながら暮らしていた。秋が来た。そしてオレーグはかつて飼養《しよう》に出したまま乗らずにいた自分の馬のことを思い出した。それというのも、以前彼が占い師や妖術師にむかって、「わしは何がもとで死ぬだろうか」とたずねたところ、ひとりの妖術師が「公よ、あなたは自分が愛して乗馬にしている馬のためになくなられるでしょう」と答えたからであった。オレーグはこのことが気にかかり、こう言った。「もう決してあの馬には乗るまい。これ以上見ないことにしよう。」そして馬にはえさを与え自分のまえにひいてこないように命じ、その馬を目にしないで数年を経て、やがてギリシアに遠征した。キーエフに帰ってから四年たち、五年目に、かつて占い師が自分の死の原因になると予言した馬のことを思い出したのである。そこで彼は馬丁長を呼んでたずねた。「わしが以前、えさを与えて大切にせよと命じた馬は今どこにいるか。」馬丁長は答えた。「死にました。」オレーグは笑ってくだんの妖術師を責め、「占い師などの言うことはあたらぬものだ。彼らは嘘ばかりついている。馬は死んだが、わしは生きているではないか」と言った。そしてその骨を見にゆくために、自分の馬に鞍を置くように命じた。例の馬の骨と頭蓋骨が野ざらしになっている場所まで来ると、オレーグは馬から下りて、笑いながら言った。「この頭蓋骨のために予は死ぬところだったのか。」そして足でその頭蓋骨をふんだ。するとそのなかから蛇が這い出して、彼の足をかんだ。それがもとでオレーグは病みついて、死んだ。すべての人々が彼をいたんで大声で泣き、なきがらを運んでシチェコヴィツァという山の上に葬った。彼の墓は今日まで残っており、オレーグの墓として広く知られている。彼の治世は全部で三十三年であった……

〔イーゴリ公の死とオリガ公妃の復讐〕

六四五三年（九四五年）　この年親兵隊がイーゴリに言った。「スヴェネリド[15]の従士たちは武具装束をまとっているが、われらははだかである。公よ、われらと貢税を集めにゆこう。公もわれらも利益を得るであろう。」そこでイーゴリは彼らの言葉にしたがい、ドレヴリャーニンのもとへ貢税を取りにゆき、以前からの貢税に新しい税を加え、家来たちとともに無理やりに取り立てた。貢税を集めおわると、彼は自分の町へむかった。しかし帰り道の途中で、しばらく思案してから親兵隊に言った。「貢税をもって家に戻れ。予は引き返してもっと集めよう。」イーゴリは親兵隊をさきに帰し、さらに多くの富を望んでわずかの従士とともに引き返した。ドレヴリャーニンたちはイーゴリが戻ってくることを聞き、おのれの公であるマールと相談した。「もし狼が羊の群を襲いつけたら、その狼を殺さぬ限り、群をすっかりくわえ出してしまうであろう。この場合もそうである。もし彼を殺さぬならば、彼はわれらすべてをほろぼしてしまうだろう。」そして彼らはイーゴリに使いを送って、「なぜ戻ってくるのか。貢税は残らず手に入れたではないか」と言わせた。だがイーゴリはその言葉を聞き入れなかったので、ドレヴリャーニン族はイスコーロステンの町から出撃して、イーゴリと親兵たちを殺した。彼らの数が少なかったからである。イーゴリは葬られ、その墓は現在にいたるまでドレヴリャーニンの地のイスコーロステンの町のほとりに残っている。

オリガは息子の幼いスヴャトスラーフとともにキーエフにいた。スヴャトスラーフの傅《もり》役《やく》はアスムードであり、総大将はムスチーシャの父のスヴェネリドであった。ドレヴリャーニンたちは「われらはルーシの公を殺した。彼の妻のオリガをわれらの公マールのために奪い取り、さらにスヴャトスラーフをとらえて、われらの思いどおりにしよう」と言い合った。そしてドレヴリャーニン族はその数二十人の重臣たちを船に乗せて、オリガのもとへ派遣した。彼らは船でボリチョーフの坂のふもとに着いた。なぜならそのころ川は、キーエフの山のわきを流れており、下町《ポドーリエ》には人が住まず、山の上に住んでいたからである。キーエフの町は現在ゴルジャータとニキーフォルの邸《やしき》がある場所にあり、公の宮殿は町のなかで、今ヴォロチスラーフとチュージンの家のあるところにあった。一方、狩場は町のそとにあり、町のそとにはもうひとつの宮殿もあって、現在そこには聖母教会の裏手にあたる聖歌隊の唱導者の家が立っている。山の手を見下してその塔型《テレム》の宮殿があった——そこには石造の塔があったのである。

ドレヴリャーニンたちの到着がオリガに告げられた。オリガは自分のもとに彼らを呼び寄せて言った。「よき客人がまいられたもの。」ドレヴリャーニンは答えた。「后《きさき》よ、われらはただ今到着した。」オリガは彼らに「何のためにやってきたのか言うがよい」とたずねて言った。ドレヴリャーニンたちは答えた。「ドレヴリャーニンの地がわれらを派遣したのは、次のような口上を述べるためである。『われらは汝の夫を殺した。汝の夫は盗みかつ奪うこと狼のごとくだったからである。だがわれらの公たちは善良で、ドレヴリャーニンの地をよく治めてきた。われらの公マールの妻となれ』」と。ドレヴリャーニンの公はマールという名前だったのである。オリガは彼らに言った。「汝らの言葉はわらわの気に入った。わが夫はもはやよみがえらすことはできぬ。あす家臣たちのまえで汝らをもてなしたい。きょうは自分の船に戻り、船のなかで大いばりでやすむがよい。そしてあすの朝使いの者を遣わしたら、『われらは馬でもゆかぬし、歩いてもゆかぬ。船のままわれらを運んでいけ』と言うのじゃ。そうすれば船に乗せたまま汝らを運ばせるであろう。」そうして彼らを船に引きとらせた。オリガは一方、町のそとの塔のある邸のなかにふかい大きな穴を掘ることを命じた。翌朝オリガは塔に坐して、客を迎えにやった。使いの者が彼らをおとずれて、「オリガが汝らを盛大なもてなしに招いている」と言った。すると彼らは「われらは馬でも車でもゆかぬし、歩いてもゆかぬ。船のままわれらを運べ」と答えた。キーエフの者たちは言った。「われらは奴隷の身だ。われらの公は殺され、公妃は汝らの公にとつごうとしている。」そして彼らを船のまま運んだ。彼らは胸を大きな留金で締め上げ、片手を腰にあてがって、誇らしげにすわっていた。オリガのいる邸まで彼らを運んでくると、そのまま船もろとも彼らを穴のなかへ投げこんだ。オリガはのぞきこんで彼らにたずねた。「結構なもてなしではないか。」すると彼らは答えた。「これはイーゴリの死に方よりむごい」と。それからオリガは彼らを生き埋めにするように命じた。こうして彼らは埋められてしまった。

やがてオリガはドレヴリャーニンのもとへ使いを送って、「もし本当にわらわを求めるのであれば、大いなる名誉をもって汝らの公にとつげるよう、身分の高い者たちを派遣せよ。さもなくばキーエフの者たちがわらわを放さぬであろう」と言わせた。これを聞いてドレヴリャーニンは、自分たちの地を統治している要人たちを選び、オリガを迎えるために彼らを遣わした。このドレヴリャーニンたちが到着すると、オリガは「体を洗いきよめてからまいるがよい」と言って、入浴を命じた。浴室があたためられ、ドレヴリャーニン

オリガ公妃の復讐
使者を舟に乗せて運んでくるところと，オリガが穴のなかの使者たちに，「結構なもてなしではないか」とたずねるところが，いっしょに描かれている。
（『原初年代記』，15 世紀末の年代記写本中のさし絵）

たちはなかにはいって、体を洗いはじめた。するとその背後で浴室の扉がしめられ、オリガは扉のところから浴室に火をかけるように命じた。彼らはひとり残らずそこで焼け死んでしまった。

それから彼女はドレヴリャーニンに使いを送って、こう言わせた。「わらわはもはや汝らのもとにむかおうとしている。ついては夫が殺された町にたくさんの蜜酒を用意してほしい。亡夫の墓に涙をそそぎ、供養をいとなむであろう。」相手はこれを聞いてきわめて多量の蜜を集めて、蜜酒をつくりはじめた。オリガはわずかな親兵たちを引きつれて軽装で出発し、夫の墓のまえにやってくると、彼をしのんで泣いた。そして自分の家臣たちに大きな墓をきずくように言いつけ、きずきおわると、供養をとり行なうように命じた。そのあとで、ドレヴリャーニンたちが酒をのもうとして腰をおろすと、オリガは従士たちに命じて彼らの給仕をさせた。やがてドレヴリャーニンたちはオリガにたずねた。「汝を迎えるために派遣されたわれらの親兵隊はどこにいるのか。」オリガは答えた。「わらわのあとから夫の親兵隊とともに来るところである。」ドレヴリャーニンたちの酔いがまわったころ、オリガは従士たちにドレヴリャーニンの名誉を祝して乾杯するように命じ、自分自身はわきにはなれて、親兵隊にむかってドレヴリャーニンを斬り殺せと命令した。五千人のドレヴリャーニンが残らず殺された。オリガはキーエフに帰還し、残りのドレヴリャーニンを討つために軍勢を集めた。

六四五四年（九四六年）　オリガはその子スヴャトスラーフとともに多くの勇敢な戦士たちを集め、ドレヴリャーニンの地へ攻撃にむかった。ドレヴリャーニン族も彼女を迎えうった。両軍が衝突したとき、スヴャトスラーフはドレヴリャーニンめがけて槍を投げた。槍は馬の耳のあいだを飛んで、馬の足にあたった。スヴャトスラーフはまだ幼かったからである。スヴェネリドとアスムードは言った。「公はすでに口火を切られた。親兵隊よ、公のあとにつづこう。」ドレヴリャーニンの軍勢はうちやぶられ、敗走して町々にたてこもった。オリガは息子とともにイスコーロステンの町にむかって攻め寄せた。夫を殺したのはその町の住人たちであったからである。彼女は息子とともにその町を囲んでいたが、ドレヴリャーニンは、公を殺した自分たちが降伏すればどんな目に遭うかよく心得ていたので、町にたてこもり、町のなかから頑強に戦いをつづけた。オリガは一年間包囲をつづけたが、町をおとすことができなかった。そこではかりごとをめぐらし、町に使者を立ててこう言わせた。「汝らはいつまで籠城するのか。ほかの町々はすべてわが方に降伏して貢税を支払うことを約束し、すでにおのれの畑や土地を耕している。だが汝らは貢税をこばんで飢死することを望んでいるのである。」ドレヴリャーニンたちは答えた。「われわれは貢税ならば喜んで支払うであろう。しかし汝は自分の夫の仇討ちを望んでいるのだ。」そこでオリガは彼らに言った。「わらわはすでに最初と二度目に汝らの使いがキーエフに来たとき、それから三度目には夫の供養をいとなんだとき、夫の仇討ちを果たした。もはや仇討ちは望まない。その代りにいくらかの貢税を受取りたい。そして汝らと和を結べば、引きあげるであろう。」ドレヴリャーニンはたずねた。「汝はわれわれに何を望むか。われわれは喜んで蜜酒と毛皮を貢納するであろう。」オリガは言った。「今汝らのもとには蜜酒もなければ毛皮もない。汝らに求めるのはごく些細なものである。家ごとに三羽の鳩と三羽の雀を与えよ。わらわは夫のように重い貢税を課すことは欲しない。それゆえこのように些細なものを求めるのである。また汝らは籠城で疲れている。些細なものを求めるのはそのためでもある。」ドレヴリャーニンたちは喜び、家ごとに三羽の鳩と三羽の雀を集めて丁重にオリガのもとへ送りとどけた。オリガは彼らに言った。「さて、汝らはすでにわらわとわが子に服従した。町へ戻るがよい。わらわはあすここをはなれ、自分の町へ出発しよう。」ドレヴリャーニンは喜んで町に戻り、すべての人々にこのことを伝えた。町の人々は歓喜した。ところでオリガは、戦士たちにそれぞれ鳩あるいは雀を一羽ずつ分け与え、硫黄を小さな布切れにつつんでそれを糸で各自の鳩や雀にゆわえつけるように命じた。そしてたそがれがせまったとき、オリガは戦士たちに鳩と雀を放つように命令した。鳩と雀はそれぞれの巣、すなわち鳩は鳩小屋に、雀は軒下へと飛び去った。たちまちにしてここでは鳩小屋、かしこでは物置、またあるところでは小屋、あるところでは干草の山から火を発し、燃えぬ家とてなく、消すことはできなかった。すべての家から火が出たからである。人々は町から逃げ出したが、オリガは戦士たちに命じて彼らをとらえさせた。町を占領すると、それを焼きはらい、町の長老たちは捕虜とし、その他のある者は打ち殺し、他の者は家臣たちの奴隷にし、残りの者は貢税を支払わせるために残した。オリガは彼らに重税を課した。その三分の二はキーエフに行き、三分の一はヴィーシゴロドのオリガのもとへ送られた。ヴィーシゴロドはオリガの町だったからである……

〔スヴャトスラーフ公の生涯〕

六四七二年（九六四年）スヴャトスラーフ公は成長して丁年に達すると、多くの勇敢な戦士たちを集めはじめた。彼は豹のごとく軽快に歩きまわり、しばしば戦争を行なった。遠征におもむくときにも輜重隊《しちょうたい》をしたがえず、鍋をもち歩かず、肉は煮ることなく、馬肉であれ、野獣の肉であれ、牛肉であれ、細かくきざみ、炭火で焼いて食べた。また天幕をたずさえず、馬の腹掛けを敷き、鞍を枕にして寝た。彼の戦士たちもすべてそれにならった。彼はもろもろの国々に使いを送って、「これから汝らを攻撃にむかうであろう」と言わせた。

スヴャトスラーフはオカ川とヴォルガに遠征し、ヴャチチ族に出会った。彼はヴャチチにたずねた。「汝らはだれに貢税を与えているか。」彼らは「鋤一丁について一シチェリャーグ(16)ずつ、ホザールに払っている」と答えた。

六四七三年（九六五年）スヴャトスラーフはホザール族に対して遠征した。ホザールはこれを知って、おのれの公であるカガーンとともに迎えうった。両軍が衝突して戦闘が行なわれたが、スヴャトスラーフはホザール[17]を打ちやぶり、彼らの町とベーラヤ・ヴェージャを占領した。ヤース族とカソーグ族も打ち負かした。

六四七四年（九六六年）スヴャトスラーフはヴャチチをやぶり、彼らに貢税を課した。

六四七五年（九六七年）スヴャトスラーフはドナウ河畔のブルガル人に対して遠征を行なった。両軍が相戦い、スヴャトスラーフはブルガル人を打ちやぶってドナウ河畔の八十の町を占領し、ギリシア人から貢税を徴収しながら、その地のペレヤスラヴェツに坐して君臨した。

六四七六年（九六八年）ペチェネーグ人[18]がはじめてルーシの地へ攻め寄せた。しかしスヴャトスラーフはペレヤスラヴェツにあったので、オリガは孫のヤロポールク、オレーグ、ウラジーミルとともにキーエフの町に立てこもった。ペチェネーグは大軍をもって町を取りかこんだ。町のまわりのペチェネーグはかぞえきれぬほど多かった。町から出て行くことも、使いを送ることもできなかった。人々は飢えと渇きのために弱っていった。ドニエプルのむこう岸の人々が船に乗って集まり、対岸に陣を布いた。しかし一兵たりとも、キーエフの町へはいって来ることも、町から彼らのもとへ出て行くこともできなかった。町の人々は悲しんで言った。「だれか対岸にたどりついて、彼らにこう告げられる者はいないだろうか。『もし汝らがあすの朝になっても町に近づいてこないならば、われわれはペチェネーグに降伏するであろう』と。」するとひとりの若者が「自分が行こう」と申し出た。人々は「行け」と言った。彼は馬勒《ばろく》をもって町をぬけ出し、「だれか馬を見た者はないか」と言いながら、ペチェネーグ勢のあいだを走っていった。彼はペチェネーグの言葉ができたのである。彼らはこの若者を味方と思った。若者は川に近づくやいなや、着物をぬいでドニエプルに飛びこみ、浅瀬を渡りはじめた。これを見たペチェネーグ軍は矢を射かけながら彼のあとを追ったが、どうすることもできなかった。対岸からはこれを見て、若者にむかって船をこぎ出し、彼を船のなかに引き上げて親兵隊のもとへ連れていった。若者は彼らに言った。「もし汝らがあすの朝までに町へ近づかなければ、人々はペチェネーグに降伏しようとしている。」プレチッチという名の隊長は言った。「あす船に乗って出撃し、公妃と公子たちを救い出し、こちら側へお連れしよう。もしそうしなかったら、スヴャトスラーフはわれらを殺すであろう。」あくる朝の明け方近く、人々は船に乗り、さかんにラッパを吹き鳴らした。町の人々もときの声をあげた。ペチェネーグはスヴャトスラーフ公が到着したと思いこみ、町からちりぢりに逃げ出した。そしてオリガは孫や家臣らとともに船まで出むいた。これを見てペチェネーグの公はただ一騎、隊長のプレチッチのところへ引き返してたずねた。「いったいだれが来たのか。」相手は彼に答えた。「むこう岸の者たちだ。」ペチェネーグの公はまたたずねた。「汝は公ではないのか。」プレチッチは答えた。「自分は公の家来で、先遣隊として来たのだ。あとから公のひきいる軍勢がやってくる。数限りない大軍だ。」敵をおどしてそう言ったのである。するとペチェネーグの公はプレチッチにむかって言った。「汝はわが友となれ。」彼は答えた。「そうしよう。」そして二人はたがいに手を差しのべ、ペチェネーグの公はプレチッチに馬と剣と矢を贈り、プレチッチは相手によろいと楯と太刀を与えた。こうしてペチェネーグ軍は町から退いた。だが町の人々は馬に水を飼うことはできなかった。ルイベジ川のほとりにまだペチェネーグがいたからである。

キーエフの人々は、スヴャトスラーフに使者を立ててこう言わせた。「公よ、汝は故国をすてて異郷の地を求め、異郷の地を守っている。だがペチェネーグ人はすんでのことでわれらを捕え、さらに汝の母や汝の子らをも捕えるところであった。もし汝が来てわれらを守らぬならば、今度こそわれらは捕えられるであろう。汝はおのが祖国、年老いたる母とわが子がいとおしくないのか。」これを聞いたスヴャトスラーフは、ただちに親兵隊とともに馬にとび乗ってキーエフに到着し、母と子に口づけして、ペチェネーグ人のためにおこったことを悲しんだ。それから戦士を集めてペチェネーグを曠野に追い、かくて平和が到来した。

六四七七年（九六九年）　スヴャトスラーフは母と貴族たちにむかって言った。「予はキーエフにとどまることを好まぬ。ドナウ河畔のペレヤスラヴェツに住みたい。それはわが領土の中心であり、そこにはあらゆる財宝、すなわちギリシアからは金、錦、ぶどう酒とさまざまな果実、チェクとウグルからは銀と馬、ルーシからは毛皮、蠟、蜜酒と奴隷が集まってくるからである。」するとオリガが彼に言った。「そなたも知ってのとおり、わらわは病んでいる。何ゆえにわらわのもとから去ろうと言うのか。」彼女はすでに重い病にかかっていたのである。そしてつづけて言った。「わらわを葬ってから、好きなところへ行くがよい。」

三日たってオリガは死んだ。息子と孫たちとすべての人々が彼女をしのんで大声で泣き、なきがらを運んで墓に葬った。オリガは自分のために異教風の供養をいとなまぬよう遺言していた。[19] 彼女は牧師をもっていたので、牧師が至福なるオリガを葬った……

六四七九年（九七一年）スヴャトスラーフがペレヤスラヴェツに行くと、ブルガル人は町に立てこもった。そしてスヴャトスラーフを迎えうち、はげしい戦闘がおこって、ブルガル勢が勝利を収めはじめた。そこでスヴャトスラーフは部下の戦士たちに言った。「これぞわれらの死にどころである。はらからよ、親兵たちよ、男らしく戦おう。」夕刻近く、スヴャトスラーフが打ち勝ち、突撃によって町を占領した。それから彼はギリシア人に使いを送って、「汝らを攻撃にむかい、この町とおなじように汝らの都を占領するであろう」と告げさせた。するとギリシア人は答えた。「われらは汝に刃向かうことはできぬ。それゆえ親兵隊全員のために、われらから貢物を取るがよい。頭数に応じて貢物を支払うので、汝らの数を知らせよ。」ギリシア人はルーシをだましてこう言ったのだ——現在にいたるまでギリシア人は嘘つきである。そこでスヴャトスラーフは彼らに答えた。「われらは二万人である。」これは一万人さばを読んだのである。ルーシは一万人しかいなかった。するとギリシア側は十万人を繰り出して、貢物は与えなかった。スヴャトスラーフはギリシア軍に立ちむかい、相手もルーシ軍に対してすすんできた。ルーシ勢は敵を見て、あまりの数の多さに恐れをなした。スヴャトスラーフは言った。「もはやわれらはどこにも逃げることはできぬ。是が非でも敵に立ちむかうのだ。ルーシの地をはずかしめず、この場に骨をさらそう。死ねば恥を受けることはない。もし逃げれば、恥をこうむるだろう。一歩もひかず、力の限り戦おう。予が汝らの先頭に立つであろう。予の首が落ちたら、自分の首に気をつけよ。」戦士たちは言った。「公の首が落ちたところに、われらのこうべを横たえよう。」こうしてルーシは戦《いくさ》の準備をととのえ、はげしい戦闘がおこった。そしてスヴャトスラーフが勝って、ギリシア軍は敗走した。スヴャトスラーフは敵と戦い町々を破壊しながら、ツァーリグラードへとむかった。これらの町々は今でも廃墟となって残っている。

皇帝は貴族たちを宮殿へ呼び集めて、彼らに言った。「どうしたらいいだろう。われらは彼に手向かうことができぬ。」すると貴族たちが皇帝に進言した。「彼に贈物を遣わされるがよいでしょう。金や錦が好きかどうかためしてみるのです。」こうして皇帝はある賢い家来に金と錦をもたせ、「彼の眼差と顔色と心のなかを見とどけよ」と言いふくめて、スヴャトスラーフのもとへ派遣した。彼は贈物をたずさえてスヴャトスラーフのもとに着いた。ギリシアの使いが挨拶にやってきたことが告げられると、スヴャトスラーフは言った。「ここへ通せ。」ギリシアの使者が通されて、公に頭を下げ、そのまえに金と錦を並べた。するとスヴャトスラーフはわきを見ながら、従士たちに「片づけよ」と命じた。使いの者が皇帝のもとへ戻ったので、皇帝はふたたび貴族たちを呼び集めた。使者は「スヴャトスラーフのところへ行って贈物を差し出すと、彼は見むきもしないで片づけさせました」と報告した。するとひとりの貴族が言った。「武器をおくってもう一度ためしてみるといいでしょう。」彼らはその言葉にしたがい、公に剣とその他の武器をおくることにし、彼のところへ持参させた。すると彼はそれらを手にとり、ほめそやしたり見ほれたりして、皇帝に挨拶を返した。使者はまた皇帝のもとに戻って、すべてをありのままに物語った。すると貴族たちは言った。「財宝には見向きもせず、武器を受取るとは、残忍な人物にちがいない。貢物を与えられるがいいでしょう。」皇帝は使いを立てて、「都へは来るな。望むだけ貢物を取れ」と言わせた。すでに彼はツァーリグラードに到達せんばかりだったからである。スヴャトスラーフに貢物が与えられた。彼は戦死者の分まで取り、「死者の一族の者に受取らせよう」と言った。スヴャトスラーフは多くの贈物をも受け、大いなる栄光とともにペレヤスラヴェツに帰還した。しかしおのれの親兵がわずかしかいないのを見て、心のなかで言った。「彼らは奸計を用いて予の親兵隊と予を打ち殺すかもしれぬ」と。

多くの者が戦闘でたおれたからである。そこで彼は言った。「ルーシに戻り、もっと多くの親兵たちを連れてこよう」……

スヴャトスラーフはギリシアと講和を結んでから、船に乗ってドニエプルの早瀬にむけて出発した。彼の父の総大将スヴェネリドが彼に言った。「公よ、馬に乗って早瀬を迂回されるがよい。早瀬にはペチェネーグが陣取っている。」しかし公はその言葉を聞き入れず、船に乗ってすすんでいった。ペレヤスラヴェツの者たちはペチェネーグに使いを送ってこう言わせた。「汝らのそばを通ってスヴャトスラーフがルーシに帰っていく。ギリシアから取った多くの財宝をたずさえ、無数の捕虜を連れているが、ひきいる親兵はわずかしかいない」と。これを聞いたペチェネーグは早瀬に待伏せた。スヴャトスラーフは早瀬に着いたが、通り抜けることはできなかった。そこでベロベレージェで冬を越すためにとどまったが、早くも食物がなくなり、馬の頭の値が半グリヴナにも達するような、はげしい飢えが襲った。スヴャトスラーフはここで冬を越した。春がおとずれた。

六四八〇年（九七二年）　スヴャトスラーフは早瀬へと出発した。するとペチェネーグの公クウリャが襲いかかり、スヴャトスラーフは討死した。彼らは、スヴャトスラーフの首を取って頭蓋骨で杯をつくり、金箔を張って、その杯で乾杯した。スヴェネリドはキーエフのヤロポールクのもとへ帰った。スヴャトスラーフの治世は全部で二十八年であった

……

〔ウラジーミル公の改宗〕

六四九五年（九八七年）　ウラジーミルは貴族と町の長老たちを呼び集めて、彼らに言った。「予のもとにブルガル人が来て、『われらの掟を受入れよ』とすすめた。それからドイツ人が来て、おのれの掟をほめそやした。そのあとでユダヤ人が来た。最後にギリシア人がやって来て、すべての掟をけなし、おのれの掟をたたえて、全世界の創世の物語を、この世の初めから縷々と話していった。彼らは言葉たくみに物語り、その話しぶりも実にみごとで、だれでも聞きほれてしまうほどである。彼らの話では、あの世というものがあるという。『われわれの信仰にはいった者は、死ぬとふたたびよみがえり、永遠に死ぬということがありません。ほかの教えにはいれば、あの世で火に焼かれてしまいます』と言うのだ。そこでおまえたちはどう考えるか、言ってみよ。」すると貴族と長老たちは答えた。「公よ、あなたも知っておられるように、だれでも自分のものはけなさず、ほめるものです。もしよくこころみたければ、あなたには家来たちがいるではないか。彼らを使いに出して、それぞれどのように神に仕えているか、彼らの勤行《ごんぎょう》をためしてみられるがよい。」この言葉は公とすべての人々の意にかない、彼らは十人の門地高く思慮ぶかい家来をえらんで、彼らに「まずブルガル人のもとへ行き、彼らの信仰をこころみよ」と命じた。彼らはでかけていき、むこうに着いて、彼らのけがれた行ないと回教寺院での礼拝ぶりを見て、自分の国に戻った。ウラジーミルは彼らに言った。「今度はドイツ人のところへ行っておなじように調べ、そこからギリシア人のもとへおもむけ。」彼らはドイツ人のところへ行って、彼らの教会での勤行を調べ、それからツァーリグラードへおもむいて、皇帝のまえに通された。皇帝は彼らが何ゆえにやって来たのかたずねた。彼らはすべてありのままのことを告げた。皇帝はこれを聞いて喜び、その日のうちに彼らを大いにもてなした。あくる日、皇帝は総主教のもとへ使いを送り、「ルーシたちがわれらの信仰をこころみるためにやって来た。教会と僧侶たちの支度をととのえ、自ら大僧正の袈裟をまとって、彼らにわれらの神の栄光を見せるがよい」と言わせた。この知らせを受けた総主教は、僧侶たちを呼び集めさせた。彼らは習わしどおりの祭日の儀式をあげて、香をたき、合唱隊を配置した。皇帝は使者たちとともに教会のなかにはいり、彼らを広い場所に立たせて、自らの神への奉仕について物語りながら、教会の美しさと聖歌の唱詠、総主教の勤行と輔祭たちの神前礼拝のさまを示した。使者たちは感嘆し、驚きのうちに彼らの勤行をたたえた。そこで皇帝バシレイオスとコンスタンチノス[20]は彼らを呼び寄せ、「自分の国に戻るがよい」と言って、高価な贈物と名誉を与えて退出せしめた。使者たちは自分の国へ帰った。

公は貴族と長老たちを呼び集めて、「使いに出した家来たちが戻ってきた。彼らから話を聞こう」と言い、使者たちにむかって、「親兵らのまえで語れ」と命じた。彼らは次のように語った。「われらはブルガル人のもとに行き、彼らが帯もしめずにモスクという寺院のなかで礼拝するのを見た。彼らは礼拝をおえると腰をおろし、まるで気違いのようにあちらこちらを眺めまわしていた。彼らのなかには陽気さはなく、あるのは悲しみと大いなる悪臭のみである。彼らの掟はよきものではない。ついでドイツ人のところへ行き、寺院のなかでさまざまの勤行を行なっているのを見た。だがそこにはいかなる美しさもなかった。それからわれわれはギリシア人のもとにおもむいた。彼らはわれわれを自分たちの神に仕える場所にみちびいたが、そのときわれわれは天上にいたのか、それとも地上にいたのか、わからなかった。地上にはあのような眺めも、あれほどの美しさもない。それは口では言い尽しがたい。われわれにわかっているのは、かしこでは神は人とともにあり、彼らの勤行は他のいかなる国のものよりもすぐれているということだけである。われらはあの美しさを忘れることができない。人はだれでも、ひとたび甘味を味わったあとでは、苦いものを口にすることはできない。おなじように、われらはもはやここで暮らすことはできない。」貴族たちは言った。「もしギリシア人の掟が悪いものであったならば、あらゆる人間のうちで最も賢明であったあなたの祖母のオリガは、それを受けなかったはずである。」ウラジーミルはたずねた。「どこで洗礼を受けようか。」彼らは「公の好む場所で」と答えた。こうして一年が過ぎた。

六四九六年（九八八年） ウラジーミルは軍勢をひきいてギリシア人の町コールスンへ押し寄せた。コールスンの住民たちは町に立てこもった。ウラジーミルは町から一射程の距離にある入江の反対側に陣取った。町の人々は出撃して懸命に戦ったが、ウラジーミルは町を包囲した。住民たちが疲労の色を見せはじめたとき、ウラジーミルは彼らに言った。「もし降伏しなければ、三年でも滞陣しよう」と。ギリシア人は公の勧めにしたがわなかった。そこでウラジーミルは陣立てをととのえ、城壁にむかって土手をきずくように命じた。土手がきずかれつつあったとき、コールスンの人々は城壁の下に坑道を掘り、積まれた土を盗んで、町のなかに運びこみ、町の中央に積み上げた。戦士たちはますます高く積み、ウラジーミルは包囲をつづけた。するとコールスンの住民で名をアナスタシオスという者が、次のような矢文を送って寄こした。「汝の背後の東の方に井戸がある。そこから管によって水が通じている。土を掘って水を奪え。」ウラジーミルはこれを聞くと、天を仰いで言った。「もしこのとおりになれば、予は洗礼を受けよう」と。そしてただちに管を掘り返すことを命じ、水を奪った。コールスンの人々は渇きに苦しみ、降伏した。ウラジーミルと親兵隊は町に入城した。そしてウラジーミルは、バシレイオスとコンスタンチノスの二人の皇帝に使いを出してこう言わしめた。「今や予は汝らの栄えある町を占領した。汝らは未婚の妹をもっていると聞く。もし彼女を予の后として与えなければ、汝らの町にもこの町になしたとおなじことをなすであろう。」これを聞いて皇帝たちは悲しみ、次のような返答を送ってきた。「キリスト教徒は異教徒に子女をとつがせることは許されない。もし汝が洗礼を受けるならば、后を得て、さらに天国をも継ぎ、われらとおなじ信仰をもつ者となるであろう。もし洗礼を受けなければ、妹を汝に与えることはできぬ」と。ウラジーミルはこれを聞いて、皇帝からの使者に言った。「皇帝にこう告げよ。『予は洗礼を受けるであろう。なぜならば、すでに予は汝らの信仰を調べ、われらの遣わした家来たちが物語った汝らの信仰と勤行は、予の気に入っているからである』と。」皇帝たちはこれを聞いて喜び、名をアンナという妹に承諾を懇願し、使者をウラジーミルに送って、「洗礼を受けよ。そうすれば妹を汝のもとに遣わすであろう」と言わせた。ウラジーミルは「汝らの妹とともに来る者をして予に洗礼をさずけしめよ」と答えた。皇帝はこれを聞き入れ、自分たちの妹と数人の高官ならびに司祭たちを派遣することにした。しかし彼女は行くことを望まず、「わらわは囚われに行くようなもの。ここで死んだほうがましじゃ」と言った。兄たちは彼女に言った。「神はそなたを通じて、ルーシの地を悔改めへとむかわしめられるであろう。そなたはギリシアの国を恐ろしい戦争から救うことになるのだ。ルーシがいままでいかばかりの災をギリシアにもたらしたかわからぬのか。もし今そなたが行かなければ、彼らはわれらにおなじことを繰返すであろう。」こうしてようやく彼女に承諾させた。彼女は船に乗り、泣く泣く肉親たちに口づけをして、海のかなたに出発した。コールスンに到着すると、住民たちが丁重に彼女を出迎え、町のなかへ案内して、宮殿に入れた。

神の思召しによって、このときウラジーミルは目を病みはじめ、何も見えなくなってしまった。公はひどく悲しんだが、どうしてよいかわからなかった。そこで皇女は彼のもとに使いを送って、「もし病気を治したかったら、すぐに洗礼を受けることです。さもなければ、病気は治りません」と言わせた。ウラジーミルはこれを聞いて、「もしそれが真実ならば、キリスト教徒の神はまことに偉大である」と言った。そして自らに洗礼をほどこすことを命じた。コールスンの主教は、皇女の僧侶たちとともに福音のおとずれを告げて、彼に洗礼をさずけた。主教が彼のうえに手をのせるやいなや、ウラジーミルは目が見えるようになった。ウラジーミルは病がたちまち癒えたことを知り、神をたたえて言った、「今こそ予はまことの神を知った」と。彼の親兵たちはこれを見て、多くの者が洗礼を受けた。

ウラジーミルが洗礼を受けたのは聖バシレイオス教会で、この教会はコールスンの町の中央、この町の住民たちが市《いち》をたてて取引きを行なう場所に立っている。ウラジーミルの宮殿は今日にいたるまで教会のわきに立っており、皇女の宮殿は祭壇の裏側にある。ウラジーミルが洗礼を受けてから、皇女が婚礼のために連れられてきた。真実を知らぬ人々は、ウラジーミルが洗礼を受けた場所はキーエフであると言い、他の人々はワシレフであると主張し、さらにほかの場所をあげる者もいる……

その後ウラジーミルは皇女とアナスタシオスとコールスンの僧侶たちを迎え入れ、同時に聖クリメント(21)とその弟子フォエブスの聖骨を受取り、自らの祝福のために教会の什器と聖像を手に入れた。そしてコールスンの山のうえに教会を建てた。それは町の者たちが土手から土を盗んで町の中央に積み上げた場所であった。この教会は今日まで立っている。ウラジーミルは出発にあたり、二個の銅製の彫像と四個の馬の銅像を手に入れてきた。これらは今でも聖母教会の背後に立っており、無智なる人々はそれを大理石製と考えている。ウラジーミルは皇女に対する結納としてコールスンをギリシア人に返し、自分はキーエフに戻った。キーエフに着くと異教の偶像を破壊するように命じ、あるものは打ちくだき、あるものは火にくべさせた。ペルーンの木像は馬の尾にゆわえつけ山のうえからボリチョーフの坂をルチャイ川に引き下すように命じ、十二人の家来をつけて笞《むち》で打たしめた。これは木に痛みをおぼえさせるためではなく、今までこのような姿をとって人々をまどわしてきた悪魔をはずかしめ、人々から報復を受けさせるためであった。主よ、汝は偉大なるかな。汝の御業《みわざ》の霊妙なるかな。きのうまで人からあがめられていたものが、きょうははずかしめを受けるのである。ペルーンがルチャイ川をドニエプルの方に曳かれていくと、信仰なき人々は泣き悲しんだ。彼らはまだ聖なる洗礼を受けていなかったからである。曳きおわってから、ペルーンをドニエプルに投げこんだ。ウラジーミルは見張りをつけて、こう命じた。「もしどこかで岸に流れ着いたら、突きはなせ。早瀬を過ぎたら、あとは放っておけばよい。」見張りは命じられたとおりにした。川を流していって早瀬を通り過ぎてから、偶像は風のために砂州に打ち上げられた。そのためそこはペルーンの砂州として知られるようになり、今でもそう呼ばれている。

それからウラジーミルは町中に使いを出してこう触れさせた。「あす川に来ない者は、富者であれ、貧者であれ、あるいは乞食であれ、奴隷であれ、予の不興を買うであろう。」人々はこれを聞いて喜び、「もしそれがよくないことであったならば、公や貴族たちは受けなかったはずである」と言いながら、すすんで出かけていった。翌日ウラジーミルが皇女づきの僧侶やコールスンの僧たちとともにドニエプルに出て行くと、数知れぬ群衆が集まっていた。彼らは流れのなかにはいり、ある者は首まで、他の者は胸まで水につかり、幼い者たちは岸の近くで胸までつかった。赤子を抱いている者もいた。大人たちは川のなかを歩きまわり、僧侶たちは立って祈りをささげていた……

ウラジーミルは教会を建てることを命じ、以前異教の偶像が立っていた場所ごとにそれを建立せしめた。かつてペルーンやその他の偶像が立ち、公と民衆がいけにえをささげていた丘のうえには、聖ワシーリイ教会を建てた。そしてもろもろの町に教会を建て、僧侶を置きはじめ、すべての町や村で人々に洗礼を受けさせた。また使いを出して、身分の高い者のもとから子供たちを集め、彼らに書物を学ばしめた。その子供の母親たちは、死者をいたんで泣くように、嘆き悲しんだ。彼らはまだ堅固な信仰をもたなかったからである……

〔皮なめしの若者とペチェネーグの勇士の一騎討ち〕

六五〇〇年（九九二年）　ウラジーミルがクロアチア族攻撃におもむいた。クロアチア人との戦争から戻ったとき、ペチェネーグの軍勢がドニエプルのかなたスーラ川の方角から押し寄せてきた。ウラジーミルは彼らに対して出撃し、現在ペレヤスラヴリの町があるトルベージ川の浅瀬近くで、敵と遭遇した。ウラジーミルはこちら岸に陣取り、ペチェネーグ勢は対岸にとどまって、たがいにあえて川を渡ろうとはしなかった。するとペチェネーグの公が川の近くに馬を乗り出し、ウラジーミルを呼び出して言った。「汝が家来を出し、予も家来を出して、二人に戦わせよう。もし汝の家来が勝ったら、三年のあいだ戦わぬこととしよう。もし予の家来が勝てば、三年のあいだ戦おう」と。こうして公たちはそれぞれの側に分かれた。ウラジーミルは味方の陣営に戻って、全陣営に触れ役を遣わし、「ペチェネーグの勇士と戦う者はいないか」とたずねさせた。どこからも名乗り出る者はなかった。翌朝ペチェネーグ勢があらわれ、彼らの勇士を連れ出したが、わが軍には相手に出る者がいなかった。ウラジーミルはこれを悲しんで、全軍に使者を遣わした。するとひとりの年老いた家臣が公のところへ来て、言った。「公よ、わたしの末の息子がひとりだけ家に残っている。わたしは四人の息子を連れて出陣したが、この子は家に置いてきた。子供のときからだれにも負けたことがない子で、あるときわたしが叱ったところ、皮をなめしていたこのせがれは腹を立てて、両手で皮を引きさいてしまった。」公はこれを聞いて喜び、彼を迎えに使いを出した。彼が公のもとへ連れてこられると、公は彼にすべてを語った。すると若者は答えた。「公よ、自分はその男の相手になれるかどうかわかりませぬ。ためしてみられるがよい。大きくて力のつよい牛はおりませぬか」と。やがて力のある大牛が見出されると、彼は牛を怒らせるように命じた。人々は牛の背なかに灼熱した鉄をおしつけてから、牛を放した。牛がかたわらを駆けぬけようとしたとき、彼は片手で牛のわき腹をつかみ、手でにぎれるだけ、肉ごと皮をむしりとった。公は彼に言った。「そちはやつの相手になれるぞ。」

翌朝ペチェネーグ勢があらわれて、「相手になる者はいないか。こちらは用意ができているぞ」と呼ばわりはじめた。ウラジーミルは若者に前夜のうちに武具を身につけるよう命じていた。そこで双方が立ちむかうことになった。ペチェネーグ勢は彼らの勇士を出してきた。彼は身の丈あくまで高く、恐ろしげな顔付きをしていた。ウラジーミルが家来を出すと、ペチェネーグの勇士は彼を見て、ニヤリと笑った。なぜなら、こちらは普通の背丈しかなかったからである。両軍の中間の場所をはかり、戦いをはじめさせた。二人は組み合うと、たがいに相手をつよく圧《お》しつけはじめたが、ウラジーミルの家来がペチェネーグの勇士を腕でしめ殺し、地上に投げつけた。叫び声があがった。ペチェネーグ勢は逃げ出し、ルーシ軍は彼らを打ち殺しながら追撃し、これを追いはらった。ウラジーミルは喜び、この浅瀬のわきに町をきずいて、それをペレヤスラヴリと名づけた。というのは、あの若者が「栄光《スラーヴァ》を得た《ペレヤー》」からである。ウラジーミルは彼とその父親を重く取り立てた。ウラジーミルは勝利と大いなる栄光とともにキーエフに帰還した……

〔ムスチスラーフ公とレデジャの一騎討ち〕

六五三〇年（一〇二二年）　ヤロスラーフがブレストにおもむいた。このときムスチスラーフはトムトロカーンにおり、カソーグ族[22]攻撃にむかった。これを知って、カソーグの公レデジャは対抗して兵を出した。両軍が対峙したとき、レデジャがムスチスラーフに言った。「何ゆえにわれらはたがいに親兵たちを死なせようとするのか。二人だけで勝負をつけようではないか。もし汝が勝てば、予の財産と妻子と領地を手に入れるがよい。こちらが勝ったら、汝のものをことごとく取るとしよう。」ムスチスラーフは「そうしよう」と答えた。レデジャはさらにムスチスラーフに言った。「武器を用いず、組打ちで戦おう」と。そこで二人ははげしい取っ組み合いをはじめ、長いあいだ戦っていたが、ムスチスラーフが疲労しはじめた。レデジャは大きくて力がつよかったからである。そのときムスチスラーフは「おお、いと清き聖母よ、助けたまえ。もし敵を打ち負かせたら、汝の御名をもつ教会を建立するであろう」と祈った。そう祈りおわってから、相手を地上に投げたおした。そして短刀を抜いて、レデジャを斬り殺した。それから彼の領地に攻め入って、その全財産と妻子を手に入れ、カソーグ人に貢税を課した。やがてトムトロカーンに帰り、聖母教会の礎をおいて教会を建立した。この教会は現在にいたるまでトムトロカーンに立っている……

〔ヤロスラーフ公の事績〕

六五四五年（一〇三七年）　ヤロスラーフが金門をもつ大いなる城壁の基礎をきずいた。また府主教座のある聖ソフィア教会の礎をおき、ついで金門上の教会——聖母受胎告知教会、さらに聖ゲオルギイ修道院と聖イリーナ尼僧院を建立した。公の治世にキリスト教の信仰は実りをもたらして広まりはじめ、修道僧の数も増して、もろもろの修道院が出現した。ヤロスラーフは教会の掟を好み、僧侶をふかく愛し、とりわけ修道僧をいつくしんだ。また書物に心をよせ、しばしば昼も夜も読書にふけった。さらにあまたの書き手を集め、ギリシア語からスラヴの言葉に翻訳した。彼らは多くの書物を書き写し、それを通じて信仰をもつ人々が教えを受け、神の訓導を享受しているのである。もしだれかが土地を耕し、第二の者が種をまくならば、第三の者はそれを刈り入れ、尽きることなき食物を食べるのであるが、ヤロスラーフの場合もそうであった。その父ウラジーミルは土地に犂を入れ、まぐわでならした——すなわち、洗礼によって光明を与えた。彼ヤロスラーフは、信仰をもつ人々の心に書物の言葉という種をまいた。そしてわれらは、今書物の教えを受け入れつつ、刈り入れを行なっているのである。

書物の教えから生ずる利益は大なるものがある。われらは書物によって悔い改めの道を示され、教えを受け、書物の言葉から叡智と節制を見出すのであるから。それは全世界を養う川である。それは叡智の泉である。書物の深さは測り知れない。われらは悲しみのなかにあって書物から慰めを受ける。それは節制の手綱である。叡智は偉大である。かつてソロモンはそれをたたえてこう言った。「われ智慧は忠言を吹き込み、分別と道理を呼び出せり。神を恐れることは……〔原文脱落〕わが忠言、わが叡智、わが信念、わが力なり。われによりて王者は政《まつりごと》をなし、強者は正義を定む。われによりて身分高き者はおごり、迫害をなす者は地を治む。われを愛する者は、われこれを愛す。われを求むる者は恵みを見出さん。(23)」もし書物のなかに努めて叡智を求めるならば、魂のために大いなる益を見出すであろう。しばしば書物を読む者は、神や聖者たちと言葉を交しているのである。預言者の説法、福音書と使徒たちの教え、聖父たちの伝記を読めば、魂のために大なる利益を得るであろう。

このヤロスラーフは、すでに述べたごとく、書物を好み、あまたの書物を書き写して、自ら建立した聖ソフィア教会にそれを収めた。公は聖ソフィア教会を金、銀およびもろもろの聖器をもって飾った。ここでは今もきまった時々に、定めの歌が神にささげられている。公はまた町々村々に教会を建て、僧侶をおいて彼らに自分の収入から給与を与え、しばしば教会に行って人々を教えるように命じた。それは神によって彼らに託された仕事であったからである。かくて司祭とキリスト教徒の数が増した。ヤロスラーフは多くの教会とキリスト教徒を見て歓喜した。一方、悪魔は新しくキリスト教徒になった者たちに打ち負かされて、歎き悲しんだ……

〔妖術師退治〕

六五七九年（一〇七一年）……グレープのとき、ノヴゴロドに妖術師があらわれた。彼は神をよそおって人々に語りかけ、ほとんど町全体をたぶらかして、自分は何でも残らず知っていると言いふらし、キリスト教の信仰をけなし、「万人の目のまえでヴォルホフ川を歩いて渡ってみせる」と豪語していた。こうして町に騒動がおこり、住民たちはすべて妖術師を信じて、主教を殺そうとした。主教は十字架をもち、袈裟を身にまとって、立ち上がって言った。「妖術師を信じたい者は、彼にしたがって行くがよい。神を信ずる者は、十字架に来たれ」と。人々は二手に分かれた。グレープ公とその親兵隊は主教のかたわらに来て立ち、すべての住民は妖術師にしたがった。かくて彼らのあいだにふかい反目が生じた。グレープはマントの下に斧をかくし、妖術師のところへ行ってたずねた。「おまえはあす何がおこるか、いやきょう夕方までに何がおこるか、知っているか。」相手は答えた。「何でも知っている。」グレープは言った。「きょうおまえに何がおこるか知っているか。」「大いなる奇跡を行なうであろう。」グレープは斧を取り出し、妖術師を一撃した。

彼は息絶えて倒れ、人々は分かれ散った。彼の肉体はほろび、魂は悪魔に委ねたのである……

聖者伝

フェオドーシイ聖人伝（抄）

命日五月三日　ペチェルスキイ修道院院長フェオドーシイ尊師の生涯

……キーエフの都から五十露里ほどはなれたところに、ワシレフという町がある。聖人《しようにん》の両親はこの町にあってキリストの教えを守り、あらゆる敬虔な行ないによって身を飾りながら暮らしていた。彼らはこの至福の赤子が生まれると、キリスト教徒の習わしにしたがい、名前をさずけてもらうため、八日目に嬰児を神の牧師のもとへ連れていった。司祭は一目見るなり、心眼をもって、この子が幼時から神に身をささげようとしていることを見ぬき、フェオドーシイという名を与えた(1)。そして四十日たつと、嬰児は洗礼によって浄められ、その後両親にやしなわれてすくすくと成長した。神の御恵みは彼とともにあり、聖霊は早くから彼のなかにやどっていた……

やがて聖人の両親は、クールスク(2)という別の町に移り住むことになった。それは公の命令であったが、むしろ神が、このけなげな少年の生活がここで光を放つことを望まれたためであった。あたかも明けの明星が、正義の太陽たる神キリストを待ちのぞむ多くの星たちをそのまわりにしたがえながら、東からさしのぼることがふさわしいように……

少年は成長するにつれて、神の愛に心をひかれるようになり、日ごと神の教会に通って、一心にとうとい書物の言葉に耳をかたむけた。そして世の常の幼い者たちのように、遊んでいる子供に近づこうとはせず、彼らの遊戯を忌みきらっていた。彼の衣服はいつもよごれてつぎがあたっていたので、両親はしばしば清潔な着物にきせかえ、ほかの子供たちのところへ遊びに行かせようとしたが、彼はその言いつけにしたがわず、貧乏人の子供のようなみなりをしていることを望んだ。その上、両親にむかって、聖書を学ぶため自分を教師につけることを願ったので、彼らはそのようにはからった。するとたちまち彼はそこに書かれてあることをすべて覚えてしまい、人々はみなこの子供の賢さと分別と、その急速な習熟ぶりに驚嘆した。彼がその勉学にさいして、教師のみならず、ともに学ぶすべての者に対して示した恭敬と従順の態度は、言葉をもって言い尽すことができぬほどであった。

このころ聖人の父がなくなった。至福のフェオドーシイはそのとき十三歳であった。このときから彼は、以前にもまして労働に精を出すようになった。奴婢たちといっしょに畑へ出て、あらゆる謙虚さをもって働き出したのである。しかし母親は労働を禁じて彼を引きとめ、晴着にきせかえて、同年輩の子供たちと遊ぶように命じた。「そんな姿《なり》をして出あるくと、自分ばかりか、家中の恥になるのです」と母親は言ってきかせた。だがフェオ

聖フェオドーシイ
(『フェオドーシイ聖人伝』, 13世紀の
聖像画, 部分)

ドーシイがいっかなその言葉にしたがおうとしないので、彼女はしばしばひどく腹を立てて、息子を打擲《ちょうちゃく》した。母親は体つきからして男のように頑丈で、力がつよかったからである。彼女の姿を見ないで話し声だけを聞いていると、だれでも男とまちがえるほどであった。

まもなくこのとうとい若者は、いかにすれば救いを得ることができるか、そのことを考えこむようになった。そのうち彼は、われらの主イエス・キリストがうつし身をもってあゆませたもうた聖地のことを耳にし、自らもその地をおとずれて礼拝することを熱望して、次のように神に祈った。

「わが主、イエス・キリストよ、わが願いを聞きとどけたまえ。あなたの聖なる地におもむき、歓喜をもってその地をあがめることを許したまえ。」

何回もそのように祈っているうちに、折よく巡礼たちがこの町へやってきた。至福の若者は彼らを見て胸をおどらせ、走りよって彼らのまえにひざまずき、うやうやしく口づけをしてから、彼らがどこから来てこれからどこへ行くのかたずねた。相手は、「われわれは聖地から来た者であるが、神の命ぜられるままに、これからそこへ戻ってゆくところだ」と答えた。聖人が、自分も彼らの仲間に加え、いっしょに連れていってくれ、と頼むと、巡礼たちは彼を仲間に入れることを承知し、聖地まで連れていってやると約束した。至福のフェオドーシイはその約束を聞いて喜び、ひとまず家に戻った。巡礼たちは出立の時がくると、若者にそのことを知らせてやった。そこで彼は夜になって起き上がり、着のみ着のまま、それも汚ない普段着のほか何ひとつもたず、だれにも告げず、ひそかに家を抜け出した。こうして彼は巡礼たちのあとを追った。

しかし慈悲ぶかい神は、彼がその母の胎内にいるときから神の羊たちの牧者たるべく定められた国を去ることを許されなかった。なぜならば、牧者が去ったあかつきには、神の祝福された牧場は荒れ果て、いばらやあざみが生いしげって、羊たちは四散してしまうからであった。三日たってから、聖人の母は息子が巡礼たちと出発したことを知った。そこですぐに至福のフェオドーシイの弟にあたる息子をひとりだけ連れて、彼のあとを追った。かなりの道のりを追いかけたすえ、彼女は巡礼たちに追いついた。怒りくるった母親は息子の髪をつかみ、地上に引きたおして、両足で彼をふみつけた。そして巡礼たちにはさんざん悪口をあびせ、息子をまるで罪人のように縛ったまま家に連れ戻した。彼女の怒りは非常なものだったので、家に着くと、へとへとになるまで息子を打ちすえた。それから彼を一室に連れてゆき、そこに縛りつけてとじこめ、その場を立ち去った。神のような若者はすべてこれらのことを喜びをもって受け入れ、神に祈りながらそのことを感謝していた。二日後に母親がやってきて、彼のいましめを解き、食物を与えた。それでもなお彼女の怒りは消えず、彼の足に鉄の鎖をつないで、ふたたび自分のもとから逃げ出すことがないように見張りながら、そのままの姿で出歩くことを命じた。彼は幾日もそうして歩きまわっていた。やがて母親は息子をふびんに思い、自分のもとから逃げないように懇々とさとしはじめた。彼女はほかのだれにもまして彼を愛しており、彼なしでは生きていけなかったからである。彼が母のもとを去らないと約束したので、彼女は息子の足から鎖をはずし、これからは望みどおりのことをしてもよいと言い渡した。そこで至福のフェオドーシイはかつての献身の生活に戻り、くる日もくる日も神の教会に通うようになった。

フェオドーシイは、聖餅《せいへい》が焼かれぬため教会の典礼にしばしばそれが欠けているのを見て、心からそのことを悲しみ、謙虚にもその仕事が自分の天職であると考え、実行に移した。こうして彼は聖餅を焼き、それを売りはじめた。かかった費用の上にもうけがあると、それを乞食たちに与えた。そして残りの金でふたたび麦を買い、自分の手で粉にひいて、また聖餅を焼いた。清純無垢な若者の手で焼かれた清らかな聖餅が神の教会にもたらされるように、神がかく望まれたのであった。こういうことが十二年(3)、あるいはそれ以上つづいた。彼とおなじ年ごろの子供たちは、そんな仕事をしているフェオドーシイをののしり、悪口をあびせた。彼らをそそのかしたのは、人間の敵である悪魔であった。聖人はこれらすべてのことを喜んで受け入れ、おとなしく黙々と耐えていた。もともと人の善を憎むよこしまな悪魔は、自分が神の御言葉を知った若者の謙虚さに打ち負かされるのを見て、彼にその仕事をやめさせようと躍起になった。そして母親をけしかけてその目的をとげようとした。母親は、自分の息子が人の物笑いのたねになっていることが耐えられず、彼にむかってやさしくこう言ってきかせた。

「せがれや、お願いだからあんな仕事はやめておくれ。おまえは家中の者に恥をかかせているのだよ。わたしは、おまえがあんなことをして自分を笑いものにしていると、みんなに言われるのが我慢できないのです。いい若い者があんな仕事をするのはみっともないことなのだからね。」

　至福の若者はへりくだって母親にこう答えた。

「お母さん、どうか聞いてください。主イエス・キリストは自ら貧しき者、いやしめられる者になり、われわれに対して、主のおんため自らをいやしめるように手本を示されました。主はまた悪口をあびせられ、唾をはきかけられ、顔をお打たれになりました。みんなわれわれを救うために忍ばれたのです。ですから、キリストを見出すために、耐え忍ぶということほどふさわしいことはありません。わたしのしていることは、お母さん、こういうことなのです。われらの主イエス・キリストは、御弟子たちと最後の晩餐をされたとき、パンをとってそれを祝福し、さいて御弟子たちに与えながらこう申されたのです。『取りて食《くら》え。これはわが体なり。汝らと多くの者の罪を許されんがために、さきたるなり。[4]』われらの主が自らパンをわが肉と呼ばれたものなら、主はわたしに御自分の肉を作ることを許されたのですから、わたしはむしろもっと喜ばなければなりません。」

　母親はこの言葉を聞いて息子の智慧に驚き、それからは彼の思うままにさせるようになた。

しばらくして彼は、主が聖なる福音書のなかで次のように語っておられることを聞いた。「父または母を捨てず、われにしたがわぬ者は、われにふさわしからず。(5)」また「すべて労する者、重荷を負う者、われに来たれ。われ汝らを休ません。われは柔和にして心ひくければ、わがくびきを負いてわれに学べ。されば魂は休みを得ん(6)」と。神霊に感じたフェオドーシイはこれを聞いて、神に対する献身と愛ととうとい息吹きに燃えたち、いかにして母親のもとをはなれ、どこへ身を隠すべきか考えつづけた。

あるとき神の思召しによって、彼の母が村へ出かけ、そこに幾日かとどまることになった。至福の聖人は時機の到来を喜び、神に祈りをささげて、体が弱らぬようにわずかのパンと着ているもののほかは何ひとつもたず、ひそかに家を出て、キーエフの町にむかった。そこにはいくつも修道院があることを以前耳にしたことがあったからである。彼は道を知らなかったので、自分の望んでいる道を教えてくれる同行者が得られるよう、神に祈った。すると見よ、神の御心によって、重い荷物をいくつもの荷車に積んでおなじ道をすすんでいく商人の一行があった。聖人は彼らの行先がおなじ町であることを知って、神をたたえ、相手に姿を見られぬよう、遠くからそのあとをつけていった。彼らが宿泊地につくと、彼らに気取られぬように聖人は手前で足をとめ、神だけに見守られながらそこで眠った。こうして三週間歩いて、さきに述べた町に到着した。町に着いてから、彼は修道僧になろうとして、すべての修道院をまわり、自分を受け入れてくれるように乞うた。人々は、この若者が田舎者でまずしい衣服を身につけているのを見て、彼を受け入れようとはしなかった。少年時代から神によって定められた場所に彼が導かれるために、神がかく望まれたのである。

このとき聖人は、洞窟のなかに住んでいる至福のアントーニイのことを聞き、喜びいさんでその洞窟へ出かけた。そしてアントーニイ尊者のもとに着いてその姿を見ると、ひざまずいて挨拶し、自分を手もとにおいてくれるよう涙ながらに懇願した。大アントーニイは彼をさとして言った。

「わが子よ、この洞窟が見えないのか。この場所は不便で、ほかのどこよりも狭い。おまえは若いから、こんな不便なところには耐えられぬだろう。」

このようにアントーニイが言ったのは、彼をためそうとしたばかりではなく、その炯眼をもって、将来この若者がきっとここに建物をつくり、多数の修道僧が集まってくるりっぱな修道院を創立するであろうことを見ぬいていたからでもあった。神霊に感じたフェオドーシイは、うやうやしく答えた。

「とうとい神父さま、すべてをお見とおしになる神が、わたしをあなたのところへ導かれ、あなたから救いを受けるようにお命じになったのです。ですから、あなたのお命じになることは、何でもいたします。」

そのとき至福のアントーニイは彼にこう言った。

「おまえをはげまし、かかる熱意をはぐくみたもうた神に御栄えあれ。おまえを入れてあげよう。ここにとどまるがよい。」

フェオドーシイはふたたびひざまずいて頭を下げた。アントーニイ老師は彼を祝福し、そこの司祭であるとともに練達の修道士でもあった大ニーコンに、フェオドーシイを剃髪するように命じた。ニーコンは至福のフェオドーシイを連れてゆき、聖父たちの習わしにしたがってその髪を切りおとし、修道士の僧服を着せた。〔それは六五四〇年（一〇三二年）、篤信なるヤロスラーフ・ウラジーミロヴィチ大公の御世のことであった。〕(7)

われらの父フェオドーシイは神とアントーニイ尊者にわが身を委ねた。そしてその日から肉体の労働に没頭し、くる夜もくる夜も眠気をはらいながら神をたたえて眠らずに過ごし、肉の欲望をおさえるために両手をうごかして仕事をつづけ、毎日詩篇のなかの「わが恭順、わが働きをかえりみ、わがすべての罪を許したまえ」(8)という言葉を思いおこしていた。こうしてあらゆる節制によって魂を安らかにし、労働と苦行によって肉体をさいなんだので、アントーニイ尊者と大ニーコンは、彼の従順と服従、若年の身での身もちの堅さ、ゆるがぬ決意と勇気に感嘆した。そして二人はこれらすべてのことについて、心から神をたたえた。

一方、聖人の母は、自分の町や近隣の町々をさんざん探したけれども、息子がどこにも見つからぬので、あたかも死者をいたむかのようにはげしくわが胸を打ち、息子を思って泣き暮らしていた。その地方のすみずみにいたるまで、これこれの若者を見かけた者はすぐにその母親に知らせること、その知らせに対しては多額の謝礼が与えられるであろう、という触れが出された。すると果たして、キーエフからやって来た旅人たちが彼女にむかって、「四年まえに彼がキーエフの町を歩きまわり、どこかの修道院で剃髪をうけようとしているところを見かけた」と告げた。これを聞いた母親は、取るものも取りあえず出立し、いささかの遅滞もなければ長旅にひるむ気色もなく、息子を探し出すためにキーエフの町へやって来た。町に着くと、彼女は息子を求めてすべての修道院をたずねてまわった。しばらくすると、彼がアントーニイ尊者の洞窟にいるという話が伝わってきた。彼女は息子を見つけようとしてそこをおとずれた。彼女は言葉たくみに尊者を呼び出そうとして言った。

「尊者がお出ましになるように、こうお伝えください。『わたしは長い道のりを歩きとおしてまいった者です。御挨拶をしてお話をうかがい、祝福をおさずけくださるようお願いしたいと存じます』と。」

この言葉が伝えられて、尊者が彼女のまえにあらわれた。彼女は尊者を見ると、ひざまずいて挨拶した。そして腰をおろすと、彼女は尊者にむかって長々としゃべり立て、しばらくしてから自分がたずねてきたわけを明らかにして言った。

「お願いでございます、神父さま。わたしのせがれがこちらにまいってはおりませんでしょうか。生きているかどうかもわからず、あの子のことが心配でならないのでございます。」

老師は素直な心の持主であったので、相手の企みには気がつかず、こう答えた。

「あんたの御子息はここにおります。心配するには及びませんぞ。りっぱに生きていますじゃ。」

彼女はまた尊者に言った。

「神父さま、どうしてあの子は見えないのでございましょう。せがれの姿を一目見たいばかりに、はるばる旅をしてこの町にやって来たのでございます。会えたらすぐに故郷の町へ戻るつもりです。」

尊者は彼女にこう答えた。

「御子息に会われたいのなら、今日は家に戻りなさい。あの子はだれにも会いたがらないので、わしがいって説き伏せておきましょう。あす来られたら、会えますぞ。」

彼女はこの言葉を聞くと、あすは息子に会えるという希望をもって帰っていった。アントーニイ尊者は洞窟にはいっていき、これらすべてのことを至福のフェオドーシイに告げた。フェオドーシイはそれを聞くと、もはや母親から身をかくすことができなくなったことを心から悲しんだ。翌日になると、彼女がまたやってきた。尊者は至福のフェオドーシイにむかって母親に会いにゆくよう熱心にすすめたが、彼はどうしても出てゆこうとしなかった。そこで尊者が出ていって、彼女に言った。

「会いにくるようにさんざん言って聞かせたのじゃが、彼は会うことを望んでおりませんわい。」

するとと彼女は、もはやへりくだった態度で尊者に話しかけようとはせず、はげしい怒りをこめてわめき立てた。

「何てひどいことをする坊さんだろう。わたしのせがれをひっぱりこんで、洞窟のなかにかくし、母親に会わせようともしないなんて。さあ、自分のせがれに会うんだから、ここへ連れ出してくだされ。もしあの子に会えなかったら、わたしは生きてはいられません。わたしがばかな死にかたをしなくてもすむように、息子を見せなされ。どうしてもあの子に会わせないというなら、わたしはこの洞窟の門前で自害して果てますぞ。」

アントーニイはすっかり困《こう》じ果て、洞窟にはいって、フェオドーシイに彼女のところへ出て行くように頼んだ。フェオドーシイは老師の言いつけにそむくことを恐れ、母親のまえに出ていった。

彼女は息子がひどくやつれているのを見ると——はげしい労働と節制のために彼の顔つきは変っていたのである——ひしと彼を抱きしめ、さめざめと泣いた。そしてやっと気をとりなおすと、腰をおろして、キリストのしもべをこう言っていさめはじめた。

「せがれや、家へ帰っておくれ。おまえの魂が救われるために何かしなければならないことがあったら、何でも思いのままに家でするがよい。ただわたしからはなれないでおくれ。わたしが死んで、なきがらを葬ってしまったら、望みどおりこの洞窟に戻ってきなさい。わたしはおまえの姿が見えないと生きていかれないのです。」

至福のフェオドーシイは彼女に答えて言った。

「もしわたしに毎日会いたいのなら、この町に来て、どこかの尼僧院にはいり、そこで剃髪をうけてください。そうすればここに来てわたしと会うことができますし、その上、魂の救済も受けられるでしょう。もしそうなさらなければ、もう決してわたしの顔を御覧になれないでしょう。」

このほかにもさまざま言葉を尽して、くる日もくる日も彼は母親を教えみちびこうとした。しかし彼女はどうしても息子の言葉にしたがおうとしなかった。そこで彼女が自分のところから戻っていくと、至福のフェオドーシイはいつも洞窟にはいって、母親の魂が救われ、彼女が素直な心に立ち戻ることを熱心に神に祈った。神はついにそのしもべの祈りを聞きとどけられた。これについて預言者はかつてこう述べている。「誠をもておのれを呼ぶ者に、神は近くましますなり。神はおのれを恐るる者の願いを満ちたらしめ、その祈りを聞きて、これを救いたもう[9]。」ある日、母親が彼をたずねてきて、こう言った。

「せがれよ、おまえに言われたことをみんな実行しましょう。もう家には戻りません。神さまの思召しどおり、尼僧院へ行って髪を切っていただき、余生をそこで過ごします。わたしはおまえに教えられて、束の間にすぎゆくこの世が空しいものであることがわかったのです。」

この言葉を聞いた至福のフェオドーシイは心から喜び、なかにはいって大アントーニイにこれを告げた。アントーニイはそれを聞いて、彼女の心をかかる悔改めへと向けられた神の御業《みわざ》をたたえ、彼女のところへ行って、魂の救済に役立つ多くのことを教えた。さらに彼女の話を公妃に知らせ、聖ニコラ尼僧院に彼女を入れた。そこで彼女は剃髪を受けて僧服を与えられ、善き信仰のうちに多くの年月を送ってから、安らかにこの世を去った。

以上がわれらの至福なる父フェオドーシイの少年時代から、聖人が洞窟にはいられたときまでの前半生である。聖人の御母がこれを、僧団の一員でわれらの父フェオドーシイの賄方《まかないかた》を勤めていたフョードルという者に語られたのであった。わたしはフョードルが話してくれるままにすべてこれらのことを聞きとり、これを読むすべての者が聖人の生涯を忘れることのないように、(10)こうして書きとめたのである……

かの神父たちが去ったのち、アントーニイ尊者の命令によって、われらの至福の父フェオドーシイが司祭に立てられた。フェオドーシイは毎日、比類のない謙虚さをもって神への勤行をとり行なった。なぜならば、彼は性格が温和で気立てがやさしく、心が素直であらゆる精神的な智慧をあふれるほどそなえ、すべての兄弟——すでに十五人もの兄弟たちが集まっていた――に対して、まじりけのない清らかな愛をいだいていたからである。

　アントーニイ尊者は今まで孤独な生活に慣れてきたので、大勢の僧団のざわめきや騒々しさに耐えかねて、洞窟のなかの一僧房にとじこもり、貴族ヨアンの息子の至福なるワルラームを自分の地位につけた。アントーニイはそこからさらに別の丘に移り、洞窟を掘って、そこから一歩も外へ出ずに暮らした。彼の清らかななきがらは今でもそこに横たわっている。まもなく至福のワルラームは、洞窟の上にとうとき聖母の名を冠した小さな教会を建て、神をほめたたえるために兄弟たちがそこに集まるように命じた。こうして今まで多くの者に知られなかった場所が、だれの目にもわかるようになった。

　洞窟のなかでの修道僧の生活が初めのうちいかなるものであり、場所が狭いために彼らがいかばかりの苦しみや不便を忍んだかは、神のみが知りたもうところであって、人間の口をもっては言い尽しがたい。その上、修道僧たちが口にするのは、ライ麦のパンと水だけであった。土曜と日曜には豆を食べたが、その日にしばしば豆がないこともあり、そういうときには野菜を煮て、それだけで食事をすませた。そのほか彼らは自分の手を用いて働いていた。あるときは靴や帽子を編み、あるときはそのほかの手仕事をした。出来上がったものを町へ運んで売り、その代金で麦を買って分け合った。そしてそれをパンに焼くため、各人がそれぞれの分け前を夜のうちに粉にひくのであった。それから朝の祈りをはじめ、それがすむと各人が手仕事をして働いた。野菜をつくるために畑を掘り返す者もいた。やがて賛美歌をうたう時刻になると、全員が教会に集まって時課をとなえたり、その他の勤行を行なったりした。それから少量のパンを食べ、ふたたび自分の仕事に戻った。こうして彼らは毎日労働にいそしみ、神の愛のうちに暮らしていたのである。

われらの父フェオドーシイは謙虚な心と従順さによって、献身においても、精進においても、肉体の作業においても、すべての者にたちまさっていた。彼は頑健強壮な体軀に恵まれ、水を運び薪を森から背負い出すときなど、だれにでもすすんで手を貸すことを惜しまなかった。夜はいつも眠らずに賛美歌をとなえていた。兄弟たちが休んでいるあいだに、至福のフェオドーシイは分配された小麦を取り出し、他人の分まで粉にひいて、それを元の場所に置いた。ときには、おびただしい虻や蚊の飛んでいる夜に、洞窟の上に出て腰まで肌をむき出しにしてすわり、靴を編むための毛糸を紡ぎながら、ダビデの詩篇を口ずさんでいた。虻や蚊の大群が彼の体をおおい尽し、肉をかみ、血をすすったが、われらの父は身じろぎもせず、朝拝の時刻がくるまでその場所から立ち上がらなかった。そしてだれよりも早く教会にあらわれ、じっと落着きはらっていつもの場所に立ち、勤行をおえてから、まただれよりもあとから教会を出るのであった。このためにすべての者が彼をふかく愛し、彼を父とあおぎながらその謙虚さと従順に驚嘆していた。

その後、洞窟の僧団の僧院長であった至福のワルラームが、公の命令によって聖殉教者デメトリオスの修道院に移り、そこの僧院長に任命された。そこで洞窟に住む修道僧たちは寄り集まり、全員の意志にもとづいて、われらの父フェオドーシイを僧院長に選んだことを、アントーニイ尊者に知らせた。フェオドーシイは修道僧の生活をまもり、神の掟をよく知っていたからである。

われらの父フェオドーシイは僧院長の職についてからも、それまで守ってきた謙虚な態度を変えず、「人もし頭《かしら》たらんと思わば、すべての人の後《しりえ》となり、すべての人のしもべたるべし(11)」という主の御言葉を片時も忘れなかった。以前とおなじように自分をいやしめ、だれよりも自分を小なるものとし、すべての者に仕えて、身をもって全員に範を示した。仕事につくときにも、聖なる礼拝に出席するときにも、いつも先頭に立っていた。このときから、義人の祈りによって、この修道院は栄え、ますます成長していった。「正しき者は棕櫚《しゅろ》の木のごとく栄え、レバノンの香柏《こうはく》のごとく育つべし(12)」と述べられたとおりであった。このとき以来修道僧の数はふえ、彼らのよき風習と祈りと敬虔な行ないによって、この地は繁栄にむかった。身分の高い人々の多くが、フェオドーシイの祝福を受けるためにおとずれ、その財産のわずかな部分を喜捨していった。

まことに地上の天使であり天上の人間であったわれらの父フェオドーシイ尊師は、この場所が不便で狭く、みんなが住むには窮屈であり、修道僧の数がふえるにつれて、教会も彼らが集まるには小さすぎることに気づいていた。しかし、そのことについては一度も悲しんだり嘆いたりせず、毎日兄弟たちをなぐさめ、肉体のことで思いわずらうなと教えては、次のような主の御言葉を思い出させていた。「何を飲み、何を食《くら》い、何を着んとて思いわずらうな。汝らの天の父はすべてこれらの物の汝らに必要なるを知りたもうなり。まず神の国を求めよ。さらばすべてこれらの物は汝らに加えられるべし。(13)」至福のフェオドーシイはこのように考えていたが、神は必要なすべての物を、惜しみなく彼に与えられたのであった。

やがて大フェオドーシイは洞窟からほど遠からぬところに空地を見つけ、そこが修道院を建てるのに充分な広さのあることを知った。そして神の御恵みによって資財を得ると、神に対する信仰と期待をもって身をかため、聖霊に満ちて、その場所に移るべく建物をたてはじめた。神が彼を助けられたので、フェオドーシイは日ならずしてその場所に、栄えある聖母にして永遠の処女マリアの御名をもつ教会を建立し、その周囲に垣をめぐらし、多くの僧房を設けて、六五七〇年(一〇六二年)、僧団をひきいて洞窟からこの場所に移った。その後、神の御恵みによってこの場所はますます大きくなり、りっぱな修道院になった。われらの聖なる父フェオドーシイによって建てられた修道院はペチェルスキイ(14)と呼ばれ、今に伝わっている。

しばらくして彼は僧団の兄弟のひとりをコンスタンチノープルの閹人《えんじん》エフレムのもとに遣わし、ストゥディオン修道院の規則をもれなく書き写してそれを自分のもとへ送らせることにした。この僧はわれらの父なる尊師から命ぜられたことをただちに果たし、修道院規則の全文を筆写して、われらの至福の父フェオドーシイのもとへ送った。フェオドーシイはそれを受けとると、僧団のまえで読み聞かすように命じ、それからは自分の修道院においては、何事につけてもストゥディオン修道院の規則にしたがうことにした。これは今でも変らず、彼の弟子たちはそれを守っている。

フェオドーシイは、修道僧になることを望んで自分のもとへ来る者があれば、たとえ貧乏人でもこれをこばまず、だれでもすすんで受け入れた。すでに述べたごとく、フェオドーシイ自身修道僧になろうとして故郷の町から出てきたとき、ありとあらゆる修道院をめぐりあるいて、どこでも受け入れてもらえなかった苦い経験があったからである（神が彼をためすためにそうされたのではあったが）。善良なフェオドーシイは、剃髪を望む者にとってそれがいかに辛いことであるかよくおぼえていて、すべての者を喜んで受け入れた。ただ志願者をすぐさま剃髪させることはせず、修道院の様子にすっかり慣れるまでは、普通の着物をつけているように命じた。それから修道士の僧服[15]をまとわせ、あらゆる勤行で相手をためしたのちにようやく剃髪を受けさせ、マンチヤをきせた。そして、やがて自らの[16]清らかな生活によって練達の修道僧たることが明らかになったとき、聖なるスヒーマの位を受けさせるのであった。

毎年、聖なる精進の四旬節[17]がくると、われらの聖なる父フェオドーシイ[18]は、今なおその清らかなむくろが横たわっている自分の洞窟に去り、そこに柳の週までひとりで引きこもった。そして、この週の金曜日の晩禱の時刻に兄弟たちのもとにあらわれ、教会の入口に立って、自分は彼らの長たるにふさわしくない、なぜならば、一週のあいだ彼らの労苦に匹敵することを為さなかったから、と言いながら、彼らの献身と精進をねぎらい、全員に教訓を垂れるのであった。

聖なる大アントーニイについて書かれているとおなじように、悪鬼どもはフェオドーシイに対しても、例の洞窟のなかでさまざまな妨害を加えたり、幻覚を示したりした。ときには彼の身に傷を負わせることすらあった。しかしアントーニイに姿をあらわして勇気を出せと命じられた神は、彼にもまた、悪鬼に打ち克つ力を天から目に見えぬようにさずけられた。あの暗い洞窟のなかにひとりとどまり、目に見えぬ悪鬼どもの大軍にびくともせず、神に祈りをささげ、主イエス・キリストの助けを求めつつ、戦さの勇者さながら、毅然たる態度を持したこの至福のフェオドーシイに驚嘆せぬ者があろうか。彼はキリストの御力によって悪鬼どもをうち負かしたので、彼らはもはやあえて彼に近寄ろうとはしなかったが、依然として遠くから、彼に幻覚を示してまどわそうとしていた。

あるとき、晩禱のおわったあとで、フェオドーシイが椅子に腰をおろして眠ろうとしていると——なぜなら、彼は決して身を横たえたことがなく、眠くなったときにはきまって椅子に腰をおろし、すこし眠るとふたたび夜の祈禱のために立ち上がり、ひざまずいて礼拝するのであった——彼がそのように腰をおろしたとき、突然洞窟のなかでおびただしい悪鬼どもの騒ぎたてる音が聞こえてきた。それはあたかも、ある者は車を乗りまわし、ある者は太鼓を打ちたたき、またある者は笛を吹き鳴らしながら、ひとり残らず叫び声をあげているかのようで、その大勢の悪鬼どもの騒ぎのために、洞窟も震動するかと思われた。だがわれらの父フェオドーシイはその物音を耳にしながら、いささかも恐れもおびえもせず、十字架の武器に身をかためて立ち上がり、ダビデの詩篇の一節をうたいはじめた。するとたちまちくだんの騒がしい物音は聞こえなくなってしまった。彼が祈りをおえて腰をおろすと、なんと、また前とおなじように数かぎりない悪魔どもの声がひびいてきた。そこでフェオドーシイ尊師がまた立ち上がって詩篇をうたいはじめると、すぐに彼らの声は止んだ。こうして悪鬼どもは幾日も幾晩もフェオドーシイを悩まし、すこしも眠るいとまを与えなかったが、ついに彼はキリストの御恵みによって彼らに打ち克ち、神から彼らに対する支配権を得たので、それからは至福のフェオドーシイが祈っている場所には、悪鬼どもがあえて近づこうとはしなくなった。

あるとき、悪鬼どもは僧団のパンを焼く部屋でまたいたずらを働いた。麦粉をまき散らしたり、パンをつくるために準備しておいたクワスをこぼしたり、そのほかかずかずのいたずらをしでかしたのである。そこでパン焼き係りの頭《かしら》が至福のフェオドーシイの前に出て、不浄の悪鬼どものいたずらを告げた。フェオドーシイは神から悪鬼に対する支配権をさずけられていることを心にたのみ、夕方になると、立ち上がってその部屋に行き、ドアを閉めきって、祈りをささげながら朝拝の時刻までそこにとどまった。そのとき以来、尊者の禁止と祈りにはばまれて、悪鬼どもはこの場所に二度とあらわれず、いたずらをすることもなくなった。

われらの偉大なる父フェオドーシイは、だれがどんな生活を送っているか知ろうとして、毎晩修道僧たちの庵室をくまなくめぐり歩く習慣があった。だれかが祈りをとなえる声が聞こえてくると、立ちどまってその者について神をたたえたが、二人あるいは三人がいっしょに集まって話をしているのが聞こえると、その部屋のドアを手でノックし、自分が来たことを知らせてその場を立ち去った。そして翌日になると、彼らを自分のもとへ呼び寄せるのであったが、すぐには相手の罪をとがめようとはせず、神に対する彼らの熱意を知るために、たとえ話をもって遠まわしに語りかけるのだった。心にこだわりがなく神への愛に燃えている兄弟は、ただちに自分の罪をみとめ、フェオドーシイの許しを得るためにひざまずいて頭《こうべ》をたれた。しかし悪鬼のために心が曇らされている兄弟は、フェオドーシイが語っているのは他人のことで、自分は潔白であると考え、平然としていた。その場合には至福のフェオドーシイは相手に自分の罪をみとめさせ、罰を科して引きとらせるのであった。こうしてフェオドーシイはすべての者に、一心不乱に神に祈りをささげること、晩禱のあとではだれとも話を交さぬこと、庵室から庵室へとわたり歩かず、力の及ぶ限り自分の庵室で神に祈ること、毎日ダビデの詩篇を口ずさみながら両手をうごかして働くこと、などを教えた。そして彼らにこう言って聞かせるのであった。

「兄弟たちよ、われらは精進と祈りにはげみ、われらの魂の救われんことを願って、われらのもろもろの悪行や狡猾な振舞、すなわちさまざまな不義、盗み、中傷、無駄口、口論、飲酒、貪食、たがいの憎しみ合いなどをつつしみ、正道に立ち戻ろうではないか。兄弟たちよ、われらはこれらの悪徳を避け、それらを忌み嫌って、おのれの魂を汚さぬように心がけ、楽園に通ずる主の道を歩みつつ、ついには主の慈悲を見出さんがために、涙と慟哭、精進と徹夜の祈り、従順と服従とによって神を求めよう。さらにこの世をうとんじて、次のような主の御言葉を片時も忘れまい。『わがため、福音のために、父と母と妻と子と家を捨てざる者は、われにふさわしからず[19]。』主はまたこうも語られている。『おのが魂を見出さんと思う者はこれをほろぼし、わがためにおのが魂をほろぼしたる者はこれを救わん[20]。』かくて兄弟たちよ、われらもこの世を捨て、この世のものへの思いを断って、あらゆる不義不正を憎み、けがらわしき振舞をなさず、『おのが吐きたるもの[21]』に戻る犬のようにわれらの昔の罪に立ち戻らぬことにしよう。主は『鋤に手をつけたのち後をふりかえる者は、神の国にかなう者にあらず[22]』とも言われた。もしも悔い改めることなく、怠け怠けて、この世での命をおえたなら、どうして永遠の苦しみをのがれることができようか。われらはいやしくも修道僧と名乗るからには、日ごとにおのれの罪を悔いるべきである。懺悔こそは天国にいたる道であり、懺悔こそが天国を開くかぎである。それなしにはだれも天国にはいることはできぬ。懺悔は楽園に通ずる道である。兄弟たちよ、われらはこの道から逸れることなく、しっかりと足をふみはずさないようにしよう。この道には狡猾な蛇が近づくことはない。この道を進むのは骨が折れるが、やがては喜びがおとずれる。かくて兄弟たちよ、われらはかの善きものを手に入れる日まで精進にはげみ、怠惰な日々を送ろうとして懺悔もせずに暮らしているすべての人間どもを避けようではないか。」

聖なる教師は自らそれを実践しながら、すべての兄弟たちにこう教えた。兄弟たちは水にかわいた大地のようにこの言葉を吸収し、あるいは百倍、あるいは六十倍にして、おのれの辛労の果実を神にささげた。それはあたかも地上において天使のごとく生活する人間を見るのと変らなかった。その修道院はさながら天国であり、そのなかでわれらの至福なる父フェオドーシイは、おのれの善行によって太陽よりも明るく輝いていた……

フェオドーシイは四旬節には先に述べた洞窟に去るのであったが、夜になると起き上がり、だれにも知られることなく神だけに見守られながら、そこからひとり修道院領の村におもむいた。そこには秘密の場所に洞窟がつくられており、彼はだれにもわからぬように、柳の週までひとりでそこにとどまるのであった。そして夜のうちにふたたび先に述べた洞窟に戻り、柳の週の金曜日にはそこから兄弟たちのもとにあらわれたので、彼らは四旬節のあいだ中、彼が元の洞窟にいるものと思いこんでいた。こうしてフェオドーシイは、徹夜の祈りとあらゆる精進によってわが身に休息を与えず、自分にしたがう弟子たちのことを神に祈り、彼らのあらゆる献身の行ないにおいて彼らの助力者となりたまえ、と神に呼びかけるのであった。また夜には、きまって祈禱を唱えながら修道院の庭をまわり、あたかも堅固な垣を周囲にはりめぐらして、狡猾な蛇がはいり込んで弟子のだれかれをたぶらかすことのないように見張った。こうしてフェオドーシイは修道院の域内をくまなく守っていたのである。

あるとき強盗を働こうとした男たちがその家の番人に捕えられ、縛られたまま町の裁判官のもとへ連れていかれた。彼らは神の思召しによって修道院領のある荘園のわきを通りかかったが、このとき縛られた悪人どものうちのひとりが、頭でこの荘園を指して言った。「かってある夜、われわれはあの邸に押入ってあるだけのものを残らず盗もうとしてやってきたことがあるが、ひどく高い垣があって近づくことができなかった。」こうして御恵みぶかき神は義人フェオドーシイ尊師の祈りによって、そこにあったすべてのものの周囲に、目に見えぬよう垣をめぐらしたもうたのであった。至福のダビデはこのことを預言して次のように述べている。「主の目は正しき者をかえりみ、主の耳は彼らの祈りにかたぶく(23)」……

われらの父フェオドーシイは聖霊に満たされ、神の御恵みを得て修道院をほかの場所に移すことを考えはじめ、さらに聖霊の助けをかりつつ、聖母にして永遠の処女マリアの御名をもつ石造の大教会を建立することに力をそそぎはじめた。最初の教会は木造であり、僧団を収容するのに狭くなったからである。この仕事をはじめるにあたって、多くの人々が集まり、教会の敷地としてある者はここ、他の者はかしこと、さまざまな場所を指し示したが、近くにある公の野原にかなう場所はなかった。するとこのとき、神の御心にしたがって、善良な公スヴャトスラーフがそこを通りかかり、大勢の人間を見て、彼らが何をしているのかたずねた。そしてその理由を知ると、馬首をめぐらして彼らのもとに近づき、あたかも神の御心に動かされているかのように、自分の野原のなかの例の場所をさして、そこにくだんの教会を建てるように命じた。その上、祈りによって公自身が、最初に土を掘りおこすことになった。至福のフェオドーシイ自身も、毎日僧団とともに神の家を建てるために身を粉《こ》にして働いた。これは彼が生きているうちには完成しなかったとはいえ、その死後ステファンが修道院長の位についてから、神の助けとわれらの父フェオドーシイ尊師の祈りによって完成し、神の家が建てられた。僧団はここへ移ったが、一部は元の場所にとどまり、彼らとともに司祭と輔祭も残ったので、そこでも毎日聖なる典礼がとり行なわれている。

さて、われらの至福なる父フェオドーシイ尊師の生涯について、わたしはその少年時代からここまでのごく一部分を書いてきたにすぎない。いったいだれがこの至福の人物の善行のかずかずを、もれなく整然と述べ尽すことができるであろうか。だれが充分に彼の徳行を賛美することができるであろうか。わたしも、その行ないにふさわしいだけ彼を賛美しようと努めはしたが、自分が未熟で無智なために、力が及ばなかった。

公や主教たちはしばしばこの至福のフェオドーシイの言葉尻をとらえて、彼をためそうとした。しかしいつも失敗し、まるで石にぶつかりでもしたように、はね返されるのであった。彼は信仰に身をかため、われらの主イエス・キリストに望みをかけ、聖霊を身内にやどしていたからである。フェオドーシイは、夫を失った女たちにとっては守護者、親をなくした子供たちにとっては扶助者、貧しき者たちには避難所であった。そして自分をたずねて来るすべての者に平易な言葉をもって教訓と慰めを与えて帰し、貧しき者には彼らが必要とするものや食物を与えた。愚かな人々は彼の悪口を言ったが、フェオドーシイはそれをも喜んで受け入れた。自分の弟子たちからもしばしば非難や侮辱を受けなければならなかったが、それでもすべての者のために祈ることをやめなかった。みすぼらしい衣服のために、多くの無知なる者から笑われたりののしられたりしたが、彼はそれを悲しまぬどころか、その悪口や非難を喜び、大いに楽しんで、そのゆえに神をたたえた。彼を知らぬ者が、そんな衣服をつけているフェオドーシイを見ると、至福の修道院長その人とは思わず、料理番か何かとまちがえるのだった……

フェオドーシイはその生涯の終焉に近づいたとき、自分が神のみもとに去って休息につく日を前もって知った。正しき人にとって、死とは休息にほかならないのである。そこで彼は、荘園にいる者あるいは何らかの用事でほかに出かけている者を含めて、僧団の全員を集めるように命じた。ひとり残らず呼び集められると、彼は執事や管理人や召使たちにむかって、各人があらゆる勤勉さと神への恐れをいだき、服従と愛のうちにおのがじし委ねられた職にとどまるようにさとした。それからまたすべての者にむかって涙ながらに、魂の救済のこと、神の御心にかなう生活のこと、斎戒のこと、教会を愛し恐れをいだいて教会に出席すること、兄弟を愛すること、長上者はもとより同輩に対しても愛をもって服従すべきこと、などを教えた。そう語りおえてから、彼らを去らしめた……

その後至福のフェオドーシイは、寒けにおそわれ、熱のために体が燃えるようになって、どうすることもできず床に横たわり、こう言った。「神の御心の行なわれんことを。主の望まれんことのわが身に起これかし。願わくば、わが主よ、わが魂を憐れみ、悪魔の奸智に遭わしめず、汝の天使たちにわが魂を受けしめて、お暗き苦悩の試練を経て、汝の恵みの光りのもとにともなわしめたまえ。」

こう言いおわると口をとざし、もはや何も語ることができなかった。僧たちは彼を思って大いに歎き悲しんだ。三日のあいだ、彼は話すことも目を開くこともできなかった。多くの者は彼がすでに死んだと思った。魂がなお彼のなかにとどまっていることがわかったのは、ごくわずかの者しかなかった。三日ののち、僧団の全員が集まったときに、彼は起き上がって彼らに言った。

「わが兄弟、わが父たちよ。わたしはもう命が尽きかけている。四旬節に洞窟へこもったとき、まもなくこの世を去るであろうというお告げを受けたのだ。わたしの代りにだれを僧院長に立てたらいいか、考えてくれ。」

修道僧たちはこの言葉を聞き、いたく悲しんで泣き出したが、やがて外へ出て彼らのあいだで相談し、教会の聖歌隊唱導者《ドメスティク》の職にあったステファンを、全員一致で修道院長に選んだ。

その翌日至福なるわれらの父フェオドーシイは、ふたたび僧団の全員を呼び寄せて、彼らにたずねた。

「わが子らよ、そなたらはだれが修道院長にふさわしいと考えたか。」

彼らは口をそろえて答えた。

「あなたの次の修道院長にはステファンがふさわしい。」

至福のフェオドーシイはステファンを呼び寄せ、祝福を与えて、自分の代りに彼を修道院長に指名した。それから他の僧たちが彼に服従するよう懇々とさとし、次のように自分が死去する日を告げて、彼らを引きとらせた。

「土曜日の日の出の後に、わたしの魂は肉体から離れるであろう。」

それからフェオドーシイはふたたびステファンひとりを呼び、聖なる羊たちの群から決してはなれず、謙虚に彼らに仕えるように教えた。彼はすでに重い病いにおかされていたのである。

土曜日が来て夜が明けはじめたころ、至福のフェオドーシイは、使いを出して僧団の全員を呼び寄せ、ひとりひとりみんなに口づけした。自分たちのこのような牧者との別れを悲しんで、泣き叫ばぬ者とてなかった。至福のフェオドーシイは彼らにむかってこう言った。

「わがいとしき子らよ、兄弟たちよ。わたしは心をこめて、そなたらすべてに口づけする。今わたしは、われらの主なるイエス・キリストのみもとに去ろうとしている。ここにそなたらが自ら選んだ修道院長がいる。彼の言葉にしたがい、自分たちの心の父として敬え。彼を恐れ、すべて彼に命ぜられたとおりになせ。あらゆるものをその言葉と智慧によって創造された神が、そなたらに祝福をたれ、そなたらを悪より守り、災から防がれんことを。また神に対するそなたらの堅忍不抜《けんにんふばつ》の信仰が、最期のときまで協調と愛のうちにともに保たれんことを。神の恩寵をうけて、そなたらが過ちを犯すことなく神のために働き、つねに一心同体をなして、謙虚と服従を忘れぬように。そなたらの天なる父が完全無欠であるごとく、そなたらも完全無欠なれ。神がそなたらとともにあるように。わたしはたってそなたらに頼みたい。いま着ているこの着物のままで、わたしをいつも四旬節にこもる洞窟に葬ってくれ。わたしのみじめな体を洗ってはならぬ。だれにもわたしを見せてはならぬ。そなたらだけで、今言った場所にわたしを葬ってくれ。」

修道僧たちは、聖なる父の口からこのような言葉を聞くと泣き声をあげ、目から涙をほとばしらせた。

至福のフェオドーシイは彼らをなぐさめて、ふたたび口を開いた。

「わが兄弟と父たちよ、わたしは約束しよう。たとえ体はそなたらのもとからはなれようとも、魂はいつまでもそなたらとともにあることを。そなたらのうちこの修道院のなかで世を去る者、あるいは僧院長に派遣された場所で息を引きとる者は、たとえいかなる罪があろうとも、わたしは神のまえでその者の罪を引き受けよう。だが自分からこの修道院を出て行く者があれば、その者についてはとりなしをすることができぬ。わたしが神のまえでどんなに大胆になるか、おまえたちも知るときがあろう。もしこの修道院のなかであらゆる幸いと富がいや増すのを目にしたら、わたしが天なる主のおそばにいると知るがよい。もし窮乏があらわれ、すべてがとぼしくなったら、わたしが神から遠くはなれていて、神に修道院のことを祈っていないものと思ってくれ。」

こう言いおわると、ひとりもそばにとどめず、すべての者をそこから去らせた。僧団のひとりで、絶えずフェオドーシイに仕えてきた僧が、小さな隙間をつくり、そこから彼を見守っていた。すると至福のフェオドーシイは床から起き上がり、ひざまずいて、自らの魂の救われんことを涙ながらに神に祈った。それからすべての聖者たち、とりわけわれらのとうとき支配者なる聖母に助けを乞いつつ、彼らを通じてわれらの主なる救世主イエス・キリストに、自分の弟子たちと修道院の行く末を祈った。祈りおわると元の場所に伏し、しばらく横になってから、天をあおぎ、はればれとした顔つきをして大声で言った。

「神に祝福あれ。かくなる上は、もはや恐れることはない。喜んでこの世を去るばかりじゃ。」

尊師は何かの幻影を目のあたりに見て、このような言葉を口にしたにちがいない。それからフェオドーシイは身のまわりをととのえ、足をのばし、胸の上に両手を十字の形に組んで、その聖なる魂を神の御手にゆだね、聖者たちの列に加わった……

われらの父フェオドーシイが没したのは六五八二年（一〇七四年）五月三日のことで、さきに述べたように土曜日、太陽がのぼったあとであった……

キーエフ・ペチェルスキイ修道院聖僧伝（抄）

チェルニーゴフ公スヴャトーシャ尊者のこと

この至福なる篤信の公スヴャトーシャは僧名をニコラといい、ダヴィードの子であり、スヴャトスラーフ[1]の孫であった。彼はこう考えるようになった——このはかない俗世の惑わしと地上の森羅万象は流れ去り、過ぎ去っていくものである、しかし来世の幸福は決して消え失せることなき永遠のものであり、神がおのれを愛する者たちのために準備された天国は無窮である、と。そこで彼は公位と名誉、栄光と権力をふりすててかえりみることなく、ペチェルスキイ修道院にはいって、修道僧となった。それは六六一四年（一一〇六年）の二月十七日のことであった。

この僧院に住んでいた修道僧たちは、ひとり残らず彼の有徳の生活と修行ぶりをその目でたしかめている。彼は三年のあいだ厨房にあって僧団のために働いた。その間食事の仕度をするために自分の手で薪を割り、しばしば川岸から自分の肩で水を運んだ。弟のイジャスラーフとウラジーミルは、やっとのことで彼にこの仕事をやめさせた。しかしまことの修錬者であるスヴャトーシャは、さらに一年間厨房で僧団のために働かせてくれるように嘆願した。彼は何事にまれ堪能で熟達していた。その次に与えられたのは修道院の門番の仕事であった。この職にも三年間とどまったが、その間、教会へ行くほかどこへも出なかった。それから修道院の食堂で給仕をすることを命ぜられた。やがて僧院長と全僧団の意志によって、自分の庵室をもたされることになり、自らそれを建てた。この庵室は今にいたるまで「スヴャトーシャのいおり」と呼ばれており、彼が自分の手で植えた菜園も残っている。

彼が修道僧であった全期間を通じて、だれひとり、彼があそんでいるところを見た者はなかったということである。いつも手をうごかして仕事をしており、その手仕事のおかげで、自分の着る物にも事かかなかった。口にはつねに「主イエス・キリスト、神の御子、われを憐れみたまえ」というイエスへの祈りが絶えたことがなかった。食事は修道院で与えられる食べ物をとるだけで、ほかのものは一切口にしなかった。莫大な財宝をもってはいたが、すべて巡礼や乞食に施したり、教会建立のために喜捨していた。彼のもっていた多くの書物が今なお残っている。

至福のスヴャトーシャはまだ公の位にあったとき、生まれはシリア人で名をピョートルという、たいそう腕のいい医者をかかえていた。このピョートルは公にしたがって修道院へやってきたが、公がすすんで貧困に甘んじ、厨房係や門番として働くのを見ると、公と別れ、キーエフの町に住みついて、医者として栄えるようになった。彼はしばしばスヴャトーシャのもとをおとずれ、公がさまざまな困苦に耐え、度はずれな節制に身をまかせているのを見ると、いつもこう言って彼をいさめた。

「公よ、あなたは御自分の健康に気をつけなければいけません。仕事や精進にはげむあまり体をこわしてはなりません。こんなことをしていると、いつかは病気になって、神さまのために自ら引き受けた重荷を背負っていくことができなくなってしまいます。神さまが要求されるのは分不相応な節制や労働ではなく、ただ悔悟した清らかな心を望まれているのです。あなたはまるで自由のない奴隷のように働いておられますが、もともとあなたは、今のような辛苦には慣れていないのです。あなたの弟君のイジャスラーフさまとウラジーミルさまも、あなたのみじめな暮しぶりをひどく非難しておられます。無理もありません、あの栄耀栄華の生活からどん底の貧乏暮しにおちこみ、こうして自分の体を苦しめ、こんな食べ物で病気になろうとしているのですから。それにしてもあなたの胃の腑には驚きのほかありません。昔はお菓子さえ負担に感じていたのに、今では生《な》まの草や干からびたパンを食べても平気でいます。でも用心してください、四方八方からいつ病気が襲ってくるかわかりません。そうなれば、あなたは元来頑健なたちではありませんから、すぐに命を落としてしまわれるでしょう。わたしとてあなたをお救いすることはできません。あなたの二人の弟君も悲嘆の涙にくれることになるのです。かつてあなたにお仕えしていた貴族たちも、いつかはあなたのために名をあげ、勲《いさお》をたてようと思っていたのです。その連中は、今あなたの愛顧を失い、悲嘆を収める大廈《たいか》を建てて、意気消沈そのなかにこもっています。あなた御自身はといえば、ごみくずの山にうもれて、枕する場所もない始末です。世間ではあなたが狂ったのではないかと思っています。こんなことをされた公が今まであったでしょうか。あなたの至福のお父上ダヴィードさまにしても、祖父君のスヴャトスラーフさまにしても、それから貴族のだれかれにしても、こういうことをされましたか。この道をすすもうとしたのは、かつてここの修道院長を勧めたワルラーム(2)だけではありませんか。もしもわたしの言うことをお聞きにならなければ、あなたはきっと早死をなさるにきまっています。」

ピョートルはあるときは厨房で、またあるときは門のわきに腰をおろして、何回もこう言ってきかせた。彼は、公の弟たちにそうすることを頼まれていたのである。それに対して至福なスヴャトーシャはこう答えるのだった。

「兄弟なるピョートルよ。わしはずいぶん考えたすえに、自分の肉体のことは気にすまいと心に決めたのだ。二度と肉体の欲望と戦わなくてすむように、重い労働によってそれをおさえつけ、しずめておくためだ。ピョートルよ。『力は病のときに強くなる』とも、『今の世の苦難はわれらの上にあらわれんとする栄光にくらぶるに足らず(3)』とも言うではないか。わしは、この世での奴隷の境遇からわが身を救いたまい、自らの奴隷である至福の修道僧たちの召使になしたもうた神に感謝している。弟たちには勝手に自分のことを心配させておけばよい。だれでも自分の重荷を背負っていかなければならぬのだ。彼らにはわしの領地があれば充分だろう。わしはキリストのおんために、ありとあらゆるものをすててきた――妻子も家も領地も兄弟も友人も奴隷も村々も。そうすることによって、わしは永遠の生命を継ぐ者たらんと望んでいるのだ。わしは神のおんために無一文になった。そうすることによって、神を得ようとしているのだ。おまえだって病人を治すとき、食べ物をひかえるように命ずるではないか。わしにとって、キリストのおんために死ぬことはキリストを得ることであり、ヨブのようにごみくずの山にうもれていても、王者の暮しなのだ。わしよりまえに、こういうことをした公がひとりもいないとしたら、わしが諸公の手本になろう。多分だれかがこの手本にならい、ヨブやわしの道をあゆんでくるだろう。おまえもおまえに説得を頼んだ者も、ほかのことはかまわぬがよい。」

至福の公が病気にかかるたびに、医者のピョートルが容態を診て、高熱の炎症とか苦痛をともなう発熱とか、その時々の病状に応じて薬を調合した。しかしピョートルが戻ってくるまえに、公は病気が治ってしまい、決して治療をうけることがなかった。こういうことが何回かおこった。あるときピョートルのほうが病気にかかったが、スヴャトーシャは彼に使いをやって、こう言わせた。

「薬を飲まなければ、すぐに治るであろう。わしの言うことを聞かなければ、ひどく苦しむだろう。」

けれどもピョートルは自分の腕前を信じ、病気を早く治そうとして水薬を飲んだために、あやうく一命を失うところであった。彼の病気を治したのは聖なる公の祈りであった。

ピョートルが二度目に病気にかかったとき、聖者は彼に「手当てをしなければ、三日後には回復するであろう」と伝えさせた。シリア人がその命令にしたがうと、至福の公の言葉どおり、三日後に病気が治ってしまった。

ある日、聖者は彼を呼んで剃髪をすすめ、「三カ月後にわしはこの世を去るだろう」と告げた。自分の死を予言してそう言ったのである。シリア人の医者はそれを聞くと、行く末自分の身がどうなるかわからず、公の足にすがりついて涙ながらにこう言った。

「ああ、何という悲しいことでしょう、御主人さま。あなたはわたしの恩人、命のように大切なお方です。これからだれがわたしのような異邦人の面倒をみてくださるでしょう。だれが飢えに泣く多くの子供たちを養ってくださるでしょう。だれが辱しめられる者の味方になり、だれが乞食たちを憐れんでくれましょう。公よ、弟君たちが悲嘆の涙にくれるだろうと申し上げたではありませんか。公よ、あなたは神の御言葉とその御力だけではなく、御自分の祈りでもって、わたしの病気を治してくださったではありませんか。よき羊飼であるあなたは、今どこへ去られるのですか。あなたの奴隷であるこのわたしに、あなたの死の病を打ち明けてください。もしもわたしがお治しできなければ、わたしの頭をあなたの頭に代え、わたしの心をあなたの心に代えさせてください。だまってわたしから立ち去らずに、どうしてあなたがそんなことをお知りになったのか、話してください。そうしたらわたしはあなたの身代りになることもできましょう。もし天なる主がお告げになられたものならば、あなたの代りにわたしの命をお召しになるように祈ってください。あなたに見すてられたら、わたしはどこにうずくまって嘆き悲しんだらいいのでしょう。このごみくずの上ですか、それともあなたが住んでおられる門のわきですか。あなたの財産でわたしの分け前になるのは何でしょう。あなた御自身はだか同然ですから、なくなられたとしても、このつぎはぎだらけのぼろ服のまま葬られることでしょう。むかしエリヤがエリシアにマントを与えたように(4)、わたしにはあなたのお祈りを与えてください。そうすればわたしは心のすみずみまでふるい立たせて、奇しき神の家のある天国にたどりつくことができるでしょう。獣さえも、太陽がのぼったら身をかくす場所を知っていて、自分の臥床でやすみます。鳥はわが家を見出し、鳩は雛をおく巣を手に入れます。ところで、あなたは六年間もこの修道院で過ごされたのに、御自身の居場所をまだ知らないのです。」

至福のスヴャトーシャは彼に答えた。

「人間に期待をかけるより、主なる神におすがり申したほうがよい。主は、生きとし生けるものをいかに養うか御存知だし、貧しき者の味方になり、彼らを救ってくださることもできる。わしの弟たちはわしを思って泣くのではない。自分や自分の子供たちのために悲しむのだ。わしは生まれてこの方、一度も医者の治療を求めたことはない。死人が生きかえることはない。どんな医者でも死者をよみがえらせることはできないのだ。」

彼はピョートルとともに洞窟のなかへ入っていき、自分の墓を掘ってから、このシリア人にたずねた。

「われわれのうち、どちらがつよくこの墓を望んでいるだろうか。」

シリア人が答えた。

「だれが何と望もうとも、あなたはもっと生きていなければなりません。わたしをここに埋めてください。」

至福の公は言った。

「おまえの望みどおりになるように。」

こうしてピョートルは剃髪し、三カ月のあいだ夜も昼も絶えず泣きつづけた。至福のスヴャトーシャは彼をなぐさめて言った。

「兄弟ピョートルよ。わしがおまえをいっしょに連れていってあげようか。」

ピョートルは泣きながら答えた。

「わたしを行かせてください。わたしはあなたの代りに死ぬのです。あなたはわたしのために祈ってください。」

至福のスヴャトーシャが彼に言った。

「勇気を出すがいい、わが子よ。用意をするのだ。三日後におまえはこの世を去るだろう。」

こうして三日ののち、ピョートルは神々しい聖体を拝領し、寝台に横たわり、衣服のみだれを直し、両足をのばして、魂を主の御手にゆだねた。

至福のスヴャトーシャ公は、それから修道院を出ることなく三十年生きのびたが、ついに永遠の生命にはいった。公の逝去の日には、ほとんど町中の者が修道院に集まってきた。彼の弟のイジャスラーフ公は兄の死を知ると、僧院長のもとへ使者を立てて、故人が腋の下にしていた十字の掛け帯と、枕と、ひざまずくときに用いた台を、それぞれ祝福の上ゆずり渡してもらいたいと申し入れた。僧院長は「あなたの信念のままにされるがよい」と言って、それらを与えた。公はそれを受取るとうやうやしく保管し、兄の形見を無償で取り上げたことにならぬよう、僧院長に三グリヴナの金貨を贈った。

あるときこのイジャスラーフがおもい病気にかかり、みんなはもう治らぬものとあきらめた。臨終と思って、彼の枕もとには妻や子供たちや貴族らが残らずすわっていた。すると彼はわずかに身を起こして、ペチェルスキイ修道院の井戸の水が飲みたい、と言ったかと思うと、また口をつぐんでしまった。すぐに使いが出され、水が汲まれた。僧院長は公の兄スヴャトーシャが着ていた剛毛の肌着を取り出して、それを聖フェオドーシイ[5]の棺に触れさせ、イジャスラーフに着せるようにと与えた。水と肌着をたずさえた使者が町にはいってくるより早く、公はこう言った。

「はやく町のそとへ出て、フェオドーシイ尊者とニコラ尊者をお迎えせよ。」

使いの者が水と肌着をもってはいってくると、公は「ニコラ、ニコラ・スヴャトーシャ」と叫んだ。水を飲ませ剛毛の肌着を着せてやると、公はたちまち病気が治ってしまった。これを見て、神と、そのお気に入りのしもべである聖者をたたえぬ者とてなかった。イジャスラーフは病気になるたびにこの肌着を身につけると、すぐにすこやかになった。彼自身も兄のもとへおもむくことを望んだが、当時の主教たちに引きとめられて果たせなかった。戦争に出かけるときにはいつもこの肌着を着こんで行き、傷ひとつ負わなかった。しかし、あるとき罪を犯したのでそれを着用することをはばかり、ついに戦闘で討死を遂げた。遺言どおり、彼はこの肌着を着て葬られた。

この聖者については、このほか多くの病気を治した話が伝わっている。この修道院にいる修道僧たちは、至福のスヴャトーシャのことを今なお記憶している。

聖像のために財産を使い果たし、代りに救済を見出した修道僧エラズムのこと

おなじくペチェルスキイ修道院に、エラズムという名の僧がいた。彼は多くの財産をも

っていたが、その財産をことごとく教会の入費のために使い果たしてしまった。今日なお、あなた方のペチェルスキイ修道院の祭壇の上にかかっている、あまたの聖像に金箔を張らせたのも彼である。エラズムはすっかり無一文になってしまったので、だれからもうとんじられるようになった。彼は、べつに喜捨をしたわけではなく、教会のために財産を蕩尽《とうじん》したのに、その報いが得られないといって落胆した。悪魔が彼の心にそのような気持を吹きこんだのであり、こうしてエラズムは日々の勤めを怠たり、放埒《ほうらつ》無頼《ぶらい》な生活を送るようになった。

あるとき、エラズムは重い病気にかかり、ついには話をすることもできなくなり、七日のあいだ、口もきけず目も見えない状態で横たわっていた。ただわずかに胸で息をついているだけであった。八日目にエラズムのもとへ僧団の全員がやって来て、彼が恐ろしげな息づかいをしているのを見て、驚いて言った。

「何とまあ、この兄弟の魂はかわいそうなんだろう。さんざん怠けて罪を重ねてきたものだから、今になって何か幻を見て錯乱し、体から出ることができないでいるのだ。」

するとエラズムは突然、今までどこも病気ではなかったかのように起き上がり、腰をおろして彼らにこう語った。

「兄弟ならびに神父方よ。わたしの話を聞いてください。こういうことだったのです。皆さんが御存知のとおり、わたしは罪ぶかい人間で、しかもその罪を悔い改めようとはしませんでした。ところがきょう、アントーニイ聖者とフェオドーシイ聖者[6]がわたしのまえにあらわれ、こう申されたのです。『われらは神に祈った。主なる神はおまえに悔い改めるいとまを与えたもうたぞ。』このときわたしは聖母の御姿を目にしました。聖母はその御手にわれらの神キリストを抱かれ、すべての聖者たちをしたがえておられました。聖母はわたしにこう申されたのです。『エラズムよ、そなたはわたしの教会を飾り、もろもろの聖像で教会の栄光を輝かせてくれました。今度はわたしがわが御子の天国でそなたの名誉をあらわしてあげましょう。あの二人の聖者はいつも貧しい者の味方なのです。さあ起き上がって悔い改め、大いなる天使の似姿になりなさい[7]。わたしは三日目に、わが教会の壮麗さを愛した清らかなそなたを引きとって進ぜましょう』と。」

エラズムはこう言いおわると、主のために喜びをおぼえつつ、恥じることなく、すべての者のまえで、自分の犯したかずかずの罪を告白した。そして剃髪を受けてスヒーマ僧となり、三日目に安らかに主のみもとへと去った。わたしは、この話をその場に居合わせた聖なる至福の老師たちから聞いたのである。

仲たがいをした二人の兄弟、司祭チートと輔祭エワグリイのこと

輔祭のエワグリイと司祭のチートという、二人の信仰上の兄弟がいた。二人はたがいに

いつわりのないふかい愛をいだいて、彼らの仲むつまじさと並はずれた親密さはすべての者を驚かすほどであった。ところが、善を憎み絶えず獅子のように食い殺す相手を求めて吠え猛っている悪魔が、二人の仲をさき、その心に憎悪を植えつけて、たがいに顔も見合わせたくないようにしてしまった。僧団の者たちはしばしば彼らに仲なおりをすすめたが、二人はそれにしたがおうとはしなかった。エワグリイが教会にいるとき、チートがたまたま香炉をもってはいってくると、エワグリイは香から背をそむけた。エワグリイが立ち去らないときには、チートは香もたかずに行き過ぎてしまうのであった。こうして二人は長いあいだ罪ぶかい暗闇のなかにとどまっていた。チートは罪の許しを乞おうともしないで勤行をおこない、エワグリイは憤怒をおさえようともしないで聖餐にあずかっていた。悪魔はそれほどまでに彼らを反目させてしまったのである。

あるときこのチートが重い病気にかかり、すでに回復の望みもなくなってから、それまでの自分のあさましい所行を後悔し、輔祭のもとへ人をやって、へりくだってこう言わせた。

「兄弟よ、わしがおまえに対してわけもなく立腹していたことを、神のおんために許してほしい。」

しかしエワグリイは、はげしい言葉で彼に罵詈雑言を返してきた。長老たちはチートが死にかけているのを見て、彼と和解させるために無理やりにエワグリイを引きずってきた。

病人は彼を見ると辛うじて身を起こし、その足もとにひれ伏して涙にむせびながら、「父よ、わたしを許し、祝福を与えてくだされ」と言った。ところがエワグリイは情知らずにも、われわれみんなの目のまえでそれを断り、「こいつとは、この世でもあの世でも、決して仲直りなどしたくないものだ」と言った。そう言ったとたんに、彼は修道僧たちの手を振りきって、不意に倒れた。われわれが彼を助け起こそうとしたときには、彼はすでに息絶えていた。そして、もうずっと前からの死人のように、手を組んでやることも、口をとざしてやることもできなかった。一方、さっきまでの病人は、すこしも病気などしていなかったかのように、すぐに立ち上がった。われわれは一方の突然の死と、他方の急速な回復を見て恐怖に襲われた。それからさんざん涙を流したあとで、エワグリイを葬ったが、その口と目は開いたまま、手は突っぱったままであった。

われわれがチートにむかって、どうしてこういうことがおこったのかたずねると、チートはこう答えた。

「わたしは、天の御使いたちがわたしのまがった魂のことを悲しみながら、わたしからはなれていくのを目にし、悪鬼どもがわたしの怒りを喜んでいるのを見ました。そこでわたしは兄弟にむかって、自分を許してくれと頼んだのです。あなた方が彼をわたしのところへ連れてこられたとき、炎の槍を手にしたいかめしい天使が立っているのが見えました。エワグリイがわたしを許さないと言うと、天使は彼を槍でひと突きに刺し、彼が息絶えて倒れたのです。わたしには天使が手を差しのべ、立たせてくださいました。」

この話を聞いたわれわれは、「許せよ、さらば許されん」(8)と教えられた神に畏怖の念をおぼえたのであった。

死者を自分の命令にしたがわせた洞窟の隠者マルコのこと

聖マルコは洞窟に住んでいた。われらの父である聖フェオドーシイの遺体が、洞窟のなかから聖なる大教会に移されたころのことである。このマルコ尊者は洞窟のなかに自分の手で多くの墓を掘り、掘った土は自分の肩にかついで外に運び出すのを仕事にしていた。そして、このとうとい仕事に夜も昼もはげんでいた。僧団のだれかれを葬るために掘った墓はおびただしい数にのぼったが、その報酬は受けようとはせず、もししいて謝礼を与える者があれば、それを受け取って乞食たちに分け与えた。

あるとき彼は例によって墓を掘りかけたが、働きすぎて疲れをおぼえたので、墓は狭いままに残して、それ以上掘りひろげないでおいた。たまたまこの日、病気にかかっていた僧団の兄弟のひとりが主のみもとに去った。墓は、掘りかけの狭いもの以外になかった。人々は死者を洞窟に運んできたが、墓が狭いためにやっとのことでなかに収めた。修道僧たちは、墓が狭すぎて死者の衣服の乱れを直すことも、聖油をそそぐこともできないと言って、マルコに苦情を述べたてた。洞窟の隠者はうやうやしく皆のまえに頭をさげながら、「お許しください、神父さま方。疲れのために掘り上げることができなかったのです」と言った。修道僧たちはますます彼を非難し、侮辱しはじめた。するとマルコは死人にむかってこう言った。

「兄弟よ、この墓は狭いから面倒でも自分で聖油を受取り、体の上にふりかけてくれ。」

すると死者はすこし身を起こすと、その手をのばして聖油を受取り、自分の胸と顔の上に十字の形に聖油をそそぎ、容器を返した。それから皆の見ているまえで着物の乱れを直し、横になって眠りについた。このような奇跡がおこるのを見て、人々は皆、恐怖と戦慄に襲われた。

そののち、別の兄弟が長い病気のすえになくなった。その友人のひとりが海綿でなきがらをぬぐい、親しい友を葬る墓を見ようとして洞窟にやって来て、墓のことを至福のマルコにたずねた。するとマルコ尊者はこう答えた。

「兄弟よ。死んだ兄弟のところへ行ってこう伝えてくれ——墓を掘るためにあすまで待ってほしい、そうすれば墓は掘り上がって、安らかな眠りにつけるだろう、と。」

たずねてきた兄弟は答えた。

「父マルコよ、わたしはもう死んだ彼のむくろを海綿でぬぐってきた。だれにむかってそう言ったらいいのです。」

マルコはまた彼に言った。

「ごらんのとおり、この墓はまだでき上がっていない。それで死んだ男のところへ行ってこう伝えてもらいたいのだ。『兄弟よ、罪ぶかいマルコの言うには、きょうはまだこの世にとどまっていて、明朝われらの待ちこがれる主のみもとに去るように——それまでにおまえを葬る墓ができあがり、迎えの者をよこすだろう』と。」

たずねてきた僧が、マルコ尊者の言葉にしたがい修道院に戻ってみると、僧団の全員が死者のまわりに立って、習わしどおり賛美歌をうたっていた。彼は死者の枕辺に立ってこう告げた。

「兄弟よ、マルコがおまえに『まだ墓の用意ができていないから、あすまで待ってくれ』と言っている。」

この言葉を聞いて驚かぬ者はなかった。しかも皆のまえでこの言葉が語られると、死人はたちまち目を開き、魂が身内に戻って、その日いちにちと夜のあいだずっと目をあけていた。しかしだれに対しても何ひとつ言わなかった。あくる朝、前日の僧が、墓の準備ができたかどうか知ろうとして、また洞窟をおとずれた。すると至福のマルコが彼に告げた。

「帰って故人にこう伝えてくれ。『マルコがおまえにこう言っている——このかりそめの世をすてて、永遠の生命にはいるがよい。墓はもうでき上がって、おまえのなきがらを迎えるばかりになっている。神に魂をお返しするように。おまえのなきがらは聖なる神父た

ち と並んで、この洞窟に葬られるだろう』と。」

僧が戻って、このことをよみがえった死者に言うと、見舞いにおとずれた者たちすべての見ているまえで、彼はたちまち目をとじ、魂を神の御手にゆだねた。こうして彼は洞窟のなかの前述の場所に丁重に葬られた。至福のマルコの一言によって死者がよみがえり、またその命令でこの世を去るという奇跡に、すべての者が驚嘆した。

このころ、おなじペチェルスキイ大修道院に別の二人の兄弟がいた。彼らは若いときから心からの愛によって結ばれ、神に対しておなじ思いと望みをいだいていた。二人は、主のお召しをうけたときにはいつでも埋葬してもらえるように、共同の墓を掘ることを至福のマルコに頼んでおいた。その後久しくたってから、年長のフェオフィールが用事ができてどこかへ出かけた。そのあいだに年下の修道僧が病気にかかり、永遠の眠りについて、あらかじめ用意してあった場所に葬られた。数日後にフェオフィールが戻ってきて、兄弟の死を聞いてふかく悲しみ、数人の修道僧をともなって、死者が葬られた場所を見るために洞窟をおとずれた。しかし、死んだ兄弟が上手《かみて》に葬られているのを見ると、腹を立て、マルコにむかって、「どうして彼をこちら側に葬ったのです。わたしのほうが彼より年上なのに、あなたは彼をわたしの場所に置いてしまった」と言いながら、大いに不平を鳴らした。柔和な人柄の洞窟の隠者は彼に頭をさげて、「兄弟よ、許してくだされ。申し訳ないことをしてしまった」と言った。そう言ってから、今度は死者に語りかけた。

「兄弟よ、起きてくれ。その場所はまだ死んでいない兄弟にゆずり、自分は下手《しもて》に横になってくれ。」

尊者の言葉によって死者はすぐに起き上がり、訪問者たちの見守るうちに下手に横たわった。それは見るだに恐怖に満ちた恐ろしい奇跡であった。そのとき、今まで兄弟の葬り方がわるいとマルコを非難したり不平を言ったりしていたフェオフィールが、マルコの足もとにひれ伏してこう言った。

「父マルコよ、弟を動かしたりして、悪いことをしました。お願いです、もう一度元の場所に横たわるように命じてください。」

至福のマルコは彼に答えた。

「主はわれらのあいだの不和をのぞかれたのだ。主はおまえの不平のために、つまり、おまえがいつまでもわたしを敵と思い、恨みをいだくことがないように、こうされたのだ。魂のないむくろも、おまえに対してまことの愛を示し、死してなお、おまえの年長権をみとめている。おまえはこの年長権を行使するために、ここを立ち去らないで、今すぐこの場所に葬られるといいのではないか。しかしおまえはまだこの世を去る準備ができていない。これから戻って、自分の魂の心配をするがよい。数日後にはここに運ばれてくるだろう。死者をよみがえらせるのは神の御業だ。わたしは罪ぶかい人間にすぎない。この死者は、おまえの腹立ちを恐れ、わたしに対する非難に堪えられないで、おまえたち二人のために準備された墓の半分をおまえにゆずったのだ。死者を起こすことができるのは神だけで、わたしは彼にむかって、『起き上がってもう一度上手に横になれ』などと言うことはできない。おまえが彼に命令してみるがいい。ひょっとしたら、さっきのように、おまえの命令にしたがうかもしれぬ。」

フェオフィールはマルコの恐ろしい言葉を聞いて気も動転し、その場で自分がばったり倒れて死にそうな気がして、修道院まで戻れるかどうかさえおぼつかなかった。やがて自分の庵室に帰ると、とめどなく泣きはじめた。そして自分の持ち物を肌着一枚にいたるまでことごとく他人に分け与え、手もとには上着とマンチヤだけを残して、死の時を待った。だれひとり彼のはげしい涕泣《ていきゅう》をとどめることはできなかったし、甘い食べ物に口をつけさせることもできなかった。一日がはじまると、彼は自分にむかって、「夕方まで生きられるかどうかわからないのだ」と言いきかせ、夜が来ると、泣きながら、「どうしよう。あすの朝まで生きのびられるだろうか。床から起き上がっても、夜まで生きながらえなかった者は多いし、また床に横たわって、そのまま起き上がらなかった者も少なくない。まして自分はマルコ尊者から、もうじき死ぬと言い渡されているのだ」とひとりごちていた。そして、悔改めのいとまを与えたまえと神に祈った。こうしてくる日もくる日も食を断ち、祈りをささげ、涙にくれながら、一刻ごとに死のおとずれを待っていた。わが身に別れを告げることを待ちのぞむうちに、彼の肉体はすっかりやせさらばえて、骨という骨がそとから数えられるまでになった。多くの人々が彼を慰めようとしたが、それはかえって彼をはげしく泣き叫ばせるだけであった。あまりにも長いあいだ泣きつづけたために、彼の目は見えなくなった。フェオフィールはよき生活によって神を喜ばせようとして、命ある日々をすべてこのようなきびしい節制のうちに送っていたのである。

　至福のマルコは自分が主のみもとに去る時が近づいたことを知ると、フェオフィールを呼びよせてこう言った。

「兄弟のフェオフィールよ、長年にわたっておまえを悲しませてきたこのわたしを許してくれ。わたしはもう長いことはない。わたしのために祈ってほしい。わたしは御恵みの得られるかぎり、おまえのことを忘れないだろう。主よ、われらをしてあの世にて再会せしめ、われらの父アントーニイとフェオドーシイのかたわらに居らしめたまえ。」

　フェオフィールは涙にむせびながら答えた。

「父マルコよ、なぜあなたはわたしを残して行かれるのです。わたしをいっしょに連れていってくださるか、さもなくばわたしにものを見る力を戻してください。」

　マルコは彼に言った。

「兄弟よ、悲しんではいけない。神のためにおまえの肉体の目は見えなくなったけれども、その代り心の目で神を知るようになったのだから。兄弟よ、死を予言しておまえを盲目《めしい》にしたもとはわたしだった。わたしはおまえの魂のためを思い、おまえの高慢な心を謙虚にしようと望んだのだ。神は心の傷ついたる者、和らぎたる者をしりぞけられることはないのだから。」

フェオフィールが答えた。

「父よ、わたしにはわかっています。あなたが洞窟のなかで死者を起こされたとき、わたしは自分の罪の報いであなたの足もとに倒れ、息絶えるところだったのです。あなたの聖なる祈りのおかげで、主はわたしの悔悛に期待をもたれ、わたしに生命を恵まれました。どうかお願いです、あなたといっしょに主のみもとへ行くのをお許しくださるか、さもなければ、わたしに視力をお与えください。」

マルコは言った。

「おまえにはこのはかない俗世など見る必要はない。あの世で神の栄光が見られるよう神に乞うがよい。死を願ってもならぬ。たとえ望まなくても、それはむこうからやってくるだろうから。おまえがこの世を去るときには前兆があらわれよう。すなわち、死ぬ三日まえにおまえの目は見えるようになるであろう。それからおまえは主のみもとに去り、そこで永遠に消えることのない光と筆舌に尽しがたい栄光を見るであろう。」

そう言いおわると、至福のマルコは主の御名のうちに息絶え、自分で掘っておいた洞窟のなかの墓に葬られた。

フェオフィールは父なるマルコと別れて心にふかい傷を負い、以前より二倍もはげしく泣くようになった。彼は涙の泉を流し出そうとしたが、涙はますますふえるばかりであった。フェオフィールはひとつの壺をもっていたので、祈りをこらしている最中に涙があふれてくると、その壺を自分のまえに置いて泣くことにした。こうして何年かたつうちに壺は涙でいっぱいになった。毎日毎日マルコ尊者の予言が実現するのを待ちうけていたからである。神の御名において自分の死が近づいたのを知ったとき、彼は自分の涙が神に嘉納《かのう》されることを熱心に祈った。そして両手を天に差しのべてこう唱えた。

「主よ、人間を愛したもうイエス・キリスト、いと清きツァーリよ。あなたは罪びとに死を望まれず、彼らが本心に立ち戻るのを待っておられます。あなたはわれらの無力さを知りつくしたよき慰安者です。病める者には健康であり、罪を犯した者には救いであり、疲れたる者にははげましであり、倒れたる者にはよみがえりです。主よ、お願いです。まことふつつかなるわたしの上に、今すぐあなたの奇しき御恵みをお示しください。汲めども尽きぬふかい御慈悲をわたしの上にふりかけてください。あなたの意にかなったしもべたち、われらの偉大なる父アントーニイとフェオドーシイ、ならびに開闢《かいびゃく》以来のすべての聖者の祈りによって、わたしを悪魔の誘惑と支配からお守りください。アーメン。」

すると突然、彼のまえに美しい若者があらわれて、こう言った。

「よくぞ祈った。しかしおまえはなぜむなしい涙など誇るのか。」

彼はフェオフィールのよりずっと大きな壺を取りだしたが、それはあたかもかぐわしい没薬《もつやく》のような芳香に満ちていた。

「これはおまえが神に祈っている最中にその心から流れ出した涙だ。手やハンカチや衣服の袖でぬぐったり、目からじかに地面に落ちたりしたものだ。われらの創造主の御命令によって、わたしはそれを壺に集め、今までしまっておいた。そしてきょう、わたしはおまえに喜びを告げるために送られてきた。おまえはこれから、『悲しむ者は幸いなるかな。その人は慰められん(9)』と言われた方のもとへ、喜びとともにおもむくのだ。」

こう言うと、若者の姿は見えなくなった。

至福のフェオフィールは僧院長を呼び、天使があらわれたこととそのお告げを物語った。そして二つの壺を出して見せた。ひとつは涙のあふれた壺、もうひとつはいかなる香料にもまして芳香を放っている壺で、フェオフィールは自分が死んだらそれを体にふりかけるように頼んだ。それから三日目に彼は主のみもとに去った。そして洞窟の尊者マルコの近くにりっぱに葬られた。彼のむくろに天使の壺の香油をふりかけると、洞窟のすみずみまで芳香が満ちあふれた。つぎに涙の壺がむくろにそそがれた。このように「涙とともに播く者は喜びとともに刈り取る(10)」のであり、「涙しつつ種を播く者」はキリストによって慰めを得るのである。キリストと主なる父、ならびに聖霊に栄光あれ。

聖餅焼きのスピリドンと聖像描きのアリンピイのこと

心に狡猾な企みをいだかず、胸に偽りをかくさぬ醇朴《じゅんぼく》な魂は、すべて聖なるものである。かかる者は神と人のまえで誠実であり、神に対して罪を犯すことができないし、またそれを望むこともない。なぜならば、彼は神の器であり、聖霊の住処であるからで、その心と体と智慧は、聖霊の光によって照らされているためである……

このスピリドン尊者は、言葉づかいは無智であったが、分別の点では決して無智ではなかった。彼は町方から僧門にはいったのではなく、村の出身だったのである。心に神への恐れをいだき、聖書を学びはじめると、詩篇をすっかりそらでおぼえてしまった。彼は僧院長の精進者ピーメンの命令によって、聖餅《せいへい》を焼く仕事についた。スピリドンといっしょに、ニコジームという名のもうひとりの修道僧が働いていたが、それは気質も考え方も、彼と瓜二つの人物であった。二人は長年にわたって、正直に間違いなくその勤めを果たしながら、パン焼き小屋のなかでりっぱに働いた。至福のスピリドンはパン焼き小屋にやってきたその日から、自分の献身と信仰の仕事をなおざりにせず、神を恐れつつ心をこめて自分の作業を行ない、その働きの結果である清らかな供物を神にささげていた。彼の口の果実であるもうひとつの生きた言葉の供物も、折にふれ事あるごとに、全能の神にささげられていた。すなわち、彼は絶えず詩篇を口ずさみ、毎日、それを始めから終りまで唱えていた。薪を割るときも、粉をねるときも、彼の口のなかで詩篇の唱詠がとだえることはなかったのである。

　ある日のこと、彼が敬虔の心をもってふだんの仕事に精を出し、いつものように聖餅を焼くためかまどに火をたきつけると、突然パン焼き小屋の屋根に炎がうつって、燃え上がった。スピリドンはすぐに自分のマンチヤを脱ぎ、かまどの口をふさいだ。それから上着の袖をくくって井戸に走ってゆき、そのなかに水を満たし、かまどと小屋の火を消してくれ、と僧団の全員に呼びかけながら、すばやく駆け戻った。いそいで集まってきた修道僧たちは、驚くべきことを目にした。すなわち、マンチヤは焼け失せず、燃えさかる火を消しとめた上着の袖からは、水がこぼれ出ていなかったのである。

　この至福のペチェルスキイ修道院のなかで主の御名によって息を引とったすべての者たちの名をあげて、その徳行をほめたたえることは、容易な業ではない。われらはダビデの言葉を借りて次のように言おう。「ただしき者よ、主によりて喜べ。讃美は直き者にふさわしきなり。十絃の琴をもて歓喜の声をあげて、主にむかいたくみに歌え」[11]……

　アリンピイ尊者は聖像の描き方を学ぶために、両親によって修道院にあずけられた。それは篤信の公フセーヴォロド・ヤロスラーヴィチの御代、ニーコン僧院長の時代で、シモンの書簡で述べられているように[12]、神といと清き聖母の御心により、ツァーリグラードからギリシア人の聖像画師が、ペチェルスキイ教会に絵を描くために、無理やりに連れてこられたときのことである。このとき、神は自らの教会のなかで恐ろしい奇跡を行ない、人々に示されたのであった。

画師たちが祭壇にモザイクを貼って飾りつけていたとき、われらの主にしていと清き聖母、永遠の処女マリアの御姿がひとりでに浮かび上がってきた。全員が祭壇の内部でモザイクの製作にかかっており、アリンピイも見習いながらその手伝いをしていたので、ひとり残らずこの不思議な恐ろしい奇跡に気づいた。彼らがじっと目をこらしているうちに、われらの主にしていと清き聖母、永遠の処女マリアの像は、太陽よりも明るく輝きはじめた。人々はもはや目をあげていることもできず、恐れおののきながら倒れ伏した。やがてわずかに身を起こして、今おこった奇跡を見直そうとしたとき、いと清き聖母の口から一羽の白い鳩が舞い出し、救世主の像をめがけて舞い上がって、そこに姿をかくした。鳩が教会から飛び去ったかどうか見ていると、ふたたびその鳩は救世主の口から皆の目の前へ飛び出し、教会のなかを縦横に飛びまわりはじめた。そして、ひとつひとつ聖像に近よってては、あるものにはその手に、あるものにはその頭にとまり、それから舞いおりてきて王門(13)の左手にある奇跡の聖母像の背後にとまった。下に立っていた者たちは、この鳩をつかまえようとして、梯子《はしご》をかけたが、鳩は聖像のうしろにも、帷《とばり》のかげにも見つからなかった。まわり中を見わたしたが、鳩がどこにかくれたかわからなかった。皆の目がくだんの聖像に向けられると、ふたたび聖母の口から鳩が飛び出し、救世主の像のほうへ舞い上がろうとした。人々は上に立っている者たちに、「つかまえろ」と叫んだ。彼らは手をのばしてつかまえようとしたが、鳩はまた、さっき飛び出した救世主の口のなかへ舞いこんでしまった。このときふたたび太陽よりも明るい光がその場の人々を照らし、瞳の力を奪った。彼らは倒れ伏して、主に礼拝した。至福のアリンピイも彼らといっしょにいて、この聖ペチェルスキイ教会における聖霊の出現を目にしたのであった。

教会のなかがすっかり描き上げられたとき、アリンピイはニーコン僧院長のもとで剃髪をうけた。彼は聖像画の描き方を熱心に学んだので、非常にたくみに描けるようになった。しかし、彼は富をたくわえるためにこの業を学ぼうとしたのではなく、神のおんために学んだのであった。そして僧院長や僧団のすべての兄弟たちが欲しいというだけ聖像を描いて与え、決して報酬を受けとらなかった。もし手もとに仕事がなければ、聖像を描くのに必要な金と銀を借り、貸し主のために聖像を仕上げると、それを借金の支払いのために渡した。またしばしば友人たちにむかって、どこかの教会で古くなった聖像を見かけたら、自分のところへ持ってくるように頼んだ。そしてそのような聖像を修復すると、元の場所にかけなおすのだった。これはみな自分が怠けることがないようにしたことであった。なぜなら聖なる教父たちは、修道士に絶えず仕事にはげむことを命じ、労働を神に対する大いなる勤めと考えていたからである。このことにふれて使徒パウロも、「この手はわが必要に供え、またわれとともなる者に供えたり。われは人のパンを貪ぼりしことなし(14)」と語っている。おなじようにこの至福のアリンピイも自分の仕事から得たものを三分した。すなわち第一の部分は聖像のために、第二の部分は乞食への施しについやし、最後の分け前を自分の肉体の必要のために用いたのである。彼はくる年もくる年もこうして働き、一日といえども自らに休息を与えなかった。夜は賛美歌と祈禱にはげみ、明るくなると絵の仕事にとりかかるといった風で、だれひとり彼があそんでいるのを見た者はなかった。仕事のために教会の集りに欠席することもなかった。僧院長は彼のあまたの善行と清らかな生活を愛でて、彼を司祭に叙任した。アリンピイは司祭の位にあげられてからも、神の御心にかなったりっぱな生活を送っていた。

あるとき、キーエフの町の富裕な住民のひとりが癩病《らいびょう》にかかった。彼は妖術師や医師の治療をさんざんうけた末、異教徒にも助けを求めたが、どうしてもよくならないばかりか、かえって病気は重くなる一方であった。友人のひとりが彼に、ペチェルスキイ修道院へ行き神父たちのだれかに頼んで祈ってもらうようにすすめた。病人が修道院に運ばれてくると、僧院長は聖フェオドーシイの井戸の水を海綿にひたして彼に飲ませ、頭と顔をその水でぬらしてやるように命じた。するとたちまち、自らの不信心のゆえに彼は全身が膿《う》みただれ、すべての者がその悪臭のために彼を避けるほどになった。病人は泣く泣くわが家に戻り、悪臭を恥じて幾日も家にとじこもっていた。そして友人たちにこう言った。

「恥がわしの顔をおおってしまった。わしはもう兄弟たちにとっても赤の他人だ。自分の母親の息子どもにうとんじられたのさ。それというのも、信心などしてもいないのに、聖アントーニイと聖フェオドーシイのところへ行ったりしたからだ。」

彼は毎日、死ぬのを待っていた。

そののちしばらくして、彼はわれに立ちかえり、自分の犯したかずかずの罪を反省し、アリンピイ尊者のもとをおとずれて、懺悔をした。至福のアリンピイは彼にこう答えた。「わが子よ、わたしのようにふつつかな者のまえにせよ、神に罪を告白して、いいことをした。預言者ダビデも『われは主のまえにわが罪をおおわざりき。主はわが心の邪悪をゆるしたもう(15)』と言っているのだから。」

こうして彼は魂の救済について諄々《じゅんじゅん》と病人を教えさとしてから、聖像を描くのに用いる絵具入れを引きよせると、その絵具を病人の顔にぬり、膿の出ているかさぶたにも絵具をつけて、彼を昔ながらの端麗な容姿に戻してやった。それから彼をペチェルスキイの神々しい教会に連れていって聖体を拝領させ、司祭たちが洗顔に用いる水で体を洗うように命じた。するとたちまちかさぶたが落ちて、彼の病気は治ってしまった……

アリンピイは水で洗い清めて病人の体の癩を治したばかりでなく、その心の癩をもいやしたのである。病いのいえた男の曾孫は、病気全快の感謝のしるしに、聖晩餐の聖像を収める御厨子《みずし》を金張りにした。業病人のこのような急速な回復に驚かぬ者はなかった。アリンピイ尊者はその場に居合わせた者たちにむかってこう言った。

「兄弟よ、『いかなるしもべも二人の主人に仕えることはできぬ』[16]という御言葉に耳をかたむけなくてはならない。この御仁は、以前は妖術にまどわされて、悪魔に仕えていた。それなのに神のみもとへやってきた。ところが自分の病気が治るなどとはもともと思ってもいなかったのだ。この不信心のために、癩病はいっそう重くなった。『求めよ、されど口先のみで求めず、信仰をもって求めよ。されば得るべし』[17]と主も語られている。彼がわたしを証人として、神のおんまえで悔い改めたとき、慈悲をかけられることのはやい主は、すぐさま彼をいやしたもうたのだ。」

病いのいえた男は、神と、神を生みたもうたいと清き聖母、ならびにわれらの尊師アントーニイとフェオドーシイ、それに至福のアリンピイをたたえつつ、わが家に戻った。アリンピイこそ、かつてシリア人ナアマンの癩病を治したエリシアの再来である。[18]

おなじキーエフの町に、キリストを愛するひとりの人物がおり、自分の教会を建て、この教会を飾るためにいくつかの大聖像、すなわち五幅の三体聖像[19]と王門の両側にかかげる一対の聖像を描かせたいと思った。そこでこのキリスト鑚仰《さんぎよう》者は、ペチェルスキイ修道院の二人の修道僧に銀貨と聖像用の画板をあずけ、彼らがアリンピイと話をつけて、彼に聖像を描いてもらうために、望むだけの費用を渡すように頼んだ。しかし二人の修道僧はアリンピイには何も言わず、その男から自分たちが欲しいだけの銀貨を受取った。しばらくして、このキリスト好きの男は二人の修道僧のもとへ人をやって、自分の聖像ができ上がったかどうかたずねさせた。修道僧はアリンピイがもっと金を欲しがっていると言って、ふたたびその男から金を取り、それを使い果たした。それからさらに彼らはこの聖者の名をかたって、まえに受取ったとおなじ額だけ金が欲しいと告げさせた。その後いくらもたたぬうちに、くだんの修道僧たちはまた、「アリンピイがさらにこれこれだけ要求している」と言ってやった。相手は「たとえ十回金が欲しいと言ってこようとも、断わるまい。わしはただあの方の祝福と祈りと作品が欲しいのだから」と言った。しかしアリンピイ自身は、二人の修道僧のしていることを何ひとつ知らずにいた。そのうちに、教会を建てた男は聖像ができ上がったかどうか見るために、人をよこした。するとさきの修道僧たちは、「アリンピイは金貨も銀貨もたっぷり受取りながら、まだあなたの聖像を描こうとしない」と答えた。

これを聞くと、例のキリスト好きは大勢の手下といっしょに修道院へやってきて、アリンピイ尊者の非を訴えるためにニーコン僧院長のまえに出た。僧院長はアリンピイを呼んでこう言った。

「兄弟よ、おまえはわれわれの息子に何という非道なことをしたのじゃ。この方はおまえが欲しいというだけ支払って、何遍も頼んだというのに。おまえは金など受取らずに描くこともあるではないか。」

至福のアリンピイは答えた。

「とうとき父よ、あなたはわたくしが一度も仕事を怠けたことがないことを御存知のはずです。何のことを言われているのか、わたくしにはさっぱりわかりません。」

僧院長が言った。

「おまえは七幅の聖像を描くために三遍も報酬を受取りながら、いまだに聖像を描いていないではないか。」

そしてアリンピイの罪状を明らかにするために、聖像の画板をもってくるよう命じ、さらに彼と対決させてその罪証を示すために、報酬を受取った二人の修道僧を呼びよせた。使いの者はすでに非常に見事に描かれている聖像を見て、それを僧院長の前にもってきた。それを目にすると一同は感嘆し、恐怖にとらわれ、ふるえながら大地にひれ伏して、人間の手をかりずに描かれた、われらの主イエス・キリスト、いと清き聖母、ならびにその聖者たちの像に礼拝した。この事件の評判がキーエフの町中にひろがった。ところで至福のアリンピイを中傷した二人の修道僧は、このことを何も知らずにやってきて、アリンピイを言いこめようとして口を開いた。

「あなたは三回も報酬を受取りながら、まだ聖像を描こうとしないではないか。」

一同がそれに答えて言った。

「このとおり聖像はもう神の御手で描かれているぞ。」

二人の修道僧はこれを見て、奇跡のまえで恐れおののいた。今まで修道院のものをあれこれ盗んできたこの修道僧たちは、その罪もあばかれ、持ち物をことごとく奪われた上、ペチェルスキイ修道院から放逐された。けれども彼らは恨みをすてず、至福のアリンピイをそしって、会う人ごとにこう言いふらした。

「あの聖像はおれたちが描いたのさ。ところが依頼主はおれたちに礼金を払うのがいやさに、作り話を考え出して謝礼をごまかしたのだ。おれたちがつくったのではなくて、神さまが描いたなどというのは真赤な嘘だ。」

こうして彼らはこの聖像を見るために集まった人々を説き伏せ、礼拝しようとする者があってもそれをさまたげたので、人々はアリンピイを中傷する二人の修道僧の言葉を信じこんでしまった。

しかし、神は自分の聖者たちの誉れをあらわされるものである。福音書のなかで主はこう述べておられる。「山の上にある町はかくるることなし。また人は燈火をともして、升《ます》の下に置かず、燭台の上に置く。たずね来たるすべての者を照らすためなり[20]。」このアリンピイ尊者の有徳の生涯も、また埋れてしまうことはなかった。聖像についておこった奇跡の知らせは、ウラジーミル公[21]の耳にまで達した。さらにあるとき、こういうことがおこったのである。神の思召しによって、ポドール[22]一帯が焼け、例の聖像のあった教会も焼け落ちてしまった。しかし教会が全焼したにもかかわらず、火事のあとで七幅の聖像は無傷で見出された。これを聞いた公は、神の御指図によって一夜にして描き上げられた聖像の上におこった奇跡を見るために出かけていき、自らの愛するしもべたるアントーニイとフエオドーシイ両聖者の祈りによって、いとも妙《たえ》なる奇跡を行なわれた万物の創造主をたたえた。ウラジーミル公はいと清き聖母の像をもらい受け、それをロストフの町にある公自らの建立にかかる教会に送った。聖像は今日なお健在であり、わたし自身それを目にしている。わたしがロストフにいたとき、こういうことがあった。公の教会が倒壊したが、聖像は少しもいたまず、木造の教会に移された。ついでこの木造の教会が火事で焼失したが、聖像は炎もかぶらず、傷ひとつ受けなかったのである。

さて、至福のアリンピイについてのもうひとつの物語に移ろう。キリストを鑽仰する別のある人物が、王門わきの聖像を描くことを至福のアリンピイに依頼した。数日後、聖像がまだ仕上がらないうちに、アリンピイは病気にかかってしまった。その信心家は至福のアリンピイにうるさく催促しはじめた。アリンピイはこう言った。

「わが子よ、わしのところへ来て、そんなにせがまないでくれ。聖像ができない悲しみは主におまかせするがよい。主はお望みどおりになされるだろう。おまえの聖母像は、きっとその祭日にはあるべき場所にかかるであろう。」

男は聖母像が祭日までにでき上がるというので嬉しくなり、アリンピイの言葉を信じていそいそと家に帰っていった。聖母昇天祭[23]の前夜、この信心ぶかい男は聖像を受取るためにまたやって来た。そして聖像がまだ描き上げられておらず、至福のアリンピイが重い病気にかかっているのを見ると、こう言って彼を責め立てた。

「あなたはどうして自分の病気のことをわたしに知らせてくれなかったのです。そうすればわたしはほかの絵描きに聖像を注文して、今度の祭日を晴れやかな楽しいものにすることができたでしょうに。あなたは聖像を間に合わせないようにして、わたしに恥をかかせたのですよ。」

至福のアリンピイは言葉少なにこう答えた。

「わが子よ、わたしが無精でこうなったのだろうか。それとも、神はその御言葉ひとつで自らの母君の像を描くことができないとでも言うのかね。わたしはもう主のお告げを受けて、この世を去ってゆくところだ。わたしの去ったあとで、神はいかようにもおまえを慰めてくださるだろう。」

男は悲しみながらわが家へ帰っていった。その男が出ていくとすぐに、輝くばかりのひとりの若者がはいってきて、絵具箱を手にとると、聖像を描きはじめた。アリンピイは聖像の依頼主が自分に腹を立て、他の絵描きを差しむけてきたものと思った。なぜなら、はじめのうちその若者は人間と変りがないように見えたからである。けれどもその仕事の迅速さは、とても人間業とは思えなかった。今聖像に金張りをしていたかと思うと、たちまちもう石の上で絵具をのばし、画板にぬりつけているのであった。若者は三時間のうちに聖像を描き上げて、こうたずねた。

うか。」

「老師よ、どこかまだ描き足りぬところがありますか。それとも、どこか間違えたでしょ

アリンピイ尊者は答えた。

「よくできたものだ。この聖像がこれほどうまく描けたのも神の御助けがあったからで、神があなたといっしょに描かれたのです。」

夕暮れが近づくと、若者の姿は聖像もろとも見えなくなってしまった。

一方、聖像の依頼主は聖母の祭日がくるというのにその聖像がないのを悲しみ、自分自身をそのような御恵みに値しない罪びとと呼びながら、ひと晩中まんじりともしなかった。そのうち床から起き出し、自分の犯したかずかずの罪業に涙をそそぐために教会へ出かけた。ところが教会の扉をあけると、聖母の像があるべき場所で光り輝いているのが見えたので、彼は何かの幻影と思い、恐怖のあまりその場にくずおれた。恐怖からようやくわれに返ると、それがまさしく聖像であることを確かめ、アリンピイ尊者の言葉を思い出して、しばらくわなわなとふるえていたが、やがて家人を起こすために走っていった。家人たちは喜びいさんで蠟燭と香炉をもって教会に集まり、たしかに聖像が太陽よりも明るく輝いているのを見て、大地にひれ伏して聖像に拝礼し、歓喜とともに口づけした。くだんの信心家はすぐに僧院長のもとにおもむき、聖像の上におこった奇跡を報告した。それから一同そろってアリンピイ尊者の部屋へ行ってみると、彼はまさにこの世を去ろうとしている

ところであった。院長が彼にむかって、「父よ、あの聖像はだれがどのように描いたのですか」とたずねると、アリンピイは自分が目にしたことを残らず話してきかせ、「それを描いた天使が今わたしのかたわらに立ち、わたしを連れて行こうとしている」と言った。そう語りおわってから、アリンピイは息を引きとった。人々は彼のなきがらを清め、教会に運んで、型のごとく賛美歌を唱えてから、われらの主イエス・キリストの御名により、洞窟のなかのとうとき師父たちのかたわらにアリンピイを葬った。父と子と聖霊に栄光あれ。

自叙伝

モノマフ公の庭訓

予、不肖の身たる予は、わが祖父、すなわち至福に恵まれ誉れ高きヤロスラーフ(1)により洗礼にさいしてワシーリイ、ロシア名ウラジーミルと名づけられ、愛する父とモノマコス一門の母(2)によって……〔原文不明〕、およびキリスト教徒のために。なぜなら主は、自らの慈悲と父の祈りを通じて彼らをあらゆる災から守られたのであるから。

余命いくばくもなくなった今(3)、予は心のなかで思いをこらし、罪ふかきわが身を今日まで永らえしめたもうた神を賛美した。わが子らよ、また他の何びとであれ、このつたなき書を読む者は、笑わないでほしい。わが子らのうちこの書が心にかなう者は、それを心にとどめ、行く先怠ることなく仕事にはげまねばならぬ。

まず第一に、神と自らの魂のために、心に神への恐れをもち、惜しまずに施しをなせ。これこそあらゆる善行のはじまりであるから。この書が心にかなわぬ者は、腹を立てずに、こう言うがよい、「これから遠い旅に出ようと棺桶に片足入れた者が、つまらぬ事をぬかしたものだ」と。
予の兄弟たちから遣わされた使いの者がヴォルガ河畔で予に出会い、こう伝えたことがある。「急ぎわれらのもとに来たれ。ロスチスラーフの子らを追い出し、彼らの領地を奪おうではないか。もし汝がわれらとともに行かなければ、われらは自分の思いどおりにし、汝も勝手にするがよい。」予は答えた。「たとえ汝らが怒ろうとも、予は汝らに加わって、十字架の誓いをやぶることはできぬ」と。(4)(5)
使者たちを帰らせたのち、予は詩篇を取り上げ、悲しみにくれながらそれを開いてみると、次のような一節が目にとまった。「わが魂よ、汝なんぞうなだるるや。なんぞわがうちに思いみだるるや」云々。それから予は気に入ったこれらの章句を集め、それを順序よくならべて、書き写した。汝らはもし終りの部分を好まぬとしても、初めのほうは採るがよい。「わが魂よ、汝なんぞうなだるるや。なんぞわがうちに思いみだるるや。汝、神によりて望みをいだけ。われ神を信ずるがゆえに。」「悪をなす者と競《きそ》うなかれ、不義をなす者をねたむなかれ。そは悪をなす者は断ちほろぼされ、主を待ち望む者は国を継ぐべければなり。久しからずして悪しき者は失せん。汝その所を見るとも、あることなからん。されど謙《へりく》だる者は国を継ぎ、また平安の豊かなるを楽《たのし》まん。悪しき者は正しき者にさからわんとて謀略《はかりごと》をめぐらし、これにむかいて歯がみす。主は悪しき者を笑いたまわん。彼の日の来たるを見たまえばなり。悪しき者らは剣をぬき、弓を張りて、貧しき者と不具なる者(6)(7)

をたおし、心正しき者を殺さんとせり。彼らの剣はおのが胸を刺し、その弓は折らるべし。正しき者のもてるものの少なきは、悪しき者の豊かなるにまされり。そは悪しき者の腕は折らるれど、主は正しき者を力づけたまえばなり。悪しき者はほろび、正しき者は恵みありて施し与う。神をことほぐ者は国を継ぎ、神を呪う者は断ちほろぼさるべし。主によりて人の歩みは定めらる。たとえその人たおるることありとも、打ちふせらるることなし。主、彼の手をたすけ、支えたまえばなり。われ昔年若くして今老いたれど、正しき者の捨てられ、あるはその裔の糧《かて》乞いありくを見しことなし。正しき者はひねもす恵みありて貸し与う。その裔は幸いなり。悪をはなれて善をなせ。平安を求め、悪を追いのけ、永遠《とこしえ》に生きるべし。[8]」

「人々起こりたつとき、われらを生けるままにて呑みしならん。その怒りわれらにむかいて起こりしとき、水はわれらをおおいしならん。[9]」

「神よ、願わくばわれを憐れみたまえ。人われをふみつけ、ひねもす戦いてわれをしいたぐ。わが仇敵どもわれをふみつけたり。おごりたかぶりてわれと戦う者多ければなり。[10]」

「正しき者は讎《あた》かえさるるを見て喜び、その手を悪しき者の血のなかにて洗わん。かくて人は言うべし。『正しき者に報いあらば、げに裁きをほどこしたもう神はましますなり』と。[11]」「神よ、願わくばわれをわが仇敵より助けだし、われにさからいて起こり立つ者より免がれしめたまえ。邪悪を行なう者よりわれを助け出《い》だし、血を流す者よりわれをすくいたまえ。彼らはわが魂をとらえたればなり。[12]」「その怒りはただしばしにて、命は恵みのなかにあり。夜は泣き悲しむとも、朝には喜ばん。[13]」「汝の慈愛は命にもまされるゆえに、わが唇は汝をたたえまつらん。かくわれは生くるあいだ汝を祝い、汝の御名によりてわが手を上げん。[14]」「願わくばわれを悪しき人の群、不義をなすあまたの者どもよりかくしたまえ。[15]」「喜べ、心正しきすべての者たちよ。われつねに主を祝い、その頌詞《しょうし》は絶えることなし[16]」云々。

かつてバシレイオス[17]は若者たちを集め、清純で汚れない心とやせた体を保ち、おだやかに物語り、主の御言葉を正しく守るように教えた。曰く、「飲食は大きな音をたてずに行なえ。老人のまえでは黙《もだ》し、賢者の言には耳をかたむけ、年長者には服従し、同輩や年少者には愛をもて。嘘いつわりなく語り合い、できるだけ相手の言うことを理解せよ。粗暴な言葉を吐くな。他人の悪口を言ってはならぬ。むやみに笑うな。年上の者には遠慮せよ。浮かれ女には話しかけるな。目は伏し目がちに、しかし心は高くたもって、彼らを避けよ。権力に心ひかれている者には憚ることなく、いかなる力に対しても全幅の尊敬を寄せぬように教えよ。もし汝らのうちだれかが他人の役に立つことがあれば、神からその報いが与えられることを期待するがよい。その者は永遠の幸福を楽しむであろう。」「おお、主なる聖母よ、わがあわれなる胸より、傲慢と不遜を取り去りたまえ。この世のうつろさを誇らずにすむように」げにもはかなきこの現《うつ》し世のなかで。

信仰をもつ者よ、努めて篤信の実践者たれ。福音書の言葉を借りれば、努めて「主のおんために、まなこを抑え、口をつつしみ、理智をやわらげ、肉体を従わせ、怒りをしずめ、清らかな思いをはぐくみ、善行にふるい立て。奪われても、仇を返すな。憎まれたら、相手を愛せ。しいたげられたら、耐え忍べ。あざけられたら、祈れ。罪を抑えよ。」「辱しめられたる者を救い、みなし子には公平を期し、寡婦を庇護せよ。」「主、言いたまわく、いざわれらとともに論《あげつ》らわん。たとえ汝らの罪は緋《ひ》のごとくなるも、雪のごとく白くせん(18)」云々。「精進の春と懺悔の花は輝き出でん。兄弟たちよ、われらは心と体のあらゆる不浄の血から自らを清めよう。創造主をふりあおいで言おうではないか。『栄光あれ、人間を愛する者よ』と。」

まことに、わが子らよ、人間を愛される神がいかに慈悲ぶかいか、いかに比類なき慈愛をたれたもうか、わかってほしい。われら人の子は罪ぶかく、いつかは死なねばならぬ。そしてだれかに害を加えられると、すぐに相手をたおし、その血を流そうとする。だが、生殺与奪の権をその手に握られる主は、つもりつもったわれらの罪業を、われらの死ぬ日まで忍んでくだされる。あたかもわが子を愛する父親が、打擲《ちようちやく》したあとでふたたびその子を引きよせるように、われらの主は、懺悔と涙と施しの三つの善行をもってわれらが悪魔に打ち克ち、その手からのがれるすべを示されたのだ。わが子らよ、これら三つの行ないによって自らの罪をまぬがれ、天国を失わぬようにせよという神誡《しんかい》は、さしてきつくはあるまい。どうか、この三つの徳行を忘れず、一心にはげんでほしい。それは別にむずかしくはないことなのだから。一部の有徳の人々がすすんでわが身に課しているような隠遁や僧房生活や精進によらずとも、ささやかな徳行によって神の慈悲を受けることができるのである。

「世の人はいかなるものなりや。いかなればこれを心にとめたもうや。[19]」「主よ、汝は偉大にして、その御業は玄妙なり。人智をもってしては、汝の奇跡を解くあたわず。」ふたたび言おう。「主よ、汝は偉大にして、汝の御業は玄妙なり。汝の御名は永遠に祝せられ、あがめられてあれ。」汝の御力と、この世にあらわされた汝の大いなる奇跡と善をほめたたえない者があろうか。天と太陽、月と星、闇と光がつくられたのも、汝の御業ではないか。水の上に大地がおかれたのも、主よ、汝の御心であったのだ。主よ、さまざまな獣たち、鳥や魚どもは汝の御心で飾られている。人が埃からつくられ、その顔かたちがおのおの異なっているこの不思議さに驚かずにいられようか。たとえ全世界の人間を集めてみても、神の智慧のおかげで、ひとつとしておなじ顔はなく、[20]みんなそれぞれ別の顔をしている。空の鳥が楽園から飛来し、まずわれらの国をおとずれるのにも驚かされる。しかも、彼らはひとつの国にとどまることなく、強きものも弱きものも、神の命令のまにまに、あらゆる国々に飛び行き、森や野に満ちている。神はこれらすべてを人間の食物のため、喜びのために与えられたのだ。主よ、われらに対する汝の慈悲の広大なるかな。罪ふかき人間のために、これらの恵みをたれたもうたのだから。主よ、空の鳥は汝から智慧をさずかっている。汝が命ずれば、鳥どもは歌い出し、人を楽しませてくれる。命じなければ、舌をもちながら黙している。「主よ、汝は祝せられ、いともふかくたたえらるるなり。」あらゆる奇跡と善は汝の御業であるがゆえに、「汝をたたえぬ者、父と子と聖霊の御名により て、全身全霊をあげて汝を信ぜざる者は、呪われてあれ。」

わが子らよ、これらのとうとい御言葉を読んだ上は、われらに慈悲をたれたもうた神をたたえるがよい。これから先は予のつたない頭で考えた教訓である。しばらく予の言葉に耳をかたむけ、たとえ全部でなくとも、半分は聞き入れてほしい。

神が汝らの心を和らげられるときは、おのれの罪を思って涙を流し、「あそび女《め》と強盗と収税人を憐れまれたるごとく、罪ふかきわれらをも憐れみたまえ」と祈らねばならぬ。教会においても床にはいるまえにも、そのようにせよ。一晩たりとも怠るな。できたら、地に頭をつけて礼拝せよ。病気のときにも三遍は行なえ。これを忘れたり、なまけたりしてはならぬ。夜の礼拝と祈禱によって、人間は悪魔に打ち克ち、昼間おかした罪からまぬがれるのである。馬に乗っていて何もなすことがなく、さりとてほかの祈りをささげる余裕もないときには、絶えず胸のなかで「主よ、憐れみたまえ」と唱えつづけよ。これは何にもまして良き祈りであり、馬の背中でつまらぬことを考えているよりまさっている。

何よりもまず貧しい者たちのことを忘れるな。力の及ぶ限り彼らに食物を与え、孤児には施しをなし、寡婦を庇護し、強者が他人をしいたげるのを許すな。正しき者をも悪しき者をも殺してはならぬ。殺させてもならぬ。たとえその罪が死に当るときでも、いかなるキリスト教徒の命をも奪ってはならぬ。善きにせよ、悪しきにせよ、ものを言うときに神かけて誓ったり、十字をきったりするものではない。そんな必要はないからだ。もし兄弟や他のだれかに対して十字架に口づけして誓いを立てる場合には、その誓いが守れるかいなか、よく自分の胸に確かめてから口づけせよ。口づけした上は、かたく誓いを守り、かりにもそれをやぶることによって自らの魂を破滅させることがあってはならぬ。主教、司祭、修道院長をうやまえ。愛情をもってその祝福を受け、彼らをうとんぜず、力の限り彼らを愛し、その祈りを通じて神の恵みを得られるように心をくばれ。何よりもまず傲慢の念を、頭にも心にももってはならぬ。その代り次のように言うのだ。「われらは死すべきものである。きょうは生きていても、あすは墓場にはいるやもしれぬ。主よ、汝がわれらに与えたもうたものは、われらのものではなく汝のものであり、しばらくのあいだわれらに委ねられたのだ。」地上に蓄えをもつな。それはわれらにとって大いなる罪である。老人を父のごとく、また若者は兄弟のようにうやまえ。

自分の家にあっては怠ることなく、万事に目をくばれ。汝らをたずねる者に家のありさまや食事をあざけられぬよう、執事にも従者にも任せきりにしてはならぬ。戦場にのぞんだときには、部将らに頼ってはならぬ。飲食にふけらず、眠りをむさぼるな。見張りは自ら立て、夜は四方に見張りを置いてから、戦士たちのそばに休み、朝は早く起き出でよ。軽々しく剣を肌身からはなしてはならぬ。油断していて不意をつかれ、身をほろぼすことがあるからだ。虚言と深酒と淫乱を避けよ。それらにふけると、身も心もほろぼすからである。自分の領内を通過するときには、おのれの従者にも他人の従者にも、村々や田畑で乱暴をはたらくことを許すな。さもなければ、人々は汝らを恨みはじめるであろう。どこへ行こうと、どこにとどまろうと、乞食に飲み食いせしめよ。何よりも客をうやまえ。たとえ相手がどこから来た者であろうと、また平民であろうと、身分高き者であろうと、使者であろうと、それは問うな。もし贈物を与えることができなければ、せめて飲み食いだけはさせるがよい。よきにつけ、あしきにつけ、旅をする者はすべての国々に人の噂をひろめるものであるから。病人をなぐさめ、死者の葬いにおもむけ。われらはみな、いつかは死なねばならぬからである。人に会ったら、かならず挨拶をし、やさしい言葉をかけよ。自分の妻を愛せ、しかしその言うなりになってはならぬ。すべて物ごとのかなめとなることは、まず第一に神への恐れをいだくことである。

これを忘れるようなことがあったら、しばしば読み返してみるがよい。そうすれば予は恥を受けることなく、汝らも道をふみたがえることはないであろう。

汝らが心得ているよきことがあれば、それを忘れず、知らぬことは学ぶがよい。予の父上は国外に出ることなくして五カ国の言葉を知り、他国の尊敬をかちえていた。怠惰はあらゆる悪の母である。知っていることは忘れ、知らぬことは学べない。善をなすにあたっては、いかなる善であれ、なまけ心をもってしてはならぬ。何よりもまず教会へ行くことである。寝床のなかで日の出を迎えてはならぬ。予の至福なる父、ならびにすべての完全無欠な人士たちは、みなそのようにしたのであった。朝禱で神を賛美し、さらに日の出には太陽をうち仰いで、歓喜とともに神の栄光をたたえ、こう唱えねばならぬ。「うるわしき光をわれに与えたまいし神、キリストよ。わが目を照らしたまえ。」そしてさらに、「主よ、おのがもろもろの罪業を悔い改め、わが生涯を正さんがために、われに齢《よわい》を重ねしめたまえ」と。予は親兵たちとすわって事を議するとき、人の裁きを行なうとき、あるいは狩りに出たり遠乗りに出かけるとき、あるいはまた眠りにつくまえに、このようにして神をたたえている。正午の眠りは神によって定められたものである。この掟にしたがって、獣も鳥も人も休むのである。

さて、わが子らよ、これから、予が十三歳のとき以来もろもろの旅や狩りでいかなる苦しみをなめたか、その次第を物語ろう。はじめに予はヴャチチ族の地を通ってロストフへおもむいた。父上が予をそこへ遣わされたのであり、父上自身はこのときクールスクへおもむいた。次に予はスタフコ・ゴルジャチッチとともにスモレンスクへ往復した。スタフコはその後イジャスラーフ(21)にともなわれてブレストへでかけ、予はまたスモレンスクへ派遣された。予は次にスモレンスクからウラジーミルにおもむいた。その冬、予の二人の兄がポーランド人の焼き払ったブレストの町の焼跡へ予を遣わし、予はそこで平静に帰した町を治めた。それからペレヤスラヴリの父上のもとへ行き、復活祭のあとでペレヤスラヴリからウラジーミルにむけて出発した。ステイスクでポーランド人と和を結ぶためであった。そこからふたたび夏まえにウラジーミルへおもむいた。

その後スヴャトスラーフ[22]は予をポーランドへ派遣した。予はグロガウを越えてボヘミアの森に達した。ポーランドでは四カ月のあいだ各地をめぐり歩いた。この年に、今ノヴゴロド公である予の長男[23]が生まれた。そこから予はトゥーロフに行き、ペレヤスラヴリにおもむいて春を過ごし、またトゥーロフに戻った。

やがてスヴャトスラーフがなくなり、予はまたスモレンスクに行き、スモレンスクからその冬のうちにノヴゴロドへ移った。春になると予はグレープ[24]の援軍におもむいた。夏には父上とともにポーロックに攻め寄せ、次の年の冬にはスヴャトポールク[25]とともにまたポーロックに押し寄せて、ポーロックの町を炎上せしめた。それからスヴャトポールクはノヴゴロドへ行き、予はポーロヴェツ族[26]とともにオドレスクに兵をすすめ、チェルニーゴフにはいった。それから、ふたたびスモレンスクからチェルニーゴフの父上のもとへ行った。このときオレーグ[27]がウラジーミルから追われてここへやってきたので、予は父上と食事をともにするよう彼をチェルニーゴフの別邸に招いた。このとき予は父上に金三百グリヴナ[28]を献じた。そしてふたたびスモレンスクを出てから、予は戦いながらポーロヴェツ勢のあいだを抜けてペレヤスラヴリにたどりつき、遠征から戻ったばかりの父上と対面した。ついでその年のうちに、予は父上とイジャスラーフ[29]とともにボリース[30]と戦うためにチェルニーゴフにむかい、ボリースとオレーグを打ちやぶった。そしてペレヤスラヴリに戻り、オブロフにとどまった。

やがてフセスラーフ[31]がスモレンスクを焼き払った。予はチェルニーゴフの兵をひきい、各自予備の馬をしたがえて駆けつけた。しかし敵はすでにスモレンスクにいなかった。フセスラーフ追跡の途上、予は彼の領地に火をかけ、ルコームリ、ロゴシスクまで進入して、ドルーツクに攻め寄せ、その後チェルニーゴフに戻った。

その冬、ポーロヴェツの軍勢が全スタロドゥープを占領した。予はチェルニーゴフ勢と味方のポーロヴェツ軍をひきいて出陣し、デスナ河畔でアサドゥーク、サウクの両汗を捕虜とし、彼らの親兵隊を打ち破った。そしてその翌日には、ノヴゴロド・セーヴェルスキイのかなたでベルカットギンの精鋭を追いちらし、奴僕や捕虜たちをすべて奪い返した。ヴャチチの地へは二冬つづけてホドタとその息子を討つためにおもむいた。最初の冬にはコリドノへ進撃した。それからロスチスラーフの子らを追って[32]ミクーリンまで進んだが、彼らを捕えることはできなかった。その年の春にはヤロポールクとブロードゥィに会した。

おなじ年に、ゴロシンを占領したポーロヴェツ勢をホロール川のかなたまで追跡した。

その秋にはチェルニーゴフ勢とポーロヴェツ勢、チテエヴィチ勢をひきいてミンスクにむかい、この町を占領して、町にひとりの奴隷、一匹の家畜も残さなかった。

冬にはヤロポールクとブロードゥィに会し、大いなる和を結んだ。

春になると、父上は予をペレヤスラヴリの公に据えてすべての兄弟たちの上に立たしめ、われらはスポイ川のかなたへ遠征した。プリルークの町へむかう途中で突然、八千の兵をひきいるポーロヴェツの汗たちと遭遇した。われらは敵と一戦を交えることを辞さなかったが、武器が輜重車で先に送られていたので、町にはいった。捕虜になったのは従僕がひとりと、数人の百姓だけであった。一方、味方は多くのポーロヴェツ人を殺したり捕えたりしたので、彼らはあえて馬から下りようともせず、その夜のうちにスーラ川にむけて逃走した。聖母昇天祭[33]にあたるあくる日、われらはベーラヤ・ヴェージャにむかい、神と聖母の御助力を与えられた。九百のポーロヴェツ兵を打ち殺し、バグバルスの兄弟、オセニとサクシの二人の汗を捕えたのである。逃げのびたのは二人の兵だけであった。

その後ポーロヴェツ勢を追ってスヴャトスラーヴリを攻め、次にトルチェスクの町を攻撃し、なおもポーロヴェツ軍を追跡してユーリエフを攻めた。その後、ふたたびドニエプ[34]ルのかなたクラースノの近くでポーロヴェツを打ち破り、ついでロスチスラーフとともにワリンのほとりで敵の幕舎を奪った。その後ウラジーミルにおもむき、ふたたびヤロポールクをそこに据えたが、ヤロポールクは死んでしまった。

父上の死後、スヴャトポールクのときに、またもわれらはストゥグナ河畔でポーロヴェツ軍と夕刻まで戦った。それはハレプの近くであった。そのあとで、トゥゴルカンはじめ他のポーロヴェツの汗たちと和を結んだ。そしてグレープの従者から味方の親兵たちをすべて取り返した。

その後、オレーグが全ポーロヴェツの軍勢をひきいてチェルニーゴフなる予にむかって押し寄せてきた。予の親兵隊は八日にわたり小さな土塁によって敵と戦い、彼らを砦のなかへ入れなかった。予はキリスト教徒がたおれ村々や修道院が炎上するのを見るに忍びず、「異教徒の者どもを勝ち誇らせてはなるまい」と言って、オレーグにその[35]父の玉座を与え、自分は父上が領していたペレヤスラヴリにおもむいた。聖ボリースの日にチェルニーゴフを出て、百騎たらずの親兵とその妻子をひきつれてポーロヴェツ勢のあいだを抜けていった。彼らは渡し場でも丘の上でも、予らにむかって狼のように舌なめずりをしていたが、神と聖ボリースは予を彼らのえじきとはなしたまわず、われらはつつがなくペレヤスラヴリに到着した。

ペレヤスラヴリには親兵たちとともに三夏と三冬とどまり、戦《いくさ》と飢えのためにあまたの苦しみをなめた。われらはリモフのかなたにポーロヴェツの戦士を攻め、神に助けられて彼らを殺したり[36]捕えたりした。

またイトラリの手の者を打ち破り、ゴルタフの町を攻めて彼らの幕舎を奪った。

それからスタロドゥープにオレーグを攻めた。彼がポーロヴェツ勢と手を結んだからである。またスヴャトポールクとともにローシ川のむこう岸のブーク河畔にボニャーク[37]を攻めた。

それからダヴィード[38]と和を結んでスモレンスクにおもむいた。ふたたびヴォロニツァを出た。

その時トルク人[39]がチテエヴィチのポーロヴェッツと手を組んで予にむかって押し寄せ、われらはスーラ川に彼らを迎撃した。

その後ふたたび冬を過ごすためロストフに行き、三冬後にスモレンスクにおもむいた。スモレンスクからロストフに戻った。

それから、またもスヴャトポールクとともにボニャークを追い、……〔原文不明〕を殺したが、彼らに追いつくことはできなかった。その後ローシ川のむこうまでボニャークを追撃したが、またも彼を捕えることはできなかった。

そしてスモレンスクに行って冬を過ごし、復活祭のあとでスモレンスクをはなれた。このときユーリイの母[40]がなくなった。

夏まえにペレヤスラヴリに戻り、兄弟たちを集めた。

それからボニャークが、全ポーロヴェッツ軍をひきいてクスニャーチンに攻め寄せた。わが方はペレヤスラヴリからスーラまで出て敵を迎え撃った。われらは神の御加護をうけてポーロヴェッツの軍勢を打ち負かし、名だたる汗たちを捕虜にした。そして降誕祭のあとでアエパ(41)と和を結び、彼の娘を受取ってスモレンスクに行き、それから予はロストフにおもむいた。

ロストフを出て、またもスヴャトポールクと手を組んでウルソバ麾下《きか》のポーロヴェツ勢を攻めたが、神はわれらに御加護を与えられた。

その後、ふたたびボニャークをルブノに攻めたが、われらは神の助けで勝利を得た。

それからスヴャトポールクとともにヴォイニを攻め、その後またスヴャトポールクとダヴィードといっしょにドンまで兵を進めて、神の御加護にあずかった。

それからヴィーリにアエパとボニャークが押し寄せて、この町を占領しようとした。予は、オレーグならびに子供たちと彼らを攻撃するために出発したが、敵はこれを知って逃走した。

その後、予らは味方の兵を捕えたグレープをミンスクに攻めた。そして神の助けを得て、目的を達した。

そののち、ウラジーミルにヤロスラーヴェツ(42)を攻めた。彼の悪行を我慢することができなくなったからである。

チェルニーゴフからキーエフの父上のもとにおもむくことは、およそ百回にのぼったが、その道程(43)はいち日で駆け通し、晩禱まえに行き着いた。予の行なった主要な遠征は全部で八十三、残りの小なるものは記憶にとどめていない。父上の生前ならびに死後にポーロヴエツの汗たちと和を講ずること十九回で、彼らにさき与えた家畜と衣服はおびただしい量に達する。また一旦捕虜としてのちに釈放したポーロヴェツの名だたる汗たちの名をあげれば、シャルカンの兄弟二人、バグバルスの兄弟三人、オセンの兄弟四人、その他名の知られたる汗百人。神はまた、コクスシ父子、ブルチの子アクラン、タリの汗アズグルイ、その他十五人の若武者を生きながら予の手にゆだねられたが、予は彼らを捕えて首をはね、サリニャの流れに投げ込んだ。おなじとき、およそ二百人の重立った戦士を斬り殺した。

予はまたチェルニーゴフにあったとき、大いに狩りにはげんだ。チェルニーゴフをはなれてから現在にいたるまで、毎年百回ほど獣を追い、大した苦労もなく獲物を仕止めてきたが、父上にしたがってあらゆる獣どもの狩猟に精出していたトゥーロフの郊外では、辛い思いをしたこともある。

チェルニーゴフではこんなことがあった。森のなかで自ら野生の馬を十頭、二十頭としばり上げ、そのほか曠野を進んでいく途中でもおなじように野生の馬をこの手で捕えたのである。二頭の野牛に乗馬もろとも押したおされたことも、鹿の角にかけられたこともあるし、二頭の大鹿に襲われ、一頭に踏みつけられ、他の一頭には角で突かれたこともある。猪が予の腰の剣を引きちぎり、あるいは熊がひざ当てを食いちぎり、あるいは狼が予の腰にとびかかって馬もろとも転倒せしめたこともある。だが神は予を無傷のまま生き永らえさせたもうた。落馬は幾度となく経験し、頭を打ち割ること二度、手足に傷を負うことはしばしばであった。若い頃には向う見ずの命知らずで、傷が絶えなかった。戦のときにも狩りのおりにも、夜であれ昼であれ、暑さ寒さを問わず、予は従者のなすべきことを自ら行なって、わが身に休息を与えなかった。代官たちや布令役に頼ることなく、為すべきことは自分で為した。家においても自らすべての家政をとり、狩りのときも自分で猟の準備をととのえ、馬のこと、鷹のこと、隼《はやぶさ》のことに気をくばった。

また、力ある者が貧しい百姓やあわれな寡婦をしいたげることを許さず、教会の秩序と勤行に注意を怠らなかった。

わが子らよ、また他の何びとであれこの書を読む者は、予をとがめないでほしい。予は自らを誇り、おのれの勇気を誇示するものではない。神をたたえ、その恩寵を賛美しているのである。神は、罪ふかくいやしき身なる予を、長年にわたって死の危険から守りたまい、このいやしき身を鞭打って人間のあらゆる益事に役立たしめたもうたがゆえに。このつたなき書を読んだ上は、神とその聖者たちをたたえつつ、努めてあらゆる善行にはげまねばならぬ。わが子らよ、死をも、戦をも、また野獣をもおそるることなく、神が汝らに定めたもうた男子にふさわしきことを行なえ。予が戦乱、野獣、水難、落馬によって命を落とすことがなかったとすれば、汝らの何びとといえども、神の御指図なくして傷を負い、生命を失うはずがない。また神が死を定められれば、父も、母も、兄弟も、汝を死の手から奪うことはできぬ。われとわが身を気づかうことはよきことにせよ、神の御加護は人の配慮にまさるのである。

主僧アヴァクーム自伝（抄）

〔序文〕

〔わが父エピファーニイ老師(1)の祝福を受けて、不肖主僧アヴァクーム、自らの罪ぶかき手もて書きしるしたる生涯。語る言葉まま俗なりといえども、汝らこれを読む者、あるいは耳に聞く者は、主のおんために、われらの言葉のひなぶりをとがめざらんことを。そのゆえは、予はわがロシア固有の言葉をいつくしみ、物知り風の韻文もて言辞をかざる習わしをもたぬためであり、かつはまた、神は美々しい言葉を聞き入れたもうものではなく、われらの善行をこそ望まれるからにほかならぬ。パウロも述べている。「たとえわれもろもろの人の言葉と天使の言葉を語るとも、愛なくばむなしきものなり。(2)」このことをとかくあげつらう要もあるまい。主はわれらにラテン語、あるいはギリシア語、あるいはヘブライ語、あるいはそのほかのいかなる言葉をもっても語ることを求めらるるにあらずして、愛ともろもろの善行を望まれているのである。このゆえに、予は美辞麗句に意を用いず、わがロシア語を自らいやしめない。しかして、キリストのしもべたる汝らすべての上に神の許しと祝福のあらんことを。アーメン」……

〔生い立ち〕

わたしはニージェゴロド地方、(3)クドマ川のかなたのグリゴロヴォ村で生まれた。父ピョートルは司祭で、母は名をマリアといい、尼僧になってからはマルファと名のった。父は絶えず飲酒にふけっていたが、母は精進と祈禱にはげみ、つねひごろわたしに神への恐れをいだくことを教えていた。あるとき、わたしは隣人のもとで死んだ家畜を見たが、その夜、床から起き上がり、死について思いをめぐらし、自分も死すべき身であることを思って、聖像のまえで自らの魂のために心ゆくまで泣いた。夜ごとに祈るわたしの習慣はこのときにはじまったのである。こののち、母は寡婦となり、わたしも幼くして父なし子の身となって、親類縁者のもとから追われることになった。(4)

母はわたしに妻をめとることを望んだ。わたしは、わが魂の救済の助力者となるべき妻を与えたまえと、いと清き聖母に祈った。おなじ村にやはりみなし子で、いつも教会に通ってくる娘がいた。名前はアナスターシアといった。娘の父は名をマルコといい、かなり裕福な鍛冶屋であったが、その死後は貯えもすっかり使い果たしてしまっていた。娘はまずしい暮しを送りながら、わたしと夫婦に結ばれることを神に祈っていた。そして神の御心によってそれが実現した。(5)まもなく母はきびしい奉仕をかさねるうちに神のみもとへと

プストジョールスクの土牢で自伝を執筆するアヴァクーム
左に天使が現われている。(『主僧アヴァクーム自伝』，20
世紀の写本中のさし絵)

去った。わたしは村を追われて、別の土地に移った。

わたしが按手の礼をうけて輔祭になったのは二十一歳のときで、それから二年たって司祭に任ぜられた。司祭たること八年で、正教の主教たちから主僧に叙せられた。以後二十年、僧職についてからかぞえれば、三十年の月日が流れた。〔生年では五十余歳になる。〕司祭になってから、わたしには数多くの信仰上の子供ができた。現在までにその数は五百人、あるいは六百人にのぼるであろう。わたしは罪ぶかき身ながら、休む間もなく、つとめてもろもろの教会や家庭や四つ辻で、町といわず村といわず、ツァーリの都からシベリアの果てにいたるまで、神の御言葉を教えひろめた。その年数はおよそ二十五年になろう。

〔司祭時代〕

わたしがまだ司祭であったころ、ひとりの若い女が懺悔のためにわたしのもとをおとずれた。それはあらゆる淫行と放蕩に身をもちくずし、多くの罪をかさねた女であった。彼女は教会の福音書のまえに立ち、涙にむせびながら、その所行をくわしく語りはじめた。幾重にも呪われた医師であるわたしは、みだらな火に身を燃え立たせ、自分から病を発してしまった。そのとき、わたしは苦しさに胸がひどくしめつけられる思いであった。わたしは三本の蠟燭に火を点じて読経机に立て、邪悪な胸の火が消えるまで、右手を炎の上にかざしていた。そして女を帰すと、袈裟をたたみ、祈りをささげてから、深い悲しみにしずんで家へむかった。時刻は真夜中であったが、わが家に着くと主の御像のまえで目のはれ上がるまで泣き、神にむかって、「われを教え子たちから引きはなしたまえ。この勤めはあまりに重く、になうことかなわぬゆえに」とひたすら祈った。そして大地にうつぶせにたおれ、慟哭しているうちにそのまま意識を失った。どれほど泣いていたものか、覚えていない。いつか心の目はヴォルガの川のほとりをうつしていた。見れば、金の船が二そう静かに川をすすんでいた。その櫂も金、帆柱も金、何から何まで金ずくめであった。船にはひとりずつ舵とりが乗っていた。わたしはたずねた。

「それはだれの船か。」

彼らは答えた。

「ルカーとラヴレンチイの船です。」

この二人はわたしの教え子であった。彼らはわたしとわたしの一家を救いの道にみちびき、神の御心にかなってこの世を去った者たちである。まもなく第三の船があらわれた。これには金の飾りはなく、さまざまな色――赤、白、青、黒、灰色――がまだらにぬられていた。人間の知恵をもってしては、このような船の美しさもすばらしさも認めることはできなかった。輝くばかりの若者がひとり、ともにすわって舵をとっていた。船はわたしを呑みこもうとでもするかのように、ヴォルガからわたしをめがけて突きすすんできた。

た。

わたしは叫んだ。

「それはだれの船か。」

するど乗り手は、

「おまえの船だ。ぜひにと望むならば、妻子を連れてこの船に乗っていくがよい」と答えた。

わたしは思わずふるえ上がり、その場にすわって考えこんだ。《この幻影は何であろうか。船に乗るとはどういうことなのか》と。

ほどなく、「死の悩みわれを襲い、陰府《よみ》の苦しみわれにのぞめり。われは憂いと悩みにあえり」(6)と聖書に書かれたようなことがおこった。すなわち、ある寡婦のもとから役人が娘を奪ったのである。わたしは父のない娘を母親に返すように役人に懇願した。けれども彼はこちらの願いをあなどり、かえってわたしに迫害を加えてきた。大勢の群衆とともに押しかけて、教会のまえで息の絶えるまでわたしの首をしめつけたのだ。わたしは半時間かあるいはそれ以上死んだまま横たわっていたが、神の御指図によってまた生きかえった。彼は恐怖にとらわれ、娘をわたしに引き渡した。そののちにも彼は悪魔にそそのかされ、教会にふみこんできてわたしを打ちすえ、袈裟をつけたままのわたしの両足をつかんで地面を引きずりまわした。そのあいだ中、わたしは祈りの言葉をとなえていた。

その後、別の機会にもうひとりの役人がわたしにむかって怒り狂ったことがある。彼はわたしの家に乗りこみ、わたしを打ちのめして、犬のように手の指に喰いついた。自分ののどが血でいっぱいになると、指を歯のあいだからはき出し、わたしを打ちすてたまま自分の家に引きあげていった。わたしは神に感謝をささげてから、手に布を巻いて、晩禱にでかけていった。その途中、彼はふたたび二挺《ちょう》のピストルをもってわたしに襲いかかった。そばまで近づくと、彼は一方のピストルに点火したが、神の御心によって火薬は薬池の上で燃え尽き、銃は発射しなかった。彼はそれを地上に投げすてると、もう一方のピストルに火をつけた。しかし神の御意志がまたもやはたらいて、今度も銃は発射しなかった。わたしは歩みをとどめずひたすら神に祈り、片手で彼にむかって十字をきって会釈した。彼はわたしに吠えかかったが、わたしは言った。

「汝の口に祝福あれ、イワン・ロジオーノヴィチ。」

〔この男は、教会の勤行のことでわたしに恨みをいだいたのである。彼は勤行を短くすませることを望んだが、わたしは定めにしたがってゆっくり讃詞をとなえた。それがひどく彼の気持をそこねたのであった。〕

こののち、彼はわたしから邸《やしき》をとり上げ、何もかも奪い取って、わたしをその土地から追い出した。道中用のパンすらもくれなかった。

ちょうどこのころ、今母親とともに土牢に押しこめられている息子のプロコーピイが生まれた。わたしは錫杖《しゃくじょう》を手に取り、母親は洗礼もすまぬ赤子をいだいて、神のみちびきたもう方角に歩きだした。

〔われわれは歩きはじめると声高く賛美歌や福音書の唱句をうたった。「主は昇天ののち、山登りゆく御弟子らのまえにあらわれぬれば、御弟子らこれを伏しおがみたり。」この唱句を最後までとなえたのである。われわれの先頭には聖像が運ばれていった。わが家には多くの歌い手がいた。みなうたいながら涙をながし、天をあおいだ。見送りにきた村人たちは、男といわず女といわず子供たちまでもみな、大勢で声をはりあげて泣くので、わたしの胸は悲しみではりさけんばかりであった。彼らは野原を遠くまで送ってきてくれた。わたしは定めの場所に立って神をたたえ、説教を行ない、彼らに祝福を与えて無理やりに家に帰らせた。そして家族を引き連れて、とぼとぼとすすんでいった。〕

道すがら、われわれはかつてピリポがある宦官に行なったごとく[7]、プロコーピイに洗礼をほどこした。モスクワのツァーリ付き[8]懺悔聴聞僧ステファン主僧とイワン・ネローノフ主僧のもとにたどりつくと、二人はツァーリにわたしのことを言上した。主上がわたしのことを知られたのはこのときからである。神父たちは任命書をわたしに与えて、ふたたび以前の場所に派遣することにした。やっとのことそこに戻ってみると、わが家の壁はすでに打ちこわされていた。わたしはそこでまた家財をととのえてここに[9]住むことになったが、悪魔はまたしてもわたしに対して迫害を加えてきた。太鼓やドムラをもった熊使いどもがわたしの村にやってきたのである。罪業ふかき身とはいえ、ただひたすらにキリストの教えを守る者として、わたしは彼らを追いはらい、ただひとり野原で、大勢の者どもから道化の仮面と太鼓を奪い取って、それを破りすて、その上二頭の大熊を取り上げた。このうち一頭は打ち殺したが、あとでまた息を吹き返した。他の一頭は野原に放してやった……

〔試練のはじまり〕

こののち、われわれの友ニーコン(10)がソロヴェツキイ修道院からフィリップ府主教(11)の聖骨をたずさえてやってきた。彼の到着に先立って、ツァーリの懺悔聴聞僧ステファンは、教会の兄弟たちとともに——わたしもそのなかにいた——われらの魂の救済のために、よき牧者たる総主教を与えたまえと神に祈り、一週間の斎戒をした。わたしはカザン府主教コルニーリイとともに、ツァーリの懺悔聴聞僧ステファンを総主教に立てるよう請願状をしたため、署名をして、ツァーリと后《きさき》に差し出した。しかしステファン自身はそれを望まず、ニーコン府主教を推した。ツァーリは彼の言葉にしたがい、上京の途上にあったニーコンにあてて詔書を送られた。

「ノヴゴロド、ヴェリーキエ・ルーキ、および全ルーシの府主教ニーコン猊下に挨拶をおくる、云々。」

ニーコンは到着するとわれわれに対して狐のような態度をとり、腰を低くしてお世辞をふりまいた。彼はおのれが総主教になることを心得ていて、それに対するいかなる妨げもおこらぬように手を打ったのである。この間の奸策について語ればきりがない。

彼は総主教に立てられると、親しい友人さえ十字架の間(12)に入れなくなった。そしてまもなくその毒を吐いてみせたのである。大斎《たいさい》期(13)にはいったとき、彼はカザン寺院のイワン・ネローノフに通達を送ってきた。ネローノフはわたしの懺悔聴聞僧であった。わたしはずっと彼の教会に住み、彼がどこかにでかけて不在のおりは、代ってこの教会を取りしきっていた。そのころ、なくなったシーラの後任として、わたしをクレムリン内のスパス寺院の主僧とする話があった。しかし神はそれを望まれず、わたしも気がすすまなかった。わたしは自分から望んでカザン寺院にとどまり、そこで会衆に聖書を読んで聞かせていた。それを聞きにやってくる者も多かった。

さて、通達のなかでニーコンは次のように言ってきた。

「某年某日付。聖なる使徒と教父たちの伝承にしたがい、今後教会内で跪拝《きはい》を行なってはならない。礼拝は腰まで頭を下げれば充分である。また十字をきるときは三本の指を用いよ。」

われわれ仲間たちは集まって思案をめぐらした。今や、冬がおとずれようとしていることは明らかであった。胸は凍え、足はわなわなとふるえはじめた。ネローノフはわたしに教会を託し、ひとりチュードフ修道院(14)に身をかくし、七日のあいだ僧房にこもって祈りをささげた。すると、祈りのさなかに聖像が声を発して彼に告げた。

「苦難の時はきた。だが汝らは苦しみにひるんではならぬ。」

彼はこのことを泣きながらわたしに語った。のちにニーコンのためにノヴゴロド地方で焼き殺されるコロームナのパーヴェル主教にも語った。それからコストロマーのダニール主僧にも、また教会のすべての兄弟たちにも語った。わたしとダニールは、もろもろの書物から十字をきるときの指の組み方と礼拝に関する記述を書き抜き、主上に提出した。そのことで書かれていることはたくさんあった。ツァーリがそれをどこにかくされたのか、わたしは知らない。おそらくニーコンに渡されたのであろう。

まもなくニーコンは、トヴェーリ門外の修道院でダニールを捕え、ツァーリの面前で断髪せしめた(15)。そして外套をはぎとり、悪口をあびせながらチュードフ修道院のパン焼き小屋に引き立てていき、さんざん苦しめた末、アストラハンに流した。ここで彼は頭に茨の冠をかぶせられ、土牢のなかで殺された。ダニールの断髪ののち、テームニコフの主僧であったもうひとりのダニールが捕えられ、ノヴォスパス修道院(16)にとじこめられた。イワン・ネローノフ主僧も教会のなかで僧帽を奪われ、シモン修道院(17)にとじこめられた。やがてネローノフはヴォーログダのスパス・カーメンヌイ修道院、ついでコーラ島の砦に流された……

わたしもまた銃兵隊をひきつれたボリース・ネレジンスキイによって、終夜祈禱の席で捕えられた。わたしといっしょに六十人ほどの者がつかまり、牢に連れ去られた。わたしはその夜のうちに総主教館で鎖につながれた。日曜の夜が明けかかると、わたしは荷車に乗せられ、両腕を左右にひろげさせられて、総主教館からアンドロニイ修道院[18]に連れていかれた。そしてここで鎖をかけられたまま地下の真暗な牢に投げこまれ、三日のあいだ飲まず食わずで過ごした。わたしは暗闇のなかにすわり、鎖につながれたまま礼拝を行なっていたが、東にむかってしたのか西にむかってしたのか、わからなかった。だれひとりおとずれる者はなかった。来るものといえば鼠と油虫だけであり、こおろぎが鳴いていた。蚤はいくらでもいた。三日目に飢えをおぼえた。つまり、腹がへったのである。すると晩禱のあとでわたしのまえに立つものがあった。それが天使であるのか、人間であるのか、わからなかった。今でもわからない。ただかのものは闇のなかで祈りをささげると、わたしの肩に手をかけ、鎖のまま腰掛のところに連れていってすわらせると、手にさじをもたせ、ひと切れのパンとスープを与えた。それは何と甘美な味がしたことであろう。彼はわたしにこう言った。

「もうよい。これでおまえも力がつくだろう。」

そしてたちまちその姿は消えた。扉は開かれていなかったのに、見えなくなったのである。人間であれば驚くべきことである。天使だったのであろうか。それならば驚くにあたらない。いかなるところにも天使をさえぎるものはないからである。翌朝、修道院長が修道士たちとともにやってきて、わたしを外へひき出した。そして「どうして総主教にしたがわないのか」といってわたしを責めた。わたしは聖書を引用して総主教を非難し、悪口をあびせていたのだ。太い鎖が取りのぞかれ、細い鎖がつけられた。わたしはある修道僧に引き渡されてその監視を受けることになり、教会にひいていかれた。教会に着くと、人々はわたしの髪を引きむしり、脇腹をこづき、鎖をゆすぶり、顔に唾を吐きかけた。神はこの世においても来るべき世においても、彼らを許したもうであろう。これは彼らが行なうのではなく、狡猾なるサタンの仕業だからである。わたしはここに四週間とじこめられていた……

その後わたしはふたたび修道院から出され、両腕をひろげさせられたまま徒歩で総主教館に連れていかれ、さんざん争論を行なってから、また修道院に連れ戻された。それから十字架の行列のある聖ニケータスの日[19]に、荷馬車に乗せられ、この行列にさからって運ばれていった。そして断髪されるために大聖堂に着き、礼拝式のあいだ中、長いこと入口で待たされていた。ツァーリは玉座を下りて、総主教のところへいかれ、わたしの断髪を思いとどまるように懇請された。わたしは断髪されることなくシベリア庁に連れ去られ、その長官のトレチャーク・バシマコーフの手に引き渡された。彼は今修道僧サヴァーチイとなってノヴォスパス修道院の土牢にとじこめられ、キリストのおんために苦しみをなめている。主よ、彼を救いたまえ。このとき彼はわたしに好意を示してくれたのであった。

〔シベリア流刑〕

やがてわたしは妻や子供たちといっしょに(20)シベリアへ流された。道々いかばかりの苦しみをなめたか語るべきことは多いが、ほんのすこしだけふれておこう。妻は赤子を生んだばかりであった。まだ病人である妻も、荷馬車でトボーリスクまで運ばれていった。三千露里をほぼ十三週間かかって荷馬車と川船、それに行程の半分は橇《そり》を用いて、やっとすすんでいった……

こののち、わたしをトボーリスクからレナ河畔に移せという命令がきた。それというのも、わたしが聖書を引用してニーコンを非難し、彼の異端ぶりを攻撃していたからであった。おなじころ、モスクワからわたしのもとへ手紙がとどいた。宮中でツァーリの后に仕えていた二人の弟が妻子もろとも疫病で死に、そのほか多くの友人や身内の者もたおれたということであった。神がその怒りの盃をツァーリの国原《くにはら》にそそぎたもうたのである。それにもかかわらず、不幸なる者どもは悔い改めることなく、依然として教会を乱していた。当時ネローノフは、教会の分裂のゆえに疫病、戦乱、離散の三つの災難がふりかかるであろうと、ツァーリに何度も申し述べていた。そのとおりのことがわれらの目のまえでおこったのだ。しかし主なる神は情ぶかくおわされる。罰を下されたのちは、悔い改めさえすれば慈悲をたれたまい、われらの心と体の病を駆逐し、やがて平安を与えてくださるのである。わたしはキリストにすべての望みをかけている。その恩寵を期待し、死したる者のよみがえりをかたく信じている。

まもなく、すでに述べたように、かつて幻のなかでわたしにあらわれた船にふたたび乗って、レナにむけて出発した。エニセイスクに到着したとき、わたしをダウーリア[21]に流せという別の命令がとどいた。これはモスクワから二万露里以上もはなれた場所であった。わたしはアファナーシイ・パシコーフ[22]の部隊に引き渡された。パシコーフには六百人の部下がいた。何の因果か、この男は残忍な人物で、絶え間なく人々を焼き殺し、責めさいなみ、鞭打っていた。わたしはしばしば彼をいさめたが、かえって自分が彼の手にかかる羽目におちいってしまった。彼はモスクワのニーコンからアヴァクームを苦しめよと命じられていたのだ。

エニセイスクを出て大ツングースカ川[23]にさしかかろうとしたとき、わたしを乗せた平底船が嵐のために沈みそうになった。川のまんなかで船が水びたしになり、帆はずたずたにやぶれ、甲板をわずかに水上に残すだけで、ほかはすべて水中に没した。妻は頭巾もかぶらずにかけまわり、やっとのことで子供たちを水のなかから引き上げた。わたしは天をあおいで叫んだ。

「主よ、救いたまえ。主よ、助けたまえ。」

神の思召しによってわれわれは岸に打ち寄せられた。このときのことは筆舌に尽しがたい。別の船では二人の者が波にさらわれ、おぼれ死んだ。われわれは岸に上がって身なりをととのえ、ふたたび旅をつづけた。

シャーマンの早瀬に着いたとき、別の一団がむこうから船でやってくるのに出会った。彼らのなかには二人の寡婦がいた。ひとりは六十歳ほどで、もうひとりはさらに年老いていた。彼女らは尼になるため修道院におもむく途中であった。ところがパシコーフはこの女たちを引き返させ、結婚させようとした(24)。わたしは彼に言った。

「教会の掟ではこのような者たちを結婚させることは許されない。」

彼はわたしの言葉を聞き入れて寡婦たちを通してやるどころか、わたしに腹を立て、ひどい目にあわせようと企みだした。そして次のドールギイの早瀬にさしかかると、こう言ってわたしを船から追い出そうとした。

「きさまのおかげで船足がにぶいわ、異端者めが。山のなかでも歩いていって、コサックの足手まといになるな。」

おお、災到る。山は高く、森は果てしなくつづき、断崖は壁のようにそそり立って、見上げれば首も折れんばかりであった。この山々には大蛇が棲息しているのだ。雁や赤羽の鴨、黒がらす、灰色の小がらすなども棲んでいる。また、鷲、鷹、隼、雉、ペリカン、白鳥、その他さまざまな野鳥が数限りなく巣くっている。さらに山羊、鹿、野牛、大鹿、猪、狼、野生の羊などおびただしい野獣がうろついている。これらは目には見えても捕えることはできない。

パシコーフはわたしをこの山にすて、獣や大蛇や鳥どもの仲間入りをさせようとしたのである。わたしは彼に次のようにはじまる手紙をしたためた。

「人の子よ、神を恐れよ。智天使の上にましまし、はるか下界をも見とおしたもう神を。天の軍勢も、人をはじめとする生きとし生けるすべてのものも、そのまえではふるえおののく。ひとり汝のみが神を軽んじ、不敬をはたらこうとしているのである、云々。」

以下多くのことを書き足し、それを彼に送った。そうすると五十人ほどの兵士が駆けつけてわたしの船をおさえ、三露里ばかりはなれたところにいる彼のもとへ、大急ぎで船を曳いていった。わたしは粥を煮てコサックに食べさせてやった。彼らはかわいそうに食べながらふるえていた。わたしを眺めて涙をながし、憐れんでくれる者もいた。船が着くと刑吏がわたしを捕え、パシコーフのまえに引き立てていった。彼は剣を手にして立ちはだかり、身をふるわせていた。そしてまずわたしにこうたずねた。

「きさまはれっきとした僧侶か、それとも破門僧か。」

「わたしは主僧アヴァクームである。わたしにどんな用があるのか。」

彼は野獣のようなうなり声をあげて、わたしの左右の頰を打ち、頭をなぐり、突きたおし、斧をつかんで、たおれているわたしの背中を三度なぐりつけた。それから、はだかにしてまた背中を鞭で七十二回打った。わたしはそのあいだ中こう言っていた。

「神の子、主イエス・キリストよ、われを助けたまえ。」

この言葉を繰返し繰返しとなえつづけた。「許してくれ」と言わないのが、彼にとっては我慢ならぬのであった。ひと打ちごとにわたしは祈りをとなえ、打たれながら彼にむかって叫んだ。

「打つのもいい加減にするがいい。」

そこで彼は打つのをやめさせた。わたしはつぶやくように彼に言った。

「なぜわたしを打つのか。そのわけがわかっているのか。」

またもや彼はわたしの脇腹を打たせた。そのあとでわたしは放免された。わたしは体がふるえだし、どっとその場にたおれた。彼はわたしを輜重船にひきずっていくように命じた。わたしは手足に枷をかけられ、船の横桁の上に置きざりにされた。ときは秋であった。雨がわたしの上に降りそそいだ。ひと晩中、わたしはしずくにうたれて横たわっていた。鞭打たれているときは、祈りのおかげで痛みをおぼえなかった。しかし横になっていると、わたしの胸に次のような思いがうかんだ。

「神の子よ、あなたはなぜこれほどまでにわたしを打たせたもうのか。わたしはあなたの寡婦たちをかばってやったというのに。だれが、わたしとあなたのあいだを裁くのか。かつて邪悪な行ないをしたときでも、あなたはこれほどひどくわたしをこらしめられはしなかった。今、わたしはどんな罪を犯したというのだろうか。」

まるで清浄無垢な人間の言い草ではないか。このわたしが、パリサイ人さながら偽善者づらをして主と争うことをねがったのだった。昔ヨブがおなじことを言ったとしても(25)、彼は潔白な、心正しい人間で、聖書も知らず、掟なき未開の国に住んで、神の創造物によって神を知ったのであった。しかるにわたしはまず罪ある者であり、次に掟によりかかり、つねに聖書を通じてはげましを受け、「われらは多くの艱難辛苦を経て神の国に入らねばならぬ(26)」と知りながら、このようなおろかな考えをいだいたのであった。何というあさましいことであろう。船はこのとき、なぜわたしを乗せたまま水底に沈まなかったのであろうか。わたしの骨はたちまちうずきだし、筋はひきつりはじめた。心臓の動きもにぶくなって、今にも息絶えんばかりになった。やがてわたしの口に水がはねかかった。わたしはため息をつき、主のまえに犯した罪を悔いた。われらを愛される神は慈悲ぶかくおわします。悔い改めれば、いかなる罪もお許しなされる。ふたたびわたしの痛みは消えたのであった。

あくる朝、わたしは小船に乗せられ、さらに先へと運ばれていった。早瀬のなかでも一番大きいパドゥーンの早瀬に近づき――川幅はこのあたりで一露里ほどで、するどく切りたった礁脈が、川幅いっぱいに三筋もあり、水路を誤れば、いかなるものも木端みじんにくだけてしまうのであった――その早瀬のすぐ手まえまで船で運ばれた。雨がそそぎ、雪が舞っていたが、わたしの肩をおおっているのは粗末なカフタン一枚だけであった。腹や背中を伝わって水がしたたり落ちた。その苦しみは並たいていのものではなかった。わたしは小船から引き上げられ、鎖につながれたまま岩づたいに早瀬を迂回してひかれていった。ひどく辛いことではあったが、もう二度と神を責めなかったので、心は安らかであった。預言者にして神の使徒であった者の次のような言葉が頭にうかんだ。「わが子よ、主のこらしめを軽んずるなかれ。主にいましめらるるとも、落胆するなかれ。主はその愛する者をこらしめ、すべてその受けたもう子を鞭打ちたまえばなり。こらしめを忍ぶとき、神は汝らを子のごとくあしらいたもう。もし汝らにこらしめなくば、そはかくし子にして、まことの子にあらざるなり。[27]」この言葉によってわたしは自らをなぐさめた。

それからわたしはブラーツクの砦に連れていかれ、牢に投げこまれて、ひとつかみのわらを与えられた。そして聖フィリッポスの斎戒期[28]まで、凍りつくような塔のなかにとじこめられていた。そのころここではもう冬であったが、神は下着だけのわたしをあたためたもうた。わたしは犬の子のように、わらのなかに寝ていた。食物はくれることも、くれないこともあった。「あの鞭打たれたとき以来、わたしはひもじい思いをしつづけた。食べることにひどく不自由していたのである。むこうの気が向いたときしか食物をくれなかった。あのならず者どもはわたしを愚弄していた。あるときはパンだけをよこすかと思えば、あるときは生《な》まのハムとか、あるいはパンなしでバターだけを渡した。それでもわたしはやはり犬のようにかぶりつくのだった。顔を洗えなかったので礼拝することもできず、ただキリストの十字架をあおぎ、祈りをとなえていた。番兵がいつも五人ずつ、すこしはなれたところに立っていた。壁に小さな隙間があいていて、一匹の小犬が毎日やってきては、そこからわたしの顔を眺めていた。昔ある金持ちの門前で、膿みただれたラザロのところへ犬どもがきてその膿をなめ、彼をなぐさめたように(29)、わたしはその小犬と語り合った。人々は遠くのほうをまわり道して、牢のなかをのぞこうとはしなかった。」

ここには鼠がたくさんいた。わたしは帽子で鼠どもをはらいのけていた。愚か者どもは棒も与えなかったのだ。背中が化膿していたので、寝るときはいつもうつぶせになった。蚤と虱も多かった。わたしはときどきパシコーフにむかって、「許してくれ」と叫びそうになった。しかし神が力をそえられてそれを禁じ、耐え忍べと命ぜられた。やがてわたしはあたたかい小屋に移され、人質(30)や犬たちにまじって、ひと冬をそこにつながれて過ごした。妻と子供たちは二十露里ほどはなれたところに流されていた。女中のクセーニアは冬中、大声でわめいたりなじったりして家族を苦しめた。息子のイワンはまだ幼かったが、キリスト降誕節が過ぎると、しばらくわたしのところに泊るつもりでたずねてきた。するとパシコーフは、わたしがまえにとじこめられていた寒い牢に彼を投げこませた。かわいそうに子供はそこで一夜を過ごし、あやうく凍え死するところであった。そして翌朝ふたたび母親のもとに追い返された。わたしはこの子の姿さえ見なかった。子供は母親のところへようやく帰りついたが、手も足もすっかり凍えていた。

春になると、われわれはふたたび先へとすすんでいった。持物はみな奪われてしまい、貯えはわずかしか残っていなかった。本や衣服も持ち去られたが、一部はまだ残っていた。バイカルの湖《うみ》ではまたしても水におぼれて死にそうになった。ヒロークの川では船曳きをさせられた。それはひどく骨の折れる道中だった。食べるいとまも眠るゆとりもなかった。夏のあいだ中、われわれは苦しみぬいた。水のなかでの力仕事のために、次から次へと人がたおれていった。わたしの足と腹は紫色に変わった。ふた夏も水のなかを歩きまわり、冬には連水陸路(31)をやっとのことで越えていった。わたしはこのヒローク川で三度目の水難にあった。流れの力におされて、乗っていた艀《はしけ》が岸からはなれてしまったのだ。ほかの者たちの船はとまっていたが、わたしの小船は波に巻きこまれ、押し流された。妻と子供たちは岸に残っていた。わたしと舵とりの二人はずんずん流されていった。水の流れははやく、艀は横になったり、ひっくりかえったりした。わたしはその上をはいまわりながら、大声で叫んだ。

「聖母よ、助けたまえ。御身こそわが希望、沈ませたもうな。」

あるときは足が水につかり、あるときは水のなかから艀の上にはい上がった。一露里かそれ以上も流されてから、人々が艀をとめてくれた。何もかもびしょぬれであった。キリストといと清き聖母の思召しであれば、これもいたしかたなかった。わたしは水から上がると笑っていたが、人々はため息をつきながら、わたしの着物をあたりの茂みにさしかけてくれた。繻子《しゅす》や琥珀織の外套、そのほかこまごましたものがまだかなりトランクや袋のなかにはいっていたけれども、みんなこのときからすっかり腐ってしまい、われわれは着のみ着のままになった。ところがパシコーフはまたしてもこのわたしを鞭打とうとした。

「きさまは自分を笑い種《ぐさ》にしようとしているな。」

わたしはふたたび、やさしい聖母に切なる祈りをささげた。

「聖母よ、この愚かなる男の心をしずめたまえ。」

希望の光でおわします聖母はたちまち彼の心をしずめたもうた。パシコーフはわたしをふびんに思いはじめたのである。

それからわれわれはイルゲン湖にたどり着いた。ここからは連水陸路があって、冬になるとこれにそってすすみはじめた。パシコーフはわたしから召使を取り上げてしまい、ほかの者がわたしにやとわれることを禁じた。幼い子供たちをかかえ、食べ手は多いのに、働き手はなかった。あわれにもこの不幸者の主僧が、ひとりで犬橇をつくり、ひと冬中この連水陸路をのろのろとすすんでいった。〔ほかの者たちは橇をひかせる犬をもっていたのに、わたしのところには一匹もいなかった。まだ幼い二人の息子、イワンとプロコーピイが仔犬のようにわたしといっしょに橇をひいた。この連水陸路は百露里ほどあった。あわれな家族はやっとのことでこの道を歩きとおした。わたしの妻は小麦粉と赤子を肩に背負って歩いた。娘のアグラフェーナもとぼとぼ歩いていったが、やがて橇に乗りこんでしまった。彼女の兄弟たちとわたしは、おぼつかない足どりで、橇をひきつづけた。当時のことは悲喜こもごもの思い出となっている。子供たちは疲れ果てて雪の上に何回もたおれた。母親がそのたびにひと切れの蜜菓子を与えると、二人はそれを食べ、ふたたび綱をひくのであった。ようやくこの道を歩きとおして、昔アブラハムがマムレの樫の木のもとに住んだように、(32)一本の松の木かげで暮らすようになった。パシコーフははじめのうち、われわれが逆茂木をめぐらした砦のなかにはいるのを許さず、存分に腹いせをした。われわれ親子だけが一、二週間、人気《ひとけ》のない林のなかの松の木の下で凍えていた。そのうちやっと彼はわれわれを砦のなかに入れ、落着く場所を与えた。そこでわたしは子供たちといっしょに囲いをつくり、小屋を建て、火をたいた。そしてやっとのこと川の氷の解けるまでもちこたえた。〕

春になると筏に乗ってインゴダ川を下った。この川下りはトボーリスクを出てから四年目にあたっていた。筏で流す丸太は、家を建て砦をきずくためのものであった。食物がなくなり、飢えとはげしい水仕事のために死ぬ者が出た。川は浅く、筏は重く、見張りどもは情を知らず、杖は長く、棍棒は節くれだち、鞭はするどく、折檻は苛酷であった。それはまったく吊されて火あぶりにされるような苦しみだった。その上、人々は飢えていた。すこしでも折檻されると、すぐに死んでしまうのだった。

〔たとえ鞭で打たれなくても、息をしているのがやっとというありさまであった。春から夏中にかけての食い扶持として、十人にひと袋ずつの麦芽が支給されただけで、やれ働け、狩や漁をしてはならぬと言い渡されていた。粥に入れるろくでもない柳の花を採りにいったりすると、額を杖で一撃され、「勝手なことをするな、下司野郎め。死ぬまで働くんだ」とどやされた。部下は六百人ほどいたが、パシコーフはみなをこのような目にあわせていたのである。」

ああ、それは何という時期だったことか。どうして彼がこのように正気をなくしてしまったのか、わたしにはわからない。

わたしの妻はモスクワ仕立ての外套を一着もっていた。それはまだすこしも傷んでおらず、ルーシでならば二十五ルーブルほどのものであったから、ここではそれ以上の値打ちがあった。パシコーフはそれと交換に裸麦を四袋よこした。(33) われわれはそれから一、二年ネルチャ川のほとりで暮らすあいだ、野草をまぜてやりくりしながら、この裸麦で露命をつないだ。

パシコーフは絶えず人々を飢えで苦しめながら、食べ物を取りに出かけることは許さなかった。食料の貯えは残り少なになり、人々は曠野や野原をさまよって、草や木の根を掘り返した。われわれとても彼らと変わらなかった。冬には松の皮を食べた。神が馬肉を恵まれることもあった。狼に殺された獣の骨を見つけ、狼が食べ残したものを、われわれが食べ尽した。凍え死んだ狼や狐を食べることもあり、ついには手当り次第どんなけがらわしいものにも手を出した。牝馬が仔を生んだことがあったが、飢えに苦しんでいた連中はひそかに仔馬を羊膜ごと食べてしまった。パシコーフはこれを耳にすると、彼らに死ぬほど鞭をくらわせた。母馬もひどいことをされて死んでしまった。人々が仔馬を無理やりにその腹からひきずり出そうとしたからである。仔馬の頭が外に出たとたんに、彼らはそれをつかんでひっぱり出し、血まみれの汚物を食べ出したのであった。ああ、何たる日々であったことよ。わたしの幼い二人の息子はこの窮乏のさなかに死んだ。彼らはほかの子たちといっしょに、はだかはだしで、山やけわしい岩の上をうろつきまわり、草や木の根で飢えをしのぎ、さまざまな苦しみを味わったのである。罪業深重なるわたし自身も、背に腹は代えられず、馬肉や死んだ鳥獣の肉を口にしたものである。あわれ罪ぶかき魂よ、俗世の悦楽のために破滅したおのれのあわれな魂に涙をそそぐため、「だれかわが首を水となし、わが目を涙の泉となさんや。」(34)

しかし、この軍人知事〔パシコーフ〕の嫁エヴドキア・キリーロヴナと、彼アファナーシイ〔パシコーフ〕の妻フョークラ・シメオーノヴナが、キリストのおんため、われわれに救いの手を差しのべてくれた。この二人は、パシコーフにかくれてよく見舞いの品を恵んでくれ、われわれを飢え死から救ってくれたのだ。あるときはひと切れの肉を、あるときはパンを、またあるときはできる限りの小麦や燕麦をもたせてよこした。麦は四分の一プード(35)とか一、二フント(36)とか半プードとかをひそかにためてとどけることもあり、鶏のえさをかき集めてよこすこともあった。わたしの不幸な娘アグラフェーナは、よくこっそりと彼女の窓辺に出かけていった。まったくもって、悲しくもあればおかしくもあることであった。娘は相手の知らぬうちに追い返されることもあったが、あれやこれやたくさんもらってくることもあった。この時分娘はまだほんの子供であったが、今ではもう二十七歳になっており、まだかわいそうにとつぎもせずに、メゼーン[37]で妹たちといっしょに食うや食わずの暮しを送り、涙の日々を過ごしている。またその母親や兄弟たちは土牢につながれている。だがそれもやむをえない。キリストのおんために、不幸な者たちはこの上さらに苦しみをなめるがいいのだ。神のお助けによって、かくあらしめよ。キリストの信仰のために、苦しむのは当然のことである。あわれ、わたしも主僧として、栄えある人々と喜んで交わりをもったからには、すすんで最後まで逆境に耐えねばならぬ。聖書にも、「幸いなるは始めたる者にあらず、終えたる者なり[38]」としるされている。余談はさておき、元の話に戻ろう……

やがてわれわれはネルチャ川からふたたびルーシにむかって引き返した。五週間というもの一面の氷の上を橇ですすんだ。子供たちやがらくたの家財道具をのせるために、やせ馬が二頭わたしに与えられた。わたしと妻は氷につまずきながらとぼとぼと歩いていった。それは未開人の土地であり、土民たちは反抗的であった。馬からおくれるのは恐ろしいことだし、さりとておくれずについていくのもむずかしいことであった。人々は飢えて疲れきっていたからである。妻はあわれにもよろめきながら歩いていき、氷がひどくすべりやすかったので、しばしば転倒した。あるとき彼女がよろめきながら歩いていてたおれると、やはり疲れきったひとりの男が彼女につまずいて、その場にたおれた。二人とも叫び声をあげたが、起き上がる力もなかった。男が大声で言った。

「奥さん、許してくだされ。」

すると妻が叫んだ。

「まあ、おまえさん、わたしはつぶれてしまうよ。」

わたしがそばに行くと、かわいそうに彼女はわたしを責めて言った。

「あなた、こんな苦しみはいつまでつづくのですか。」

わたしは答えた。

「マールコヴナ、死ぬときまでつづくのだよ。」

すると彼女はため息をついて言った。

「かまいませんわ、ペトローヴィチ。さあすすんでいきましょう」……

十年のあいだパシコーフはわたしを苦しめた。あるいはわたしが彼を苦しめたのかもしれぬ。それは最後の審判の日に神がきめたもうであろう。

〔シベリアからの帰還〕

パシコーフが新任者と交替し、わたしにもルーシに戻るようにという命令がとどいた。彼はわたしを置き去りにして出発した。腹のなかで《やつがひとりで行けば、きっと土民どもに殺されるだろう》と思っていたのであろう。パシコーフは何隻かの平底船に武器や手下たちをのせて出発したが、あとでわたしが聞いたところでは、彼らは土民たちを恐れてふるえていたという。わたしは彼よりひと月おくれ、むこうでは役に立たぬ老人や病人や負傷者を十人ほど集め、それにわたしと妻子と合わせて十七人で一隻の小船に乗りこんだ。そして船首に十字架を立て、キリストに望みをかけつつ、神のみちびきたもう方角にむかって恐れることなく出発した……

ダウーリアの地をあとにしてから、食料が次第にとぼしくなった。そこで仲間たちと神に祈ると、キリストは一頭の大鹿を恵まれた。それを食べながらバイカルの湖《うみ》にたどり着いた。この湖のほとりに黒貂《くろてん》をとるロシア人の一団がきており、そこで漁をしていた。それは親切な人々で、喜んでわれわれを迎え、テレンチイとその仲間たちは、船もろともわれわれを湖からひき上げ、はるか丘の上まで運んでくれた。この親切な連中はわれわれを見て涙をながし、こちらも彼らを見て泣いた。彼らは必要なだけの食料を気前よく恵んでくれた。そしてとり立てのちょうざめを四十尾ほどわたしのまえに運んできて、こう言った。

「神父さま、これはあなたの分として神さまがわれわれの簗《やな》に入れてくださったものです。そっくりお取りくだされ。」

わたしは彼らにお辞儀をして魚を祝福し、「どうしてわたしにこれほど要ろうか」と言って、もち帰らせた。

彼らのもとでしばらくもてなしを受けて必要な食料を贈られ、船の手入れをしてどうやら帆を張ってから、湖を渡りはじめた。湖の上で天気がくずれたので、われわれは力の限り櫂を漕いだ。そこでは湖も大して広くはなく、百露里か八十露里くらいであった。むこう岸に着いたとき、はげしい嵐がおこった。われわれは岸辺に、ようやく波しぶきをしのぐ場所を見つけた。そのまわりには高い山々と断崖なす巌がそそり立ち、その高さは非常なものであった。わたしは二万露里かあるいはそれ以上さまよい歩いたが、このような場所はどこにも見たことがなかった。断崖の上にはいくつもの御殿や離れがあり、門や円柱、石垣や庭がつくられている。すべて神の御手になるものであった。そこには玉ねぎとにんにくが生えていて、その玉ねぎはロマノヴォねぎ[39]より大きく、きわめて甘い。また神の植えられた麻も生えている。庭には紅や色とりどりの草が茂り、芳香を放っている。鳥もたくさんいて、雁や白鳥[40]が湖面を泳ぐのがまるで雪のように見える。湖にはちょうざめ、鱒、小ちょうざめ、オームリ、白鱒その他さまざまな魚が泳いでいる。水は淡水だが、巨大なあざらしやオットセイも棲んでいる。のちにメゼーンに暮らすようになったとき、あの大海原でさえ、これほど大きなものは見かけなかった。この湖には魚がうようよしているのだ。ちょうざめや鱒はすっかり脂がのっていて、焼鍋ではべとべとになって揚げることもできない。これらはすべて、人間が安らかに神をたたえまつるべく、やさしきキリストの御手でつくられたものであった。「されど人は空《くう》にことならず、その存《なが》らゆる日々は過ぎゆく影にひとし(41)」いのだ。人は山羊のごとく跳ね、水泡のごとくふくれ、山猫のごとく怒り、蛇のごとく貪欲で、他人の美しさを見ては仔馬のごとくいななき、悪魔のごとく狡猾で、口腹の欲を満たしては勤行を怠って眠り、神に祈らず、年老いるまで懺悔をのばし、やがて姿を消し、いずくともなく去っていく。光のなかにおもむくのか、闇にかくれるのか、それは最後の審判でおのおのに示されるであろう。このわたしを許してほしい。わたしこそ、だれにもまして罪ぶかい人間なのだ。

　さてわたしはルーシの町に着いて、教会が「いっこうによくならず、かえって混乱がましている(42)」のを知った。わたしは悲しみにしずみ、すわりこんで思案した。《これからどうすればよいのか。神の御言葉をのべ伝えようか。それともどこかにかくれるべきか。何しろ妻子にしばられている身の上なのだから。》わたしがしずんでいるのを見て、妻はあらたまってわたしのところへ来てたずねた。

「あなたは何をふさいでいらっしゃるのですか。」

　わたしはくわしく妻に打ち明けて言った。

「妻よ、どうしたらいいだろうか。外には異端の冬が荒れ狂っている。わたしは口を開くべきだろうか、つぐむべきだろうか。なにしろおまえたちにしばられている身なのだ。」

　すると彼女はわたしに言った。

「まあ、何をおっしゃるのです、ペトローヴィチ。わたしは使徒のこういうお言葉を聞いたことがあります――あなたが読んでくださったのでした。『汝、妻につながるる者なるか、解くことを求むな。つながれぬ者なるか、妻を求むな。(43)』わたしは子供たちといっしょにあなたを祝福いたします。勇気を出して、今までどおり神の御言葉をひろめてください。わたしどものことは御心配に及びません。神が許される限り、いっしょに暮してまいりましょう。別れ別れにされたときは、お祈りのなかでわたしどものことを忘れずに祈ってください。キリストは強いお方です。わたしたちをお見捨てにはならないでしょう。さあ、教会におでかけください、ペトローヴィチ。異端者どもの欺瞞をあばくのです。」

わたしはこの言葉を聞いてあたまを下げ、悲しみのあまり盲目となった迷い心をふりすてて、町という町や、そのほかいたるところで、これまでのように神の御言葉をひろめ、説教をした。そして臆することなく、ニーコンの異端をあばいたのである……

〔ふたたびモスクワにて〕

やがてわたしはモスクワに到着した。主上と貴族たちはまるで神の御使いを迎えるかのようにわたしを迎え、すべての者が無事を喜んでくれた。フョードル・ルチーシチェフ(44)をたずねると、彼は部屋から走り出てわたしを出迎え、わたしの祝福を受けた。それから二人でつもりつもった話をはじめた。彼は三日三晩というものわたしを家に帰さなかった。その後、彼はツァーリにわたしのことを言上した。主上はわたしに、ただちに参内《さんだい》して御手に接吻するよう命ぜられ、慈愛に満ちたお言葉をかけられた。

「主僧よ、達者でお暮らしかな。神の思召しでまた会えることになったぞ。」

わたしはツァーリの御手をおしいただいて口づけし、その御手をにぎってこう答えた。

「陛下、主はすこやかにいましまして、わたくしの魂もまた生きております。この先のことは神の御心次第でございましょう。」

心のやさしい主上はため息をつかれ、用務のために出ていかれた。このほかにもあれこれとお言葉があったが、今いちいち語るには及ぶまい。みな過ぎ去ったことなのだ。ツァーリはわたしにクレムリン内の修道院の僧坊に住まうように命ぜられた。そしてわたしの宿坊のそばを通ってお出ましになるときには、しばしばわたしにむかって丁寧に頭を下げてこう言われた。

「予を祝福してほしい。予のために祈ってくれ。」

一度など馬に乗って通りかかり、毛皮の縁のついた帽子を脱ごうとして落とされたこともあった。馬車のときはいつもわたしのほうに身を乗り出されたものである。貴族たちもツァーリにならって次々と会釈して言った。

「御坊よ、わしたちを祝福し、祈りをささげてくだされ。」

このようなツァーリや貴族たちをふびんに思わずにおられようか。憐れまずにはいられない。彼らはいかばかり親切であったことか。今でも彼らはわたしを憎んではいない。わたしに敵意をもつのは悪魔であり、人々はみなわたしに好意をよせている。彼らとおなじ信仰を分ちあいさえすれば、わたしは望むがままの地位を与えられ、ツァーリの懺悔聴聞僧にさえ任命されたであろう。だがわたしは、キリストを得るために、すべてこれらのことを塵あくたのように見なし、死のことに思いをめぐらしていた。これらはみな、はかなく過ぎ去っていくものなのである……

彼らはわたしが自分たちの仲間に加わろうとしないことをさとった。主上はロジオーン・ストレーシネフ(45)に命じて、わたしが沈黙をまもるよう説得させられた。わたしは宸襟《しんきん》を安んずることにした。何といってもツァーリは神によって立てられたものであり、しかもわたしに好意を寄せておられたからである。わたしは、主上がすこしずつ誤りをなおしていかれるのではないかとも期待していた。聖シメオンの日(46)には、聖書改訂のためわたしに印刷局での職を与えるという約束もあった。わたしはたいへん嬉しく思った。わたしにはツァーリの懺悔聴聞僧となるより、このほうがふさわしかったのだ。ツァーリは十ルーブルを下賜され、后からも十ルーブル、ツァーリ付き懺悔聴聞僧ルキアンからも十ルーブル、ロジオーン・ストレーシネフからも十ルーブルが贈られた。さらにわたしの古くからの親友であるフョードル・ルチーシチェフは、自分の出納方に命じてこっそりわたしの帽子のなかに六十ルーブル入れさせた。ほかの者たちは言うまでもない。だれもかれもいろいろなものをもってきた。わたしはあの心やさしいフェオドーシア・プロコーピエヴナ・

モローゾワ(47)の邸で暮らしていて、どこへも出ないでいた。彼女はわたしの教え子であり、その妹のエヴドキア・プロコーピエヴナ公妃もまたわたしの教え子だったからである。わがいとし子、キリストの殉教者たちよ。わたしは今はなきアンナ・ペトローヴナ・ミロスラーフスカヤ(48)の邸にも絶えず出入りしていた。背教者たちを論駁するために、フョードル・ルチーシチェフの家におもむくこともあった。

このようにして半年ばかり過ごしたが、教会の事態が「いっこうによくならず、かえって混乱がましている(49)」のを見て、わたしはふたたび非難の声をあげ、ツァーリに手紙を書いた。この手紙には、ツァーリがかつての敬虔な心を取り戻し、われらの共通の母である聖なる教会を異端から守り、大悪人の異端者、狼のような背教者ニーコンの代りに、真の正教の牧者を総主教の座につけられるよう、さまざまなことを書きつらねた。手紙を書き上げたとき、わたしは重い病気にかかった。そこでこの手紙をおのれの教え子である瘋癲《ふうてん》行者(50)のフョードルにもたせて、通行中のツァーリに差し出させることにした。このフョードルというのは、のちに背教者どものためにメゼーンで首をくくられた男である。フョードルは手紙をもって臆することなく、ツァーリの馬車に近づいた。ツァーリは手紙といっしょにフョードルを宮殿の正面階段の下にとじこめさせた。その手紙がわたしのものだということをご存じなかったのである。だがやがてツァーリは手紙を取り上げ、彼を放免するよう命じられた。今はなきフョードルはしばらくわたしのもとにいてから、ふたたび教会のなかでツァーリのまえにあらわれ、瘋癲の所行を演じはじめた。ツァーリは立腹して、彼をチュードフ修道院にとじこめるように命じられた。修道院では院長パーヴェルが彼に鉄の鎖をかけさせた。すると神の思召しにより、鎖は人々の目のまえでばらばらにくずれ落ちてしまった。彼はまた、パン焼き小屋でパンを取り出したばかりの熱いかまどのなかにもぐりこみ、尻をまる出しにして炉床にすわり、あたりのパンくずをかき集めて食べた。修道僧たちはふるえあがり、修道院長にこのことを告げた。この院長が今日の府主教パーヴェルである。パーヴェルがツァーリにこのことを報告すると、ツァーリは自ら修道院をおとずれて、丁重にフョードルを釈放するよう命じられた。フョードルはふたたびわたしのところに戻ってきた。

このとき以来、ツァーリはわたしに対して不快の念をいだかれるようになった。わたしが沈黙をやぶったことがお気に召さなかったのである。だまっていればツァーリの意にもかなったのであるが、わたしにはもう我慢ができなかった。高僧たちは山羊のようにわたしに襲いかかり、もう一度わたしをモスクワから追放しようと企むようになった。それというのも、キリストのしもべたちが大勢わたしのところにきて真実を知り、彼らのいつわりの礼拝には出席しなくなったからである。そしてツァーリからわたしに懲戒がくだされた。

「高僧たちは汝が教会を空《から》にしたと苦情を申し立てている。もう一度流刑地におもむけ。」

これを伝えたのは貴族のピョートル・ミハイロヴィチ・サルトゥィコフであった。こうしてわたしはメゼーン(51)に流された。多くの善良な人々がキリストの御名においてわたしに何くれとなくものを贈ってくれたが、それらはみなモスクワに残していかなければならなかった。妻と子供と召使だけを連れてそこへ流されたからである。わたしはまたも通過する町々で神のしもべたちに教えを説き、まだらぶちのけだものどもの欺瞞をあばいた。こうしてメゼーンに着いた。

〔破門と修道院幽閉〕

一年半のあいだとめおかれてから、わたしだけがモスクワに連れ戻された。ほかに二人の息子イワンとプロコーピイがわたしに同行したが、妻やそのほかの者たちはすべてメゼーンに残った。いったんモスクワに連れ戻されてから、監視を受けるためにまたパフヌーチイ修道院(52)に送られた……

さて、わたしは鎖につながれたままパフヌーチイ修道院に十週間とじこめられたのち、ふたたびモスクワに連行された。〔わたしは疲れ果てた体を老いぼれ馬に乗せられて運ばれていった。見張りがうしろについていて、びしびしと馬に鞭をふるった。馬はときどきぬかるみのなかに横だおしにたおれ、わたしは頭からまっさかさまにふり落とされた。一日で九十露里を駆けとおし、モスクワに着いたときには息も絶え絶えであった。〕

高僧たちは十字架の間で私と争論を行なってから、わたしを大聖堂に連れていき、奉献式のあとでわたしとフョードル輔祭の髪を切り落とした。ついで彼らはわれわれを呪詛したが、わたしは逆に彼らを呪詛しかえした。そのときの礼拝式の騒ぎときたら、まったくすさまじいものであった。

その後総主教館にしばらく留置されてから、われわれは夜なかにウグレシャのニコラ修道院(53)に連れていかれた。神の仇敵どもはわたしのひげまで切り落としてしまった。それは当然の成行きであった。彼らはまさに狼であって、羊に対して、憐れみをかけようなどとはしないのだ。まるで犬さながら彼らはわたしの髪の毛を引きむしり、ポーランド人のように、額にひと房の前髪だけを残した。修道院へは人目につかぬよう道を避け、沼やぬかるみを通っていった。愚かな振舞いをしていることは、彼ら自身にもわかっていたが、この愚行をやめようとはしなかった。悪魔が彼らの心を曇らせていたのである。どうして彼らを責めることができようか……

ニコラ修道院の凍えるような一室には十七週間とじこめられていた。ここには神のおとずれがあった。これについてはツァーリへの書簡を読んでもらえばわかるであろう。ツァーリもまた修道院をたずねてこられた。彼はわたしの監房の近くを行きつ戻りつしてから、吐息をついて修道院を出ていかれた。そうしてみると、彼はわたしをふびんに思われていたのだ。しかしこうなるのが神の御意志であった。われわれが断髪されるとき、宮中ではツァーリと今はなき后とのあいだに、容易ならぬ悶着があった。情ぶかい后は、このときわれわれをかばわれたのである。のちには、わたしのために懇願して処刑を免れさせてくださった。このことについてはくだくだと語る必要はあるまい。神よ、彼らを許したまえ。わたしはたとえ来世においても、おのれの受難を彼らの責任にしようとは思わない。ツァーリと后が生きておられようが、また、なき人の数にはいられようが、彼らのために祈るのがわたしの務めである。われわれの仲をさいたのは悪魔である。お二人はつねにわたしに対して好意をもっておられた。この話はもうやめにしよう。

あわれなイワン・ヴォロトゥィンスキイ公[54]もツァーリとは別にここへ祈禱のためにおとずれた。そしてわたしの監房に入れてくれるように頼んだ。しかし、かわいそうにも、はいることは許されなかった。わたしはただ窓ごしにその姿を見て、彼のために涙をながすばかりであった。おお、わがいとしき公よ。公はキリストのみなし子として、神を恐れていたのだ。神は公を見捨てたまわぬであろう。公は終始かわらぬキリストのしもべであり、われわれの味方であった。貴族たちは、残らずわれわれに好意をよせている。敵意をいだいているのはひとり悪魔のみである。もしキリストが許されたことであれば、人の力ではどうしようもない。われらの愛するイワン・ホヴァンスキイ公[55]はイサイア[56]が火あぶりにされたとき、鞭で打たれた。フェオドーシア・モローゾワ夫人は財産をすっかり奪われ、息子を殺され、今彼女自身も苦しみを受けている。その妹のエヴドキアは鞭で打たれた上、子供たちから引きはなされ、夫と離別させられた。夫のピョートル・ウルーソフ公はほかの女と結婚させられた。いったいどうしたらいいのだろうか。いや、このいとしい者たちはこのままほっておくがいいのだ。苦しみをなめて、彼らは天国の花婿のみもとにいたるであろう。神はさまざまに彼らをみちびいて、この現し世を過ごさしめ、やがて正義の太陽であり、光であり、われらの希望である天国の花婿は、おのが宮居に彼らを迎え入れるであろう。また元の話に戻ろう。

それからわたしはまたもパフヌーチイ修道院に移され、そこの暗い一室にとじこめられて、鎖をつけたまま一年近くをそこで過ごした……

わたしのこうむった苦難の物語をつづけよう。パフヌーチイ修道院からモスクワに連れてこられると、わたしは修道院付属の宿坊に入れられ、いくたびもチュードフ修道院に召喚されて、全教会の総主教たちのまえにひき出された。(57) わが国の高僧の面々もみな狐のようにその場につらなっていた。わたしは聖書を引用して総主教たちとあまたのことどもを論じた。神がわたしの罪ぶかき口を開かしめ、キリストが彼らに恥辱を与えしめたもうた。彼らはわたしにむかって最後にこう言った。

「なぜそなたは強情をはるのだ。われらのパレスチナ全土、すなわちセルビア人もアルバニア人もワラキア人もローマ人もポーランド人も、みな三本の指で十字をきっている。そなただけが強情をはって、五本の指で十字をきっている。けしからんことだ。」

そこでわたしはキリストの御名において彼らにこう答えた。

「全教会の先生方よ。ローマは久しい昔にたおれたまま再起不能のありさまであり、ポーランド人もローマとともにほろび[58]、永久にキリスト教徒の敵になった。またあなた方の正教もトルコのマホメットの圧迫によって不純なものに堕してしまった[59]。これも驚くにはあたらない。あなた方が力をなくしてしまったのだから。これからはわれわれのところへ学びにこられるがよい。わが国はありがたいことに他国の支配をまぬがれている。わがロシアでは、背教者ニーコンがあらわれるまで、敬虔な公やツァーリのもとで正教はつねに清浄無垢で、教会は平和であった。悪魔と組んで三本指で十字をきるように命令したのは、狼のニーコンめである。わが国のいにしえの聖職者たちは、聖なる教父たち、すなわちアンチオキアのメレチウス[60]、キレナイカの司教の至福なるテオドレトゥス[61]、ダマスクスのペテロ[62]、ならびにマクシーム・グレーク[63]の伝統にしたがって、五本の指で十字をきり、おなじく五本の指で祝福していた。さらには、ツァーリ・イワン[64]の御代にモスクワで開かれた全国宗教会議は、十字をきったり祝福を行なうときには、メレチウスその他のいにしえの聖なる教父たちが教えたとおりに指を組むことを命じている。このツァーリ・イワンのときの会議には、ロシアの聖者たちのうち、カザンの奇跡成就者で十字刺繍佩用者《はいようしゃ》であるグーリイとワルソノーフィイ[65]、ソロヴェツキイ修道院長のフィリップ[66]も出席していたのだ。」

これを聞いて総主教たちは考えこんでしまった。しかしロシアの高僧どもは狼の仔のようにとびあがりながら吠えたて、次のように自分の国の聖者たちに悪態をつきはじめた。

「ロシアの聖者どもは馬鹿で、何にもわからなかったのだ。学問のない連中なんだ。彼らの言うことなんぞ信用できるものか。何しろ読み書きさえできなかったのだから。」

おお、聖なる神よ。なにゆえにあなたは、自らの聖者たちにこれほどの辱しめを受けさせたもうたのか。あわれなわたしの心は痛んだが、どうすることもできなかった。わたしはあらん限りの力をふりしぼって、彼らを罵った。そして最後にこう言った。

「わたしは潔白だ。足についた埃をおまえたちのまえで払い落としているのだ(67)。聖書にも『ひとりなりとも神の御心を行なうものは、神を信ぜぬあまたのやからよりまされり(68)』と書かれているではないか。」

すると彼らは一層はげしくわたしを非難して叫んだ。

「やつをつかまえろ、逃がすまいぞ。われわれみんなを侮辱したのだ。」

彼らはわたしをなぐったり突きとばしたりしはじめた。総主教たちまでわたしにとびかかってきた。およそ四十人はいたであろうか。よくも反キリストの大軍がこれほど集まったものである。イワン・ウヴァーロフ(69)はわたしをかかえて、ひきずりまわした。わたしは叫んだ。

「やめろ、打つのはよせ。」

彼らはみなわきへとびのいた。そこでわたしは通辞役の修道院長に言った。

「総主教たちに伝えてくれ、使徒のパウロがこう書いていることを。『かくのごとき大祭司こそわれらにふさわしき者なれ、すなわち聖にしてけがれなく、云々』[70]と。ところであなた方は人をさんざん打ちのめしたあとで、どんなふうに礼拝を行なうのか。」

彼らは腰をおろした。そのときわたしは戸口のほうにしりぞき、横になって言った。

「あなた方はすわっているがいい。わたしはちょっと横になるから。」

すると彼らはあざ笑って、言った。

「馬鹿な主僧だ。総主教にさえ敬意を示そうとしない。」

わたしは答えた。

「われらはキリストのために愚かなり。汝らはとうとく、われらはいやし。汝らはつよく、われらはよわし[71]。」

それから高僧たちはまたわたしのところにきて、ハレルヤについてわたしと争論をはじめた[72]。キリストがわたしを助けられ、わたしは最初に述べておいたようなディオニシウス・アレオパギータ[73]の説によって、彼らのローマ流の邪説を打ちやぶった。チュードフ修道院の執事のエフィーミイ[74]はこう言った。

「あなたの言うことは正しい。これ以上争ってみても無駄だ。」

それから彼らはわたしを連れ出して、鎖につないだ。

その後、ツァーリは銃兵隊をひきいる士官を派遣し、わたしを雀ケ丘[75]に連れていかせた。

司祭のラーザリと修道僧のエピファーニイ老師もそこへ引き立てられてきた。このいとしい者たちは髪を切り落とされ、まるで田舎の百姓のように罵声をあびせられていた。心ある人ならば、彼らの姿を見て涙をながさずにはおられなかったであろう。だが彼らをして苦しませるがよい。何ゆえに彼らの身を悲しむ必要があろう。キリストはこの二人よりすぐれておられた。それでもなお、われらがしたってやまぬこのお方は、やつらの祖先のアンナスとカヤパ[76]のためにおなじ苦しみをなめられたのだ……

その後、われわれは雀ケ丘からアンデレ修道院[77]の宿坊へ、さらにサーヴァ村[78]へと移された。まるで強盗あつかいで、銃兵の一隊がわれわれを監視し、用便のときでさえうしろからついてきた。思い出すだにおかしいやら悲しいやら――悪魔がいかに彼らの心を曇らせてしまったかがわかる。そこからさらにウグレシャのニコラ修道院へ連れていかれた。このときツァーリは祝福を乞わせるために、わたしのもとへ隊長のユーリイ・ルトーヒンを派遣された。われわれは何やかやとさまざまなことを語り合った。

それからまたしてもわれわれはモスクワにあるニコラ修道院の宿坊に連れ戻され、もう一度正教信仰の供述書を取られた。その後ツァーリの侍従のアルテモーンとデメンチイがしばしばわたしのもとへ遣わされ、ツァーリのお言葉を伝えた。

「主僧よ、わしはそなたが清浄潔白で、努めて神を模した生活を送っていることを知っている。后と子供たちともども、そなたの祝福を乞いたい。われらのために祈ってくれ。」

使者は頭を下げてこう言った。わたしはいつもツァーリのことを思って涙をながしていた。彼がいたわしくてならなかったのだ。またこういう伝言もあった。

「どうかわしの言うことを聞いてほしい。多少なりとも全教会の総主教たちと折合ってはくれまいか。」

わたしはこう答えた。

「たとえ神の思召しで死ぬことになろうとも、背教者どもと折合うことはできません。あなたはわたしのツァーリです。彼らはあなたとどんなかかわりがありましょう。彼らは自分のツァーリを失ってしまい、今度はあなたを呑みこもうとしてこちらへやってきたのです。わたしは神があなたを返されるまで、天に差しのべた手を下ろすわけにはまいりません。」

このような言づてがしばしばあった。さまざまのことが伝えられた。最後のお言葉はこうであった。

「そなたがどこへ行こうとも、どうか祈りのなかでわれらのことを忘れないでほしい。」

わたしは罪業深重の身ながらも、今なおできる限りツァーリのことを神に祈っている。

〔プストジョールスク流刑〕

その後、われわれの兄弟たちは処刑になったが、わたしは免れて、プストジョーリエ(79)へ流された。プストジョーリエからわたしはツァーリにあてて二通の手紙を送った。最初のは短く、二通目のは長い手紙であった。手紙にはさまざまのことを書いておいた。獄舎のなかでわたしにあらわれたもろもろの示現のことも、手紙のなかでツァーリに伝えた。これについては、手紙を読めばわかるであろう。このほか、ある輔祭のあらわした著述を正教徒への贈物として、わたしと兄弟たちの名でモスクワへ送った。「正教徒の回答」という書物と背教者の邪説に対する弾劾がそれである。そのなかには教会の教理に関する真実が述べられている。さらに司祭ラーザリからツァーリと総主教にあてて二通の手紙が送られた。そしてこれらすべてに対する返報として、われわれは贈物を受けとった。メゼーンのわたしの家で、わたしの教え子である前述の瘋癲行者フョードルとルカー・ラヴレンチエヴィチ、この二人のキリストのしもべが首をくくられたのである。モスクワの住人ルカーは寡婦のひとり息子で、職業は皮革職人、二十五歳の若者であった。死を覚悟して、わたしの子供たちといっしょにメゼーンにやってきたのである。わたしの家でこの殺戮の行なわれた日、ピラト(80)は彼にこうたずねた。

「おい、きさまはどんな風に十字をきるのだ。」

ルカーはおとなしく、しかも賢明に答えた。

「わたしは自分の聴罪司祭であるアヴァクーム主僧とおなじように信じ、おなじように指を組んで十字をきっています。」

ピラトは彼を牢にとじこめるように命じ、それから首になわを巻いて梁に吊した。彼は地上から天国へとのぼっていった。彼らとてこの上彼に対して何ができよう。彼は年が若かったとはいえ、その振舞いは老人のようだった。それゆえ主のみもとへおもむいたのである。老人といえどもなかなかこれだけの智慧に恵まれているものではない。

このとき、わたしの生みの子であるイワンとプロコーピイの二人も絞首刑にせよという命令がきていた。だが彼らは、かわいそうに過ちを犯し、勝利の栄冠を得ることに思いおよばず、死を恐れて屈服してしまったのだった。こうして彼らは母親と三人で生きたまま土牢にとじこめられた。これこそおまえたちにとって死なき死である。悪魔がほかの奸計を考え出すまえに、牢のなかで悔い改めるがよい。死は恐ろしい――これは当りまえのことである。かつてキリストの親しい友のペテロもキリストを知らないと申し立て、「外に出でて、いたく泣いた。」(81)その涙によって彼は許されたのだ。子供たちのことは驚くことはない。彼らが腰抜けだったのもわたしの罪である。それでよい、結構である。キリストはわれらすべてを救い、許しを与える力をもっておられるのだから。

その後、例の副隊長のイワン・エラーギン(82)がメゼーンからプストジョーリエにやって来て、われわれから供述書を取った。その内容は次のとおりであった。

「某年某月――以下本文――われらは聖なる教父たちの教会の伝統をかたく守り、パレスチナ総主教パイシオスならびにそのともがらによる異端の宗教会議を呪詛す。」

このほかにも多くのことが書きつらねられ、異端の張本人ニーコンにも文中多少分け前が与えられていた。それからわれわれは刑場へ引き出され、判決命令書が読み上げられた。わたしは処刑を受けずに牢へ連れ戻された。命令書には、「アヴァクームは木枠でかこった土牢に入れ、水とパンを与えるべし」と書かれていた。わたしは命令書に唾を吐きかけ、断食して死のうとした。八日あまり食を断ったが、兄弟たちはわたしにまた食事をとるように命じた。

それからラーザリ司祭が引き出され、のどもとから舌をそっくり切り取られた。出血はごくわずかで、それもすぐに止まってしまった。ところが彼は舌もないのに、また口をきはじめた。次にラーザリは右手を仕置台にのせられ、手首から先を切り落とされた。すると切断された手は地面にころがったまま、ひとりでに伝統の方式どおりに指を組み、長いあいだそのまま人々の目のまえに横たわっていた。このあわれな手は死んだあとでさえ、救世主キリストの徴を忠実に守ったのである。わたし自身にとってもこれは驚異であった。生なきものが生あるものの罪をあばいているのだ。翌々日、わたしは自分の手を彼の口に入れて触ったりなでたりしてみた。傷口はすっかりなめらかになっており、舌は欠けているが、本人に痛みはなかった。神のお助けによって、たちまち治ってしまったのである。彼は以前、モスクワでも舌を切られたことがあった。そのときには一部分残っていたが、今度はきれいさっぱり切り取られたのであった。しかし彼はまえのときから二年間、あたかも舌があるかのように明瞭に口をきいていた。二年の月日がながれてから別の奇跡があらわれ、三日のうちに彼の口のなかに完全な舌が生えた。先端がほんのすこし丸まっているだけだった。彼はふたたび口を開き、絶えず神をたたえ、背教者どもを罵っていた。

次にソロヴェツキイ修道院の隠者でスヒーマ僧のエピファーニイ老師が引き出され、舌をすっかり切りとられ、手の指を四本切り落とされた。[83] 彼ははじめのうち鼻声で話していた。その後いと清き聖母に祈っていると、聖餐覆いの上にモスクワの舌とここの舌の二枚の舌があらわれた。彼がそのうちのひとつを取って口に入れると、そのときからはっきり明瞭に話せるようになり、口のなかに完全な舌があらわれた。げに、主の御業は驚くべきかな、神の思召しは筆舌に尽しがたきかな……

そののち、彼らはわれわれを土牢に入れて、その上に土をおおいかぶせた。まず土のなかに木枠がひとつ、その周囲に第二の木枠、さらに全体のまわりに四個の錠前のついた共通の柵がつくられ、「番兵らは門口にいて獄を守っていた。」[84] ここかしこの牢にとじこめられたわれわれは、神の御子、主キリストをおんまえにして、昔ソロモンがその母バテシバを眺めながらうたった雅歌を詠唱している。「いとうるわしき者よ、汝はよきかな。愛する者よ、汝はよきかな。汝のまなこは炎のごとく燃え、汝の歯は乳よりも白く、汝のかんばせは陽の光にもまして輝かしく、汝の全身は真昼日のごとく美しく輝きわたる。[85]」（教会の賛美）

その後ピラトはわれわれのもとを去り、メゼーンでの任務をおえて、モスクワへ戻った。モスクワではわれわれの残りの同志たちが焼き殺されたり、焙《あぶ》り殺されたりした。イサイアが焼き殺され、次にアヴラーミイ[86]も焼き殺され、そのほか教会の熱烈な擁護者が数多く殺された。その者たちの数をかぞえ得るのは神のみである。人々がいつまでも正気に戻らないのは不可思議なことである。彼らは火と鞭と絞首台とによって信仰をかためようとしている。こんなことを教えたのはいかなる使徒であろうか。わたしは知らない。わたしのキリストは使徒たちに火と鞭と絞首台とによって人を信仰にみちびけなどとは教えさせはしなかった……

　さて、正教を信ずる者よ、キリストの御名をとなえつつモスクワの町なかに立ち、聖なる教父から伝わるとおり、五本の指をもってわれらの救世主キリストの徴たる十字をきるがよい。そうすればすでに、いながらにしてあなたに天国があらわれているのである。神からは祝福を受けるであろう——指の組み方のために苦しみをなめるがよい。あれこれ思いわずらうな。このことのために、わたしはキリストの御名においてあなたとともに死ぬる覚悟である。わたしは無知無学のやからながらも、聖なる教父から伝えられた教会の伝統は、ことごとく神聖にして無垢であると心得ている。わたしはその伝統を、受け入れたままのかたちで、死ぬまで守りぬくであろう……

　わたしはすべての正教徒の許しを得たい。自らの生涯にふれて言わずもがなのことが二、三あったと思われるからである。わたしは使徒行伝とパウロの書簡を読んだことがあるが、使徒たちは神が彼らによって御業をあらわされるとき、自らについては「栄光をわれらに帰するなかれ、われらの神に帰せ(87)」と語っている。いわんや、自分はとるに足らぬ者である。すでに言ったことであるが、重ねて言おう。わたしは罪ぶかい人間である。姦淫者で強欲漢、泥棒で人殺しであり、収税人と罪人の友である。すべての人にとって呪うべき偽善者である。わたしを許し、わたしのために祈ってほしい。わたしはこの書を読んだり、あるいは耳で聞かれるあなた方のために祈らなければならぬ。そうするよりほかに、わたしには生きるすべがない。自分のしていることを人々に物語るのはこのためである。人々がわたしのために神に祈りをささげられんことを。最後の審判の日に、すべての人がよきにつけ、あしきにつけ、わたしの行なったことを知るであろう。わたしは言葉づかいにおいては無学であるが、智慧においては無智ではない。弁論術や修辞学や哲学は学ばなかったが、キリストの智慧は身につけている。使徒もかつてこう語られている。「われ言葉につたなけれど、分別においては無智ならず(88)」と……

宗教説話

ムーロムのピョートルとフェヴローニアの物語

ルーシの国にムーロムという町がある。むかしこの町をパーヴェルという名の、正教を奉ずる公が治めていたという。もともと人間の幸福を憎む悪魔は、この公の后を誘惑するために、羽根の生えた魔性の蛇を遣わした。蛇は后にはあるがままの姿をもってあらわれたが、彼女のところへ来る召使たちには、あたかも公自身が后といっしょにいるかのように見えた。こうして長い時が過ぎ、やがて后はわが身の上におこったことを、つつみかくさず、夫である公に告げた。魔性の蛇はこのときすでに彼女を犯していた。

公は蛇をどうしたらよいか考えたが、工夫がつかなかった。そこで后にむかってこう言った。

「后よ、あの悪者めをどうしてよいやら、いくら考えてもよい智慧がうかばない。やつを退治できる方法がわからぬのだ。もしやつがおまえに何かしゃべることがあったら、うまくおだてて、やつめがどのような死に方をする運命になっているか聞き出してくれ。それがわかってわしらに知らせてくれたら、おまえは、この世でやつの不浄な息吹や唸り声や、口にするだにけがらわしいあらゆる汚辱からのがれられるばかりではなく、来世においても、厳正な裁き主たるキリストの憐れみを得られるだろう。」

后は夫の言葉を心にきざみ、《そうなると、どんなにいいだろう》と思った。

ある日、例の魔性の蛇が后のところへやって来たとき、彼女は正しいたくらみを胸にひめて、言葉たくみにあれこれとよもやまのことをこの悪者に話しかけ、そのうちさも感心したようにこうたずねた。

「おまえはほんとうによくものを知っていること。自分が将来何がもとで、どういう風に死ぬかも知っているのでしょうね。」

すると自分自身邪悪な誘惑者である蛇も、貞節な妻のたくみな誘惑にたぶらかされて、思わず彼女に秘密をもらして言った。

「おれはピョートルの手にかかり、アーグリクの剣に打たれて死ぬことになっている。」

后はこの言葉を聞いてしっかりと胸におさめ、魔性の蛇が去るとただちに夫である公に、蛇の言ったとおりのことを伝えた。公はそれを聞いたものの、ピョートルの手にかかり、アーグリクの剣に打たれて死ぬということが、何を意味するかわからなかった。

公にはピョートル公という、血をわけた弟がいた。ある日彼はこの弟を呼んで、蛇が自分の后に語った言葉を打ち明けた。

ピョートル公は、蛇がおのれに死をもたらすものとしてピョートルという名をあげたことを聞き、すこしも臆することなく、どうしたら蛇をたおせるか考えはじめた。しかしアーグリクの剣のことは耳にしたこともないので、困っていた。

この公にはあちこちの人里はなれた教会をたずねる習慣があった。当時ムーロムの町のはずれの尼僧院のなかに聖十字架教会が立っていたが、あるとき、公はひとりで祈りをささげるためにここをおとずれた。するとひとりの少年があらわれてこう言った。

「公よ、お望みならば、アーグリクの剣をお見せしましょうか。」

公はかねてからの望みを果たすことをねがっていたので、こう答えた。

「どこにあるのか。見せてくれ。」

すると少年は言った。

「わたしのあとからついて来てください。」

そして彼は、祭壇の壁にできた煉瓦の割れ目をさし示した。そこにはひと振りの剣が横たわっていた。信仰あついピョートル公はこの剣を手に入れ、兄のもとへ行ってこのことを告げて、この日から蛇を打ち殺す好機をねらいはじめた。

公は毎日、兄と、兄よめである后のもとへ挨拶におもむくことにしていた。ある日のこと彼が兄の部屋へ行き、それからすぐに后の部屋をたずねると、彼女のよこに自分の兄がすわっていた。そこで后の部屋を出て、兄の従者のひとりに会い、こうたずねた。

「わしが兄上のもとからお后のところへ行ったとき、兄上は部屋に残られたはずだ。わしはどこにも寄らずお后のところへ行ったのに、どうして兄上はわしよりさきにお后のよこにいたのだろう。不思議なことだ。」

従者は彼に答えた。

「あなたが帰られてから、兄君は一度も部屋を出られません。」

公は、それが狡猾な蛇の妖術であることをさとった。そして兄のもとへ行ってこうたずねた。

「いつここへ戻られたのですか。わたしはこの部屋を出て、まっすぐお后の部屋へ行ったのですが、はいって見るとあなたがお后といっしょにすわっていたので、どうしてわたしよりさきに行かれたのか、不思議でなりませんでした。そこですぐにここへ来てみたのですが、どういうわけでまたあなたがわたしを出しぬき、わたしよりさきにここにおられるのか、わけがわかりません。」

パーヴェル公は言った。

「弟よ、おまえが行ってから、わしは一度もこの部屋を出なかったし、妻のもとへも行かなかった。」

そこでピョートル公はこう言った。

「兄上、これは狡猾な蛇めの妖術で、やつはわたしのまえでは兄上の姿をしているのです。

自分の兄だと思えば、やつを殺そうとしないでしょうから。しばらくここから一歩も出ないでください。わたしはむこうへ行って蛇と戦ってきます。きっと神の御加護のもとに、狡猾な蛇をたおすことができるでしょう。」

そこで公は、アーグリクの名をもつ剣をとり、后の部屋へ行って、蛇が兄の姿をしているのを見た。そしてそれがたしかに兄ではなく、魔性の蛇であることを見きわめ、くだんの剣で斬りつけた。蛇はただちに正体をあらわして身もだえをはじめ、やがて息絶えたが、そのとき、至福のピョートル公の体におのれの血を吐きかけた。このいまわしい血のために、公は全身吹出物におおわれ、膿みただれて、重い病気にかかった。公は自分の領内の多くの医者に治療をもとめたが、ひとりとして公の病気を治せる者はいなかった。

やがて公は、リャザンの地方に医者がたくさんいることを聞き、自分をそこへ運んで行くように命じた。重病のためにみずから馬に乗ることができなかったからである。リャザンの土地に着くと、公は従者たちを残らず四方に遣わして、医者をさがさせた。

公に仕える従者のひとりである若者が、ラースコヴォという村に立ち寄った。彼は一軒の家の門までやって来たが、そこには人の姿はなかった。門をくぐっても、彼に気づく者はなかった。部屋にはいったとき、彼は不思議な光景を目にした。わかい娘がただひとりすわって機《はた》を織り、そのまえで兎がとびはねていたのである。

娘は言った。

「庭に耳なく、家に目なきは悪し。」

若者はその言葉がのみこめず、娘にたずねた。

「この家の男衆はどこにいるのかね。」

彼女は答えた。

「わたしの父と母は泣きを貸しに行きました。兄は足のあいだから死をのぞきに行きました。」

若者は今度も相手の言っていることがわからず、奇跡のようなことを見聞きして、ただ驚くばかりであった。

「わたしはここへやって来て、おまえがはたらいているのを目にし、そのまえで兎がとびはねているのを見た。そうしておまえの口から奇妙な言葉を聞いたが、何をしゃべっているのかさっぱりわからない。はじめにおまえは『庭に耳なく、家に目なきは悪し』と言った。両親のことは『泣きを貸しに行った』と言い、兄は『足のあいだから死をのぞきに行った』とか言うが、わたしにはおまえの言葉がひと言もわからないのだ。」

娘は答えた。

「どうしておわかりにならないのですか。あなたはこの家に来てわたしの部屋にはいり、わたしが普段着のままでいるのを見ました。もし庭に犬がいたら、あなたが家に近づいてくるのをかぎつけて、吠えたてたことでしょう。これが庭の耳です。次に、もしわたしの家に子供がいたら、あなたが家のなかへはいって来るのを見て、わたしにそれを教えてくれたでしょう。これが家の目です。父と母が『泣きを貸しに行った』というのは、二人がなくなった人の葬式に行って、そこで泣いているからです。彼らが死ねば、ほかの人たちが泣いてくれるでしょう。これが泣きを貸すことです。兄が『足のあいだから死をのぞきに行った』というのは、わたしの父と兄が木登りを渡世にしていて、森の木から蜂蜜を集めているからです。いまも兄はその仕事に出かけています。木の上に登れば、高みから落ちないように足のあいだから地上を見ます。落ちれば命はなくなります。だから『足のあいだから死をのぞく』と言ったのです。」

若者は彼女に言った。

「おまえはなんと賢い娘だろう。名前を教えておくれ。」

彼女は答えた。

「わたしの名前はフェヴローニアです。」

それから若者は彼女にこう言った。

「わたしはムーロムのピョートル公に仕える者だ。わたしの公は重い病気にかかって、体が膿みただれている。羽根の生えた魔性の蛇を自ら退治されたのだが、その血をかぶって全身に吹出物があらわれたのだ。領内の多くの医者に治療を求められたが、だれひとり公の病気を治せなかった。そこで、ここには医者がたくさんいるということを聞いて、ここまで運んでくるように命じられた。しかし、われわれは医者の名前も住んでいる場所もわからないので、こうやってたずね歩いているのだ。」

するとと彼女はこう答えた。

「あなたの公を必要とする者が、公の病気を治すことができるでしょう。」

若者はたずねた。

「わたしの公を必要とする者とは何のことかね。病気を治してくれる者がいたら、公はほうびを惜しまれないだろう。その医者の名は何といい、どこに住んでいるのか、教えてくれ。」

彼女は答えた。

「あなたの公をここへ連れてきなさい。もし心のやさしい、言葉のおだやかな方なら、病気は治るでしょう。」

若者はすぐに公のもとに帰り、見聞きしたことを残らず、くわしく公に報告した。

信仰あついピョートル公は言った。

「わしをその娘のいるところへ運んでいってくれ。」

人々は公を娘のいる家へ運んでいった。公は彼女のもとへ従者をさしむけてこう言わせた。

「娘よ、だれがわしの病気を治してくれるか教えてほしい。わしを治してくれた者には、たくさんのほうびをつかわそう。」

彼女はためらうことなくこう答えた。

「わたしが治してさしあげましょう。けれども、ごほうびはいただきません。公にお伝えください、もしわたしをお后にむかえてくださらなければ、治してあげるわけにはいきません、と。」

従者は娘の言ったとおりのことを公に告げた。

ピョートル公は彼女の言葉をさして気にもとめず、《公たる者がどうして木登りの娘などを妻にできようか》と思いながら、使いの者にこう言わせることにした。

「どんな治療でもいい、とにかく治してほしい。もし治してくれたら、おまえを妻にめとろう。」

使者が彼女のもとへ来て、この言葉を伝えた。彼女は小さなうつわをとって、捏《こ》ね粉の桶から酵母を汲みとり、それに息を吹きかけて、こう言った。

「あなた方の公に風呂をわかしてあげなさい。風呂から出たら、体中の吹出物と膿の出ているところにこれを塗るのです。ただ、かさぶたをひとつだけ塗らずにおいてください。そうすれば、病気は治るでしょう。」

使いの者がこの塗り薬を公のところへもち帰ると、公は風呂をわかすように命じた。

公は、この娘が従者の若者から聞いたその言葉どおり、ほんとうに賢いかどうかためそうと思い、従者に命じて彼女のもとへ麻をひと束もたせてやった。

「娘はその賢さのゆえに、わしの妻になることを望んでいる。もしほんとうに賢い娘なら、わしが湯あみしているあいだに、この麻でわしの肌着ともも引と手拭をつくらせてみよ。」

従者は彼女のところへひと束の麻をもっていき、公の言葉を伝えた。彼女はこの従者に言った。

「うちの暖炉にのぼり、梁の上から薪《まき》を一本とって、渡してください。」

従者は言われたとおり、薪を一本とって渡した。すると彼女は、親指と人差し指をひろげた長さだけ薪をはかって、言った。

「この薪からこれだけ切りとってください。」

従者はそのとおりにした。そこで彼女はこう言った。

「このひと切れの薪をもっていって公に渡し、こうお伝えください。『わたしが麻をすいているあいだに、公はこの木片で織機のほか布を織るのに必要なすべての道具をつくってください』と。」

従者は公のもとへひと切れの薪をもって行き、娘の言葉を伝えた。公は言った。

「こんな小さな木片で、こんな短いあいだに、そのような道具をつくることなどできない、と娘に言え。」

従者が行って娘に公の言葉を伝えると、彼女は答えた。

「ひと風呂あびるような短い時間で、ひと束の麻から大の男のために肌着ともも引と手拭をつくることなどできるものでしょうか。」

従者は戻って、このことを公に告げた。公は娘の答に感心した。

やがて公は風呂にはいって体を洗い、娘に言われたとおり、塗り薬を膿や吹出物の上に塗り、その言いつけにしたがってかさぶたをひとつだけ塗らずにおいた。風呂から出ると、病気の感じはまったくなくなっていた。あくる朝見ると、体中すべすべしており、病気は治っていた。そして娘の言いつけにしたがって薬を塗らなかったかさぶたが、ひとつだけ残っていた。公は病気がすみやかに治ったことに驚いた。しかし、娘の生まれがいやしいので、彼女を妻にめとろうとはせず、贈り物を与えた。彼女はそれを受取らなかった。

ピョートル公はすっかり元気になって、父祖伝来の領地であるムーロムの町へ戻った。しかし公の体には、乙女の言いつけにしたがって薬を塗らなかったかさぶたが、ひとつだけ残っていた。そして領地に着いたその日以来、このかさぶたからたくさんの吹出物が公の体にひろがった。こうしてまた元どおりに、公の体は多くの吹出物と膿におおわれてしまった。

そこで公はもう一度、例の治療を受けるために娘のもとへ引き返した。彼女の家に着くと、公は恥をしのんで使いを出して、治療を乞うた。彼女はすこしも怒った様子を見せずに言った。

フェヴローニア（左上）のすすめを受けて入浴するピョートル公
時間的経過が一枚の絵で表現されている。（『ムーロムのピョートルとフェヴローニアの物語』，年代不明の写本中のさし絵）

「もし公がわたしの夫になるならば、病気を治してあげましょう。」

公は、彼女を自分の妻にするとかたく約束した。彼女はふたたび前に述べたとおりの治療をした。公はたちまち病気が治り、彼女を自分の妻にむかえた。こうしてフェヴローニアはピョートル公の后になったのである。

彼らは公の領地であるムーロムの町に着いて、いささかも神の教えにそむくことなく、敬虔な信仰の日々を送っていた。

まもなく前に述べたパーヴェル公がこの世を去った。そして信仰あついピョートル公が兄のあとを継ぎ、ひとりで町を治めることになった。

だが公の貴族たちは、その妻どもにそそのかされて、后のフェヴローニアをきらっていた。彼女は后ではあったが、その生まれはいやしい身分だったからである。しかし神は彼女の正しい生活のゆえに、フェヴローニアに誉れをさずけられたのであった。

あるとき、后に仕えている者のひとりが敬虔なピョートル公のもとへ来て、彼女を中傷して言った。

「お后は食卓をはなれるとき、いつもはしたない振舞をなされます。食卓を立つまえに、飢えている者のようにパンくずを手でかき集められるのです。」

敬虔なピョートル公は彼女をためそうと思い、自分とおなじ食卓で食事をとるように命じた。食事がおわろうとしたとき、彼女はいつもの癖で食卓の上のパンくずを手のなかにかき集めた。ピョートル公がその手をおさえ、開いてみると、なかには香りの高い没薬と香料がはいっていた。その日から公は決して妃をためそうとはしなくなった。

さらにしばらく時がたってから、貴族たちが腹を立てて公のところへ来て、こう言った。

「公よ、われわれはみなあなたを主君にいただき、正直に仕えることを望んでいます。しかし、后のフェヴローニアがわれわれの妻の上に立たれることは望まない。もしあなたが公としてとどまることを欲するならば、別の后をむかえてください。フェヴローニアには充分な財産を与え、ここをはなれてどこへでも好きなところへ行かせるがよい。」

至福のピョートル公は例によってすこしも怒ることなく、おだやかに答えた。

「フェヴローニアにそのことを話すがいい。彼女の言うとおりにしよう。」

猛り狂った貴族たちは、恥知らずにも酒盛りをひらくことを思いついた。酒宴がもよおされ、酔がまわったとき、彼らはまるで犬どもがほえたてるように卑猥な言葉をわめきちらし、フェヴローニアが生存中はもとよりその死後まで神からさずかっていた、病いをいやす力を否認した。彼らはこう言った。

「后のフェヴローニアよ。町の者と貴族を代表して言おう。われわれの願いを聞き入れてもらいたい。」

彼女は答えた。

「望みどおりにしましょう。」

彼らは口をそろえて言った。

「后よ、われわれはみなピョートル公を主君にいただくことを望んでいる。だがわれわれの妻はあなたに支配されることを望まない。財産をたっぷりもって、ここからどこへでも好きなところへ行かれるがよい。」

彼女は答えた。

「わたしは、あなた方の望みどおりにすると約束しました。わたしもあなた方に、わたしの頼みを聞いてくれるようにお願いします。」

心のねじけた貴族たちは先のことも知らずに喜び、誓いをたてて言った。

「何でもお望みのものをさしあげます。決して不服は申しません。」

そこで彼女は言った。

「わたしがほしいのは夫のピョートル公だけで、ほかには何もいりません。」

彼らは答えた。

「もし公自身がそれを望まれるならば、われわれは反対しない。」

悪魔は彼らの心に、もしピョートル公がいなくなったら、別の支配者を立てようという考えを吹きこんだ。貴族のだれもが心ひそかに、自分こそ支配者になろうと思っていたのである。

敬虔なピョートル公は、この世のかりそめの権力に未練をもたず、ただひたすら神の教えのままに生き、神の声の告知者である使徒マタイが福音書で述べたことを守っていた。そこには「おおよそ淫行のゆえならでその妻をいだし、ほかにめとる者は、姦淫を行なうなり」と書かれている。至福の公は福音書にしたがった。神の教えにそむかぬために、自分の領地を塵あくたのように見なして悔いなかったのである。

神を恐れぬ貴族たちは、二人に川舟を与えた。町のほとりをオカという川が流れていたからである。彼らは舟に乗って川をすすんで行った。至福の公妃フェヴローニアの舟に、ひとりの男の供が乗っていて、その妻もまたおなじ舟に乗っていた。この男は狡猾な悪鬼にまどわされ、よこしまな下心を秘めた眼差で聖なる公妃を眺めた。彼女はこの男の心を見ぬいて、すぐにその罪をさとらせようとして言った。

「この舟べりの水を汲みなさい。」

彼は水を汲み、命じられるままにその水を飲んだ。それからまたフェヴローニアは言った。

「反対側の舟べりの水を汲みなさい。」

彼は水を汲み、またそれを飲むように言われて、水を飲み干した。そこで彼女はたずねた。

「どうです。おなじ味がしましたか、それともどちらか一方が甘いですか。」

彼は答えた。

「水の味はおなじです。」

そこで彼女はこう言った。

「女の本性もおなじことです。なぜ自分の妻を忘れて、ほかの女に思いをかけるのですか。」

供の男は、フェヴローニアが他人の心を見とおす力をもっていることを知り、あえて彼女によこしまな思いを寄せようとはしなくなった。

夕暮れが近づくと、人々は岸にあがった。至福のピョートル公は心のなかで《自分から領地をすててはきたが、これからいったいどうなることだろう》と考えはじめた。聡明なフェヴローニアは彼にむかって言った。

「公よ、悲しむのはおやめなさい。この世の創造者で万物を見そなわす慈悲ぶかい神さまは、わたしたちを貧窮のうちにお見捨てになることはないでしょう。」

従者たちは岸辺で至福のピョートル公のために夕餉《ゆうげ》の支度をはじめた。料理人が二股の棒を切ってきて、そのあいだに鍋を吊した。夕餉がすむと、聖なるフェヴローニア公妃は岸にそって歩いていき、この棒に目をとめ、祝福を与えて言った。

「この棒が朝までに枝葉のしげる大木となるように。」

そのとおりになった。あくる朝起きてみると、その棒は枝と葉をしげらせた大木となっていたのである。まもなく人々がさまざまな荷物を岸から舟に積みこもうとしていたとき、ムーロムの町から重立った貴族たちがやって来て、こう言った。

「公よ、すべての貴族、ムーロムの町全体を代表して、あなたのもとへお願いにまいりました。どうかみなしごであるわれわれを見捨てず、父祖伝来の領地へお戻りください。町の多くの貴族たちは斬り合いのすえにたおれました。おのがじし自分こそ支配者になろうとして、たがいに殺し合ったのです。生き残った貴族と町の住民たちはこぞって、こう言ってあなたにお願いしています。『公よ、われらは后のフェヴローニアが妻たちの上に立つことを望まぬと言ってあなたの怒りをまねいたが、いまやわれらは、家族をあげてあなた方お二人のしもべであり、あなた方お二人を欲し、愛している。お二人がわれらしもべたちをお見捨てにならぬよう懇願する』と。」

至福のピョートル公とフェヴローニア公妃は自分たちの町に戻った。

彼らは主の教えと掟を何ひとつふみはずすことなく、その町を治めた。絶えず神に祈りをささげ、恵みをほどこし、領内に住むすべての民を、あたかも父と母がその子を愛するようにいつくしんだ。すべての者にわけへだてなく親切であったが、傲慢と不法をにくみ、この世のはかない財産を少しも惜しまず、信仰においてますます富んでいった。町にとっては真の牧者であり、やとわれ者のような振舞は決してしなかった。怒りをもって治めず、まことと柔和をもって町を治めた。旅の者はあたたかく迎え、飢えたる者には食を与え、はだかの者には衣服を与え、貧しい者は迫害から守った。

彼らに至福の死が近づいたとき、二人はおなじ時刻に死ねるように神に祈った。そして二人がおなじ柩におさめられるようにはかって、あいだに仕切りをした大きな石の柩をつくるように命じた。彼らはおなじ時刻に修道僧の袈裟をまとった。そして至福の公ピョートルは修道僧としてダヴィードの名を受け、フェヴローニア尊尼はエウフロシーニアの尼僧名を与えられた。

エウフロシーニアなる至福の尊尼フェヴローニアが、聖母大寺院のために自らの手で聖者の像のついた聖餐覆を縫っていたとき、ダヴィードなる至福の尊師ピョートル公が彼女のもとへ使いを送って、こう言わせた。

「尼僧エウフロシーニアよ、わたしの魂はもう体からはなれようとしている。しかし、いっしょにこの世と別れを告げるためにおまえを待っている。」

彼女は答えた。

「待ってください。もうすぐ教会の聖餐覆を縫い上げますから。」

やがて彼はふたたび使いを送って、こう言ってきた。

「もうながくは待てない。」

それから三度目に使いをよこして、こう言った。

「今この世を去ろうとしている。これ以上待つことはできない。」

このとき彼女は聖餐覆に聖者の顔を縫い上げ、残った袈裟の縫いとりにかかっていたが、すぐにその手をとめ、針を聖餐覆にさして、縫っていた糸を巻いた。そしてダヴィードなる至福のピョートルのもとへ使いをやって、いっしょにこの世を去る用意ができたことを知らせた。こうして彼らは祈りをささげてから、聖なる魂を神の御手にゆだねた。それは六月二十日の金曜日のことであった。

彼らが死んだのち、人々は「僧籍にはいった身であれば、この聖者たちをひとつの柩におさめるのはふさわしくない」と言って、至福のピョートル公を町のなかの聖母大寺院に葬り、フェヴローニアを町のそとの尼僧院にある聖十字架教会に葬ることを望んだ。そして別々の柩をつくり、彼らのなきがらをおさめた。ダヴィードなる聖ピョートルのなきがらはひとり用の柩に入れて、夜明けまで町のなかの聖母大寺院におき、エウフロシーニアなる聖フェヴローニアのなきがらは別の柩に入れて、町のそとの聖十字架教会においた。公と公妃がつくらせた二人用の石の柩は空のまま、町のなかにある聖母大寺院におかれた。しかし、翌朝人々が起き出してみると、公と公妃をおさめておいた別々の柩は空になっていた。二人の聖なるなきがらは、町のなかの聖母大寺院のなかの、生前彼らがつくらせておいた共同の柩のなかに横たわっていた。おろかな人々は、二人の存命中とおなじように、二人の清らかな死ののちも、彼らの仲をさこうとした。そしてふたたび彼らを別々の柩におさめて、別々の場所へ運んだ。しかし朝になると、また聖なるなきがらはひとつの柩のなかに横たわっていた。そののち人々はもはや二人の聖なるなきがらに手をふれようとはせず、彼らが自分たちでつくらせておいたひとつの柩におさめたまま、町のなかの聖母降誕大寺院に安置した。神はこの町に光明をもたらし救済を与えんがために、このようにはかられたのであった。かくて心に信仰をいだいて、彼らのなきがらをおさめた墓にもうでる者は、かならずその病がいやされるのである。

ウラジーミルのチモフェイの物語

教会のなかで乙女を犯し、カザンにのがれてキリスト教をすてた上にキリスト教徒の迫害者となり、のち悔い改めてこの世を去った、ある司祭の物語

これは、全ルーシのツァーリにしてモスクワの大公なるイワン・ワシーリエヴィチの御世、フィリップ府主教在世のみぎりに、ルーシの国にあったできごとである。

そのころウラジーミルの町に、チモフェイという名のひとりの司祭が住んでいた。神の思召しにより、この司祭の上に、その魂を破滅にみちびく大いなる試練がくだされた。

正教を奉ずる信仰あつきキリスト教徒は、老若男女を問わず、大斎期のはじめの週には、まる七日のあいだ精進につとめる習わしである。そして精進のあける金曜の夕べには、おのがじし懺悔聴聞僧のもとにおもむいて罪をきよめ、土曜日には礼拝式につらなって、われらが主キリストの聖なる血と肉を受けるのである。

さてチモフェイなるこの僧のもとにも、この町の身分高き人の娘で、いともうるわしい、

ひとりの娘が罪の告白におとずれた。教会のなかで彼らが二人だけになると、悪魔がチモフェイの胸に、乙女へのおさえがたい情欲を燃えたたせた。司祭はこの情欲の炎に逆らうことができず、神の裁きをも、とこしえの業苦をも恐れることなく、教会のなかで乙女に襲いかかった。乙女を犯したのち、チモフェイは捕えられぬよう人目を忍んで、教会からわが家に逃げ帰った。町の役人に引き渡され、犯した罪のゆえに極刑に処せられることを恐れたのである。

チモフェイはただちに馬に鞍をおき、僧形を改めて武士の装束を身につけ、妻にも子供にも別れを告げず、馬にまたがってすばやくわが家から駆け去った。町を捨て、逃げついた見知らぬ国は、カザンなる異教徒タタールの地であった。

異教徒の国にのがれたチモフェイはカザンの王に仕えはじめ、キリストの教えを踏みにじり、僧侶の身分をすてて、邪悪なサラセンの回教徒の信仰を受けいれ、二人の妻をめとった。

あわれ、チモフェイよ。かつては他人の罪をきよめる敬虔なる司祭の身であり、神の御座所を守って罪ぶかき人々の心をみちびいていた彼は、今やカザンのたけき武将として、キリスト教徒の凶悪なる迫害者、残忍な吸血鬼になり果てた。カザンの王はしばしば彼にタタールの軍勢をさずけ、その祖国なるルーシの地のキリスト教徒との戦いに送った。かくてチモフェイはカザンで三十年を過ごし、タタールの王に仕えるうちにあまたの富をたくわえた。

しかし罪ぶかき者をも死をもって罰することを欲せず、命あるうちに改心せしめることを望まれる神は、この罪びとをも以前の敬虔な生活に戻そうと願われたのであった。

あるときカザンの王は、例によって、ルーシの罪なき人々の血を流す極悪非道な戦さに彼を遣わした。チモフェイは王の命令にしたがって出陣し、ルーシのある地方を襲ったのち、ルーシの捕虜たちを引き連れてカザンに戻ることになった。カザンをさして広々とした野原をすすんでいたとき、チモフェイはとある用件のため部下たちからおくれ、ひとり後方に残された。正午近く、部隊からはるかはなれて馬をすすめながら、彼はかつて自分が犯した罪に思いをめぐらし、聖母マリアをたたえるなつかしくも美しい祈りの言葉を、心をこめて唱えはじめた。

なべてこの世に生うけしもの
御身に喜びをおぼえぬはなし……

このときたまたま近くの樫の森に、カザンから逃げ出したルーシの若い捕虜がかくれていた。彼はすでに三日のあいだ下草の茂みのなかに身をひそめ、タタールの軍勢が通り過ぎるのを待っていた。そのあとで茂みから抜け出し、タタール軍の通ったばかりの道を逆にたどって、迷わずルーシに帰りつこうとしていたのである。

若者はチモフェイの祈りの歌を聞くと、かかる唱句をとなえるのはロシア人にほかならぬと考えて、身を起こした。そしてためらうことなく、喜びに心をおどらせながら森から道にとび出し、かつては僧侶であった呪うべき邪教徒のまえに姿をあらわした。チモフェイは獣のような兇暴な目つきで若者を見ると、やにわに剣を抜きはなち、いまにもその首を切り落とそうとした。若者は悲嘆の涙とともに大地にうつぶして、殺さぬように慈悲を乞うた。そして次のように、その身の上を語った。

「わたしは捕われの身となったロシア人で、カザンからルーシへ逃げ帰ろうとしているところです。今あなたがルーシの言葉で聖母マリアへの祈りをとなえるのを耳にしましたが、あれは聖母の祈りのなかでも、もっとも人々に愛されている祈りです。憐れみぶかい守護者であられる聖母をたたえて、故郷のルーシでは真心こめてうたわれる祈りです。そこでわたしは、あなたがきっとロシア人であると思い、恐れも忘れてここにあらわれたのです。」

この言葉を聞いて、裏切者の冷たいかたくなな心はつよく打たれ、チモフェイは馬から下りて大地に身を打ちつけながら、悲痛な声をあげて泣き叫びはじめた。若者は仰天したが、しばらくはその場をはなれず、何ごとならんとあやしみながら、たたずんでいた。この若者はなかなか分別のある男だったのである。チモフェイは昼から夕刻にいたるまで泣きつづけ、ついにその声はかれ、涙は目から出つくしてしまった。そのときようやくかたわらに若者の姿をみとめ、彼にいくらかの食べものを与え、自分は何ひとつ口にすることなく、朝まで草の上で眠った。

若者はためらいながら、チモフェイにたずねた。

「いったい、どうなさったのです。あなたは何が悲しくて、これほどまでに泣かれるのですか。わたしに話してください。」

チモフェイは泣きやんでやっとわれにかえると、自分がかつてルーシの僧侶であったとき以来の一部始終を若者に物語った。若者はチモフェイにむかって、われらの神は憐れみぶかくおわしまし、悔い改める者にはその罪を許したもうから、改心して許しを乞うようにすすめた。チモフェイは若者に言った。

「若者よ、おまえにひとつ頼みがある。罪びとを救うためにこの世にあらわれたわれらの偉大なる神イエス・キリストの名において、わしの頼みを聞いてくれ、キリスト教徒の愛を示してくれ。いますぐこのわしのもとから、恐れることなくルーシの地なるモスクワにおもむき、おまえに話したわしの身の上を残らず府主教に伝えるのだ。このような罪びとにも悔い改めることができるものなら、主なる神とわれらの救い主イエス・キリストの教えどおり、府主教はわしの罪をとがめたあとで、許してくださるかもしれぬ。そしてモスクワの大公にとりなして、わしがながらくルーシの地を荒し、キリスト教徒をあやめた悪業について許しを得てくださるだろう。その上は、府主教にわしのすべての罪科についての赦免状をしたためてもらい、そこに大公と府主教自身の二つの封印を押してもらうのだ。

それならわしも信ずることができる。そして二月たったら、おまえがこの場所にその書状をもってきてくれ。わしは何の疑念もいだかずに、喜んでカザンからモスクワに行く。そして今までの罪を涙であがなうために、修道院にはいろうと思う。兄弟よ、おねがいだ、わしのためにひとつ骨おってくれ。神はきっと天国でおまえの骨おりに手厚くむくいてくださることだろう。」

チモフェイは若者に多額の銀貨を与えた。若者は彼の頼みを間違いなく誠実に果たすことを約束した。

あくる朝早く起き上がると、回教徒のチモフェイはまたはげしく泣き、二人は口づけをして別れを告げた。若者をロシアにむけて立たせたあとで、チモフェイはカザンにむかい、まもなく自分の部隊に追いついた。

若者はモスクワに到着すると、ただちに府主教フィリップをたずねてこのことを話した。キリスト教会のまことの牧者であったフィリップは、すぐに宮廷におもむき、自分にふかく帰依している大公に、若者から聞いた話をくわしく伝えた。大公と府主教はふかく心を打たれ、ともに長いあいだ黙想にふけっていた。それからふたたび若者を召しよせて、その物語が事実であるかどうかたずねた。若者は繰返してくわしくありのままを物語った。彼らは福音書のなかの「もし汝、ひとを助けてあさましき今のありさまから、かつてのよき姿に立ち返らすならば、汝はわが口なり」という御言葉を思いうかべた。

そこで、公と府主教はあいはかって書状をしたため、封印を押し、それを若者にもたせて回教徒チモフェイに送った。この書状には、悔い改めて闇から光の国にはいろうとする者は許され、彼の犯したすべての罪はとがめられぬ、と述べられていた。また安心してモスクワに来て、大公のもとで正直に仕えるよう伝えさせることにした。

三月目がはじまろうとしたとき、捕虜であった若者は誓いにたがわず神の愛を実践するため、例の場所をさして道をいそいでいた。兄弟のために自分の生命を賭すことさえ辞さぬ者が、まことの愛をもつのである。若者は幾日も野原を歩き、ついに約束の場所に着いた。定めの期限にそこへ到着して、二日のあいだむなしくチモフェイを待った末、若者はもはや相手は来ぬものと心に思った。

三日目に若者は小高い丘の上の木にのぼり、カザンの方角を見つめていた。すると、カザンのほうからひとりの男が二頭の脚の早いみごとな馬を連れ、大いそぎで野原をこちらにむかって駆けて来るのが見えた。若者はそれが自分の友なる回教徒であることを知ったが、しばらく姿をかくして、彼をためそうとした。チモフェイは約束の場所に駆けつけたものの、若者の姿が見えないので、相手が自分をあざむいて約束の時にあらわれなかったものと思った。そこで馬からとび下りて地面にたおれ、涙をながしながら大声ではげしく泣いた。それは心なき石をさえ、ともに泣かしめずにはおかぬほどであった。しかし彼はよわいすでに五十であり、涙によって心をはらすことはできなかった。

　そこで若者はすばやく丘を下りて彼に姿を見せた。チモフェイは遠くから彼が歩いてくるのをみとめ、それがくだんの若者であることを知るや、いそいで走りよった。そして若者のうなじをいだいて口づけし、涙にむせびながら言った。

「いとしい兄弟、まことの友よ。異教徒のこのわしのために、むずかしい使いのつとめを忠実に果たしてくれたおまえに、何をもってむくいたらいいだろう。」

　若者はふところから包みをとり出してそれを開き、なかから二つの封印をもってとじられた書状を抜き出して、彼に与えた。チモフェイはそれを受けとり、落涙しながら読みおわると、福音書の取税人のように声をあげて泣きつづけた。

「神よ、汝にそむいた悪逆無道の罪人を憐れみたまえ。神よ、わが罪のかずかずをきよめたまえ。神よ、わが悪業を許し、憐れみをかけたまえ。」

　チモフェイはさらにもろ手を天に差しのべて、こう言った。

「情ぶかき神よ、罪びとにも憐れみをかけたもう御恵みあつきあなたに感謝します。あなたのおかげでこのわたしは、極悪非道の悪業に対して府主教の許しを得ました。」

　このとき突然、チモフェイは音もなく大地にたおれた。そして最後の力をふりしぼって手足を伸ばすと、息が絶えた。

　若者は恐しさに長いあいだ立ちすくんでいたが、そのうちやがて彼が死んだことを知った。そこで、チモフェイの体からりっぱな装束と戦士の具足をすっかり脱がせ、自分の質素な衣服を着せた上、穴を掘り、涙ながらに葬って、その夜は墓のかたわらで眠った。

チモフェイは自分の墓のかたわらに眠る若者の夢枕に立って、こう言った。

「礼を言うぞ。おまえのおかげで、わしは神から罪のお許しを得た。おまえの骨おりの代りに、わしの馬とその鞍の上にあるものを残らず受取るがよい。これからルーシに帰り、命ある限り、祈りと施しによってわしの冥福をねがってくれ。」

あくる朝、若者は高価な馬具もろとも、二頭の駿馬を手に入れ、墓に眠るチモフェイに別れを告げた。鞍の上には金、銀、宝石をぎっしりつめた袋がいくつか積まれていた。若者は馬に乗って、喜びいさんでルーシに戻った。

そしてモスクワに着くと、チモフェイの身の上におこったことを、くわしくモスクワ大公と府主教に語った。

「……こうして彼は死に、わたしの手で葬ってやりました。」

また夢に見たことも話し、彼らにチモフェイの遺品を残らず示した。公と府主教はこの物語を聞いて驚嘆し、神をたたえた。そしてこう考えるのであった――神はさだめしチモフェイの懺悔を受け入れたまい、彼はおのが涙によってきよめられ、いまは罪も許されて、その魂は救われたことであろうと。公と府主教はチモフェイの所持していた莫大な財宝を、あらためて残らず若者に与えた。その上、大公はこの若者に領地までさずけた。

この物語は昔から民衆のあいだで語り継がれるだけで、書きしるされたことがなかった。

わたしは多くの人々からこの物語を聞いて、ここに書きとめた。この物語を読む者は、たとえ罪を犯したのちといえども救いをあきらめず、憐れみぶかい神のおんまえで心から悔い改めた上、おのが罪の許しを得て、永遠の生命を恵まれ、心正しき者たちとともに、天上で終りなき世をことほがんがために。

トヴェーリ・オートロク修道院開基物語

天地創造から数えて六七七三年（一二六五年）、トヴェーリ大公ヤロスラーフ・ヤロスラーヴィチならびにその后、賢明なるクセーニア大公妃の熱心な力ぞえにより、大公夫妻の成婚第四年目に、僧名グーリイなる公の寵臣グリゴーリイの勧請《かんじょう》にもとづいて、オートロク修道院が建立された。

トヴェーリ大公ヤロスラーフ・ヤロスラーヴィチの御世に、日ごろ大公のおそば近く仕えるグリゴーリイという従士《オートロク》がいて、大公の並々ならぬ寵愛をこうむり、何事にまれその信頼をうけていた。大公はしばしば彼を領内の村々に遣わして、貢税を集めさせることにしていた。あるときグリゴーリイはエジモノヴォという村へおもむき、アファナーシイという名の寺男のもとに宿をとったが、彼の家にクセーニアという非常に美しい娘がいるのを見て、彼女を妻にめとろうと思いはじめた。しかし従士は大公の激怒をこうむることを恐れ、ふかい悲しみにしずんだ。彼はこの娘を心から愛するようになったが、そのことを親しい友のだれにも告げず、いかにして願いをかなえることができるか、心のなかで考えていた。折があって娘の父アファナーシイと二人だけになったとき、彼は娘を自分の妻にくれるようにたのみ、その代り何でもできることをしてやると約束をした。父親はこれを聞いて《あの大公のおそば近く仕える方が急にこんなことをわしに言い出されるなんて、いったいどういうことだろう》とひどく驚き、何と答えてよいやらわからなかった。そこでアファナーシイは妻や娘のところへ行き、このことをくわしく話して、彼らの気持をたずねた。娘は聖霊に満たされてこう答えた。

「お父さま、あの方の言われるとおりにしてください。約束されたことは、あの方のお心にまかせておきましょう。神さまがお許しになれば、きっと実現しますわ。」

この娘は善良で心がやさしく、おとなしくて快活なたちで、類いない知恵をもち、神の教えは何ひとつやぶらず、両親を心からうやまって何ごとにも逆らわず、幼ないときからキリストを愛してその言葉にしたがい、父親が聖書を読むのを耳にすると、一心に聞き入っていた。

従士はますます恋に心を奪われ、彼女の父親にむかって、心配することはないと熱心に説き聞かせた。

「わたしは何でもおまえを助け、公にお願いしてやろう。安心するがよい。」

二人は細大もらさず打ち合わせて、婚礼はこの村で行ない、聖殉教者デメトリオス教会で式をあげること、そしてもし大公に命じられれば、ここに住むことなどをきめた。やがて従士は大公から命じられた仕事を残らず果たし、喜びいさんでトヴェーリの町に戻った。彼はクセーニアのような娘が世に二人といないことに内心大いに驚いていたが、だれにもそのことを話さなかった。

娘は従士が去ったあと、両親にむかってこう言った。

「お父さま、お母さま、あの従士があなた方に約束したことにびっくりなさらないでください。あの方はあのように約束しましたが、神さまは御自分の思召しのままになされます。わたしの夫になるのはあの方ではなくて別の方です。神さまはその方をわたしにおさずけくださるでしょう。」

両親は娘の言うことを聞いて非常に驚いた。

さて、くだんの従士はよき機会を見はからって大公の足もとに身を投げ出し、はげしく涙にむせびながら、自分の意にかなった娘と結婚したいと公に告げて、その許しをもとめた。そしてクセーニアの容貌の美しさと賢明さを申し述べた。しかし大公は彼の言うことを聞いてこう答えた。

「もしおまえが妻をめとることを望むならば、身分の高い、ゆたかな家から妻をむかえるがよい。富もなければ氏素姓も知れぬ平民からむかえてはならぬ。もしそんなことをすれば、おまえは自分の両親からあざけりとはずかしめを受け、貴族や友人やそのほかあらゆる者からうとんじられ、わしも恥かしさのためにおまえを遠ざけなければなるまい。」

しかし従士は自分の望みをかなえさせ、村に住まわせてくれるよう、くる日もくる日も熱心に大公に懇願した。そこで大公はほかの者を退けて彼をいさめ、どうして彼がそのようなことを望むのか、くわしくたずねた。従士は自分が村でした約束をすっかり大公に打ち明けた。

ヤロスラーフ・ヤロスラーヴィチ大公は従士の願いをいれて、彼の思いどおりにすることを命じ、川舟を仕立てて従士が必要とするあらゆる品々や供の者をととのえてやることを約束した。婚約と婚礼の時が近づくと、大公は彼をヴォルガの川舟で出発させることにした。村はヴォルガの近くにあったからである。大公はさらに従士のあとからすぐに馬を岸づたいに送ってやることを約束した。

従士は喜んで大公に礼を述べ、贈られたものをすべてたずさえてヴォルガの川舟に乗り込んだ。

翌朝、大公はその身分にふさわしい供廻りと馬の支度を命じ、みちみち狩りをしていくために、鷹と犬の用意をさせた。というのは、その前夜、大公は野原で狩りをして鷹を放つ夢を見たからである。その夢のなかで、大公がとくにお気に入りの鷹を鳥の群に放つと、その鷹はひと群の鳥をすっかり追いちらして、黄金よりもさらに美しく輝く雌鳩を一羽捕えて来た。公は夢からさめると、これが何を意味するのかあれこれ考えたが、夢のことはだれにも話さず、ただ狩猟用の猛禽をすべて連れていくように命じたのであった。こうして大公は狩りを楽しみながら、従士とおなじ方角へすすんでいった。大公はまだはたちにもならぬ若さで、妻帯もしていなかった。

従士は川舟で到着すると、公から遣わされる馬を待ちながら岸辺にとどまり、娘のもとに使いをやって、しきたりどおり婚礼に必要な準備を残らずととのえておくようにと言わせた。娘は使いの者にこう答えた。

「こちらにはいままでお出でになるという知らせがなかったものですから、これからすっかり用意をととのえてわたしが使いを差し上げるまで、そちらでお待ちになるよう、お伝えください。」

従士の使いは戻ってきて、娘に命じられたことをすべて彼に報告した。娘は大公の来訪を見とおしていたので、両親にこう言った。

「わたしの仲人はもう到着しました。花むこは野原で楽しみながらゆっくりしているので、まだ到着しません。しかしまもなく見えるでしょう。その方がわたしたちのところへ来られるまで、もうしばらくお待ちしましょう。」

娘は花むこの名を身内のだれにも告げず、彼のために手づくりのりっぱな贈物の用意をしていた。身内の女たちはこれを見てただ驚くばかりであったが、花むこのことは彼女のほかだれひとり知らずにいた。

一方、大公はこの村がどこにあるのか知らなかったが、従士が結婚するところを見るため、あくる朝か翌日には村をおとずれようと思っていた。そしてその夜は狩り場で過ごした。村はトヴェーリの町から四十ポープリシチェ〔約十七キロ〕もはなれていたからである。大公はその夜も前夜とおなじ夢を見て、何の夢知らせかと前にもましていろいろ心のなかで思案をめぐらした。そして翌朝は例のとおり狩りをした。

ところで従士は娘の使いも大公の馬も来ないので、《もし主君の大公が気持を変え、使いをよこして引き返せとでも命じられたら、自分の願いはかなえられなくなるだろう》と考えた。

そこですぐに娘の家へ出かけていき、自分の身分にふさわしいようにすべての準備をととのえた。そしてただちに婚礼があげられるように娘とならんで席につき、できるだけ早く支度をおえて、贈物をくばるように命じた。すると娘は従士にこう言った。

「どうかお急ぎにならないでください。お招きしなかったお客さまがわたしのところへお見えになるでしょうから。それはお招きしたどんな客よりもとうとい方です。」

大公はこのとき村の近くにいたが、ヴォルガ川に白鳥の群がうかんでいるのを見て、すぐさま自分の鷹と隼をすべて放つように命じ、自分のお気に入りの鷹も放して、多くの白鳥を捕えた。しかし大公の愛する鷹はしばらく獲物をあさってから、突然、くだんの村をさして飛び去った。大公はわれを忘れて鷹のあとを追ううちに、たちまち村に着いてしまった。鷹は聖殉教者デメトリオス教会の上にとまった。公が供の者にこの村がだれの領地かたずねさせると、村びとたちは、これはトヴェーリのヤロスラーフ・ヤロスラーヴィチ大公の村であり、教会は聖殉教者デメトリオス教会であると答えた。ちょうどこのとき、婚礼を見るために大勢の人々が集まっていた。公は村びとの話を聞くと、自分の鷹を呼び戻すように命じた。しかし鷹はいっこうにおりて来ようとはせず、翼をそろえたり、なでつけたりしていた。大公自身は道中着のまま、従士のいる家にはいっていった。わざわざそのためにやって来たのではないにせよ、神がそう望まれたのである。人々は公を見ても、それがだれであるかわからなかった。馬と狩人たちを連れて花むこのもとへやってきた者と思い、だれひとり迎えにも出なかった。

しかし娘はそこに居合せたすべての者にむかってこう言った。

「皆さん、お立ちなさい。わたしの花むこである大公をお出迎えするのです。」

一同は驚くばかりであった。

大公は従士と娘のすわっている部屋にはいった。人々はみな立ち上がって大公に挨拶し、到着を知らずにいた許しを乞うた。大公は花むこと花よめを見るために、彼らに腰をおろすように命じた。

このとき娘は従士にこう言った。

「あなたはわたしからはなれ、公に席をゆずってください。あの方はあなたよりとうとい方で、わたしの花むこです。あなたはわたしの仲人だったのです。」

大公が見るとこの娘は非常に美しく、その顔は光り輝いているかのように思われた。そこで大公はグリゴーリイにこう言った。

「おまえはここから出ていって、自分の気に入った別の花よめをさがすがよい。この花よめはおまえではなく、わしにこそふさわしい。」

公の心は燃え立って、前後の見さかいがなくなっていた。

従士は大公の命令にしたがってその席をはなれた。大公は娘の手をとって聖殉教者デメトリオス教会におもむき、型どおりキリストの御名において婚約を交し、口づけして誓いを立てた。そしてその日のうちに婚礼の式をあげた。夏の時期であったので、その日は夜までにぎやかな酒宴をもよおし、村びとたちには昼夜の別なく酒をふるまった。大公が婚礼をすませて教会から家に戻ろうとしたとき、大公のお気に入りの鷹は主人が奥方といっしょに歩いていくのを見て、教会の屋根にとまったまま、あたかも公の祝言を喜ぶかのように羽ばたきをはじめた。公は鷹匠たちにたずねた。

「あの鷹はおまえたちのところへおりてきたのか。」

彼らは答えた。

「いいえ、教会の上から舞いおりようとはいたしません。」

公は鷹を見て、自ら声をあげて呼びかけた。すると鷹はすぐに大公のところへおりてきて、その右手にとまり、公と公妃の二人を眺めた。大公はそれを鷹匠に渡した。

さて、従士はふかい悲しみにとざされ、食べものも飲みものも口にしようとはしなかった。大公はこの従士をいたく愛していたので、それほどひどく悲しまないように命じ、自分が夢のなかで見たこと、そしてそれが神の御意志によって実現した次第を話して聞かせた。

その夜、従士は神といと清き聖母にむかって、自分のとるべき道を教え示されるように祈った。それから公の宮廷の衣服を脱ぎすて、百姓の着るものを手に入れてそれに着がえて、仲間の目を忍び、だれにも知らせずに村を出て、いずこへともなく森にそって歩いていった。

翌朝大公は従士のことを思い出し、貴族たちに従士を呼び寄せるように命じた。貴族たちは従士をさがしまわったがどこにも見当らず、残された衣服を見つけただけであった。彼らはこのことを大公に報告した。大公は従士の失踪をふかく悲しんで、川や井戸をはじめ方々をさがさせ、従士が若い身空で自分の命を絶ったのではないかと心配していた。従士の姿はどこにも見つからなかったが、ひとりの百姓がこう申し立てた。

「その方はわっしのとこで古着を買われ、このことをだれにも話してはならぬとおっしゃって、荒野のほうへ歩いていきましただ。」

大公は森や茂みや荒野をさがし、従士を見つけて連れてくるように命じた。人々はそのような場所を方々さがしまわったが、どこにも従士の姿はなかった。神が人目からかくされていたのである。公はこうして三日間村にとどまっていた。

大公の后クセーニアはヤロスラーフ・ヤロスラーヴィチ大公にむかって、自分と従士のことについて、すでに述べたことを残らず物語った。

大公は従士のことをひどく悲しみ、「彼が死んだのはわしのせいだ」と言いつづけた。公妃はいろいろと手をかえて大公にあまり悲しまないようにすすめ、こう言った。

「わたしがあなたと結婚したのは、神さまの思召しにかなったことだったのです。もし神さまの御意志でなかったならば、どうして大公であるあなたが、わたしのような貧しい娘のところへ来て、妻にめとることなどできたでしょうか。このことを悲しんでいてはなりません。わたしを連れて安らかに御自分の町へ帰ってください。何も恐れるにはおよびません。」

大公はそれでもなおふかい悲しみを忘れ去ることができず、ため息をついてはらはらと涙をこぼし、かつて自分が従士のグリゴーリイをいさめた言葉を思い出して、言った。

「彼に言ったことが、とうとう自分の身の上におこってしまった。これからもう彼の顔を見ることはあるまい。」

そして自分の悲しみを神といと清き聖母に託し、かつて従士にしたがって来た貴族たちといっしょに、大公妃を川舟に乗せてトヴェーリの町に向かわせることにし、貴族たちには、公妃の身を守り、彼女を敬って何事にまれその言いつけに服従するように命じた。大公自身は前とおなじように、狩りを楽しみながら岸をすすみ、公妃よりも早くトヴェーリに到着した。クセーニア大公妃がトヴェーリの町に着くと、大公は貴族とその夫人たち、召使たち、ならびに町の全住民に対して、夫婦ともども、大公妃を出迎えるよう命令をくだした。大公の命令はすべての者に伝わり、男も女も、老いも若きも、町の全住民が喜びにあふれ、贈物をささげて首天使ミカエル教会のわきの川岸まで公妃を出迎えた。公妃がいよいよトヴェーリの町に到着したとき、大公は全貴族をそれぞれの馬車に乗せて迎えに遣わした。貴族たちはつつしんで公妃を迎えて、挨拶をした。彼女の美しさを見て、驚かぬ者はなかった。

「われわれはいままで、大公妃のように、まるでたくさんの星のなかの太陽のように輝くかくもうるわしい女人を、この目で見たこともなければ、この耳で聞いたこともない。大公妃はこの町のあまたの女たちのなかで、月よりも星よりも明るく輝いている。」

人々は彼女につきそってトヴェーリの町にはいり、多くの贈物をもってうやうやしく大公の宮殿まで送ってきた。町には歓喜があふれ、大公は幾日間も、老若をとわず、あらゆる身分の者たちのために酒宴をもよおした。

ところで前述の従士は長いあいだ消息が知れずにいた。彼は神の思召しによって、トヴェーリの町から五十ポープリシチェ〔約二十一キロ〕はなれたトヴェルツァという川の岸にある松林におもむき、その林のなかに居をさだめて小屋をつくり、小さな礼拝堂を建てた。そして将来、いと清き聖母のためにその栄えある生誕を記念する教会を建立すべき場所の目じるしにした。彼がここに来てしばらくしたころ、近くに住む人々が彼を見つけた。彼らは暮しに必要なさまざまなものを集めにしばしば森へやって来たからである。人々は彼にこうたずねた。

「おまえさんはどこから来たのかね。名は何といいなさる。だれに言いつけられてわしらの土地に住みついたのかね。」

従士は何ひとつ答えず、ただ頭を下げてばかりいた。そこで人々も村へ帰ってしまった。彼はしばらくこの林のなかに住んでから、そこを立ち去った。たずねてくる人々から町が近くにあることを知ったので、もっとはなれた場所へ行こうとしたのである。神の思召しのままに、彼はトヴェルツァ川にそってトヴェーリの町の近くの河口に行き、ヴォルガ川に出て、かなたの町がトヴェーリであることを知った。それは彼にはなじみのふかい町だったからである。そこでふたたび森のなかにはいり、トヴェルツァ川にそってヴォルガからすこしはなれた場所をえらんで、いと清き聖母にむかい、この場所の可否を示されるように祈りはじめた。その夜彼が床につくと、あさい眠りのなかへと引きこまれ、その場所があたかも広々とした野原のように見え、大きな明りが何か神々しい光りを放っているのがのぞまれた。彼ははっと夢からさめて、このお告げが何を意味するかさまざまに思いめぐらし、その意味を示されるよう救世主といと清き聖母に祈った。その夜のうちにふたたび彼に聖母があらわれ、自らの栄えある昇天を記念する教会の建立を命じ、その場所を指さしてこう言った。

「神はこの場所に栄光をさずけ、その名を広めることを望まれています。大いなる修道院もできるでしょう。そなたは安心してトヴェーリの町の公のもとへおもむくがよい。彼は何かにつけてそなたを助け、そなたの願いを聞きとどけてくれるはずです。そなたはすべての望みを成就させ、修道院も建立しなさい。そしてしばらくここに住んで、やがてこの世から神のみもとへ去ることになるでしょう。」

彼は夢からさめ、このような幻影のあらわれたことにふかい恐怖をいだき、心のなかで、《もしこの場所を見捨てるようなことをすれば、ここをお示しになったお告げを忌避することになる。主なる神の思召しどおりにしよう》と考え、こうひとりごちた。

「たとえ大公のところへ行ってどんなにすすめられても、決して公の宮廷にはとどまらないことにしよう。」

彼がこういうことを考えているところへ、公の家臣たちが必要があって、ちょうどこの森へ獣を捕えにやって来た。従士はそれと知って彼らから身をかくした。家臣たちは十字架と小屋を見て大いに驚き、いかなる人間がここに住んでいるのだろうか、とたがいに話し合いながら小屋の主をさがしはじめ、彼の姿を見つけ、顔を見分けて言った。

「これはわれらの公の従士だ。」

彼らは彼に近づいて挨拶し、彼をさがし当てたことをたいそう喜んだ。従士は三年あまり野や森をさまよい歩き、だれにも知られなかったのだ。神の御手によってやしなわれていたからである。そこで公の家臣たちは彼を連れて公のもとへ戻ることにし、彼にいままでのことをすべて物語った。

「大公はいままで、あなたのことをたいへん悲しんでこられた。あなたが元気でいるのを見れば、大喜びされるだろう。」

従士はこれを聞いて喜んで彼らといっしょに出かけていった。大公の邸に着くと、みな彼を見て心から喜び、神をたたえ、大公にこのことを告げた。公は彼を階上の大広間に案内するように命じ、従士を見てたいそう喜んで、神をほめたたえた。従士は大公に頭を下げて言った。

「わが君、大公よ。あなたにそむき、御心をなやませたことをお許しください。」

大公は彼にむかって、「主なる神はきょうまでどのようにおまえをお守りになったのか」と言って、彼に接吻した。従士は床につくほど頭をふかく下げて言った。

「大公よ、あなたにそむいたわたしをお許しください。」

そして、自分がどのように彼のもとを去り、神がいかにこれまで彼をみちびきたもうたかを、順をおって物語った。大公はこれを聞いて大いに驚き、神をたたえ、そばに仕える者たちにむかって彼に元どおりの衣服を与え、昔の地位につかせることを命じた。しかし従士は丁重にそれを辞退して言った。

「わが君、大公よ。わたしはそのためにここにまいったのではありません。わたしが来たのは、あなたを悲しみから救い出し、わたしの願いを聞きとどけていただくためです。どうか、お願いです。あの土地を切り開くようお命じになってください。」

それから従士は大公に、いかに彼がその場所にやって来たか、どのようにいと清き聖母がモスクワ府主教のピョートルをしたがえて彼の前にあらわれ、その場所を指さして、聖母の栄えある昇天を記念する教会を建立するように告げられたかを残らず語り、わが身の上におこったことをすべて話して聞かせた。大公はふかいため息をついて涙をうかべ、そのような恐しい幻影を見る機会を与えられた従士を賞賛した。そして願いが成就するまで、その場所について万事助力を与えることを約束し、長いあいだ話をしたあと、近侍の者に命じて彼の前に食卓をととのえさせた。しかし彼はパンと水を少しだけ口に入れるだけで、ほかの食物には手もふれなかった。大公はすべて従士の意にまかせ、彼の望むままに機嫌よく邸を退出せしめた。従士は先の場所に戻り、例のごとく神といと清き聖母に祈りをささげて、修道院の建立に御加護をたれたもうように祈念した。そしてまもなく聖母の祈りによって、その事業は達成されたのである。すなわち、大公は百姓やその他の人々を集め、従士が指示する場所を切り開くように命じて、彼らを従士のもとへさし向けた。このことを耳にした町の多くの住民たちも自らすすんでそこへ加勢におもむいた。こうして従士が彼らに示した場所はたちまち切り開かれ、人々はこのことを大公に報告した。大公はそれを聞いて神をたたえ、従士を賞賛した。大公自身もその場所をおとずれて、そこが他のいかなる場所にもまして光り輝いているのを見た。従士はふたたび大公の足下にひざまずいて、木造の教会と修道院の建立を命ずるように懇願した。大公はすぐに先の人々にここで働くように命じ、教会建立のために腕のいい職人たちを集めさせた。こうして神の御加護と大公の命令とによって、まもなくことは成り、献堂の祝いがもよおされた。聖母昇天教会の献堂式にはヤロスラーフ・ヤロスラーヴィチ大公自ら、后のクセーニア大公妃ならびに宮廷に仕える家臣を残らずしたがえて臨席し、すべての者に食事をふるまってもてなした。従士の願いによって大公はフェオドーシイを修道院長に任命し、修道僧たちを集めて、さらに鐘楼をも建立した。そしてここはヤロスラーフ・ヤロスラーヴィチ大公によってオートロク修道院と命名された。そしてすべての者が神といと清き聖母の御名をたたえたのであった。献堂式の翌日、従士グリゴーリイは剃髪して修道僧となり、修道院長フェオドーシイからグーリイという名を与えられた。従士は剃髪後しばらくここで暮らし、やがて主のみもとに去って、自分の修道院に葬られた。至福の従士がこの世を去ってから数年後に、ヤロスラーフ・ヤロスラーヴィチ大公とクセーニア大公妃はこの修道院のなかに、いと清き聖母の栄えある昇天を記念する石造の教会を寄進し、その副祭壇に奇跡成就者モスクワ府主教ピョートルをまつった。またこの修道院にいくつかの村を与え、かつて従士が行って住んだ場所には領民をおいて住まわせることにした。

この修道院は、神の御恵みと、いと清き聖母ならびに奇跡成就者、モスクワと全ルーシの府主教ピョートル大僧正の祈りによって、今日なお昔のままの姿で立っている。

叙事詩と軍記物語

イーゴリ軍記

スヴャトスラーフの子にしてオレーグの孫なるイーゴリ[1]の遠征の物語

はらからよ、イーゴリの、かのスヴャトスラーフの子イーゴリの、悲しい遠征の物語は、いにしえの言葉もてはじめることこそ、ふさわしくないであろうか。さあれ、この歌はボヤーン[2]の流れを汲まず、今の世の語りぶりもて、うたいはじめねばならぬ。

まこと、ボヤーンは霊妙にして、もし人のため賛歌《ほめうた》を編もうとすれば、心の思いは枝々をなしてひろがり、灰色の狼と化して大地を駆け、鈍色《にびいろ》の鷲となって雲居《くもい》を舞った。今に伝わる語り草では、古き世の戦《いくさ》のかずかずをもそらんじていたという。むかしボヤーンが十羽の鷹を白鳥の群に放てば、まず襲われた白鳥が、いにしえのヤロスラーフ[3]のため、あるいはカソーグ[4]の軍勢をまえにしてレデジャ[5]を斬った剛勇ムスチスラーフ[6]のため、あるいはスヴャトスラーフの子の美丈夫ロマーン[7]のために、賛歌をうたった。だが、はらからよ、ボヤーンは十羽の鷹を白鳥の群に放たず、おのが霊妙なる指を生けるがごとき絃においた。

するとたちまち絃は、おのずから、かの公達《きんだち》の誉れをかなでたのであった。

さて、はらからよ、いにしえのウラジーミル(8)から今の世のイーゴリにいたる、この物語をはじめよう。イーゴリこそ、その決意もて心をひきしめ、勇気もて胸の思いをとぎすまし、闘志満々、ルーシの地のためポーロヴェツ(9)の地をさして、勇ましい軍勢をひきいていった君にほかならぬ。

そのときイーゴリは輝く太陽を打ちあおぎ、ひろがる闇(10)に部下の戦士がおおわれるのを見た。そこでイーゴリは親兵隊にむかって言った。「わがはらからよ、親兵たちよ。生きて囚われの身とならんより、戦の庭にたおれるがましぞ。いざ、はらからよ、足はやき駿馬に打ち乗って、水青きドンの流れに見参しよう。」公の心は一途に燃え立ち、大いなるドンの水を味わう望みが、天の徴《しるし》を念頭から消してしまった。「ポーロヴェツの野の果てに槍を折るのがわが願い。汝らルーシの子らとともに、むなしくこうべを横たえるか、さもなくばドンの流れをかぶとに受けて飲み干すか、二つにひとつじゃ。」

おお、ボヤーン、古き世の鶯よ。さだめし御身ならば、詩想の大樹の枝々を鶯のようにとびうつり、心は雲居を天翔けて、過ぎし世と新しき世との誉れをともに綯《な》いまぜつつ、野を越え山をめざしてトラヤヌス(11)の街道をひた駆けながら、この戦のさまをうたったにちがいない。かの者の孫(12)は、イーゴリの歌をこのようにうたったであろう。

広き野を横切って嵐が鷹を追いゆくにあらず、
小がらすの群、大いなるドンをさして飛んでゆく。

あるはまた、ヴェレース(13)の孫、霊妙なるボヤーンよ、御身はこのようにうたったかもしれぬ。

スーラのかなたに駒いななき
キーエフに誉れ高鳴る。
ノヴゴロドにはラッパがひびき
プチーヴリに旗ひるがえる。

イーゴリはいとしの弟フセーヴォロド(14)を待ち受ける。やがて猛牛フセーヴォロドはイーゴリにむかって言った。「ただひとりの兄君、唯一の明るき光――イーゴリよ。われら二人はスヴャトスラーフの血を享《う》けし者。兄君よ、足はやき駿馬に鞍おきたまえ。わが駒どもはクールスクにて鞍をつけ、すでに支度をととのえている。わがクールスクの兵たちは百戦錬磨のつわものぞろい。ラッパの音を聞きながらむつきに包まれ、かぶとのもとにてあやされて、槍の穂先で養われたる者どもぞ。道という道、谷という谷を知り尽し、はやその弓を張り、矢筒をひらき、剣をとぎすまして、灰色の狼さながら、野を馳せめぐる――おのれに名誉、公には栄《さか》えをもとめつつ。」

かくてイーゴリ公は黄金のあぶみに足をふみ入れ、見はるかす広野《ひろの》をすすんでいった。太陽は闇もて公の行く手をさえぎり、夜は雷《いかずち》の呻きもて鳥どもの眠りをやぶった。ひと声するどく獣の叫びがおこり、ジーフ(15)が羽ばたき、木の頂で声あげて、未知の国に耳かたむけよと下知をする――ヴォルガの岸に、海沿いの地に、スーラのほとりに、スーロジュに、コールスンに、そして汝、トムトロカーンの守護神(16)に。このまにポーロヴェツの軍勢は道なき道をつたい、大いなるドンをめざしてひた寄せる。あわてふためく白鳥さながら、夜半に車がきしめきひびく。

イーゴリはドンにむかって兵をすすめる。樫の林の鳥どもは公の悲運を早くも待ち受け、谷間にひそむ狼はうなりをあげて雷雨を招く。鷲は叫んで獣どもに餌食きたるを知らせ、狐は真紅の楯に吠えかかる。

おお、ルーシの地よ、汝ははや丘のかなたにかくれてしまった。

夜はおもむろに明けていく。朝焼けが燃え、狭霧《さぎり》が野面《のづら》に立ちこめた。鶯の鳴き声は止み、小がらすのさえずりが目ざめた。ルーシの子らは広き野に真紅の楯をはりめぐらした――おのれに名誉、公には栄えをもとめつつ。

金曜(17)の朝まだき、ルーシの子らは邪教徒ポーロヴェツの軍勢をふみにじり、矢のごとく野に散って、ポーロヴェツの美しい乙女たち、さらには金や錦や高価なびろうどを持ちかえった。母衣《ほろ》とマントと皮ごろも、ならびにありとあらゆるポーロヴェツの金襴衣裳は沼とぬかるみに埋め、道をならした。真紅の軍旗、白の指物《さしもの》、紅《くれない》の旗じるし、白銀づくりの槍の柄は、スヴャトスラーフの勇ましき子にささげられた。

オレーグ[18]の勇敢な一族は野にまどろむ。げにはるけくも飛び来たったもの。一族がこの世に生をうけたのは、鷹にも、隼にも、そして黒がらす邪教徒のポーロヴェツよ、汝らにも、恥[20]をさらすためではなかった。グザーク[19]は灰色の狼となってひた走り、つづいてコンチャークが大いなるドンをめざしてあとを追う。

あくる日の朝早く、血の色をした朝焼けが夜明けを告げた。四つの太陽[21]をかくそうとして海の方より黒雲が迫り、雲のあいだに青い稲妻がひらめく。やがて大いなる雷鳴がとどろくであろう。大いなるドンから雨が矢のごとくそそぐであろう。大いなるドンのほとりカヤーラの岸辺では、ポーロヴェツのかぶとを打ちすえて、ここかしこ槍は折れ、剣はくだけるであろう。

おお、ルーシの地よ、汝ははや丘のかなたにかくれてしまった。

ストリボーグ[22]の孫なる風は、海の方より矢のようにイーゴリの精鋭に吹きつける。大地はどよもし、川は濁り、砂塵は野をおおう。軍旗は告げる。「ポーロヴェツの軍勢はドンから、海から、そして四方から、ルーシの軍勢を取りかこんだ」と。悪魔の子らは鬨《とき》の声

ロシア軍（左）とポーロヴェツ勢の戦闘
（『イーゴリ軍記』，15 世紀末の年代記写本中のさし絵）

あげて野をふさぎ、勇ましいルーシの子らは真紅の楯をはりめぐらした。

荒れ牛フセーヴォロドよ。御身は陣頭に立ちはだかって、敵陣に矢の雨ふらせ、鋼《はがね》の剣をふるって敵のかぶとを打ちひびかせる。黄金のかぶとをきらめかせつつ、この牛の馳せゆくところ、邪教徒ポーロヴェツのこうべが山をなした。アヴァール(23)づくりのかぶとといえども、荒れ牛フセーヴォロドよ、鍛えに鍛えた御身の剣にかかって、つぎつぎと打ちくだかれた。わが親しきはらからよ、いかなる傷が心にかかろう――名誉も富もチェルニーゴフの父の玉座も忘れ去り、いとしの妻、うるわしいグレーボヴナ(24)の日ごろの情も忘れ果てたフセーヴォロドには。

トラヤヌスの御世(25)は去り、ヤロスラーフの時代(26)も過ぎた。オレーグ(27)の、かのスヴャトスラーフの子オレーグの、かずかずの合戦も今は昔の物語。このオレーグこそ、剣をふるって内乱の幕を切って落とし、大地にあまねく矢をまきちらした者である。トムトロカーンの町にいてオレーグが黄金のあぶみに足をふみ入れるや、その音は遠き世の大公ヤロスラーフの耳に伝わり、フセーヴォロドの子ウラジーミル(28)は朝ごとにチェルニーゴフで耳をおおった。ヴャチェスラーフの子ボリース(29)は、年若き剛勇の公オレーグの恥をそそぎわが名を挙げようとして、神の裁きに送られ、カーニナ(30)の岸で緑なす経帷子《きょうかたびら》につつまれた。おなじカヤーラ(31)の岸辺から、スヴャトポールク(32)はその父をウグル(33)の馬の担架に乗せて、キーエフの聖ソフィア寺院へ運んだ。この「悲しみの子《ゴリスラーヴィチ》」オレーグの世に、内紛の種がまかれ、芽をふき出した。ダジボーグ(34)の孫の財宝《たから》はむなしくほろび、公たちの内乱で人の命も短くなった。このときルーシの地には野を耕す者の声はさびしく、しかばねを分け合う大がらすのわめき声かまびすしく、小がらすどもも獲物をもとめて飛びゆこうと、おのが言葉を鳴きかわしていた。これが昔の戦、昔の遠征のありさまであった。だがこのたびの戦はまさに前代未聞――。暁から日暮れまで、日暮れから夜明けまで、ポーロヴェツのただなかの名も知れぬ野に、鍛えた矢は飛び、剣はかぶとを打ち鳴らし、鋼の槍ははじけて折れた。黒い大地にはひづめのもとで骨がまかれ、血がそそがれた。まかれた骨はルーシの地に悲しみの芽をふき出した。

まだ夜も明けそめぬのに、遠くからわが耳にどよもすは何の音、鳴りおこるは何の響か。イーゴリはいとしの弟フセーヴォロドの身を気づかって、味方の兵を呼び戻す。いち日は戦いに暮れ、次の日も戦いつづけ、三日目の昼近く、イーゴリ方の旗は落ちた。ここにはらからは水はやきカヤーラの岸で別れを告げた。かくて血の酒は足りず、勇ましいルーシの子らは宴《うたげ》をとじた。仲人《なこうど》(35)どもには思うさま酒をふるまい、自らはルーシの地のためたおれたのである。草は憂いに打ちしおれ、木は嘆きつつ地に伏した。

はらからよ、はや悲しみの時がおとずれた。すでにつわものどもは曠野の土におおわれた。ダジボーグの後裔《すえ》の軍勢のあいだから「恥辱《オビーダ》」(36)が身を起こし、乙女の姿となってトラヤヌスの地に飛び入り、ドンの河口の青海で白鳥の羽をはばたいて水をしぶかせながら、太平豊穣の世を追い立てた。公たちは邪教徒と戦うことをやめ、兄弟はたがいに言い合う。「これはわがもの、あれもわがもの」と。公たちはまた小事を目して「これこそ大事」ととなえ、われとわが身に争いを呼び招く。そのまに邪教徒は勝ちほこって、四方八方からルーシの地に攻め入った。

おお、鷹は群鳥《むらどり》を討ちながら、海さして何と遠くまで飛んだことであろう。だがもはやイーゴリの精鋭をよみがえらせるすべはない。彼らを追って「慟哭《カールナ》」の泣き叫ぶ声がおこり、「哀泣《ジリャー》」は炎の角から人々に火をふりまきながらルーシの地を駆けめぐった。ルーシの女たちは泣き声をあげて、うったえた。「妾《わらわ》らはもういとしい夫を心に思うことも、胸に描くことも、目で見ることもかなわない。まして金銀をどうして手にできようか。」

はらからよ、キーエフは悲しみにうめき、チェルニーゴフは災厄をうけて苦しんだ。憂いがルーシの地にあふれ、悲嘆がルーシの地のなかを滔々と流れた。だが公たちはわれとわが身に争いを呼び招き、そのまに邪教徒は勝ちほこってルーシの地に駆け入り、戸毎に栗鼠《りす》の毛皮を取り立てた。

スヴャトスラーフの勇ましい二人の子、イーゴリとフセーヴォロドは、すでにかかる災を呼びおこしたが、その昔、威光もて災をおさえ、豪勇の軍兵と鋼の剣もてそれをしずめようとした者こそ、二人の父、かのいかめしいキーエフ大公スヴャトスラーフ[38]であった。スヴャトスラーフはポーロヴェツの地を攻めて、丘と谷間をふみしだき、川と湖の水を濁し、沼地と奔流を干し上げた。そして入江のほとりのポーロヴェツの鉄壁の堅陣から、つむじ風さながらに邪教徒コビャーク[39]を奪い取った。コビャークはキーエフの町のスヴャトスラーフの宮殿の広間に落ちた。ここにドイツ人もヴェネツィヤ人も、ギリシア人もモラヴィア人も、スヴャトスラーフに賛歌ささげ、ポーロヴェツなるカヤーラの川底に富を沈め、ルーシの黄金を撒きちらしたイーゴリの非を鳴らす。かくてイーゴリは黄金の鞍をおり、奴隷の鞍にまたがった。町々の城壁は憂いにしずみ、「歓喜《ヴェセーリエ》」は頭《こうべ》をうなだれた。

スヴャトスラーフはキーエフの丘の上であやしい夢を見た。「今夜は宵のうちから――と公は言った――わしは黒い経帷子を着せられて、櫟《いちい》の床にふせっていた。すると悲しみの涙で割った青い酒をわしに差し出し、異族の邪教徒の空《から》の矢筒から大粒の真珠[40]をわしの胸にふりかけて、いたわる者があるではないか。黄金張りの邸の屋根には早くも梁から丸太が一本欠けて[41]いるのじゃ。宵の口から夜どおし灰色の大がらすどもがプレセンスクの草原[42]で鳴きわめいていたが、やがてキサーニの森[43]にあらわれ、青海さして飛び去った。」

そこで貴族たちは公に告げた。

「公よ、はや悲しみが公の心をとりこにしたのだ。二羽の鷹[44]がトムトロカーンの町を手中にするか、せめてもドンの流れをかぶとに汲んで飲み干そうと、父祖の黄金の玉座から飛び去ったから。はや鷹の翼は邪教徒のやいばに刈りこまれ、鷹は鉄のきずなにつながれている。三日目に闇がおとずれた。二つの太陽は光を失い、真紅の火柱が二つながら消え果てて、海に沈んだ。そのときともに二つの新月オレーグとスヴャトスラーフ[45]も闇につつまれた。カヤーラの岸辺で闇が光をおおったのだ。ルーシの地にはポーロヴェツの軍勢が豹の一族のように散らばって、フン[46]のやからをも大いに荒れすさばせた。はや屈辱は栄光に影をおとし、暴圧は自由をくだき、ジーフが大地に襲いかかった。うるわしいゴートの乙女[47]らは青海の岸でルーシの黄金をひびかせながら、ブース[48]の世をたたえ、シャルカーン[49]の仇討をもとめている。だが、われら親兵は喜びに飢えている。」

このときスヴャトスラーフ大公は涙にくもる黄金の言葉を語り出して、こう言った。

「おお、わがせがれども、イーゴリとフセーヴォロドよ。そなたらが剣をもってポーロヴェツの地をなやまし、おのれの栄誉をもとめんなどとは、早まったことをしたものじゃ。そのために敵をやぶったとて手柄にならぬ、邪教徒の血を流しても勲《いさお》と言えぬ。そなたらの勇猛な肝魂《きもだま》は堅牢な鋼から鍛えられ、剛毅の鍛錬を経たるもの。しかるにそなたらは白銀なすわしの白髪頭に、何をしてくれたのじゃ。

　わしはもはや見ることもかなわぬぞ――力と富をあわせもち、あまたの勇士をかかえたわが弟ヤロスラーフ(50)が、チェルニーゴフの貴族をはじめ、モグート、タートラン、シェーリビル、トプチャーク、レヴーグ、オーリベル(51)の族々《うからやから》をひきいるところを。この者どもは楯もかざさず、匕首《ひしゅ》をふるいながら喊声《かんせい》をあげて敵軍を打ちやぶっては、父祖伝来の誉れをとどろかせている。だが、そなたらはこう言ったのだ。『われら二人の武勇を示そう。過ぎし世の栄誉をたもち、来たるべき栄誉をば両人で分け合おう』と。

　はらからよ、老人のこのわしが若返ったとて何の不思議があろうか。羽毛の抜け変った鷹(52)は空高く群鳥を追い、わが巣には恥を受けさせぬもの。しかしここに災がある――諸公がわしを助けてくれぬ。世はあさましく変り果てたものじゃ。リモーフではポーロヴェツのやいばのもとで泣き声おこり、ウラジーミル(53)は傷を負ってうめいている。憂いと悲しみとがグレープ(54)の子に与えられた。」

　フセーヴォロド大公(55)よ。御身は父祖の玉座を守るために、はるかかなたより馳せ参じようとは思わぬか。御身は櫂もてヴォルガの流れにしぶきをあげ、かぶともて(56)ドンの流れを汲み尽すこともできるのに。もしも御身が来たならば、女奴隷は一ノガタ、男奴隷は一レザナ(57)で売り買いされよう。陸を行けば、グレープの剛胆な子ら(58)を生ける投槍のように駆使できるものを。

汝、不敵のリューリクとダヴィード(59)よ。黄金づくりのかぶとをつけて血の海を泳いだのは、御身らのつわものどもではなかったか。身に負う太刀傷もかえりみず、名も知れぬ野を野牛のように疾駆するのは、御身らの勇敢な親兵隊ではないか。殿ばらよ、黄金のあぶみに足ふみ入れたまえ、このたびの恥をそそぐため、ルーシの地のため、スヴャトスラーフの勇ましき子イーゴリの傷にむくいるために。

ガリツィヤの「八重に賢き《オスモムイスル》」(61)ヤロスラーフ(60)よ。御身は黄金づくりの高御座《たかみくら》に坐し、鉄壁の軍勢をもってウグルの山々をささえ、マジャール王(62)の進路をさえぎった。またドナウの門をとざして、雲のかなたに重い巌《いわお》を投げかけながら、ドナウの岸まで君主の裁きを行なった。その威光はもろもろの地にとどろいている。御身はキーエフの門をひらき、父祖の黄金の玉座から、はるかな国のサルタンに矢を射かけている(63)。君よ、邪教の奴隷コンチャークを射たまえ、ルーシの地のため、スヴャトスラーフの勇ましき子イーゴリの傷にむくいるために。

汝、果敢なるロマーンとムスチスラーフ(64)よ。勇み立つ胸の思いが御身らを勲《いさおし》へと駆り立てる。敢然として群鳥を襲う心を秘めつつ、風に乗って空を舞う鷹のように、公は不敵な心に武勲をもとめて天翔ける。御身らはラテンづくりのかぶとをいただき、鉄《くろがね》の胸当てにわが身をかためているではないか。この甲冑に大地はゆらぎ、あまたの国々――フン、リトワ、ヤトヴャーグ、デレメーラ[65]、ならびにポーロヴェツ――のやからはその槍を捨て、御身らの鋼の剣のもとにこうべをたれた。だが、公よ、イーゴリには日の光もかげり、木は不吉にも葉を失った。ローシとスーラの岸辺の町々は、敵の手中で分けられた。今ははや、イーゴリの精鋭をよみがえらせるすべもない。公よ、ドンは御身の名を呼び、公達を勝利へと招いている。オレーグの後裔の勇ましい公たちは、すでに戦の庭へ急いだのである。

イングワリ[66]、フセーヴォロド[67]、ならびにムスチスラーフの子の三人兄弟[68]――六枚の羽もつ高貴なる鷹の一族よ。御身らが治める領地を手に入れたのは、武運にめぐまれたためではなかった。黄金のかぶとはいずこ、ポーランドの槍と楯はどこにあるのか。するどい矢もて曠野の門をとざしたまえや、ルーシの地のため、スヴャトスラーフの勇ましき子イーゴリの傷にむくいるために。

スーラははや、白銀の波光らせてペレヤスラヴリの町に流れず、ドヴィナの川は邪教徒の鬨の声をうけて、さしもいかめしいポーロツクの住民のまえで沼同然によどんでいる。ワシリコの子イジャスラーフ[69]はただひとり、するどい剣もてリトワのかぶとを打ち鳴らしたが、おのが祖父フセスラーフ[70]の誉れをけがし、わが身はリトフの剣にかかって、真紅の楯のもと朱《あけ》にそまった草の上にたおれた。相ともに草の上にたおれた寵臣は言った。(71)「公よ、鳥どもが羽をもって汝の親兵隊をおおい、獣がその血をすすった」と。ここには弟ブリャチスラーフの姿は見えず、もうひとりの弟フセーヴォロドの影もなかった。イジャスラーフはただひとり、その雄々しい体から黄金の首飾りを経て真珠のような魂を失ったのだ。人々の声は力なくとだえ、「歓喜」は頭《こうべ》をたれた。ゴロドノのラッパのみ喨々《りょうりょう》と鳴りわたる。

ヤロスラーフ(72)よ、ならびにフセスラーフのすべての孫たちよ、もはやおのが軍旗をおろし、刃こぼれした剣をおさめたまえ。御身らは父祖の誉れを失ってしまったのだから。仲間同士の争いによって、御身らはフセスラーフの残した財宝《たから》ルーシの地に、邪教徒を引き入れた。ポーロヴェツの地から暴虐が襲ってきたのも、諸公の反目のゆえにほかならぬ。トラヤヌスの第七の世(73)に、フセスラーフはいとしの乙女の籤《くじ》を引いた。(74)フセスラーフは一計を案じて騎馬により、キーエフの町に駆けよりざま、槍の柄でキーエフの黄金の玉座に触れた。ある夜半、部下のもとをはなれ、ベルゴロドから青霧を身にまとい、兇暴な獣となって逃げ去った。あくる日には朝まだき、斧をふりおろしてノヴゴロドの門を押しひらき、ヤロスラーフの誉れをくだいて、(75)ドゥドゥートキからネミーガまで狼と化して駆けぬいた。ネミーガの岸一面にひろげられたのは首の束、籾《もみ》を打つ連枷《からざお》は鋼のつくり、籾打ち場には命を並べ、体から魂をふるい落とす。[76] ネミーガの血まみれた岸辺には不吉な種がまかれた。まかれた種は、ルーシの子らの骨であった。

フセスラーフは公として民に裁きを行ない、諸公に属する町々を支配し、夜は狼と化して疾駆した。キーエフを出ると、鶏の鳴くより早くトムトロカーンに走りつき、大いなるホールス[77]の道を狼になって駆けぬけた。フセスラーフのためにポーロツクの聖ソフィア寺院では朝拝に鐘を鳴らしたが、公はその響をキーエフで耳にした。その精悍な体には霊妙な魂がやどっていたが、苦しみを味わうことも稀ではなかった。すでに昔、霊妙なボヤーンはいみじくも公について至言を吐いたものである。

策に富める者も、術にたけたる者も、
さらには術にたけたる鳥といえども、
神の裁きを逃れることはできはせぬ。

おお、建国の世と草創の諸公を偲ぶとき、ルーシの地はうめくであろう。かのいにしえのウラジーミル[78]をキーエフの丘におしとどめておくことはできなかった。だが今や、リューリク[79]の旗とダヴィード[80]の旗は別々に立ち、おのがじし勝手な向きにはためいて、槍がうたっている。

ドナウの岸辺に[81]ヤロスラーヴナ[82]の声が聞こえる。朝まだき人知れずかっこう鳥のように鳴いている。「かっこう鳥に身を変えて、わたしはドナウを飛んでゆこう。海狸(かいり)の袖をカヤーラの流れにひたし、たくましい公の体をいためた傷の血をぬぐってあげたい。」

ヤロスラーヴナは朝早く、プチーヴリの城壁でむせび泣く。「おお、風よ、空吹く風よ。なにゆえに、そなたはかくも吹きつのる。なにゆえに、その軽やかな翼に乗せて、フンの矢をいとしの夫のつわものたちに投げかけたのか。そなたは雲居を吹き、青海の船をあやすだけでは吹き足らぬのか。なぜにそなたは、わが喜びをはねがやの草のまにまに吹きちらしたのであろう。」

ヤロスラーヴナは朝早く、プチーヴリの町の城壁で泣いている。「おお、ドニエプル、栄《は》えある川よ。そなたは石の山々をうがち、ポーロヴェツの地をつらぬいて流れる。そなたはかつてスヴャトスラーフの軍船を乗せ、コビャークの軍勢めがけて運んでいった。川よ、いとしい人をわたしのもとに戻しておくれ。そうすれば、わたしは朝早くから夫のもとへ海さして涙を送らずにすむものを。」

ヤロスラーヴナは朝早く、プチーヴリの城壁でむせび泣く。「高照らす光明るき太陽よ。そなたはだれにも暖くうるわしい光をそそぐのに、なにゆえにわが夫のつわものたちには灼熱の火の矢をあびせたのか。そなたは水なき原で渇きもて彼らの矢をたわめ、悲しみもて彼らの矢筒をふさいでしまった。」

夜ふけて海が波立った。狭霧のなかを竜巻が近づく。神はイーゴリ公に、ポーロヴェッツの地からルーシの地の父祖の黄金の玉座への道を示したもう。夕映えが消えた。イーゴリは眠り、イーゴリは目ざめ、イーゴリは大ドンから小ドネーツまで、野の広さを心のなかで測ってみる。夜半オヴルール[83]は口笛を吹いて川向うの馬を呼び、「イーゴリ公はここにとどまってはなりませぬ」と、英断を公にせまる。ひと声高い叫びがあがると、大地はとどろき、草はざわめいて、ポーロヴェッツの幕舎が動きはじめた。そのまにイーゴリ公は貂《てん》となって葦の原に駆け入り、ほおじろ鴨となって水に浮かぶ。足はやき駿馬にとび乗ったかと思えば、馬をとびおりて白足の狼となって走り、やがてドネーツの草原に着いた。鷹に身を変えて雲居を飛び、朝餉にも昼餉にも夕餉にも、雁と白鳥を襲った。イーゴリが鷹になって空を飛べば、オヴルールは氷の露を払いながら狼となって地を駆けた。ついに二人は足はやき駿馬を乗りつぶしてしまった。

ドネーツは言った。「イーゴリ公よ、御身の名はたたえられ、コンチャークはほぞをかみ、ルーシの地には喜びのあらんことを。」

イーゴリは答えた。「おお、ドネーツよ、汝の名もたたえられよう。波の上に公を浮かべ、白銀の川岸に緑の草をしきつめて、緑の木蔭では公の身に暖い靄《もや》を着せてくれたのだから。そなたはまた水の上ではほおじろ鴨、流れに出ては鷗となり、風のなかでは、はじろ鴨となって公の身を守ってくれた。」

ストゥグナはこのような川ではないという。その本流はとぼしいとはいえ、ほかの小川やせせらぎを呑みこみ、川口はひろがって、その昔、お暗い岸辺の川底に、うら若きロスチスラーフ公[84]をとじこめた。ロスチスラーフの母君は若者を偲んで涙を流す。花は憐れんで打ちしおれ、木は嘆きつつ地に伏した。

かささぎがかしましくさえずっているのではない。イーゴリの跡を追い、グザークとコンチャークが駆けていくのだ。このとき大がらすは鳴き叫ばず、小がらすは静まりかえり、かささぎもさえずらず、蛇だけが這いまわっていた。きつつきは枝をたたいて川への道を教え、鶯は陽気にうたって夜明けを告げる。

グザーク[85]がコンチャークに言った。「もし鷹がその巣に飛んでいくなら、われらは黄金の矢で鷹の子を射殺そう[86]。」コンチャークはグザークに答えた。「もし鷹がその巣に飛んでいくなら、美しい乙女もて鷹の子をつなぎとめよう。」そこでグザークは重ねてコンチャークに言った。「もし鷹の子を美しい乙女でつないだならば、われらは鷹の子のみか美しい乙女をも失って、鷹どもはポーロヴェツの野でわれらを襲うであろう。」

いにしえのヤロスラーフの世の歌びとで、オレーグに愛され、スヴャトスラーフに仕えたボヤーン[87]とホディナは言った。

肩なき首はつらく、
首なき胴はあわれなり。

これこそ、イーゴリなきルーシの地のありさまであった。

今、太陽は空に輝き、イーゴリ公はルーシの地におわす。乙女らはドナウの岸辺でうたい、その声は海を越えてキーエフにこだまする。イーゴリはピロゴシチャ(88)の聖母教会に詣でるために、ボリチョーフの坂(89)に駒をすすめる。国々に喜びあふれ、町々に歓声あがる。

いにしえの公たちに賛歌をささげたのちは、若き公達をもたたえねばならぬ。スヴャトスラーフの子イーゴリに、荒れ牛フセーヴォロドに、イーゴリの子ウラジーミルに、栄えあれ。邪教徒の軍勢からキリスト教徒を守る公達と親兵隊、万歳。もろもろの公と親兵に栄光あれ。

アーメン。

バツのリャザン襲撃の物語

六七四五年（一二三七年）、すなわちコールスンから奇跡なすニコラ[1]の聖像が将来されてから十二年目に、神を知らぬバツ汗[2]がタタール[3]の大軍をひきいてルーシの地に押し寄せ、リャザン[4]の地にほど近いヴォローネシ河畔に陣を張った。バツはリャザンの町なるリャザン大公ユーリイ・インゴレヴィチ[5]のもとに無頼漢の軍使を派遣して、諸公とすべての民のあらゆる収入から、十分の一の税を支払うことを要求した。リャザン大公ユーリイ・インゴレヴィチは奸佞《かんねい》不徳なるバツ汗の襲来を知ると、ただちにウラジーミルの町なる正教徒ウラジーミル大公ゲオルギイ・フセーヴォロドヴィチ[6]に使いを送り、不逞なるバツ汗に対する戦《いくさ》に援軍を派遣するか、さもなくば大公自身が出馬するよう乞わしめた。しかしウラジーミル大公ゲオルギイ・フセーヴォロドヴィチは自ら出馬せぬばかりか、援軍も派遣しなかった。彼は自分ひとりでバツと戦うことを望んだのである。リャザン大公ユーリイ・インゴレヴィチはウラジーミル大公ゲオルギイ・フセーヴォロドヴィチから援軍が送られぬことを知ると、すぐさま使者を四方に遣わして、自分の兄弟であるムーロム公ダヴィード・インゴレヴィチ、コロームナ公グレープ・インゴレヴィチ、美丈夫オレーグ、プロンスク公フセーヴォロド、その他の諸公を呼び集めた。公たちは、いかにしてこの信仰なき汗の心を贈物によってなだめるべきか相談し、リャザン大公ユーリイ・インゴレヴィチは、わが子リャザン公フョードル・ユーリエヴィチにかずかずの貢物をもたせ、バツ汗のもとへ派遣して、バツにリャザンの地を荒らさぬよう懇願せしめることにした。

さてフョードル・ユーリエヴィチ公はヴォローネシ河畔のバツのもとへ到着し、貢物を献上して、リャザンの地を攻撃しないように懇請した。二枚舌で残忍なバツ汗は、貢物を受取ると、リャザンの地は侵さぬといつわりの約束をした。そしてルーシのほかの地はことごとく攻めとってやると、威丈高に広言した。それからバツはリャザンの公達《きんだち》にむかって、娘か姉妹を自分の寝所に差し出すように求めた。するとリャザンの貴族のひとりがねたみに駆られ、リャザン公フョードル・ユーリエヴィチの后はビザンツの皇帝の一族で、眉目《みめ》かたちいともうるわしいと告げて、奸佞不徳のバツ汗をそそのかした。不信心のゆえに狡猾で無慈悲なバツ汗は、淫欲に駆られ、フョードル・ユーリエヴィチ公にこう言った。

「公よ、そなたの后の美しさをわしに見せてくれぬか。」

正教徒であるリャザン公フョードル・ユーリエヴィチは笑って、こう答えた。

「われらキリスト教徒には、自分の妻を信仰なき汗のなぐさみものに差し出す習わしはありませぬ。われらを打ちやぶったあかつきには、女房どもを思いのままにされるがいいでしょう。」

バツは怒りのあまり烈火のようにたけり狂って、ただちにフョードル・ユーリエヴィチ公を殺させ、そのなきがらを獣や鳥どもの食い荒らすに任せるように命じた。ほかの公達や名のある武士たちをも殺してしまった。

このとき、フョードル・ユーリエヴィチ公の守役のひとりで、名をアポニーツァという者が姿をくらました。彼は清らかな主人の至福のなきがらを目にしてはげしく泣いていたが、だれも見張っていないのを確めると、愛する主君のむくろを持ち去って、ひそかに葬った。そして急ぎエウプラクシア公妃のもとに駆け戻ると、奸佞不徳なるバツ汗がフョードル・ユーリエヴィチ公を殺害した次第を報告した。

エウプラクシア公妃は高殿にこもって、幼いいとし子のイワン・フョードロヴィチ公のお守りをしていたが、アポニーツァから身を切られるような知らせを聞くと、悲しみに胸がいっぱいになり、すぐさま息子のイワン公をかき抱いて高殿の窓から地上にとびおり、大地に身を打ちつけて息絶えた。

ユーリイ・インゴレヴィチ大公は、愛する子息フョードル公とその他の公達、ならびにあまたの名のある武士たちが汗の手にかかって命をおとしたことを知ると、大公妃やほかの公妃たち、兄弟たちといっしょに泣きはじめた。リャザンの町もこぞって長いあいだ泣いていた。この号泣慟哭から一息つくと、大公は味方の軍勢を集め、陣容をととのえはじめた。ユーリイ・インゴレヴィチ大公は、おのが兄弟、貴族、武将の面々が勇気凛々馬をすすめていくのを見て、涙をうかべながら天にむかって両手を差しのべ、こう言った。

「神よ、われらを敵の手から救いたまえ。われらに襲いかかる者どもからわれらをかばい、奸智を尽し暴虐をはたらく雲霞《うんか》のごとき敵軍から、われらを守りたまえ。彼らがすすむ道を闇もてとざし、氷もておおいたまえ。」

ついで兄弟たちにむかって言った。

「おお、わが殿ばら、いとしきはらからよ。われらは主の御手からもろもろの幸を受けたる上は、不幸をも忍ばずにおられようか。生きながら異教徒の支配を受けんよりは、死をもて永遠の生命をあがなうがましぞ。諸卿の兄たる予が、みなに先がけて、神の聖なる教会のため、キリストの教えのため、われらの父上インゴリ・スヴャトスラーヴィチ大公の残された父祖伝来の領地のために、死の盃を飲み干すであろう。」

かくて彼らは、いと清き聖母のとうとい昇天にちなんだ教会におもむいた。そして大公は聖母の御像のまえで長いあいだ涙の祈念をこらし、大いなる奇跡成就者ニコラと、おのれの血つづきのボリースとグレープ(7)に祈りをささげた。ついでアグリピナ・ロスチスラーヴナ大公妃に最後の口づけを与え、主教とすべての聖職者から祝福をさずけられた。

さてリャザン勢はバツ汗にむかって軍をすすめ、リャザンの地のはずれ近くでバツに遭遇した。彼らは敵軍に襲いかかり、勇猛果敢に戦いはじめた。激烈な戦闘がおこった。バツ方の強大な部隊がつぎつぎについえていった。バツはリャザンの将士がはげしく勇敢に戦うのを見て、恐れをいだいた。だが神の怒りに刃向かうことがだれにできよう。バツ勢は数しれぬ大軍で精兵ぞろい、それでもリャザンの兵は一騎よく千騎に当り、二騎もて万騎と戦った。大公はおのが弟ダヴィード・インゴレヴィチ公が討たれるのを見て、大声で叫んだ。

「おお、わが愛するはらからよ、われらが兄弟のダヴィード公はいち早く死の盃を飲み干したぞ。われらもこの盃を飲まずにおられようか。」

リャザン勢は馬から馬へと乗りかわり、わき目もふらずに戦いはじめた。彼らはあまたの強大なバツの部隊のなかを縦横に駆けめぐりながら、勇猛果敢に戦ったので、タタールの全軍はリャザンの将士の強剛ぶりとその勇気とに驚嘆した。かろうじてタタールの強大な軍勢が打ちかった。ここで戦死をとげたのは、ユーリイ・インゴレヴィチ大公、その弟のムーロム公ダヴィード・インゴレヴィチ、その弟のコロームナ公グレープ・インゴレヴィチ、彼らの弟プロンスク公フセーヴォロド、その他多くのリャザンの諸公と勇敢なる武将たち、ならびに兵士——リャザンの地の勇ましいつわものどもであった。彼らはことごとく討死し、ひとつ死の盃を飲んだのであった。逃げ帰った者はひとりもいなかった。皆もろともに枕をならべてたおれたのである。これこそわれらの犯した罪のゆえに、神のもたらされた炎であった。オレーグ・インゴレヴィチ公は息も絶え絶えのところを捕えられた。バツは味方の多くの部隊がついえ去り、あまたのタタール勢が殺されたのを見て、ふかい悲しみと恐れをいだいた。

さてタタール勢はリャザンの地に攻め入り、バツは部下にむかって敵を情け容赦なく打ち殺し、斬り殺し、焼き払うように命じた。プロンスクの町も、ベールの町も、イジェスラヴェツの町も根こそぎ破壊され、無惨にも住民たちはひとり残らず打ち殺された。われらの犯した罪のゆえに、キリスト教徒の血が大河のように流れた。バツは、比類ない美丈夫で勇敢なオレーグ・インゴレヴィチが深傷《ふかで》を負って衰弱しているのを見て、その傷をいやし、元の美しい姿に立ち返らせることを望んだ。だがオレーグ・インゴレヴィチ公はバツを責め、奸佞不徳の夷《えびす》、キリスト教の不倶戴天の敵とののしった。呪われたバツはそのけがらわしい心臓から火を吐いていきどおり、即座にオレーグの体を短刀で斬りきざむように命じた。オレーグこそは殉教者ステパノ(8)の再来であった。至仁《しじん》の神から苦難の冠を受け、兄弟たちとおなじ死の盃を飲み干したのである。

呪われたバツ汗はリャザンの地に攻め入って、リャザンの町に迫った。そして町を取りかこみ、五日のあいだ絶えまなく攻め立てた。バツの軍はつぎつぎと新手を繰り出したが、住民たちは休む間もなく戦った。住民の多くは殺され、残りのある者は傷つき、ある者ははげしい働きのために疲労困憊した。六日目の朝早く、異教徒どもは、あるいは炬火を手にし、あるいは破城用の大づちをひき、あるいは無数のはしごをもって、城壁に近づき、ついに十二月の二十一日にリャザンの町を占領した。彼らはいと清き聖母の大寺院に押し入り、大公の母アグリピナ大公妃とその息子の后たち、ならびにその他の公妃たちを剣で斬り殺し、主教と司祭たちを火あぶりにして聖なる教会のなかで焼き殺した。このほか多くの者が彼らの刃にかかって殺された。タタール勢は町のなかで、あまたの住民を女子供にいたるまで剣で斬り殺し、ある者は川でおぼれさせ、僧侶と修道士をひとりもあまさず斬り尽して、町全体を焼きはらった。またありとあらゆるリャザンの富、名高い財宝を奪いとり、キーエフやチェルニーゴフの縁者たちを捕虜にした。かずかずの神の聖堂は打ちこぼたれ、聖なる祭壇のなかで多くの血が流された。町のなかにはひとりとして生き残った者がなかった。すべての者がひとしく息絶え、ひとつ死の盃を飲んだのである。うめく者も泣く者もなかった——子をなげく父母もなく、父母をしたう子もなく、たがいに悲しむ兄弟も近親もなかった。ことごとく枕を並べてたおれたのだ。すべてこれらの災はわれらの犯した罪のゆえに生じたものであった。神を知らぬバツ汗はキリスト教徒の血がおびただしく流されるのを見て、ますますたけり狂い、心すさび、ルーシの地をくまなく攻めとってキリストの教えをほろぼし、神の教会を根こそぎ打ちこわさんものと、スーズダリとウラジーミルの町へむかった。

リャザンの町の身分ある者で名をエウパーチイ・コロヴラートという者があり、このときイングワリ・インゴレヴィチ公にしたがってチェルニーゴフの町に居合わせたが、邪悪なるバツ汗の襲来のことを聞くと、わずかな従士をひきいてチェルニーゴフを出発し、急いでバツのあとを追った。リャザンの地にはいって見ると、国中に人気《ひとけ》がなく、町々は荒らされ、教会は焼かれ、人々は殺されていた。さらにリャザンの町に到着すると、町は破壊され、大公の一族は殺戮され、多くの住民がたおれていた。ある者は打ち殺され、ある者は斬り殺され、ある者は焼き殺され、またある者は川で溺れ死させられていたのである。エウパーチイは悲しみのあまり大声をあげて嘆きつつも、心は怒りに燃え上がった。そしてわずかながら従士たちを集めた。神がお守りになった千七百人の兵士が町のそとにいた。彼らは奸佞不徳のバツ汗を追跡し、ようやくスーズダリの地で追いつき、不意にバツの陣営に襲いかかって、容赦なく斬り殺しはじめた。このためタタールの全部隊は大混乱におちいった。タタールのやからは、酒に酔ったか分別をなくした者のように、茫然と立ちつくしていた。エウパーチイは彼らを遠慮会釈なく斬り殺し、剣の刃がこぼれると、敵の剣を奪って斬りつづけた。タタール勢は死者たちが生きかえったものと思いこんだ。エウパーチイはタタールの強大な軍勢のあいだを縦横に駆けぬけ、容赦なく敵を殺した。このようにエウパーチイがタタール勢のあいだを勇猛果敢に駆けめぐっているうちに、バツ自身も恐怖に襲われた。敵はかろうじてエウパーチイの手勢のうち重傷で弱っている五人の兵士を捕え、バツのもとへひいていった。バツはたずねた。

「汝らはいかなる教えを信じ、いずこの地の者で、何ゆえに予に害をなすのじゃ。」

彼らは答えた。

「われらはキリスト教徒であり、リャザン大公ユーリイ・インゴレヴィチに仕える武士で、エウパーチイ・コロヴラートの手の者だ。強大な汗である汝に敬意を表し、手厚くもてなし、丁重に送り出すために、リャザン公イングワリ・インゴレヴィチから遣わされてきた。汗よ、あやしみたもうな。われらはいとま足らずしてタタールの大軍に死の盃を献ずるにいたらない。」

バツは彼らの賢明な返答に驚嘆した。そしてエウパーチイを討つために、義弟の子のホストヴルールを遣わし、タタールの強大な部隊を彼にそえてやった。ホストヴルールはエウパーチイを生けどりにしてここまでひいてこよう、と汗のまえで広言した。かくてタタールの強大な部隊はエウパーチイを生けどるために打ちかかった。ホストヴルールはエウパーチイと斬りむすんだが、大力無双の勇士エウパーチイは、鞍までとどけとばかりホストヴルールを真二つにした。それからタタール勢をなぎたおし、その場で多くの名のあるバツの勇士たちを打ち殺した。真二つに斬りさげられた者もあれば、鞍まで断ちわられた者もいた。タタールの軍勢はエウパーチイの豪勇ぶりを見て、恐れをいだいた。そして彼らは多くの破城用の大づちをもち出して、エウパーチイめがけて大づちを打ちかけ、ようやく彼を殺した。

エウパーチイのなきがらはバツ汗のまえに運ばれた。バツは配下の公や貴族や武将たちを呼び集めた。彼らはリャザンの武士たちの不屈の勇気と雄々しさに感嘆した。そして、汗にむかってこう申し述べた。

「われらはもろもろの汗にしたがって、おちこちの国におもむき、あまたの戦闘に加わった。だがこれほどの剛の者は見たこともなく、父祖の口から聞いたこともありませぬ。これは翼ある人間どもで、死のことは念頭になく、あくまで勇敢に乗りまわし斬りまくって、一騎よく千騎に当り、二騎もて万騎と戦った。彼らはひとりとして戦場から生きて帰らぬでありましょう。」

バツはエウパーチイのなきがらを見て言った。

「おお、コロヴラートなるエウパーチイよ。汝はわずかな手兵をひきいて予を手厚くもてなしてくれたものじゃ。汝は強大なる汗国の多くの勇士たちを打ち殺し、汝のためにあまたの部隊がついえてしまった。もし予のもとに汝のような勇士がいたら、予は決してこれをわが胸からはなさぬであろう。」

エウパーチイのなきがらは、戦場で捕えられて生き残った彼の従士たちに与えられた。そしてバツは、彼らにいささかも危害を加えることなく放免するように命じた。

イングワリ・インゴレヴィチ公はこのとき神の思召しによって、キリスト教徒に仇なすかの邪悪なる敵の手から守られ、チェルニーゴフなるおのれの兄弟ミハイル・フセーヴォロドヴィチ・チェルニーゴフ公のもとにいた。公はチェルニーゴフをあとにして、父祖伝来の領地であるリャザンの地にはいり、国が荒れ果てているのを目にし、自分の兄弟が残らずけがらわしい無法のバツ汗のために殺されてしまったことを知った。リャザンの町に着いて見ると、町は荒廃に帰し、母や兄弟の后たち、親類縁者、その他多くの者たちがしかばねとなって横たわり、教会は焼かれ、チェルニーゴフとリャザンの国の財宝はことごとく奪い去られていた。イングワリ・インゴレヴィチ公は、われらの罪のゆえにおこったこの究極的な破滅を目のあたりに見て、悲痛な叫びをあげた。それはひびきわたる戦《いくさ》のラッパのごとく、鳴りとよむ甘いオルガンの音のごとくであった。絶叫と恐ろしい慟哭のあとで、公は死んだように大地にたおれた。人々は公に水をかけ、風に当ててかろうじて公をよみがえらせた。公はやっと人心地に戻った。

これほどの災厄を嘆かぬ者があろうか。かくも多くの正教の民の死を見て、号泣しない者があろうか。これほど多くの公達の討死を悲しまぬ者があろうか。国土がこのように捕われたことに呻吟しない者があろうか。

イングワリ・インゴレヴィチ公はしかばねのあいだをさがしまわって、母アグリピナ・ロスチスラーヴナ大公妃のむくろを見つけ出し、さらに兄弟の后たちも見分けをつけ、神のかくしおかれた僧たちを村々から呼び寄せて、賛美歌の代りに大いなる哀泣をもって母と后たちを葬った。人々は大声で叫び、声をあげて泣いた。公はその他の者のなきがらも土に埋め、町を片づけて、浄めの式をした。人々がすこし集まり、公はわずかながらも彼らの心をなぐさめた。公は母や兄弟や一族の者を偲び、時を得ずに滅びたすべてのリャザンの宝を思い出して、絶えず泣きつづけた。この災はすべてわれらの犯した罪のためにおこったのである。リャザンの町とリャザンの地は滅び、今やその美しさはあとかたもなく、その栄光は消え失せた。もはや眺めて心を楽しませるものとてはなく、目に入るものはただ煙と灰燼ばかり、教会という教会は焼けおち、市内の大寺院は炎上して黒こげになっていた。囚われの憂き目を見たのはひとりこの町にとどまらず、ほかの多くの町々も占領された。町のなかでは賛美歌も鐘の音もひびかず、歓声の代りに泣声が聞こえるだけであった。

イングワリ・インゴレヴィチ公は、邪悪なるバツのために自らの兄弟たち、すなわちリャザン大公ユーリイ・インゴレヴィチ、その弟ダヴィード・インゴレヴィチ公、その弟フセーヴォロド・インゴレヴィチ公、数々のこの地方の諸公、貴族と武将たち、ならびにすべての戦士たち、リャザンの宝ともいうべきつわものどもが討死した場所におもむいた。彼らは荒れ果てた大地のはやがね草の上にたおれ、見守る者もなく、雪と氷におおわれていた。獣どもが彼らの死骸を食い荒し、鳥の大群がさんざんについばんでいた。彼らはともにたおれ、ともに息絶え、ひとつ死の盃を飲み干したのである。イングワリ・インゴレヴィチ公はおびただしい数の死骸が横たわっているのを見て、ラッパのような大声で悲痛の叫びをあげ、両手でわが胸を打って、大地にたおれた。その日から涙が滝のように流れおち、公は悲しげにこう言った。

「おお、わがいとしのはらからよ、公達よ。わがとうとい命である御身らは、なぜ眠ってしまったのか――わたしひとりをかかる破滅のなかに取り残したままで。わたしは何ゆえに御身らに先がけて死ななかったのであろう。どうして御身らはわたしの目のまえからかくれてしまったのか。わたしの命の宝はどこへ去ったのか。うるわしい花、いまだ熟さぬぶどうよ、御身らは兄弟のわたしになぜ物言わぬのか。わたしの心をなぜ喜ばせてくれぬのか。殿ばらよ、何ゆえに兄弟のわたしを眺め、わたしと語ろうとしないのだ。おなじ父君をいただき、とうとい母君アグリピナ・ロスチスラーヴナ大公妃のおなじ胎内から生まれ、豊饒なぶどうの園のおなじ乳首で育った兄弟のこのわたしを、もはや忘れてしまったのか。兄弟のわたしをだれの手にゆだねようというのだ。わがとうとい太陽よ、早く沈みすぎたぞ。美しい月よ、急いで落ちすぎたぞ。東の星々よ、なぜ御身らはこんなに早くかくれてしまったのだ。御身らは荒野に伏して、見守ってくれる者とてもない。だれからも栄誉も受けぬ。御身らの栄光は消えた。御身らの治める国はどこにある。かつてはあまたの国々の主《あるじ》であったのに、今は荒野に横たわり、かんばせは腐って、昔の面影はなくなった。おお、わがいとしのはらから、やさしき従士たちよ、御身らと楽しみを分かつことはもはやかなわぬ。わがとうとき光よ、何ゆえに曇ってしまったのか。わたしは御身らと遊び足らなかった。もし神が御身らの祈りを聞きとどけてくださるものなら、兄弟のわたしのために祈ってくれ――御身らといっしょに死ぬことができるようにと。まさに喜びののちに涙と哀泣がおとずれ、楽しみと歓喜のあとに憂いと悲しみがあらわれたのだ。なぜわたしは御身らより先に死ななかったのだろう。そうすれば、御身らの死も自分の破滅も見ずにすんだものを。悲しげにひびく不幸なわたしの言葉が、御身らの耳にとどいているのか。おお、大地よ、大地よ、樫の森よ、わたしといっしょに泣いてくれ。かくも多くの公達とリャザンの宝なるつわものどもが討死をした日を何と名づけ、いかに書きしるそうか。彼らはひとりも故郷に戻らず、もろともに死に果て、ひとつ死の盃を飲み干したのだ。悲しみのあまりわが舌は意のままに動かず、唇はとじ、まなこはくらみ、力はなえていく。」

そのとき、われわれに襲いかかった邪悪なやからのために、いかばかりの嘆きと悲しみ、涙とため息、恐怖と戦慄が生じたことであろう。イングワリ・インゴレヴィチ大公は両手を天に差しのべ、涙ながらに大声でこう呼びかけた。

「主なる神よ、わたしはあなたにおすがりしました。今、わたしを救ってください。害をなすすべての者からわたしを助けてください。われらが神なるキリストのいと清き聖母よ。この悲しみの時にわたしを見捨てたもうな。偉大な受難者にしてわれらの血つづきのボリースとグレープよ、戦の庭でこの罪びとに力をかしたまえ。おお、わがはらから、公達よ。聖なる祈りのなかで、われらの宿敵ハガルの民とイシマエルの後裔(9)に対してわたしを助けたまえ。」

イングワリ・インゴレヴィチ公は戦死者のなきがらのあいだをさがしはじめ、兄弟のユーリイ・インゴレヴィチ大公、ムーロム公ダヴィード・インゴレヴィチ公、コロームナ公グレープ・インゴレヴィチ公、ならびに親類縁者にあたるその他の諸公、あまたの貴族や武将たち、身近に仕えた顔見知りの者たちのむくろを集め、リャザンの町に運んで手厚く葬った。そのほかの者のなきがらは荒野の一個所に集めて、弔いの式をいとなんだ。弔いがすむとイングワリ・インゴレヴィチ公はプロンスクの町におもむき、おのが兄弟で敬虔なるキリスト鑽仰者《さんぎようしや》オレーグ・インゴレヴィチ公のばらばらに斬りきざまれたなきがらを拾い集め、リャザンの町まで運ばせた。聖なるこうべはイングワリ・インゴレヴィチ大公が自らささげてきた。町に到着すると、大公は聖なるこうべに心をこめて口づけし、そのなきがらをユーリイ・インゴレヴィチ大公とおなじ柩に葬った。また別の兄弟ダヴィード・インゴレヴィチ公とグレープ・インゴレヴィチ公をひとつの柩におさめ、兄たちの墓のかたわらに安置した。ついでイングワリ・インゴレヴィチ公はリャザン公フョードル・ユーリエヴィチの殺されたヴォローネシ河畔へ出かけ、彼のとうといなきがらを手に入れて、長いあいだ泣いていた。やがてそのなきがらを彼の領地にあるコールスンの奇跡なすニコラの聖像のもとへ運び、エウプラクシア公妃と彼らの子である斎戒者イワン・フョードロヴィチ公ともどども、ひとつの墓に葬った。彼らの柩の上には石の十字架を立てた。こうして奇跡なすニコラの聖像はザラスカヤと呼ばれるようになった。なぜならば、敬虔なるエウプラクシア公妃がイワン公子をいだいてわが身を大地に「打ちつけ《ザラジ》」られたのであるから。

そもそもリャザンの公達は、かのボリースとグレープの父君ウラジーミル・スヴャトスラーヴィチの一族、チェルニーゴフの大公スヴャトスラーフ・オリゴヴィチの後裔である。一門こぞってキリストを敬い、兄弟を愛し、顔美しく、目は輝き、眼差いかめしく、並はずれて剛胆で、心やさしく、貴族をいつくしみ、異国人を歓待し、教会に心をくばり、酒盛りを好み、王公の遊びを愛し、戦の駆引きにたけ、他のルーシの諸公とその使者に威厳もて接した。彼らはつねに雄々しい心をもち、まことの道を踏みはずさず、心と体の全き純潔を守った。彼らこそ、聖なる根から発した若芽、神の御手で植えられた園のうるわしい花である。神を敬い、あらゆる戒めを守りながら養育されたのだ。神を愛しはじめるのは、むつきのうちからであった。神の教会のことに力を尽し、無駄口をたたかず、心よこしまなる者とは付き合わず、正しき者とのみ話を交し、絶えず謙虚に聖書の御言葉に耳を傾けていた。戦の庭では敵に対してあくまで峻厳苛烈、自分に立ち向かう多くの相手を打ちやぶり、すべての国々にその名をとどろかせた。ギリシアの皇帝とは友好をたもち、多くの贈物を受けていた。ひとたび結婚すれば操《みさお》を守り、魂の救われんことを心がけた。清らかな良心と勇気と分別もて地上の王国を治め、天上の王国にわが身を近づけた。結婚ののちは肉欲に走ることなく、罪をさけてわが身を守った。君主の位についてからも、精進と祈禱にはげみ、かならず胸に十字架をつけていた。全世界の名誉と栄光を一身に集めながらも、聖なる日の斎戒を忠実に守り、あらゆる精進日にはいと清き不朽の聖餐にあずかるのをつねとした。そして正教のために多くの労苦と勝利を世に示した。聖なる教会と正教の教えのために、邪教徒ポーロヴェッツと戦いを交えることはしばしばであった。かくて父祖伝来の領地を敵の手から無傷に守りおおせたのである。施し物は惜し気もなく与え、邪教の汗たちの手からその子や兄弟たちを親切に引き取って、彼らを真実の信仰に帰依せしめていた。

洗礼名をコジマと名乗る正教徒イングワリ・インゴレヴィチ大公は、父インゴリ・スヴャトスラーヴィチ大公の玉座についた。そしてリャザンの地を復興し、教会を建て、修道院を設け、異国人を歓迎して、住民を集めた。神のつよき御手に守られて邪悪なるバツ汗の難を免れたキリスト教徒たちに喜びがおとずれた。プロンスクのミハイル・フセーヴォロドヴィチの君には、その父に代ってプロンスクの領地を治めさせることになった。

ルーシの地の滅亡の物語

おお、光みちみち、装《よそ》うるわしきルーシの地よ。御身はかずかずの美しきものもて、人の目を驚かす。御身にあって美しきは、あまたの湖、おのがじし崇めをうける川と泉、けわしき山々、高き丘、しげれる森、咲き匂う広野、さまざまな獣たち、数知れぬ鳥ども、大いなる町々、妙なる村々、僧院のぶどうの園、神の聖堂、さらにはいかめしき公、高潔なる貴族、あまたのすぐれた人士たち。ルーシの地よ、御身はよろずのものに満ちている。おお、キリストのまことの信仰よ。

ここよりウグルの民のもとまで、リャフ人まで、またチャフ人まで、チャフ人よりヤトヴァーグ人まで、さらにヤトヴァーグ人よりリトワ人まで、ネメツ人まで、ネメツ人よりカレリア人まで、カレリア人より異教徒トイマ人の住むウースチユグまで、また息づく海のかなたまで、この海よりブルガル人まで、ブルガル人よりブルタス人まで、ブルタス人よりチェルミス人まで、チェルミス人よりモルドワ人まで(1)──すべてこれら異教の国民《くにたみ》は、神の御心もてキリスト教徒に服していた。フセーヴォロド大公に、その父キーエフ大公ユーリイに、その祖父ウラジーミル・モノマフに。ポーロヴェツ人はおのが子をゆりかごに入れてこの公たちにささげ、(2) リトワ人は沼から外にあらわれず、ウグル人は大いなるウラジーミルが攻め入らぬよう、石の町々を鉄の門もて固めた。またネメツ人は青海のはるかかなたに住んでいるのを喜んだ。ブルタス人、チェルミス人、ヴャーダ人、(3) モルドワ人はウラジーミル大公のために蜂蜜を集めた。ツァーリグラードのマヌエル帝は、(4) ウラジーミル大公に都を奪われんことを恐れ、大いなる貢を公に贈った。

さて、かのときにキリスト教徒に災がおこった。大いなるヤロスラーフからウラジーミルまで、今の世のヤロスラーフまで、その兄ウラジーミル公ユーリイまで……

アレクサンドル・ネフスキイ伝

正教を奉ずるアレクサンドル大公(1)の生涯とその勇気についての物語

われらの主、神の子イエス・キリストの御名によって、わたしは、罪ぶかく愚昧にして不肖の身ながら、ここに、ヤロスラーフの子、フセーヴォロドの孫、聖なるアレクサンドル公の生涯を書きしるさんとしている。これはわたしがわが父祖の口から昔語りを聞き、かつ、自ら公の壮年期の目撃者であって、名誉と栄光にあふれたそのとうとき生涯を語りたいものと思っているためであるが、箴言の作者も述べたように、「よこしまなる心に智慧入ることとなし。智慧は高きところにとまり、ちまたのなかに立ち、強者の門のかたわらに坐す(2)」ものである。わたしは無智なるものとはいえ、とうとき聖母の祈りと、アレクサンドル聖公の助けによって、物語をはじめることにしよう。

このアレクサンドル公は神の思召しにより、敬虔にして慈悲ぶかく、しかも柔和なるヤロスラーフ大公を父とし、フェオドーシアを母として生まれた。預言者イザヤが、「主はかく言いたもう、われは公を立つ、彼らは浄められたるものなればなり。われは彼らを玉座につかしむ[3]」と述べたごとく、まこと神の命のなかりせば、アレクサンドルが公位につくことはなかったであろう。

公の身の丈は人並すぐれ、その声は衆人のなかにあってラッパのごとく、顔は昔エジプトの王がその副王にすえたヨセフ[4]の顔のごとくであった。公はサムソンの力を分けもち、ソロモンの智慧を神から与えられていた。その勇敢さはユダヤ全土を征服したローマ皇帝ウェスパシアヌスに匹敵した。かつてウェスパシアヌスはヨタパタ[5]を攻めとらんとして戦い、市民たちが出撃して彼の軍を打ちやぶると、ただひとり取り残されたが、敵を城門まで追いかえして、おのれの親衛隊をあざけりつつ彼らをなじって言った。「汝らは予をただひとり置きざりにした」と。アレクサンドル公も同様に、つねに勝ち、やぶれることがなかった。

さて、このため、西の国から「神のしもべ」と名乗るやから[6]のうち、さる門地高き人物が、公のみごとな容姿を見ようとしてやってきた。あたかもいにしえ、南の国の女王[7]がその智慧を知らんとしてソロモンをおとずれたように。名をアンドレアスというこの男は、アレクサンドル公を目のあたりに見、国に戻ってから言った。

「予はさまざまな国と民のあいだをめぐりあるいたが、もろもろの王のなかにかかる王を、もろもろの公のなかにかかる公を見たことがなかった。」

すると、ローマ領域の北国の王(8)がアレクサンドル公のかかる人となりを耳にして、《行って、アレクサンドルの国を攻め取ってやろう》と考えた。そして大軍を集め、多くの船を軍勢でみたし、闘志をもやしつつ、大挙して出陣した。彼は無智にまかせてネヴァ川に入り、おごりたかぶりながら、ノヴゴロドなるアレクサンドル公に使いを送って、こう言わせた。

「予に刃向かえるものなら刃向かってみよ。予はすでに汝の国を攻め取るために、ここまできた。」

アレクサンドルはこの言葉を聞いて心からいきどおり、聖ソフィア教会に詣でて、祭壇のまえにひざまずき、涙ながらに祈りはじめた。

「ほめたとうべき正しき神よ、つよく大いなる神よ、とこしえなる神よ。あなたは天と地をつくりたまい、もろもろの民のために境界をもうけ、他人の土地を侵すことなく住むように命じられた。」

それから公は詩篇の歌を思いおこして、こう言った。

「主よ、われをはずかしめる者をさばきたまえ。われと戦う者をおさえたまえ。剣と楯をとり、わが助けに立ち出でたまえ(9)。」

そして祈りをおえて立ち上がると、大主教に敬礼した。大主教スピリドンは公を祝福して送り出した。公は教会を出て涙をぬぐい、親兵隊をはげまして言った。

「神は力のなかならず、まことのなかにおわすのだ。詩篇のダビデの言葉を思いおこそう。『ある者は武具に身をかため、またある者は馬にまたがりたり。されどわれらは主によりてわれらの神の御名をとなえん。彼らは打ちくだかれて、たおれ伏しぬ。されどわれらはかたく立てり。』(10)」

こう言いおわると、味方の大軍が集まるのを待たず、聖なる三位一体に望みをかけつつ、わずかの親兵隊をひきいて敵にむかって出陣した。

聞くだにいたましいことには、公の父、ヤロスラーフ大公はおのがいとし子アレクサンドルの身にふりかかったこの変事を知らず、アレクサンドルもまた父に知らせを送るいとまがなかった。すでに敵軍が迫っていたからである。また公が出陣をいそいだために、ノヴゴロドの住民も多くは集まらなかった。

公は、カルケドンの宗教会議(11)に集まった六百三十人の聖なる教父たちと、聖殉教者キュリクスとユリタ(12)の祝日にあたる七月十五日の日曜日に、敵と遭遇した。公はつねづね聖なる受難者ボリースとグレープ(13)を深く信仰していた。

イジョラ(14)の地の頭目で、名をペルグイというものがいた。海の見張りがこの者にゆだねられていた。彼はとうとい洗礼を受けてはいたが、なお異教を信ずるおのが氏族のなかに住んでいた。とうとい洗礼のさいに、彼はフィリップという名を与えられた。そして神の御心にかなった生活を送り、水曜と金曜には精進を守っていた。そこで神はこの日、彼に恐ろしいまぼろしを目にすることを許された。その次第を手みじかに語ろう。

ペルグイはアレクサンドル公にむかってすすんでいく敵の軍勢をみとめたので、敵の陣立てとその装備を報告しようと決心した。彼は岸辺に立ち、左右に目をくばりながら、夜もすがら目ざめていた。太陽がのぼりはじめたとき、海のほうで大きな物音が聞こえた。見ると一そうの舟が漕ぎすすみ、その中央には真紅の衣をまとったボリースとグレープがたがいに肩をくんで立っていた。漕ぎ手たちは、あたかも狭霧を身にまとっているかのように、すわっていた。ボリースが言った。

「弟グレープよ、もっと漕がせるがよい。われらの血つづきのアレクサンドル公を助けられるように。」

ペルグイはこのようなまぼろしを見、受難者の口から出た声を聞いて、身をおののかせつつ立っていた。やがて舟は見えなくなった。

そのあと、まもなくアレクサンドル公がやってきた。ペルグイは喜んで彼を迎え、公だけにまぼろしのことを語った。すると公は彼に言った。「だれにもそのことを語るな。」

それから公は朝の第六時に敵を急襲した。ローマ人とのあいだにはげしい戦がおこった。(15) 公は無数の敵をたおし、自らのするどい槍で王自身の顔に傷を負わせた。

このときアレクサンドルの軍勢のなかに六人の勇士があらわれ、公とともに勇敢に敵と戦った。

第一はガヴリーロ・アレクシチ。彼は敵の小舟を襲い、手を引かれて逃げていく王子の姿を見つけて、板の上を馬で乗り入れ、大船にまで迫った。敵は彼に追われて大船のなかへ逃げこんだ。しかしふたたび取って返すと、ガヴリーロを馬もろとも板の上からネヴァ川のなかへ突き落とした。ガヴリーロは神の御加護によって川から無傷ではい上がり、またしても敵に攻めかかり、敵軍のさなかで相手の部将とはげしく渡り合った。

第二はズヴィスラーフ・ヤクーノヴィチなるノヴゴロド人。彼は幾たびも敵軍を襲い、心にいささかの恐れもいだかず、斧ひとつで戦った。彼の手にかかって、敵が次々にたおれた。人々は彼の剛力とその勇敢さに驚嘆した。

第三は公の狩番をつとめていたポーロツク人ヤーコフ。彼は刀をふるって敵軍に攻め入り、いさましく戦った。公が彼をたたえた。

第四はノヴゴロド人ミーシャ。彼は徒《かち》であったが、部下をひきいて敵船に駆けより、ローマ人の船を三隻沈めた。

第五は公の小姓のひとり、サーヴァ。彼は黄金の頂をもつ敵の大天幕を襲い、天幕の柱を切りたおした。アレクサンドルの軍勢は、敵の天幕のたおれるのを見て、歓喜した。

第六は公の従僕のひとり、ラトミール。彼は徒《かち》で戦ったが、大勢の敵にかこまれ、多くの傷を受けてたおれ、息絶えた。

わたしはすべてこれらのことを、わが殿アレクサンドル、およびこのとき戦に加わっていた他の者たちから聞いたのである。

このとき驚くべき奇跡がおこった。あたかもかつてヒゼキア王[16]のとき、アッシリアの王セナケリブが聖なる都を征服せんとしてエルサレムに押し寄せたが、突然主の御使いがあらわれ、アッシリア勢のうち十八万五千人を打ち殺したときのように。そのとき人々は朝起き出して、多くの死骸を見たのであった。アレクサンドル公がイジョラ川の両岸で敵の王を打ちやぶって勝利をおさめたときも、おなじことがおこった。アレクサンドルの軍勢は戦場を通過することができなかった。神の御使いによってたおされた数知れぬしかばねが、そこに横たわっていたからである。残った者どもは逃げ去った。しかばねは船に投げこまれ海に沈められた。公は天地の造り主の御名をほめたたえつつ、凱旋した。

アレクサンドル公の凱旋後第二年目に、西の国からふたたび敵がやってきて、父祖伝来のアレクサンドルの領地に町をきずいた。アレクサンドル公はただちに彼らを襲い、その町を根こそぎ破壊し、敵のうち、ある者は殺し、ある者は自分とともに連れ帰り、またある者は憐れんで放してやった。公はこの上なく慈悲ぶかかったからである。

アレクサンドルが西の王をやぶって勝利をおさめてから三年目の冬[17]、公は大軍をひきいてネメツの国を攻めた。これは彼らがおごりたかぶって、「スラヴの民をはずかしめよう」などと言わぬようにするためであった。

すでにプスコフの町は敵の手に落ち、ネメツ人の代官がおかれていた。アレクサンドル公は代官どもを捕え、プスコフの町を敵の手から解き放った。さらに公はネメツ人の土地を攻め取り、家々を焼きはらい、無数の捕虜を捕え、一部の者は切り殺した。他の町のネメツ人たちは集まって言った。

「出撃してアレクサンドルを打ち負かし、やつを生けどりにしようではないか。」

敵軍が近づいたとき、味方の見張りはこれに気づいた。アレクサンドル公は準備をととのえ、敵にむかって出撃した。チュード湖は双方の大軍によっておおわれた。公の父ヤロスラーフは公を助けるために、弟のアンドレイに多くの従士をそえて送った。かくてアレクサンドル公のもとには、いにしえのダビデ王のもとにたくましい勇士がそろっていたごとく、多くの勇敢な戦士たちがひかえていた。アレクサンドルの戦士たちは、闘志にもあふれていた。彼らの心は獅子のごとくで、口々にこう言った。

「おお、われらの名誉ある公よ。いまこそ君のためわれらのこうべを横たえる時がきた。」

アレクサンドル公はもろ手を天に差しのべて言った。

「神よ、われをさばきたまえ。高慢なる民との争いにさばきをくだしたまえ。神よ、われを助けたまえ。かつてアマレクに対してモーゼを助け[18]、呪われたスヴャトポールクに対してわが曾祖父ヤロスラーフ[19]を助けられたごとく。」

それは土曜日[20]であった。太陽のさしのぼるころ、両軍が衝突した。はげしい戦闘がおこり、槍のくだける音、切りむすぶ剣のひびきは凍った湖をゆるがさんばかりであった。湖の氷は見えず、一面血でおおわれた。

ある目撃者から聞いたところでは、このとき神の軍勢が中天にあらわれ、アレクサンドルに加勢するのが見えたという。こうして公は神の御助けをもって敵をやぶり、敵は退却をはじめた。味方は宙を行くごとく追いかけて、敵を切り殺した。相手には逃げこむ場所さえなかった。ここで神は全軍のまえでアレクサンドルの栄光をあらわされた。あたかもエリコにおいてヌンの子ヨシュアの名を高からしめたごとく。(21)「アレクサンドルを生けどりにしよう」と言った者どもを、神は公の手に引き渡されたのである。戦においで公にかなうものはひとりもなかった。

アレクサンドル公は栄えある勝利をおさめて凱旋した。公の軍勢のなかには数多くの捕虜がいた。「神の騎士」(22)と名乗る者どもが、馬のわきをはだしでひかれてきたのである。公がプスコフの町に近づくと、袈裟をまとい十字架をもった修道院長と司祭たち、ならびに全市民が、神をたたえ、主君アレクサンドル公の栄光をことほいで賛美歌をうたいながら、町のまえで公を迎えた。

「主よ、あなたはかつて柔和なるダビデが異邦人を打ち負かすのを助けたもうたが、こんどは信仰あつきわれらの公を十字架の武器もて助け、アレクサンドルの手によってプスコフの町を異邦人から解き放たれた。」

おお、愚かなるプスコフ人よ。汝らがもしアレクサンドルの孫子の代にいたるまで、この恩義を忘れるようなことがあるならば、荒野において主のマンナと焼きうずらでやしなわれながら、エジプトの俘囚《ふしゆう》から自らを解き放したもうた神と、そのすべての恩義を忘れ果てたユダヤ人にも、汝らはたとえられるであろう。

すべての国々に公の名がひびきはじめた――エジプトの海まで、アラビアの山々まで、ワリャーグの海の両岸まで、そして大ローマにいたるまで。

このころリトワの民がふえ、アレクサンドルの領地に対して狼藉をはたらきはじめた。そこで公は出撃してこれを打ちやぶった。たった一回の攻撃で敵の七部隊をやぶり、多くの公たちを殺し、他の者を生けどりにしたこともあった。公の従士たちは悪口をあびせながら敵の捕虜を馬の尾にゆわえつけた。人々は彼の名を恐れはじめた。

このころ、東の国にさる強大な汗(24)があらわれ、神は彼に東から西にいたる多くの民をしたがえさせたもうた。汗はアレクサンドルの名声と勇敢さを聞いて、公に使いを送り、こう言わせた。

「アレクサンドルよ。汝は、神が予に多くの民を服従せしめられたことを知らぬのか。汝ひとりが予の勢威に服することを望まぬのか。もし自分の領土を保持することを欲するならば、ただちに予のもとに来たれ。されば汝は予の汗国の栄光を目のあたりに見るであろう。」

アレクサンドル公は父の死後(25)、大軍をひきいてウラジーミルの町におもむいた。公の入城は威風あたりをはらう光景であった。この知らせはただちにヴォルガの河口に達した。それからモアビト[26]の女たちは、「アレクサンドルが来る」と言ってその子供をおどすようになった。

アレクサンドル公は相談のすえ、キリール主教の祝福をうけてから、金帳《キプチヤク》汗国の汗のもとにおもむいた。バツ汗は公を見て驚き、おのれの貴族たちに言った。

「彼のような公はいないと聞いたのは、まことであった。」

そして公を手厚くもてなして、帰国せしめた。

そののちバツ汗は公の弟アンドレイに対して怒りをもよおし、部将ネヴルイを送って、スーズダリの地を討たせた。ネヴルイが捕えられてから、アレクサンドル大公はもろもろの教会を建て、町々を復興し、逃げ散った人々をその家々に連れ戻した。公のような人物について預言者イザヤはこう述べたのであった。「もろもろの国の正しき公とは、物静かで愛想よく、おだやかにして謙虚で、まこと神の姿に似たる者にて、富を追わず、正しき者の血を軽んぜず、みなし子と寡婦を真実にしたがってさばき、慈悲をほどこして黄金を追わず、奴婢たちに親切で、異国からおとずれる者には食を与える者なり。神はかかる公に惜し気なく情をかけたもう。神は天使ならで人間に対して御恵みをたれ、全世界に慈悲を示したもうゆえなり[27]。」かくて神は公の国を富と栄光もてみたし、公に齢《よわい》を恵まれた。

あるとき大ローマの教皇[28]のところから公のもとへ使者が来て、こう言った。

「われらの教皇は次のように述べられた。『予は汝が心正しきすぐれた公であり、汝の国が大国であることを聞いた。このゆえに予は十二人の枢機卿のうち最も賢明な二人の枢機卿ガルドとゲモントを汝のもとへ送った。汝は彼らから神の掟について聞いてほしい』と。」

アレクサンドル公は賢者たちと相談して、教皇に次のような返書をしたためた。

「アダムから大洪水まで、大洪水からもろもろの民の分離まで、もろもろの民の混交からアブラハムまで、アブラハムからイスラエル人の紅海通過まで、イスラエルの子らのエジプト出国からダビデ王の死まで、ソロモンの治世のはじめからアウグストゥス皇帝まで、アウグストゥスの治世のはじめからキリストの誕生まで、キリストの誕生から主の受難とよみがえりまで、キリストのよみがえりからその昇天まで、昇天からコンスタンチヌスの治世まで、コンスタンチヌスの治世のはじめから第一回宗教会議まで、第一回宗教会議から第七回宗教会議まで——われらはこれらすべてのことをよく知っている。われらは汝らから教えを受けぬであろう。」

枢機卿らは自分の国に帰っていった。

大いなる栄光のうちに公の齢がましていった。公は聖職者と修道僧を愛し、乞食をいたわり、キリスト自身に対するように府主教と主教らをあがめ、その言葉にしたがった。

そのころ異教徒のために大いなる災がおこった。彼らはキリスト教徒をかり立て、ともに戦争におもむくことを命じたのである。アレクサンドル大公は民をこの苦しみから救うため、汗のもとへ懇請におもむいた。

さらに公はわが子ドミートリイを西の国々へ遣わし、自分の軍勢と家の子郎党をすべて彼とともに出発させ、「予自身に仕えるごとく、力を尽して息子に仕えよ」と命じた。

ドミートリイ公は大軍をひきいて出陣し、ネメツの地を攻めて、ユーリエフの町を取り、多数の捕虜と戦利品をたずさえてノヴゴロドへ帰還した。

彼の父アレクサンドル大公は汗国をあとにしてニージニイ・ノヴゴロドに到着し、数日のあいだつつがなくそこにとどまった。しかしゴロデーツに着くとすぐにわずらいはじめた。

おお、いたましきかな、汝、あわれなる者よ。汝はいかにしておのが主君の最期を書くことができよう。いかにして汝のまなこは涙とともに流れ落ちずにいられよう。いかにして汝の胸はその根元よりはりさけずにいられよう。ひとは父親を忘れることはできる。しかしよき主君を忘れることはできぬ。許されるものなら、柩の中まで主君の供をして行かまほしきものを。

公はひたすら神にあこがれ、地上の王国を捨てて、修道士となった。天使の似姿をしたいという望みがきわめてつよかったのである。神は公が修道士の最高の位階であるスヒーマを受けることを許したもうた。かくて聖使徒ピリポの命日にあたる十一月十四日に、公はやすらかにその魂を主の御手にゆだねた。

府主教キリールは人々にむかって言った。

「わが子らよ、すでにスーズダリの地の太陽は沈んだものと知るがよい。」

司祭、輔祭、修道僧、そして貧富を問わず、すべての人々はこう言った。

「もはやわれらはほろびるであろう。」

公の聖なるなきがらはウラジーミルの町に運ばれた。府主教のひきいるあらゆる聖職者たち、諸公と貴族、それに老いも若きもすべての住民が蠟燭と香炉をもってボゴリューボフまで出迎えた。公の聖なるなきがらを収めた棺に手をふれようとして群衆がひしめき合った。はげしい泣き声がおこり、悲しみと嘆きの叫びがあがった。それは前代未聞のはげしさで、大地もゆらぐかと思われた。公の聖なるなきがらは聖教父アンフィロキオス[29]の命日にあたる十一月二十三日、大修道院の境内にある聖母生誕教会に葬られた。

このとき記憶に値する驚くべき奇跡がおこった。公の聖なるなきがらが聖龕《せいがん》に収められ、府主教キリールと執事サヴァスチアンが公の手をひろげさせて、そこに免罪証を置こうとしたとき、公はあたかも生ける者のごとく自ら両手をひろげ、府主教からこの証書を受取ったのである。二人は恐怖に襲われ、かろうじて聖龕からはなれた。このことは府主教猊下とその執事サヴァスチアンからすべての者に伝えられた。

魂なきむくろと化して、冬のさなかにはるかな町から運ばれ、なおこうして奇跡を示したことに驚嘆せぬ者があろうか。神はその御心にかなった聖者に、かく栄誉を与えたもうたのであった。おのが聖者の誉れをあらわしたもうたわれらの神に、とこしえに栄光あれ。アーメン。

ザドンシチナ

ドミートリイ・イワーノヴィチ大公[1]ならびにその弟ウラジーミル・アンドレーヴィチ公[2]の物語　リャザンの修道僧ソフォニア[3]作

ドミートリイ・イワーノヴィチ大公は、その弟ウラジーミル・アンドレーヴィチ公とともろもろの武将たちにかこまれて、ミクーラ・ワシーリエヴィチ[4]の邸で酒盛りをひらいていた。

「いとしきはらからよ、皆も知ってのとおり、ママイ汗[5]はルーシの地さして、水はやきドンのほとりまで攻め入って、今やザレーシエ[6]の地なるわれらのもとへ押し寄せようとしている。はらからよ、われらはかの北の国、その名も高きルーシの生みの親なるノアの子ヤペテ[7]の継いだ土地におもむこう。キーエフの丘に登って、栄えあるドニエプルの流れを見おろし、ルーシの地の津々浦々までも見渡して、さらにはそこから東の国、邪教のフン[8]、タタール[9]、イスラムのやからの親なるノアの子セム[10]の継いだ土地を眺めよう。

このやからこそ、かつてカヤーラの岸でヤペテの後裔《すえ》を打ちやぶった[11]者ども――。そのとき以来、ルーシの地は快々として楽しまぬ。カールカの戦いからママイの合戦にいたるまで、(12)ルーシの地はおのが子らを偲んで涙にくれ、嘆きと悲しみにとざされてきた。もろもろの公と貴族とつわものどもよ。われらはすべておのが家と富、妻子と家畜を打ち捨て、その代りにこの世の名誉と栄光を受け、ルーシの地のため、キリストの教えのために、われらのこうべを横たえようではないか。」

わたしはまずもろもろの書物を引いて、ルーシの地の悲哀とその他のことどもを書きしるした。しかるのちに、ドミートリイ・イワーノヴィチ大公とその弟ウラジーミル・アンドレーヴィチ公のために哀歌と賛歌《ほめうた》をささげたのだ。

はらからよ、親兵よ、そしてルーシの子らよ。われらはここにつどい寄り、言葉に言葉をかさね合わせて、ルーシの地を楽しませ、悲しみを東の国なるセムの地に投げ捨てよう。そして邪教のママイに対する勝利をたたえ、ドミートリイ・イワーノヴィチ大公とその弟ウラジーミル公に賛歌をささげ、次のように語り出だそう。

はらからよ、聖なるキーエフ大公ウラジーミルの曾孫(13)ドミートリイ・イワーノヴィチ大公とその弟ウラジーミル・アンドレーヴィチ公の遠征をたたえる今の世の物語は、世の常ならぬ言葉もてはじめることこそふさわしい。ありのまま、起こったとおりに、うたいはじめねばならぬ。さあれ、われらは思いをもろもろの地の上にはせ、草創の世を偲び、キーエフのすぐれた歌びと、霊妙なるボヤーン(14)をたたえよう。この霊妙なるボヤーンはおのがたくみの指を命ある絃におき、ルーシの公たち——最初のキーエフ大公イーゴリ・リューリコヴィチ[15]に、ウラジーミル・スヴャトスラーヴィチ大公[16]に、ヤロスラーフ・ウラジーミロヴィチ大公[17]に、賛歌をささげたのであった。

われらは歌もて、またグースリ[18]の絃に合わせた力づよい言葉をもって、この公たちの後裔ドミートリイ・イワーノヴィチ大公とその弟ウラジーミル・アンドレーヴィチ公をたたえよう。二人の公はルーシの地のため、キリストの教えのために、悲願を発し、勇気をあらわしたのであった。


このドミートリイ・イワーノヴィチ大公とその弟ウラジーミル・アンドレーヴィチ公は、決意もて心を引きしめ、勇気もて胸の思いをとぎすまし、闘志満々、ルーシの地にて勇ましい軍勢をもよおし、遠祖のキーエフ公ウラジーミルを思い起こした。

おお、ひばり、晴れた日の喜びよ。汝は青空に舞い上がり、力づよいモスクワの町を打ち眺め、ドミートリイ・イワーノヴィチ大公とその弟ウラジーミル・アンドレーヴィチ公の誉れをうたえ。

ザレーシエの地からポーロヴェツの野[19]へと、鷹どもを吹きおくるのは嵐であろうか。モスクワ河畔に駒いななき、ルーシの地あまねく誉れ高鳴る。コロームナにラッパがひびき、セールプホフに太鼓とどろき、大いなるドンの岸辺に旗ひるがえる。大ノヴゴロドでは民会[20]の鐘が鳴り、聖ソフィア寺院のまえに集まったノヴゴロドの戦士たちは口々に言う。「はらからよ、われらはもはやドミートリイ・イワーノヴィチ大公の援軍に間に合わぬのではあるまいか。」

　早くもさながら鷲どもが、北の国の隅々から飛び集まった。これぞ鷲どもが飛びつどいたるにあらず、ルーシのすべての公たちがドミートリイ・イワーノヴィチ大公とその弟ウラジーミル・アンドレーヴィチ公のもとに馳せ参じたのであった。彼らは言った。「われらの主君、大公よ。邪教徒タタールのやからはわれらの野畑に攻め入り、われらより父祖伝来の地を奪おうとして、ドンとドニエプルにはさまれたメチャーの岸辺に陣を張った。殿よ、われらも水はやきドンのかなたに押し渡り、もろもろの地の耳目を奪い、老いたる者には語り草、若き者には長く忘れぬ思い出として、ルーシの地のため、キリストの教えのために、わがつわものどもの勇気をためそう。」

　ドミートリイ・イワーノヴィチ大公は彼らに答えた。「はらからよ、ルーシの公たちよ。われらはキーエフ大公ウラジーミルの一族なるぞ。われらがこの世に生を享けたのは、鷹にも、隼にも、黒がらすにも、はたまた邪教徒ママイにも、恥をさらさんためではない。」

　おお、夏の鳥、鶯よ。汝は、リトワの地なるオリゲルド[21]の二人の子、アンドレイ・オリゲルドヴィチ[22]とその弟ドミートリイ・オリゲルドヴィチ[23]、ならびにドミートリイ・ヴォルインスキイ(24)の誉れをさえずるがよい。この公達《きんだち》は胆太き若者ぞろい、戦の世の大鷹、その名も高い武将たちで、リトワの地にてラッパの音を聞きながらむつきにつつまれ、かぶとのもとにてあやされて、槍の穂先で養われたのであった。

アンドレイ・オリゲルドヴィチは弟のドミートリイに言った。「われらはオリゲルドを父とする二人の兄弟、ゲジミン(25)の孫、スコリジメール(26)の曾孫なるぞ。われらのいとしきはらから、勇ましいリトワの貴族たち、勇敢なつわものどもをえりすぐり、足はやき駿馬に打ち乗って、流れはやきドンに見参しよう。弟よ、流れはやきドンの水をわれらのかぶとに受けて飲み干し、リトワの剣の切れ味をタタールのかぶとでこころみ、ゲルマンの槍の威力をイスラムのよろいでためそう。」

ドミートリイは兄に答えた。「兄上アンドレイよ。われらはこの身を惜しむまい、ルーシの地のため、キリストの教えのため、ドミートリイ・イワーノヴィチ大公の恥をそそぐために。はや石の都モスクワには物音ひびき、雷鳴がとどろく。これぞ物音のひびき、雷鳴のとどろきにあらず、ドミートリイ・イワーノヴィチ大公の精鋭のひづめのひびき、ルーシのつわものどもが黄金かぶせた甲冑と紅《くれない》の楯をふれ合わすとどろき。兄上アンドレイよ、足はやき駿馬に鞍おきたまえ。わが駒どもはいち早く鞍おかれ、すでに支度をととのえている。いざ広野に乗り出でて、われらの軍勢を眺めよう。」

早くも海の方からドンとドニエプルの河口めざしてはげしい風が巻きおこり、ルーシの地に大いなる黒雲が吹き寄せた。雲のあいだより血の色をした空焼けあらわれ、そのなかを青い稲妻がきらめき走る。ドンとドニエプルにはさまれたネプリャードヴァの岸辺に大いなる物音がひびき、雷鳴がとどろくであろう。クリコヴォの野にしかばねたおれ、ネプリャードヴァの川辺に血潮が流れるであろう。

すでにドンとドニエプルのあいだを兵車がきしみ、フンのやからがルーシの地さしてすすんでいく。灰色の狼どもがドンとドニエプルの河口から駆けのぼり、ルーシの地をうかがいつつ、メチャーの岸辺に立ってうなりをあげる。これぞ灰色の狼にあらず、邪教のタタール勢が押し寄せて、ルーシ全土を荒らしまわらんと侵入の機をうかがっているのであった。

このときメチャーの流れに鵞鳥の叫びがあがり、白鳥が翼を羽ばたいた。これぞ鵞鳥の叫び、白鳥の羽ばたきにあらず、邪教徒ママイがその軍勢をひきつれて、ルーシの地に押し寄せたのだ。翼もつ鳥どもは早くも彼らの不幸を待ち受けて雲居を飛び、大がらすの鳴き声かまびすしく、小がらすはおのが言葉を鳴きかわし、鷲はするどい叫び(27)をあげる。狼は恐ろしいうなりをあげ、狐は骨にほえかかる。ルーシの地よ、昔ソロモン王の御世におこったことが、今汝にふりかかったのだ。

さて、鷹と隼、ベロオーゼロの大鷹どもは、石の都モスクワの黄金の止り木を飛び立って、青空のもとに舞い上がり、流れはやきドンの上に黄金をかぶせた鐘の音をひびかせつつ、鵞鳥のむれ、白鳥の大群を襲わんとする。ルーシの勇ましいつわものどもが、邪教の汗ママイの大軍に襲いかかろうとしているのだ。このとき大公は右手に剣を取り、黄金のあぶみに足をふみ入れた。太陽は東の空から公の上に明るく輝き、すすみゆく道を教える。まだ夜も明けそめぬのに、わが耳にどよもすのは何の音、高鳴るは何の響か。ウラジーミル・アンドレーヴィチ公は軍容をととのえ、大いなるドンをめざして精鋭を引き具していく。公は兄にむかって言った。「ドミートリイ公よ、わが大公よ、タタールのやからに気おくれ召さるな。すでに邪教徒はわれらの野に攻め入り、父祖伝来の地を奪っている。」

　ドミートリイ・イワーノヴィチ大公は答えて言った。「わが弟、ウラジーミル・アンドレーヴィチ公よ、われらはたがいに兄と弟、われらのまわりを武将がかため、名高い親兵隊がしたがっている。鞍の下には足はやき駿馬、身によろいたるは黄金をかぶせた具足、チェルケス[28]のかぶと、モスクワの楯、ゲルマンの投槍、イタリアの大槍、ダマスクの鋼の剣。道という道は知り尽し、渡し場の準備もととのった。その上われらのつわものたちは、キリストの教えのためにこうべを横たえることを望んでいる。戦の旗は風にはためき、戦士らはわが身の誉れと功名をもとめている。」

すでにかの鷹と隼、ベロオーゼロの大鷹どもは、果敢にもドンを飛び越え、鵞鳥のむれと白鳥の大群に襲いかかった。これぞルーシの子らがタタールの強大な軍勢に攻めかかったのだ。ネプリャードヴァの川のほとりクリコヴォの野で、鋼の槍がタタールのよろいを突き、鋼の剣がフンのかぶとを打ちひびかせた。

ひづめのもとで大地は黒ずみ、野にはタタールの骨がまかれ、血がそそがれた。強大な両軍が衝突して、丘と草原を踏みしだき、川と湖の水を濁した。ルーシの地ではジーヴォ[29]がひと声するどい叫びをあげて、さまざまの地に耳かたむけよと下知をする。栄えある誉れは、鉄門[30]、ローマ、海のほとりのカーファ[31]、トゥィルノヴォ[32]、そこよりさらにツァーリグラード[33]までとどろいた——大いなるルーシはクリコヴォの野でママイを打ちやぶった、と。

このとき力づよい黒雲がぶつかり合い、そのあいだからしきりに稲妻がきらめき、大いなる雷鳴がとどろいた。これぞルーシの子らがおのれの恥をそそぐため、邪教徒のタタール勢と衝突したのであった。両軍のあいだに黄金をかぶせた具足がきらめき、ルーシの諸公は鋼の剣もてフンのかぶとを打ちひびかせた。

大いなるドンのほとりクリコヴォの野で、打ちたおされた野牛が太いうなりをあげるにあらず、太刀傷負ったルーシの諸公、大公の貴族と武将たち、ベロオーゼロの公たちが、うめきをあげるのであった。邪教徒タタールの手にかかったのは、フョードル・セミョーノヴィチ、チモフェイ・ヴォルーエヴィチ、セミョーン・ミハイロヴィチ、ミクーラ・ワシーリエヴィチ、アンドレイ・セルキーゾヴィチ、ミハイロ・イワーノヴィチ、(34)ならびにあまたの親兵の面々。今なおドンの岸辺にしかばねをさらしている者もある。

かつてはブリャンスクの貴族、修道僧ペレスヴェート(35)は裁きの庭に運ばれた。ペレスヴェートはドミートリイ・イワーノヴィチ大公に言った。「われらは生きて邪教徒の手に落ちんより、戦の庭にたおれるほうがましぞ」と。かくてペレスヴェートは足はやき駿馬を駆って、黄金をかぶせた具足をきらめかせつつ、風を切って野を馳せめぐった。そして言った。「兄弟よ、今こそ老いたる者は若がえり、若き者は勲をもとめ、つわものどもはその腕をためすべきときぞ。」その兄弟、修道僧のオスリャービャ(36)が答えた。「わがはらから、ペレスヴェートよ。見れば御身はすでに深傷《ふかで》を負った。やがて御身のこうべははねがや草の上に落ちるであろう。わが子ヤーコフがクリコヴォの野の緑なすはねがや草の上にたおれるのも間近い、キリストの教えのため、ドミートリイ・イワーノヴィチ大公の恥をそそぐために。」

このときドンのほとりリャザンの地では、耕人牧者の声とだえ、人のしかばねもとめて大がらすがかまびすしく鳴き叫び、ほととぎすがさえずった。目に入るものは恐ろしく、心をいためるものばかり。草は血潮にそまり、木々は悲しみもて地に伏した。

クリコヴォの野でのペレスヴェート（右）とタタールの勇士との一騎討ち
(『ザドンシチナ』, 17世紀ごろの年代記写本中のさし絵)

鳥は悲しみの歌をうたいだした。公妃たち、貴族と武将の妻たちは、戦いにたおれた者を偲んでひとり残らず泣きはじめた。ミクーラ・ワシーリエヴィチの妻マーリア・ドミートリエヴナは朝早く、モスクワの町の城壁に立ち、泣きながら言った。「ドンよ、ドンよ、流れはやき川よ。そなたは石の山々をつらぬいてポーロヴェツの地を流れる。わが君ミクーラ・ワシーリエヴィチをわたしの腕に戻しておくれ。」

チモフェイ・ヴォルーエヴィチの妻フェドーシアも涙にむせびながら言った。「はやわが喜びは栄えある都モスクワでしおれ果てた。わが君チモフェイ・ヴォルーエヴィチと生きながら会うこともかなわぬゆえに。」

アンドレイの妻マーリアとミハイロの妻アクシーニアは朝早く涙を流す。「わたしたち二人にとって、栄えある都モスクワの太陽は光を失った。流れはやきドンのほとりから炎のような知らせが届いて、大いなる不幸が伝わった。ルーシのつわものたちはクリコヴォの野で足はやき駿馬から裁きの庭におり立った。すでにジーヴォはタタールの太刀のもとで叫びをあげ、ルーシの勇士たちは傷を負ってうめくであろう。」

ここコロームナの町の城壁でましこ鳥があかつきに悲しみの歌をうたう。これぞましこ鳥があかつきに悲しみの歌をうたうにあらず、コロームナの妻たちがこぞって泣いているのだ。彼女らは泣きながら言う。「モスクワ川よ、流れはやきモスクワ川よ。そなたはなぜにわが夫たちをポーロヴェツの地に運んだのか。」彼女らはまたこう言って泣く。「われらの主君、大公よ。御身は櫂もてドニエプルの流れをせき止め、かぶともてドンの水を汲み尽し、タタールのしかばねもてメチャーの流れをとどめることもできように。大公よ、オカ川の門をとざしたまえ、これよりのちは邪教徒われらを襲わず、われらの夫が戦の辛苦をなめずともすむように。」

さてウラジーミル・アンドレーヴィチ公はヴォルィニの公とともに七万の兵をひきい、鬨の声をあげて右手から邪教徒ママイに襲いかかった。公は黄金のかぶとをきらめかせつつ、手綱さばきもあざやかに邪教の軍勢のあいだを駆けめぐった。鋼の剣が高らかにフンのかぶとを打ち鳴らす。公は兄をたたえて言った。「兄上ドミートリイ公よ、御身こそは災と苦しみの世の鉄壁の守り。公よ、味方の大軍をひきいて、ひるみたもうな。奸悪な賊どもに情をかけるな。邪教のやからはわれらの野に攻め入り、わが勇ましい親兵たちを射ころした。兄上よ、キリスト教徒の血を見るのはいたましいかぎり。」

ドミートリイ公は貴族たちに言った。「はらからよ、貴族と武将たち、ならびに貴族の郎党どもよ。ここはわがモスクワの甘い蜜酒の宴、祭りの席とはちがうのだ。いまこそおのれのため、また妻のために、誉れの席を得よ。いまこそ老いたる者は若がえり、若き者は勲をたてるべきときぞ。」

そのときあたかも鷹どもが水はやきドンの流れをさして飛び立った。これぞ鷹どもが水はやきドンのかなたに飛び去ったるにあらず、ドミートリイ公が味方の全軍をひきいてドンのかなたへ駆けゆくところ。公は言った。「わが弟、ウラジーミル公よ。いまこそ、ささげられた蜜酒の盃を飲み干さねばならぬ。弟よ、われらの精鋭をひきいて邪教の軍勢に襲いかかろう。」

かくて公は戦の庭に出で立った。鋼の剣がフンのかぶとを打ち鳴らし、邪教徒は両手でこうべをおおった。このとき邪教のやからは公のまえから一目散に退却した。軍旗はうなり、邪教徒は逃げしりぞく。ルーシの子らは黄金をかぶせた具足をきらめかせつつ、鬨の声もて曠野に垣をはりめぐらした。はや野牛が国の守りに立ち上がったのだ。

かくて公は邪教の軍勢を追い散らし、敵をさんざんに打ちやぶって、彼らを悲嘆の底に突き落とした。敵の公たちは馬から落ちた。タタールのしかばねは原一面にまきちらされ、血潮は川になって流れた。邪教のやからは算をみだし、思い思いに道なき道をつたいつつ、入江(37)をさして逃げ去った。歯ぎしりをして顔をかきむしりながら彼らが言うには、「はらからよ、もはやわれらは故郷にとどまることも、わが子を見ることも、妻をいつくしむことも、緑の芝に口づけすることもかなわぬ。ましてルーシに攻め入って、ルーシの公から貢をとることはできなくなった。」

すでにタタールの地はうめきを発し、もろもろの不幸と悲しみにおおわれた。ルーシの地に攻め入らんというかの地の汗どもの野望と高慢は枯れしぼみ、「歓喜《ヴェセーリエ》(38)」もこうべをたれた。早くもルーシの子らはタタールの錦、具足と馬、牛とらくだ、ぶどう酒と砂糖、高価な綾と絹などを奪いとり、その妻のために運び去る。ルーシの女たちははやタタールの黄金をもてあそぶ。ルーシの地には歓喜と剛毅の気象あふれ、邪教徒の恥辱の上にルーシの誉れがうちたてられた。もはやジーヴォは大地に投げふせられ、大公の威光は全土にとどろく。大公よ、すべての国に矢を射たまえ。大公よ、勇ましい親兵隊をひきいて邪教のフン、ママイを討ちたまえ、ルーシの地のため、キリストの教えのために。すでに邪教の兵どもは武器を投げ捨て、ルーシの剣のもとにこうべをたれた。彼らのラッパは鳴りをひそめ、その声は消えた。

邪教のママイは灰色の狼となっておのが従士らのもとを去り、カーファの町に逃げおちた。イタリア人(39)たちは彼らにむかって言った。「邪教徒ママイよ、汝は何ゆえにルーシの地をうかがうのか。その昔、ザレーシエは汗国の一部であった。だが汝はバツ汗(40)をまねることはできぬ。バツ汗は四十万の戦士をひきいて、ルーシの地をくまなく荒らしまわり、東の果てから西の果てまで斬りしたがえた。神がルーシの地をその罪のゆえに罰したもうたのだ。そしてママイ汗よ、汝は九つの汗国、七十人の公をしたがえ、大軍をもってルーシを攻めた。しかるに今、たった九人でこの入江に逃げこんできた。汝とともに野面《のづら》で冬を越す者とてはひとりもいない。ルーシの諸公は何ともみごとに汝をもてなしたもの。汝の供にはひとりの公も、ひとりの武将もいないではないか。彼らはさだめしクリコヴォの野のはねがや草の上で酔いつぶれたにちがいない。邪教徒ママイよ、われらのもとからザレーシエの地に逃げるがよい。」

われらにとってルーシの地は、母親のもとなるいとしい幼な子にたとえられよう。母親は幼な子をいつくしみ、戦が笞をもって罰し、もろもろの善行がその罪をゆるすのだ。かくて人間を愛される主なる神は、ドンとドニエプルのあいだでルーシの公、ドミートリイ・イワーノヴィチ大公とその弟ウラジーミル・アンドレーヴィチ公の罪をゆるし、慈悲をたれたもうたのだ。

ドミートリイ・イワーノヴィチ大公はその弟ウラジーミル・アンドレーヴィチ公ならびにもろもろの武将たちとともに、クリコヴォの野のネプリャードヴァの岸辺でしかばねの上におり立った。「はらからよ、目に入るものはみな恐ろしく、いたましいかぎりであった。キリスト教徒のしかばねが干草の山のごとくたおれ、ドンの水は三日のあいだ血にそまって流れた。」

ドミートリイ・イワーノヴィチ大公は言った。「はらからよ、味方の武将が何人足らぬか、兵士は何人欠けたか数えてみよ。」そのときモスクワの貴族ミハイロ・アレクサンドロヴィチがドミートリイ・イワーノヴィチ公に答えた。「わが君、ドミートリイ・イワーノヴィチ大公よ。味方で姿を消したのは、モスクワの大貴族四十人、ベロオーゼロの公十二人、ノヴゴロドの長老《ポサードニク》三十人、コロームナの貴族二十人、セールプホフの貴族四十人、リトワの貴族《パン》三十人、ペレヤスラヴリの貴族二十人、コストロマーの貴族二十五人、ウラジーミルの貴族三十五人、スーズダリの貴族八人、ムーロムの貴族四十人、リャザンの貴族七十人、ロストフの貴族三十四人、ドミートロフの貴族二十三人、モジャイスクの貴族六十人、ズヴェニゴロドの貴族三十人、ウーグリチの貴族十五人。邪教徒ママイのためにたおれた兵士は二十五万三千人。だが神はルーシの地に慈悲をたれたもうた。タタールの戦死者はその数しれず。」

そこでドミートリイ・イワーノヴィチ大公は言った。「わがはらからなる貴族、もろもろの公、ならびに貴族の郎党どもよ。ドンとドニエプルにはさまれたネプリャードヴァの岸のこの地こそ、そなたらには裁きの庭であった。そなたらはここにこうべを横たえた、聖なる教会のため、ルーシの地のため、キリストの教えのために。はらからよ、予をゆるしてほしい。この世でも、また来世でも、予を祝福してくれ。

いざ、わが弟、ウラジーミル・アンドレーヴィチ公よ。故郷のザレーシエの地なる栄えある都モスクワに立ち戻り、公国の玉座につこう。弟よ、われらは誉れと功名を手に入れたのだ。」

われらの神に栄光あれ。

世相物語

不幸物語

《不幸》《不運》がいかにしてある若者を修道院に入らしめたかの物語

主なる神、われらの救世主にして
全能のイエス・キリストの御心にそって、
人の世の初めから語りおこそう。
無常の俗世の初めにあたり
神は天と地を創りたもうた、
アダムとイヴを創りたもうた。
二人に命じて聖なる楽園に住まわせ、
とくにきびしくいましめて
エデンの園の大木にみのる
ぶどうの実を食《は》むことを禁じられた。

だが人の心は愚かしくあさはかなもの、
アダムとイヴは誘惑に心をうごかし
とうとい神のいましめを忘れ、
くだんの奇しき大木にみのる
ぶどうの実を食べてしまった。
主なる神は大罪を犯した二人に
烈火のごとく立腹されて、
アダムとイヴをともどもに
聖なるエデンの園から追放し
下界なる地上に住まわせて、
生めよ、ふえよと祝福され、
額に汗して地の実をつくり
その実で腹を満たせと命じられた。
神はまた正しい掟を定められ、
いとしい子を生み、育てるため
男と女に結婚せよと命じられた。
だが人間とはおよそ邪悪なやから、

はじめから掟にそむき
父の教えをあなどって
生みの母にもしたがわず
親しい友を裏切った。
やがて、ひ弱ないやしい手合がはびこって
乱暴狼藉をほしいままにし
些事や不正にうつつをぬかし
角つき合わせてその日を送り
素直で謙虚な心根を失った。
神は彼らの振舞にいきどおり
さまざまな大厄をくだされた。
もろもろの大いなる災、
はかりしれぬ屈辱のかずかず、
みじめな飢えと外敵の侵入、
はだかはだしのあさましさ、
類《たぐい》ない困窮などを、この世に送られたのだ。
このようにわれわれをこらしめられたのも

ついには救いの道にみちびくためだった。
父母の時からこれが人の世の定めであった。
　さてこれなる若者は、はや分別のつく年のころ、
父母の慈愛を一身にうけ、
善行功徳をつむようにと
絶えずこう言ってさとされていた。
「おまえはわしらのいとしいせがれ、
心して親の教えを聞くがよい。
正しく、賢く、世故にたけた
わしらの教訓にしたがうことだ。
さすればひどくおちぶれもせず、
みじめな貧乏にやつれもすまい。
割勘の酒盛りや宴会には出ぬがよい。
およそ上座に着いてはならぬ。
一度に二杯の酒は飲むな。
それから、せがれよ、よそ見をするな。
みめよい女や名門の娘御に

心を迷わされてはならぬ。
さびしい場所では寝ないことだ。
賢者を恐れず、愚者を恐れよ。
愚者どもに衣服をはがされ
人前で赤恥をかかされて
世の笑い草、なぶりものにされぬよう、
絶えず気をつけているがよい。
せがれよ、ばくち場と酒場へ行くな。
酒場の常連とつき合うな。
知恵の足らぬ馬鹿者の仲間になるな。
他人のものを盗んだり、奪ったり、
嘘をついたり、不正を働いたりするな。
金銀にまどわされるではないぞ。
やましい富をたくわえるな。
嘘をならべる証人になるな。
父母《ちちはは》はじめ何びとに対しても
うらみをいだいてはならぬ、

人にうらみをもたれぬためだ。
金持も貧乏人もはずかしめるな。
分けへだてなく人とつき合え。
せがれよ、賢者の友となり
分別そなえた者たちと交わって、
おまえに迷惑をかけないような
信頼できる友をもて。」

　このとき若者はまだ幼く愚かで
充分に知恵がついてはいなかった。
父の言葉にしたがうことも
母を敬うことも恥と心得て、
気ままに暮そうと思っていた。
五十ルーブルもうけたときは
五十人の友を見つけた。
若者の評判は川のように流れひろまり、
仲間が次第に集ってきて
みんな身内のようにたむろしていた。

さて、若者には心を許した友がいた。
この友は若者の義兄弟と名乗り、
甘い言葉で若者をそそのかし
酒場の前まで若者を呼び出して
ついに酒場のなかへ連れこんだ。
まずは一杯、緑色の酒をすすめてから
酔の早いビールのジョッキを渡して、
その男は若者にこう言った。
「さあ、兄弟よ、飲んでくれ。
愉快に楽しくやろうじゃないか。
まず緑色の酒をぐっと飲み、
口直しに蜜酒を一杯やるのさ。
酒がまわって酔いつぶれたら
その場で横になればいいのだ。
兄弟のおれがいるから心配無用、
ここにすわって見ていてやるぜ。
おまえさんの枕もとには

甘い蜜酒をさかずきに満たし、
手もとの緑色の酒のわきには
酔の早いビールをならべておこう。
おれはしっかり気をくばっていて
きっと両親のもとへ連れてってやるよ。」
そのとき若者はこの義兄弟を
心からたのもしく思っていたので、
彼に逆らう気にはなれなかった。
そこでしたたかな酒を飲みにかかり、
まず緑色の酒のさかずきをぐっと干し
口直しに甘い蜜酒を一杯やって
酔の早いビールをみごとに飲み干した。
まもなく若者は酔いつぶれて
その場にたおれ、寝入ってしまった。
義兄弟をすっかり信じていたのだ。
やがてその日も暮れだして
太陽が西にかたむいたころ、

若者は眠りからさめて
すぐにあたりを見まわすと、
高価な衣服ははぎとられ
靴も靴下もみんなぬがされ
シャツもズボンもむしられていた。
あり金は一銭のこらず奪われて
頭のしたには煉瓦がごろり、
体には酒場のぼろがかけられて
足もとに古わらじがころがり、
枕辺にいた親友は影もない。
若者は白い足で立ち上がり
身支度をしはじめた。
まず古わらじを足に履き
酒場のぼろを身につけて
白い体を人目からかくし
白い顔を水で洗った。
若者は呆然として立ちつくし、

悲しみにくれてひとりごちた。
「今までは大尽暮しのこのおれも
とうとう一片の食いものもなくなった。
一銭どころか半銭もなけりゃ
半人前の友だちもできまい。
親類縁者はそっぽを向こうし
友だちは相手にもしてくれまい。」
　若者は恥しさのあまり
父母のもとへ帰りもできず、
親類縁者にたよれもせず、
旧友をたずねることもできなくなった。
そこで遠い見知らぬ国へ行って
町ほどもある邸を見つけた。
邸のなかに御殿のような家があり、
家ではちょうど酒宴がひらかれ
客人たちが飲めや歌えの最中だった。
若者は酒宴の席へ近づいて

白い顔に十字を切って
霊験いやちこな聖像を伏しおがみ、
前後左右にふかぶかと頭を下げて
旦那衆にていねいなおじぎをした。
旦那衆はこの若者の姿を見て
十字の切り方がたくみなばかりか
行儀作法もみごとなことに感心し、
両手をとって若者を招き入れ
上座でもなければ下座でもなく
年若い客たちのすわっている
ちょうど真中の席まで行って
樫のテーブルにすわらせた。
宴たけなわとなるにつれ、
客人たちは酔がまわって
たがいに自慢をしはじめた。
ただ若者だけが暗い顔して
ひどく悲しげにすわっていた。

飲まず、食わず、さわぎもせず、
自慢話をするでもなかった。
旦那衆は若者にこうたずねた。
「お若いの、どうしたのかね。
酒宴の席で陰気な顔して
もの悲しげにすわっているとは。
酒も飲まねば、さわぎもせず、
自慢話をするでもない。
緑の酒が回っていかなかったかね。
その席が家柄に合わないのか、
子供たちが悪口を言ったのか、
知恵の足らない馬鹿者どもが
おまえさんをあざわらったのか、
それとも若い衆が無愛想なのかね。」
若者はすわったままでこう答えた。
「よくぞたずねてくださいました。
わたしがこんなにおちぶれたのは、

両親のいましめにしたがわず、
こともあろうに酒場へはいって
甘い蜜酒を一杯ひっかけ
酔の早い酒を飲んだからです。
あの酒に手を出したとたん、
わたしは父母の教えをやぶり
両親の祝福に見はなされ、
主なる神の怒りにふれて、
この上もないみじめな貧乏と
かずかずのいやされぬ悲しみ
慰めのない不幸と窮乏へ
この身を追いやられたのです。
食うや食わずで舌もまわらず、
悲しみに顔も体も干からびました。
こうして心はしおれ
顔にも陰気があらわれて
明るいまなこが曇ったのです。

財産も、引立ててくれる人もなく、
親の威光が消えたいま、
若者らしい元気が出ません。
ここにおいでの旦那さまがた、
どうかわたしに教えてください、
見知らぬ他国へ来たときには
どうしたら友だちが見つかるか。」
旦那衆は若者にこうさとした。
「そうか、おまえは賢い若者だ。
他国へ来たらいばってはならぬ。
敵にも味方にも逆らわず、
老いも若きもみな敬って
他人のことに出しゃばるな。
見聞きしたことを人に話すな。
敵にも味方にもへつらうな。
ずるがしこく立ちまわったり、
蛇のように狡猾にふるまうな。

すべての人に謙虚であれ。
おだやかで正しい暮しをしていれば
やがてはいい評判がひろまろう。
人はまずおまえと付き合ってみて、
かげ日なたなく正直で
謙虚で思慮ぶかいのに感心し、
おまえを敬い、大切にしてくれよう。
親しい友だちもつくれるし、
信頼のおける義兄弟もできるだろう。」
　そこから若者はまた他国へ出かけ、
賢い暮しをした甲斐あって
ついには昔にまさる金持になった。
そこで結婚をする気になって
しきたりどおり花嫁をさがした。
若者は家柄にしたがって手落ちなく
りっぱな酒宴をもよおして
親しい友や客を招いた。

だが若者の心にすきができ、
神のとうとい思召しにより、
悪魔の誘いにのせられるまま
親しい友や客人や義兄弟を前にして
若者は自慢話をはじめたものだ、
「おれは昔より金持になったぞ」と。
自慢話はいつでも臭気を放つもの、
うぬぼれはついに身をほろぼす。
若者のおごった言葉を聞きつけて
《不幸》はひとりでこうつぶやいた。
「おい、お若いの、幸運を自慢するな。
財産を吹聴するのはよすがいい。
おれがいままでつき合った
おまえよりずっと頭のいい連中でも
《不幸》さまにはかなわなかったぞ。
思えばやつらもとんだ災難さ。
死ぬまでおれとあらそったが、

不運はかさなり、世の物笑い、
棺おけにおさまるまでは
おれから足をあらえなかった。
やつらはしっかり土におおわれ
ようやく貧乏と手を切って
おれにはなれてもらったのだが、
墓にはまだ《不運》ががんばっている。
おれはまだいろんなやつにとりついた。
何しろ遊んでるわけにはいかないのさ。
おれさま《不幸》は人中が好きだから
棒でたたいても追いはらえない、
おれの巣は昔から酒盛りの席なのだ。」
灰色の不吉な《不幸》はまた言った。
「若者をどのようにたずねていこうか。」
《不幸》は策略をめぐらして
若者の夢枕に立つことにした。
「おい、若者、女房をもらうのはよせ。

かわいい女房に毒を盛られるかもしれぬ、
かぼそい手で首をしめられるかもしれぬ、
財産めあてに殺されるにきまってる。
さあ、ツァーリの免許したもう酒場へ行け。
財産なんぞ気前よく飲みつぶせ。
よそ行きの衣装はぬぎすてて
酒場のぼろを着ればいい。
《不幸》は酒場をはなれはしない。
意地悪な《不幸》といえども
はだかん坊は追いかけないぞ。
はだかん坊につきまとうやつはない
はだかはだしなら強盗も糞くらえさ。」
若者はこの夢を信じなかった。
そこで《不幸》は策略をめぐらして、
首天使ガブリエルの姿になって
ふたたび若者にまつわりついた。
「若者よ、おまえは知らないのかね、

着るものも履くものもない
無一文の貧乏暮しの気楽さを。
物を買えば金はなくなる、
若者らしく太っ腹に暮してごらん。
はだかはだしなら打たれもすまい、
天国を追われることもないだろう。
あの世から突き落とすやつもあるまい、
はだかん坊につきまとう者はない。
はだかはだしなら強盗も安心さ。」

　今度は若者も夢を信じた。
財産をすっからかんに飲みつぶし、
よそ行きの衣装をぬぎすてて
酒場のぼろを身にまとい
白い体を人目からかくした。
こうなってみると若者は
親しい友に会うのも気がひけて、
遠い見知らぬ国へ出かけて行った。

途中には流れの早い川があり
川むこうから渡し守が
渡し賃を払えとどなったが、
若者には払える金が一銭もない。
金がなければ渡してくれぬ。
若者は日が暮れるまで
昼飯はおろかパン半きれにもありつけず、
空っ腹をかかえていた。
仁王立ちに突っ立ってみたものの
思わず悲しみに打ちひしがれて
自分にむかってこう言った。
「ああ、不吉な《不幸》のやつめ、
よくぞこれほどおちぶれさせたな。
パン半きれも口にしないで
これで数えて三日になるが、
腹がぺこぺこで死ぬ苦しみだ。
いっそこの早い流れに身投げをしよう。

川よ、おれの体を洗ってくれ、
魚よ、おれの白い体を食べてくれ。
このはずかしい暮しよりましだ、
《不幸》のやつからのがれられたら。」
このとき川岸の岩のかげから
素っぱだかの《不幸》がとび出してきた。
腰のあたりに柳の皮をまいただけで
大音声をはり上げてこう言った。
「待て、若者、おれから逃げるな。
流れに身を投げてはならぬぞ。
不幸な暮しをなげくのはよせ。
不幸でも生きてりゃましだ、
不幸で死ねば救いはないぞ。
若者よ、昔を思い出してみるがいい、
おやじがおまえに言い聞かせ
おふくろがいましめたことを。
なぜ親の教えにそむいたのだ。

おまえは父母にしたがう気もなく
両親を敬うことは恥と考え
気ままな暮しをしたがった。
親切な親の教えにしたがわぬやつは
おれさま《不幸》がしつけてやるのだ。
好きな味方の忠告を聞かないと
きらいな敵に征服されるのさ。」
《不幸》はまたこう言った。
「不浄な《不幸》のおれにしたがえ。
湿った大地へ頭をつけておじぎをしろ。
この世でおれより賢者はいないぞ。
おまえを川むこうへ渡してやろう、
気のいい連中が食物を恵んでくれよう。」
若者はもはやのがれられぬと観念し、
不浄な不幸の《命令》にしたがって
湿った大地へ頭をつけておじぎをした。
　若者はとびはねながら

きり立った美しい川岸や
黄色い砂の上をすすんでいった。
心は楽しくはずんでいたので
《不幸》のやつも安心した。
若者は歩きながらこう考えた。
「おれは何にももたないのだから
心配の種さえないわけだ。」
若者はくよくよ悲しむのをやめて、
おもしろい歌をうたい出した。
それはどうして筋の通った歌だった。
　陽気なおふくろおれを生み
ちぢれた巻毛をくしですき
りっぱな衣装をつけさせて
わきにさがって目をほそめ
「みごとじゃないかこの衣装
着てるこの子は三国一よ」
そうなりゃほんによかったが

今ではおれも知っている――
仕立屋なければ衣装はぬえぬ
おふくろなくては子供は育たぬ
酒をくらえば金はたまらず
ばくちは人にほめられぬ
おやじとおふくろこのおれに
えらくなれよと望んだが
生まれついてのでくの棒

渡し守はこの歌を聞いて若者を川むこうまで渡してくれ、渡し賃はいらぬと言った。親切な人々は食物を恵んだ上に、酒場のぼろをぬぎすてさせ百姓の着る服を与えた。そして若者にこう言った。

「おまえさん、どうしたのかね。生まれ故郷へ帰るがいい。

おまえの父御《ててご》とおふくろさんは
まともに暮しているではないか。
ふたりの前に手をついて
今までのことを許してもらい、
祝福をさずけてもらいなさい。」
　そこで若者は故郷をさして出発した。
若者が広い野原をすすんでいくと、
意地悪な《不幸》が先まわりして
若者の行く手をさえぎり、
烏が鷹に鳴きたてるように
若者にむかってわめきちらした。
《不幸》のやつはこう言った。
「おい、待て、そこの若者よ。
おれはまだきさまから手を引かないぞ、
死ぬまで面倒を見てやるつもりだ。
ひとりぼっちのおれではない、
親類縁者は山ほどあって

みんなつき合いのいい連中さ。
いったんおれたちにかかわり合ったら、
みんなでずっと世話することに
はじめからきまっているのだ。
きさまが空飛ぶ鳥になろうと
海原をおよぐ魚になろうと
おれはきさまの右わきをはなれないのだ。」
若者が輝く鷹になって空を飛ぶと
《不幸》は白い大鷹の姿で追いかけた。
若者が青ねず色の鳩になって空を飛べば
《不幸》は灰色の隼に化けてあとを追った。
若者が灰色の狼になって野を駆けると
《不幸》は脚の早い猟犬をけしかけた。
若者が野原のはねがや草になると
《不幸》はよく切れる鎌をもち出し、
若者をあざけってはやし立てた。
　草よ、おまえを刈ってやる

草よ、おまえを寝せてやる
　ひと風吹けばちりぢりさ
若者が魚になって海へもぐると
《不幸》は目のつんだ網をもち出し、
またあざけってはやし立てた。
　魚よ、岸辺で捕えてやろう
　ぱっくり口に入れられりゃ
　はかない命もそれまでさ
若者がとぼとぼ道を歩いていくと、
《不幸》は右わきにぴったりついて、
たとえ末には首をくくられ
さもなきゃ川に流されようと、
強盗殺人何でも手を出し
派手に暮らせ、とそそのかす。
　ついに若者は救いの道を思いつき、
修道院へ駆けこんで髪の毛をそり落とした。
《不幸》は聖なる門で足をとめられ、

それからは若者にからまなかった。
これで、この物語はおしまいである。
主よ、永遠の苦しみを免れさせたまえ。
われらを輝く天国に入らしめたまえ。
とこしえにかわることなく、アーメン。

シェミャーカの裁判の物語

あるところに、二人の百姓の兄弟が住んでいた。ひとりは金持で、もうひとりは貧乏だった。金持の兄は、長年にわたって貧乏人の弟にあれこれものを貸してやっていたが、弟はいっこうに貧乏暮しから足を洗うことができなかった。ある日、貧乏な弟が金持の兄のところへやって来て、薪を家に運ぶため馬を一頭貸してくれとたのんだ。兄のほうは貸すのがいやさにこう言った。

「おまえにはいままでずいぶんものを貸してやったが、何の役にも立たなかったじゃないか。」

けれどもとうとう馬を貸してやると、今度は馬の首につけるくびきを貸してくれとたのみはじめた。兄はすっかり腹を立て、弟の貧乏を馬鹿にして言った。

「なんだ、おまえのところにはくびきもないのか。」

そしてくびきは貸さないことにした。

貧乏な弟は兄のところから戻ると、橇をとり出し、馬のしっぽにくくりつけて、森へ出かけた。やがて薪をわが家に運んで来たが、門のしたの横板をとりのけるのを忘れたまま、馬にひと鞭くらわせた。そこで馬は荷をひいたまま力いっぱい横板をとびこえたので、しっぽがぷっつりもげてしまった。

さて貧乏な弟は、兄のところへしっぽのない馬をひいていった。兄は自分の馬にしっぽのないのを見て、弟にむかい、さんざんたのんで借りていった馬を台なしにしやがって、と悪口をあびせたあげく、馬は受取らず、弟を訴えに町の裁判官シェミャーカのところへ出かけた。

貧乏な弟は、兄が自分を訴えに行くというので、兄のあとからついて行った。行かずにいてもどうせ町から呼出しが来るし、そうなれば役人どもに出張費用を払わされることがわかっていたのだ。

二人は町に行き着かないうちに、とある村へやって来た。金持のほうはこの村の司祭と知合いだったので、そこへ泊めてもらいに行った。貧乏な弟もこの司祭のところへ行ってなかに入れてもらい、天井ぎわの高い寝床へあがった。金持の兄は司祭にむかって、自分の馬が災難にあい、そのため町へ出かけるのだという話をした。それから司祭と金持は夕食をはじめたが、貧乏人の弟には、食べにおりて来いと声もかけなかった。貧乏人は天井ぎわの寝床から、司祭と兄の食べるところをじっと見つめているうちに、不意にゆりかごの上にころげ落ち、司祭の息子をおしつぶしてしまった。そこで司祭も金持の兄といっしょに町へ出て、せがれを殺した貧乏人を訴えることにした。

こうして彼らは裁判官の住んでいる町へやって来た。貧乏な弟も二人のあとから歩いていった。やがて彼らは町へ通ずる橋にさしかかった。ちょうどこのとき、この町に住むひとりの男が、父親を銭湯へ入浴に連れていこうと堀ばたを歩いていた。貧乏な弟は、兄や司祭に訴えられればとても命は助からないと思い、いっそ自分からわが身にけりをつけようと覚悟をきめ、つぶれて死ぬのを心に念じながら、橋の上から堀をめがけてとびおりた。ところが宙をとんで落ちたのがちょうどその老人の上で、息子の父親をおし殺してしまった。さっそく貧乏人はおさえられ、裁判官の前にひき出された。彼は何とか災難をまぬがれるみちはないものかと思案をめぐらし、裁判官にわいろをつかおうと考えた。しかしふところは空っぽなので、ふと思いつき、石をひろって手拭きにつつみ、それを帽子に入れて裁判官の前においた。やがて兄が馬の一件について訴状を差し出し、裁判官のシェミャーカに弟を罰してくだされとねがい出た。

訴えを聞いたシェミャーカは、貧乏な弟にたずねた。

「おまえの言い分を申してみよ。」

貧乏人は何をしゃべってよいものやら見当がつかず、帽子から例の手拭きにくるんだ石をとり出し、裁判官に見せて、おじぎをした。裁判官は、次第によっては貧乏人が自分に

天井ぎわの寝台からゆりかごの上に落ちる貧乏な弟
横になっているところと，落ちるところが，いっしょに描かれている。(『シェミャーカの裁判の物語』，18 世紀の木版画)

あれをくれるのかと思い、兄にむかってこう言い渡した。

「弟がおまえの馬のしっぽをもいでしまったのであれば、しっぽが生えるまで馬を受取ってはならぬ。しっぽが生え次第、弟のもとから取り戻すがよい。」

それから次の裁判がはじまった。司祭が、自分のせがれをおし殺した下手人にお仕置きを、と訴え出た。貧乏人はまた帽子からあの石をつつんだ手拭きを出し、裁判官のまえに示した。これを目にした裁判官は、この件でも金の包みをもらえるものと思いこみ、司祭にむかってこう言った。

「やつがおまえのせがれを殺したというのなら、おまえの女房をやつにそわせ、子供をつくらせてやれ。子供が生まれたら、女房ともども引き取るのだぞ。」

その次に、橋からとびおりて息子の父親を殺した件の裁判がはじまった。貧乏な弟は帽子のなかから、手拭きにくるんだ例の石をとり出して、三たび裁判官に見せてやった。裁判官は三度目の件では三つ目の包みをくれる気だなと合点して、父親を殺された男に言った。

「おまえは橋にあがり、父親の下手人を橋のしたに立たせておいて、今度は自分が橋からとびおりて、父親が殺されたように、やつを殺してやるがいい。」

裁判がおわると、原告たちは被告といっしょに役所のそとへ出た。金持の兄は貧乏な弟に馬を返してくれとたのんだが、弟はこう言った。

「判決どおり、馬にしっぽが生えたら、すぐに返してあげますよ。」

金持の兄は、しっぽのないまま馬を返してもらうために、弟に五ルーブル支払った。弟は兄から五ルーブルの金を受取って、馬を返してやった。

貧乏人は、判決にしたがって司祭に子供をつくってやるため、女房を引き渡すように要求し、子供が生まれたら梵妻《だいこく》もいっしょに返してやるとうけ合った。司祭は女房を連れていかないでくれと平身低頭してたのみこんだ。貧乏人は司祭からは十ルーブルを受取った。

貧乏な弟は三人目の原告にこう言った。

「判決で言われたとおり、わっしは橋のしたに立っていますよ。あんたは橋にのぼって、わっしがおやじさんをおだぶつにしたように、わっしの上にとびおりておくんなさい。」

息子は心のなかで《ほんとにとびおりたら、やつを殺すどころか、こっちの命があぶないぞ》と考えた。そして相手と仲直りして、とびおりなくてもすむように金を渡した。

こうして貧乏人は三人全部から金をもらった。一方、裁判官のシェミャーカは被告のところへ使いをやって、先刻見せられた三つの包みを受取ってくるように言いつけた。裁判官の召使は貧乏人に、くだんの三つの包みを渡してくれと申し入れた。

「あんたが帽子から出して裁判官に見せた包みのなかのものをください。あんたから受取って来いというお言いつけです。」

貧乏人は帽子のなかから手拭きにくるんだ石をとり出して見せた。召使はたずねた。

「何だって石なんか出すんです。」

被告は答えた。

「裁判官に見せたのもこれなのさ。」

召使がまたたずねた。

「石を見せるとはどういうわけです。」

「この石を裁判官に見せたのは、もしわっしに有罪の判決をくだしたら、これでやっこさんを打ち殺してやるつもりだったのさ。」

召使は家に帰って、このことをシェミャーカに報告した。召使の話を聞いたシェミャーカは、こう言った。

「やつを無罪にしたことを神さまに感謝して、お礼を申し上げよう。もしも有罪にでもしたら、こっちがやられるところだったわい。」

それから貧乏人は喜びいさみ、神をたたえながら、わが家へ戻って行った。アーメン。

サーヴァ・グルツィンの物語

御恵みふかき神がいかにその愛をキリスト教徒の上に示したもうかについての最近おこった驚くべき実話

皆の衆、わしはこれから、御恵みふかき神がいかに辛抱づよくわれらがおすがり申すのを待っておられるか、またいかに筆舌に尽しがたいもろもろの道を経て、われらを救いにみちびきたもうかについて、恐怖にみちみち驚嘆に値するいとも不思議な物語をはじめたいと思う。

昔ならぬ七一一四年（一六〇六年）のこと、われらの罪のいや増すのを見られた神は、モスクワの国に不敬なる背徳者にして異端者、かの破門僧グリーシカ・オトレーピエフを引き入れられ、ツァーリの位を継ぐ資格もないのに強盗のようにロシアの国の王位を掠めとらせたもうた。このときロシア全土に恥知らずのリトワの者どもがはびこり、モスクワをはじめとしてもろもろの町でロシアの民を苦しめ、乱暴をはたらいた。このリトワのやからの乱暴狼藉からのがれるために、たくさんの人々がわが家を捨てて、町から町へと逃げあるいたものじゃ。

このころ大ウースチュグの町に名をフォマーといい、グルツィン＝ウーソフの姓を名乗る古くからの住人がいた。その一族はいまなおこの町で栄えている。さてこのフォマー・グルツィンは、ロシアの国が麻のようにみだれ、神を恐れぬポーランドの徒輩が耐えがたい悪事をはたらくのを見て、そこにふみとどまることをあきらめ、わが家と大ウースチュグの町をあとにして、妻をともない、ヴォルガの下流にそびえ立つ大都会カザンに移り住んだ。ヴォルガの下流の町々までは、まだ恥知らずのリトワのやからもやってこなかったのだ。フォマーが妻とともにカザンの町に住むうちに、敬虔なるツァーリ、ミハイル・フョードロヴィチ大公が全ロシアに君臨される御世になった。

商人フォマーのもとには、名をサーヴァという十二歳になるひとり息子がいた。フォマーは商売のためにいつもヴォルガをくだり、あるときはカマ川のソーリへ、あるときはアストラハンの町へ出かけ、ときにはカスピ海を越えて、ペルシアの国にまで足をのばすこともあった。そして彼は息子のサーヴァに商売の道を教え、自分が死んだらその跡つぎができるよう、仕事に精を出せと言いきかせていた。

しばらくしてフォマーはペルシアの国へ商売に出かけようと思い、いつものように何そうもの大船に荷を積み込んで出帆の準備をした。一方、息子にもかずかずの手頃な商品を船に積んでやり、それに乗ってカマ川のソーリへ行き、そこで心して商売にはげむように言いつけた。フォマーは妻と息子に型どおり接吻すると、すぐさま出かけていった。二、三日おくれて息子のサーヴァも、父親の言いつけどおり、用意された船に乗り込み、カマ川のソーリめざして出発した。

さて、サーヴァはソーリにほど近いオリョールの町に着くと、ただちに岸にあがり、父親に言われたとおり、ある評判のいい男のもとに宿をとった。この宿の主人夫妻は彼の父親から受けた愛顧を忘れずにいて、その恩返しとしてサーヴァに尽し、あたかも自分たちの息子のようにいろいろと彼の面倒を見てくれた。サーヴァはこの宿屋にしばらく逗留していた。

このオリョールの町に、バジェーン・フトルィという名の生えぬきの町人がいた。すでに相当な高齢であり、その有徳の生活のゆえに多くの町々にまでその名を知られていた。バジェーンは非常な金持で、サーヴァの父親のフォマー・グルツィンとはずっと古くからの知合いで、親しい仲であった。バジェーン・フトルィは、カザンからフォマー・グルツィンの息子が自分の町に来ていることを知り、心のなかでこう思った。

「あの男の父親はわしとはずいぶん親しい仲だった。それだのにいままでわしはその息子をすこしもかまってやらなかった。そうだ、彼をわしの家に引き取って、いっしょに住まわせ、食事もいっしょにさせてやろう。」

こう考えているうちに道でサーヴァに出会ったバジェーン・フトルィは、彼を呼びとめてこう言った。

「サーヴァよ、おまえは自分の父親がこのわしと大の親友であることを知らなかったのかな。どうしておまえはいままでそっぽを向いて、わしをたずねて来なかったのじゃ。いまからでもいい、わしの言いつけにしたがいなさい。わしの家に来ていっしょに住み、わしらといっしょに食事をするのじゃ。わしとおまえの父親とはなじみなのだから、息子同様におまえの面倒を見てあげよう。」

サーヴァはこれを聞いて、これほど名のある人物が自分を引き取ってくれるというので大いに喜び、頭を下げてていねいにおじぎをした。そしてすぐに宿屋を出てバジェーン・フトルィの家へ行き、喜びにひたりながらすっかり安心してそこに住むことになった。

バジェーン・フトルィはすでに年老いていたが、三度目の結婚でめとったばかりの若い初婚の妻がいた。さて人の世の善という善を憎む悪魔は、バジェーンの非の打ちどころのない暮しぶりを見て、彼の家庭をかきみだしてやろうと思い、ただちにこの妻の心をまどわし、若者とのけがらわしい姦通へと駆りたてた。彼女は絶えず甘い言葉を用いて若者の心を籠絡し、彼を堕落するようにそそのかした。どんな若者の心でも密通にひきこむすべを心得ているのが女の性《さが》というものである。かくてサーヴァは女の甘言に心をうばわれ、いやその実は悪魔のねたみをこうむって、人妻との道ならぬ恋のわなにおちいった。そして情欲にあくことなく、時をえらばず女とけがれた情事にふけり、日曜も祭日も念頭になく、神への恐れを忘れ、いつかは自分がはかなくなる身の上であることも忘却していた。ひたすら豚のように淫蕩の泥沼のなかをころげまわり、畜生さながら果てしなき淫欲に長いあいだ身をまかせていたのである。

やがてわれらの主イエス・キリストの昇天節〔五月中の移動祭日〕がやって来た。祭の前夜、バジェーン・フトルィは若者のサーヴァを連れて聖なる教会の晩禱におもむいた。そして祈禱がすむと家に戻り、いつものとおり夕食をとり神に感謝をささげてから、それぞれ床についた。だが有徳の夫バジェーン・フトルィがふかい眠りにつくやいなや、悪魔にそそのかされた彼の妻は、ひそかに自分の寝床から起き上がり、若者の寝床に来て彼を起こし、けがらわしい情交をせまった。彼はまだ若年ではあったが、このとき神への恐れが矢のように全身をつらぬいて走った。そして神の裁きにおののきつつ心のなかで《かかる主の日にこのようなけがらわしいことがどうしてできよう》と思った。そこで誓いの言葉を口にして彼女のさそいをこばみ、こう言った。

「こんなとうとい祭の日に魂をすっかり破滅させ、体をけがす気にはなれない。」

女は満たされぬ欲情に一層はげしく燃え上がり、あるいは愛撫をもって、あるいはおどしたりすかしたりして、ますますつよく彼にせまり、思いをとげようとした。だが、こうして男を説きふせようといくら力を尽しても、女は相手を自分の望みにしたがわせることができなかった。ある神々しい力が彼を助けてくれたからである。ところがこの狡猾な女は、どうしても若者の心を自分の意志になびかせることができないことを知るや、急にはげしい怒りを燃え立たせ、残忍な蛇のように唸り声をあげながら彼の床をはなれた。そして、どうしたら彼に魔法の薬を飲ませることができるか思案をめぐらし、この悪だくみをすぐさま実行に移そうと考えた。やがて彼女はまさにたくらんだとおりのことを実行したのである。

朝の祈禱を告げる鐘が鳴ると、有徳なバジェーン・フトルィはすぐに床から起き出して若いサーヴァを起こし、神をたたえるために朝拝に出かけた。そして敬虔の念と神への恐れをいだいて朝拝につらなったあとで、家に戻った。礼拝の式がはじまると、ふたたび彼らは喜びをもって聖なる教会へおもむき、神をたたえた。さて呪われた女は若者に飲ませるために魔法の毒薬を丹念に調合し、あたかも蛇のようにその毒を彼の上に注ぎかけようとしていた。礼拝の式がすんだあとで、バジェーン・フトルィとサーヴァは教会を出て家に戻ろうとした。このとき、この町の司令官がバジェーンを食事に招き、いっしょにいる若者がだれの息子でどこから来たのかたずねた。フォマー・グルツィンの息子でカザンから来たと答えると、司令官はその父親をよく知っていたので、若者も自分の家に招待した。彼らは司令官の家に行き、ならわしどおりいっしょの食卓でもてなしを受け、喜んで家に帰った。

家に着くと、バジェーン・フトルィは主の祭日を祝い家族たちといっしょに飲むために、ぶどう酒を少々もって来るように命じた。自分の妻に陰険なたくらみのあることなど、つゆ知らなかったのだ。彼女はさながら毒蛇のように恨みを胸の奥にかくし、若者に対して愛想よくふるまっていた。ぶどう酒が運ばれて来ると、彼女はそれを盃に満たし、夫にすすめた。彼は神に感謝しながら、盃を飲み干した。次に汲んだ盃は彼女自身が空にした。それからすぐ毒草を仕込んだぶどう酒をついで、若いサーヴァに差し出した。彼は女が自分を恨んでおり、悪だくみをしかけているなどとは少しも知らず、ためらうことなく一息に猛毒を飲み干した。するとこの猛毒はまるで火のように若者の胸のなかで燃えはじめた。彼はちょっと首をかしげて、ひとり言を言った。

「おれのおやじの家にはいろんな酒があったけれども、今のようなやつは飲んだこともなかったぞ。」

飲みおわるとまもなく彼の胸はしめつけられるようにうずき、バジェーンの妻がいとおしくなった。彼女は残忍な牝獅子のように怒りをこめて彼を見つめ、ひどくよそよそしい素振りを示した。若者の胸は彼女をしたってますます痛んだ。彼女は夫にむかってサーヴァを中傷して悪口を言いはじめ、家から追い出すことを要求した。信心家の夫は心のなかで若者をあわれに思ったけれども、妻のもっともらしい言葉に言いくるめられ、口実をもうけて若者に自分の家から出ていくように求めた。若者は心にふかい悲しみをいだき、狡猾な女がしたわしくて後髪をひかれる思いで、バジェーンの家を出ていった。

若者はまえに泊っていた宿屋に戻った。主人は彼に、なぜバジェーンの家を出て来たかたずねた。サーヴァは「腹がへって仕方がなかったのさ」と言って、自分からバジェーンのところに住む気がなくなったのだと答えたけれども、心のなかでは彼の妻のことをあきらめることができず、悲嘆にくれていた。このふかい悲しみのために、若者の美しい顔は色あせ、体はやせ細っていった。主人は若者がひどく思いにしずみ悲しみにくれていることを知ったが、どうしてこうなったのか見当もつかなかった。

この町に、魔法を使ってだれがどんな病気になるか言い当て、人の生き死にさえわかる占い師がいた。思慮ぶかい宿屋の主人夫婦は若者のことを一方《ひとかた》ならず心配して、ひそかにこの占い師を招いて、若者の病気の原因を聞き出そうとした。占い師はやって来ると魔法の書物を調べ、彼らに本当のことを告げた。すなわち、若者にはどこも悪いところはなく、ただバジェーン・フトルィの妻を思って悲しんでいること、それというのも若者が彼女と道ならぬ罪を犯したためであり、別れた今も彼女を思って病気になっていることなどを話して聞かせたのである。宿の主人夫婦は占い師の話を聞いてもそれを信用しようとはせず、彼の話に頭から取りあわなかった。バジェーン・フトルィは信心ぶかいりっぱな人物だったからである。一方サーヴァは絶えず呪われた女を思って胸をこがし、悲しみのために重病人のように一日一日とやせ細っていった。

ある日のこと、サーヴァは心の悲しみや悩みを散歩でまぎらそうとしてひとり町を出て、野原をさまよっていた。野原には彼のまえにもうしろにも人影がなく、彼は心のなかでひたすらバジェーンの妻と別れたことを悲しみ、そのことで頭がいっぱいになっていた。このとき次のようなよこしまな考えが頭にうかび、それを口にだした。

「もしだれかが、いや、たとえそれが悪魔であってもかまわない、もう一度おれとあの女をいっしょにしてくれたら、おれは悪魔の手下になってもいいのだが。」

こんなことをぼんやり考えながらひとりでしばらく歩いていくと、うしろから自分の名を呼ぶ声が聞こえた。振りかえると、りっぱな身なりをした若者が、待ってくれと手を振りながら大急ぎで彼の方へ走ってきた。サーヴァは立ちどまって、若者の来るのを待った。サーヴァのところにやって来た若者というのは、実は人間の魂を破滅させようとして絶えず走りまわっている悪魔であった。彼がサーヴァのそばまで来ると、二人は世間の習わしどおりおじぎをした。若者はサーヴァにこう言った。

「やあ、兄弟のサーヴァよ、どうしておまえはまるで赤の他人みたいにおれから逃げ出すのだ。おれは前からおまえの来るのを待っていたんだ。そしたら親戚らしく仲よくやっていこうと思ってね。おれはずっと以前から、おまえがカザンの町のグルツィン゠ウーソフ一家のものだと知っていた。かく申すおれはといえば、やはり大ウースチュグの町のおなじ一族のものだ。古くからここに住んで、馬の売買をしている。おれたちは生まれからして血のつながった兄弟同士なんだから、これからおまえはおれの実の兄弟らしくふるまって、おれからはなれちゃだめだぜ。おれは何でも喜んでおまえの手伝いをしてやろう。」

サーヴァはこのにせの兄弟、実は悪魔の言葉を聞き、こんな遠い見知らぬところで身内を見つけたことを心から喜んだ。そしてふたりは親しげに接吻を交し、いっしょに荒野を歩いていった。

悪魔はサーヴァにたずねた。

「サーヴァよ、おまえは何の病気にかかっているのかね。若者らしい美しさがまったく見られないではないか。」

サーヴァはうそ八百を並べて、自分がある重い病いにとりつかれていると語った。悪魔は歯をむき出して笑いながら彼に言った。

「どうしておまえはこのおれにかくしだてをするんだ。おれはおまえの病気を知っているんだぜ。ところで、もしおれがおまえの病気を治してやったら、何をおれにくれるかね。」

サーヴァは答えた。

「もしほんとうにおれのかかっている病気を知っていたら、治してくれるというのを信ずることにしよう。」

「おまえはバジェーン・フトルィの女房にふられたので、彼女に恋わずらいをしているのさ。もしおまえをもう一度あの女と元のようないい仲にしてやったら、何をおれにくれるのかね。」

「そうしたら、いまおれがもっているおやじの全商品と財産にもうけをつけて、そっくり進呈しよう。あの女と元どおりの仲に戻してくれさえしたらいい。」

するとと悪魔は笑い出して彼に言った。

「どうしておまえはおれをためそうとするんだ。そりゃあ、おまえのおやじが確かにかなりの財産をもっていることはわかっている。しかしおまえは、おれのおやじがその七倍も金持なのを知らないのか。おれがおまえの商品なんぞもらって何になるのだ。ただおれにちょっとした証文をくれ。そうしたらおまえの望みをかなえてやろう。」

若者はほっとして、ひそかにこう思った。《これでおやじの財産は助かるな。おれは言われるとおりの書付をこの男にやるとしよう。》しかしサーヴァはあとでどんな災難がふりかかるか知らなかったのである。彼はまだしっかり文字を書くこともできず、いわんや文章をつづることなどできなかった。愚かなる若者よ。女の甘言に心をまどわされ、そのために何たる破滅におちこもうとすることか。悪魔の言葉を聞いた若者は証文を与えることを喜んで約束した。にせの兄弟、実は悪魔は、すばやくふところから墨と羊皮紙を取り出すと、それを若者に渡し、すぐに証文を書くように要求した。若いサーヴァはまだよく文字を書くことさえできぬのに、悪魔の言うとおりのことをたどたどしく書きつけ、この証文によって、まことの神イエスを捨て、悪魔に仕える身となった。さて彼はこの背教の証文を書くと、それを悪魔であるにせの兄弟に手渡した。やがて二人はいっしょにオリョールの町に戻った。

サーヴァは悪魔にたずねた。

「兄弟、おまえはどこに住んでいるのだ。おまえの家を知りたいものだ。」

悪魔は笑って言った。

「おれにはとくに家というものはないのさ。どこでも居合わせたところで夜を明かすのだ。もしおれにもっと会いたくなったら、いつでも馬市をさがしてくれ。さっきも言ったように、おれはここで馬の売り買いをして暮らしているんだ。けれどもおれのほうは、おまえをたずねるようなのんきなことはしていられない。おまえはこれからバジェーン・フトルィの店へ行くがよい。きっと喜んでおまえに自分の家へ来て暮らせと言うだろう。」

サーヴァは兄弟の悪魔に言われたとおり、大喜びでバジェーン・フトルィの店のほうへ走っていった。バジェーンはサーヴァを見ると、熱心に自分の家へ来るようにすすめて言った。

「サーヴァよ、わしは何というひどい仕打ちをおまえにしたことだろう。おまえもおまえだ、どうしてわしの家から出ていったのじゃ。さあ頼むから、もう一度わしの家へ戻ってくれ。わしはおまえの父親と親しかったものだから、おまえを見ると実の子のようにうれしいのじゃ。」

サーヴァはバジェーンの口からこのような言葉を聞くと、言い尽せぬ喜びに満たされ、すぐさまバジェーン・フトルィの家へ駆けていった。若者がやって来るのを見たバジェーンの妻は、悪魔にそそのかされていそいそと彼を出迎え、愛想よく迎え入れて、接吻した。そして女の甘い言葉、いやその実は悪魔のさそいに心をうばわれた若者は、またしてもこの呪われた女の情欲のわなにおちこみ、日曜も祭日も心にかけず、神への恐れもおぼえなかった。あくことなく絶えず豚のように、女とけがらわしい淫蕩の泥沼のなかをころげまわっていたからである。

かなり月日がたってから、名高いカザンの町にいるサーヴァの母親の耳に、息子がふしだらで乱脈な生活を送っており、もっていった父親の商品はすっかり酒と女のために使い果たしてしまったという噂がとどいた。母親は息子のこんな噂を聞くとひどく悲しみ、すぐに手紙を書いて、カザンの父親の家へ帰ってくるよう息子に言ってやった。しかし手紙を受取ったサーヴァは、それを読みおえるとせせら笑って、母親の言葉に耳をかそうとはしなかった。母親は次々と第二、第三の手紙を送って、ただちにカザンに戻って来るようにと、あるいはただひたすら哀願したり、あるいは神の御名を引き合いに出して懇願したりしてきた。サーヴァは母親の祈りや願いなどどこ吹く風と、少しも耳をかたむけず、ひたすら情欲に身をまかせていた。

しばらくすると、悪魔はサーヴァを連れ、ふたりでまたオリョールの町はずれの野原へ出かけた。町を出ると悪魔はサーヴァに言った。

「サーヴァよ、おまえはおれがだれだかわかっているのか。おまえはてっきりおれがグルツィン一族の者だと思っているのだろう。しかしそうではないのだ。いまこそおまえのために、本当のことを明かしてやろう。びっくりするなよ。そしておれを兄弟と呼ぶのをはずかしがらないでくれ。おれは実の兄弟みたいにすっかりおまえが好きになっちまったのだからな。いいか、おれはツァーリの息子なのだ。これから行って、おれの父上の財産と羽振りのいいところをおまえに見せてやろう。」

こう言って悪魔は彼をとある丘の上の荒れ果てた場所に連れて行き、そこから、谷のなかにある何ともすばらしい町を指さした。壁といい、屋根といい、舗装された道路といい、何から何まですべて純金づくりで、まばゆいばかりに輝いていた。悪魔は言った。

「この町は父上がつくられたのさ。これからおれといっしょに父上のところへ挨拶に行こう。おまえがくれた証文がここにある。これをもっていって、自分で父上に渡してくれ。そうすればおまえは豪勢なもてなしを受けるだろうよ。」

こう言いながら悪魔はサーヴァに背教の証文を渡した。おお、愚かなる若者よ。彼はモスクワの国の近くには他のいかなる国家もなく、すべての地方がモスクワのツァーリの権力に服していることを知らなかったのだ。もしもこのとき、首に十字架をつけていたら、悪魔の幻はすべて煙のように消えうせたものを。

彼らが幻にあらわれた町のほうへ歩いて行って城門に近づいたとき、金をちりばめた衣服に金の帯をしめた黒い顔の若者たちが彼らを迎え、ツァーリの息子、実は悪魔に敬礼し、サーヴァにもおなじように敬礼した。彼らがツァーリの邸にはいると、前よりさらにきらびやかな服を着た別の若者たちが彼らを出迎え、さっきとおなじように敬礼した。二人が宮殿にはいるとすぐ、とりどりに物腰のうやうやしさと衣服の華美をきそう別の若者たちが出迎えて、ツァーリの息子とサーヴァに身分相応の敬意をあらわした。宮殿にはいると、悪魔は言った。

「サーヴァよ、しばらくここで待っていてくれ。おれはこれからおまえのことを父上に話してくる。そのあとでおまえを父上のところに連れていこう。父上の前に出ても、少しもこわがったりへどもどしたりすることはない。ただ自分の証文を渡せばいいのだ。」

こう言うと彼はサーヴァをひとり残したまま宮殿のなかへはいっていった。そしてしばらくするとサーヴァのところへ戻り、彼の手をとって闇の国の王の前に連れていった。

王は宝石と金をちりばめた高い玉座にすわっていた。その威風はあたりをはらい、まとった王服はまばゆいばかりであった。玉座を取りかこんで羽根の生えたたくさんの若者たちが立ち並んでいるのがサーヴァの目にはいった。彼らのうちのあるものは顔が青く、あるものは赤く、またある者はタールのように真黒であった。ツァーリの前に出ると、サーヴァは地面に平伏して挨拶をした。ツァーリは彼にたずねた。

「おまえはどこからここへやって来たのじゃ。おまえの用というのは何じゃな。」

愚かな若者は王に自分が書いた背教の証文を差し出して、言った。

「偉大なるツァーリさま。わたしはあなたにお仕えするために来ました。」

老獪な蛇のサタンは証文をとって読みおえると、黒い顔をした戦士たちにむかって言った。

「たとえこの若者を召しかかえてやっても、こいつが心からわしに尽す気があるかどうか、わからぬわい。」

そしてサーヴァのにせの兄弟である自分の息子を呼びよせて言った。

「別室にさがって、おまえの兄弟と食事をするがよい。」

そこで彼らは控えの間で食事をはじめた。えも言われぬ芳香をはなつ食べものや飲みものが運ばれて来たので、サーヴァは驚いて言った。

「おれはいままでおやじの家でこんな食べものや飲みものは口にしたこともなかった。」

腹がいっぱいになると、悪魔はサーヴァの手をとってツァーリの邸を出た。彼らが幻の町を出たとき、サーヴァは兄弟の悪魔にたずねた。

「兄弟よ、玉座のまわりに立っていた、あの羽根の生えたたくさんの若者たちは何だね。」

悪魔は笑いながら彼に答えた。

「おまえは、インド人やペルシア人やそのほかさまざまの国の者たちが、おれの父上に仕えているのを知らないのか。こんなことに腰をぬかすな。そして心配しないでおれを兄弟と呼んでくれ。おれはおまえの弟になろう。ただし、ひと言おまえに言っておく、何ごとによらずおれの言うことをきくのだぞ。おれはいつもおまえのためをはかってやるのがうれしいのだから。」

そこでサーヴァは何でも彼にしたがうことを約束した。このような取り決めをして、彼らはオリョールの町へ帰った。悪魔はサーヴァを残して去っていった。サーヴァはふたたびバジェーンの家に戻り、あいかわらず、けがらわしい情事にふけっていた。

このころ、サーヴァの父親のフォマー・グルツィンが、おびただしい利益を得てペルシアの国からカザンの町に帰って来た。そして型のごとく妻に接吻してから、息子の安否をたずねた。妻は彼に言った。

「大勢の人があの子の噂をしています。あなたがペルシアに立たれたあと、あの子はカマ川のソーリに行き、そこからオリョールの町へ行ったのです。そこでいまなおふしだらな生活を送っているということです。わたしたちの財産はすっかり酒と女で使い果たしたそうです。わたしは何べんも家へ帰るように手紙を書いたのですが、何の返事もありません。いまもってオリョールに住んでいます。達者かどうかもわかりません。」

フォマーは妻からこの話を聞くとすっかり不安に駆られ、すぐに腰を下ろしてサーヴァに手紙を書き、一刻の猶予もなくオリョールからカザンの町に戻ってくるように言葉を尽して、頼んでやった。

「……せがれよ、久しく会わぬのでおまえの元気な顔を見たいものだ。」

この手紙を受取って読んだサーヴァは、平気の平左で、父のもとへ帰ろうなどとはつゆ思わず、あいもかわらず、あくことなき情欲にふけっていた。フォマーは手紙が何の役にも立たないのを見て、大至急手頃な商品を積んで船を仕立てさせ、「自分で行ってせがれを見つけ出し、家に連れ戻そう」と言って、カマ川のソーリに向けて出発した。

悪魔はサーヴァの父親が息子をカザンへ連れ戻すため、カマ川のソーリにやって来ることを知り、サーヴァに言った。

「サーヴァの兄貴、おれたちはいったいいつまで、このちっぽけな町にばかり住んでいなきゃならないのだろう。ほかのいろんな町へ行って、遊んでみようではないか。そのあとでまたここへ戻って来ればいい。」

サーヴァは少しも逆らわずに言った。

「まったくおまえの言うとおりだ。よそへ行こう。だが少し待ってくれ。おれの手持の金から路銀を少々もってくるから。」

悪魔はこれをとめた。

「おまえはおれの父上の威光を見たではないか。いたるところに父上の領地があるのを知らないのか。どこへ行こうと、おれたちには好きなだけ金があるのさ。」

こうして彼らはオリョールの町を出た。バジェーン・フトルィやその妻をはじめとして、だれひとりサーヴァが出奔したことを知らなかった。

悪魔とサーヴァはひと晩のうちに、カマ川のソーリから八百キロあまりはなれたヴォルガ河畔のコジモデミヤンスクという町に着いた。そこで悪魔はサーヴァに言った。「だれかおまえを知っている者に出会って、どこから来たかたずねられたら、『カマ川のソーリから三週間かかってやって来た』と言え。」

サーヴァは悪魔に言われたとおりにみんなに答えた。彼らは数日のあいだ、コジモデミヤンスクに滞在していた。

それから、急にまた悪魔はサーヴァを連れ、ひと晩のうちにコジモデミヤンスクをはなれてオカ川にそったパヴロフ・ペレヴォーズという村へ移った。彼らがそこに着いたのは木曜日であったが、それはちょうどこの村に市《いち》が立つ日であった。二人で市場を歩いているとき、サーヴァはひとりのひどく年とった男の乞食に会った。この乞食はきたないぼろを着て立っていたが、サーヴァの顔をじっと見つめると、さめざめと涙をながした。悪魔から少しはなれていたサーヴァはこの老人に近より、泣いているわけをたずねようとして、言葉をかけた。

「おとっつぁん、あんたは何が悲しくてそんなにつらそうに泣いているのだね。」

するとその聖なる老乞食は彼にこう答えた。

「せがれや、わしはおまえの魂の破滅を悲しんで泣いているのじゃ。おまえは自分の魂を破滅させ、われとわが身を悪魔に売り渡したことをまだ知らずにいる。おまえは、自分がいっしょに歩きまわって弟と呼んでいるのがいったいだれだか知っているのか。あれは人間ではないのじゃ。悪魔がおまえといっしょに歩きまわって、おまえを地獄の奈落へひきずりこもうとしているのじゃよ。」

老人がこう言ったとき、サーヴァはにせの弟、実は悪魔の方を振りかえって見た。悪魔は遠くのほうに突っ立ち、歯をむき出しにしてサーヴァをおどしていた。そこで若者はいそいでこの聖なる老人のもとをはなれて、悪魔のいるところへ戻った。悪魔はこう言ってひどく彼をなじった。

「おまえは何だって、あのろくでなしの人殺し野郎なんぞと話をしていたのだ。あのこすっからい老いぼれめが、あんな風にして大勢の人間を破滅させているのがわからないのか。あいつはおまえの着ている上等な着物を見て、おためごかしの文句をならべておまえを人ごみのなかから連れ出し、しめ殺したあげく、おまえの着物をはごうとしているのだ。だから、おまえをひとりにしておいたら、おれの知らぬまにおまえはすぐに破滅してしまうのだぞ。」

こう言って悪魔はぶりぶりしながらサーヴァをそこから連れ出し、いっしょにシューヤという町へ出かけた。彼らはしばらくのあいだこの町に腰をおちつけていた。

一方、フォマー・グルツィン＝ウーソフはオリョールの町に着いて息子のことをたずねたが、だれからも息子の消息を聞き出すことができなかった。彼がやって来るまでは、みんなサーヴァが町を歩くところを見ていたが、突如サーヴァはどこかにかくれてしまい、その居場所はだれにもわからなかった。フォマーにむかってこう言う人もあった。

「息子さんはここですっかりあなたの財産をすってしまったものだから、あなたに来られるのを恐れて、どこかへ雲がくれしてしまったのだろう。」

だれにもまして驚いたのはバジェーン・フトルィとその妻であった。バジェーンはこう言った。

「あれは前の晩わしたちのところでやすみ、あくる朝どこかへ出かけて行った。食事に待っていたのじゃが、それからはもうこの町についぞ姿を見せぬのじゃ。どこへかくれてしまったのやら、わしにも家内にも皆目見当がつきませぬわい。」

フォマーは悲しみの涙にくれながら、息子があらわれるのを待ってこの町にとどまっていた。そして、もしやという望みをいだいて長いあいだむなしく息子を待ったのち、家に戻った。彼はこの悲しい出来事を妻に話した。夫婦はいっしょになって、ひとり息子を失ったことを嘆き悲しんだ。フォマー・グルツィンはそれからまもなく悲しみのうちに主のみもとに去った。彼の妻は寡婦となって取り残された。

ところで、悪魔とサーヴァはシューヤの町に住んでいた。このころ信仰あつき全ロシアのツァーリ、ミハイル・フョードロヴィチ大公はポーランド王を討つために軍隊を派遣し、スモレンスクの町を攻めさせられることになった。ツァーリの命令によって、全ロシアから新兵が徴集された。シューヤの町へ兵士を集めにモスクワから遣わされたのは、大膳職〔名門の貴族に与えられる官位〕チモフェイ・ヴォロンツォーフという人物で、彼は毎日町のなかで新兵たちに教練をほどこしていた。サーヴァと悪魔はこの教練を見に行った。悪魔はサーヴァに言った。

「サーヴァの兄貴、ツァーリに仕えるというのはどうだね。おれたちは志願して兵隊になろうじゃないか。」

サーヴァは答えた。

「よかろう。ツァーリの軍隊にはいろう。」

そこで彼らは志願して兵士になって、いっしょに訓練を受けることになった。悪魔はサーヴァにすぐれた軍事的な才能を与えたので、たちまち彼は古参の兵士や上官たちを抜いて頭角をあらわした。悪魔自身はサーヴァの従卒として、いつも銃をかついで彼にしたがっていた。

新兵たちはシューヤからモスクワに移され、ドイツ人の部隊長から訓練を受けることになった。この部隊長は新兵の訓練を見に来ると、たちまち、若いのにもかかわらず戦術に関してすぐれた知識をもち、あらゆる教科で少しも誤りを犯さず、多くの古参兵や上官をはるかにぬきん出ている若者に目をとめた。そして彼の頭のよさに感心し、自分のそばへ呼びよせて素姓をたずねた。サーヴァはありのままを残らず彼に話した。部隊長はサーヴァがすっかり気に入り、彼を自分の息子と呼んで、自分の頭から宝石をちりばめた帽子をとって彼に与えた上、三個中隊の新兵を彼にゆだねて、自分の代りに訓練させることにした。悪魔はひそかにサーヴァに近よって、耳打ちした。

「サーヴァの兄貴、金が足りなくなって兵隊どもが文句を言ったら、おれに言ってくれ。おまえの部隊で文句を言ったり不平をこぼしたりするやつがないように、入用の金はいつでももって来てやるぜ。」

こうしてサーヴァの兵士たちはみな落着いて静かにしていた。これに反してほかの隊には絶えず不平が満ち、騒ぎがおこっていた。兵士たちは給料をもらえず、飢えと寒さのため死にかかっていたからである。サーヴァのところでは兵士たちがまったくおとなしくて、秩序がよく保たれていたので、彼の手腕に感心しないものはなかった。

ほどなくある機会に、彼の噂がツァーリ御自身の耳にまで達した。そのころモスクワで羽振りをきかせていたのは、ツァーリのお后の兄弟である大貴族セミョーン・ルキアノヴィチ・ストレーシネフであった。彼はサーヴァのことを聞くと、彼を自分のところへ連れて来るように命じた。サーヴァが来ると、彼は言った。

「おまえをわしの家に引き取って、相当に面倒を見てやろうと思うが、どうじゃな。」

サーヴァは頭を下げて答えた。

「わたしには弟がおりますので、相談をしてみます。彼がもしそうしろとすすめたら、喜んでお仕えしましょう。」

大貴族のストレーシネフは快く承知して、サーヴァを引きさがらせて弟と相談させることにした。サーヴァは戻って来ると、このことを悪魔であるにせの弟に話した。悪魔は怒って彼に言った。

「なぜおまえはツァーリの御恩を忘れ、その奴隷などに仕えようとするのだ。おまえのことはもうツァーリのお耳にはいっているのだから、いまのままでいるがいい。この話はもうやめにして、ツァーリに仕えていよう。ツァーリがおまえの忠義な勤めぶりを知られたら、おまえの位も上げてもらえるだろう。」

さて、ツァーリの命令によって、すべての新兵たちは補充兵として近衛の各銃兵連隊に分けられることになった。サーヴァはゼムリャノイ区のスレテンカ通りにある、ジミーン連隊の近衛百人長ヤコフ・シーロフの家に配属された。この百人長夫婦は信心ぶかいりっぱな人たちで、サーヴァの賢さを知って、彼を心から尊敬した。やがてモスクワの軍隊はすっかり遠征の用意をととのえた。

ある日悪魔はサーヴァのところへ来て言った。

「サーヴァよ、連隊が出発するまえに、スモレンスクへ行ってみよう。そしてポーランドの連中が何をしているか、町をどのように固め、どんな戦備をととのえているか見てやろうではないか。」

彼らはひと晩のうちにモスクワからスモレンスクに着き、三日三晩だれにも姿を見られずに、町のなかにとどまっていた。彼らはポーランド軍が町を固めているさまと、各所にさまざまな大砲を据えつけているのをすっかり見とどけた。四日目に悪魔は、自分の姿とサーヴァの姿をスモレンスクのポーランド人のまえにあらわした。ポーランド人は彼らを見て驚きあわて、つかまえようとしてあとを追いかけた。悪魔とサーヴァはすばやく町を走り出て、ドニエプルの川に駆けつけた。するとたちまち川の水は彼らの前でふたつに割れた。彼らは陸地を歩くように川を渡った。ポーランド軍はふたりをめがけてはげしく鉄砲を射ちかけたが、かすり傷ひとつ負わせることができなかった。彼らは驚いて言った。

「悪魔のやつが人間の姿でやって来て、おれたちの町にいたのだ。」

サーヴァと悪魔はふたたびモスクワに戻り、百人長ヤコフ・シーロフの家にはいった。ツァーリの命令で各連隊がモスクワからスモレンスクにむけて進発したとき、サーヴァも弟とともにそれに加わっていた。当時全軍の司令官は大貴族のフョードル・イワーノヴィチ・シェインであった。道々、悪魔はサーヴァにこう言った。

「サーヴァよ。おれたちがスモレンスクに着くと、町のポーランド軍のなかからひとりの大男があらわれ、決闘の相手になるものはないかと呼ばわるだろう。おまえは少しもこわがることはない、そいつと戦え。いいか、おまえはかならずやつをたおすだろう。次の日にまたポーランド軍のなかから、別の大男が決闘を申し出るだろう。そいつとも戦え。きっとおまえが勝つはずだ。三日目にはスモレンスクから第三の決闘相手があらわれよう。だが恐れるな。そいつにむかってもとび出していって、たおしてしまえ。おまえはこいつから傷を受けることだろうが、おれがすぐに治してやるぜ。」

悪魔が彼にこう教えてから、やがて彼らはスモレンスクの町はずれに着き、格好の場所に陣どった。

すると悪魔の言ったとおり、町のなかからいたって恐ろしげな顔をした勇士があらわれ、馬を乗りまわしながら、モスクワの軍勢のなかに自分の相手になるものはいないかとさがしはじめた。だれひとり彼の相手を買って出るものはなかった。サーヴァは連隊の前に出て言った。

「もしおれにいい馬があったら、ツァーリの敵めと戦ってやるのだが。」

これを聞いた戦友たちは、すぐにこのことを司令官である大貴族に告げた。その貴族はサーヴァを呼びだし、一頭の駿馬とひと振りの剣を彼に与えた。しかし心のなかでは、この若者もあれほど恐ろしい大男にかかってはとても命が助かるまいと思っていた。

サーヴァは弟の悪魔に言われたとおり、臆しも恐れもせず、くだんのポーランドの勇士にむかって馬を乗りつけ、たちまち相手をたおして、馬もろともモスクワ軍のなかへひきずって来た。みんながサーヴァをほめたたえた。悪魔は従卒として、剣をかついでサーヴァにしたがっていた。次の日、ふたたびスモレンスクから名のある勇士が、モスクワ軍のなかに自分の相手をもとめて乗り出して来た。またもサーヴァが出かけて、彼をたおした。サーヴァの勇気に驚かぬ者とてなかった。かの大貴族はサーヴァに対して烈火のように立腹したが、怒りを胸の奥にかくしていた。

三日目にまたしてもスモレンスクからひとりの勇士が乗り出して来た。これは前の二人よりはるかに名高い勇士で、やはりおなじように自分の相手になるものはいないかと呼ばわった。サーヴァはこんな恐ろしげな勇士を相手にするのは気がすすまなかったが、悪魔の言葉にしたがって、ためらわずに彼にむかって馬をすすめた。ポーランドの勇士はやにわに猛烈な勢でサーヴァに襲いかかり、左の太腿を槍で突いた。しかしサーヴァはすかさず身を立てなおすと、このポーランド人にむかって殺到し、敵を打ち殺してしまった。そして馬もろとも、彼を味方の陣営へひっぱって来た。こうしてサーヴァはスモレンスクの敵軍に赤恥をかかせ、全ロシア軍を感嘆させた。そののち、ポーランド軍は町から撃って出た。両軍が衝突して、敵味方入りみだれての白兵戦となった。しかし左翼でも右翼でも、サーヴァとその弟が戦いに加わると、ポーランド兵は背中をむけて一目散に逃げ出した。このようにして彼らは数知れぬポーランド兵をたおし、自分ではかすり傷ひとつ負わなかった。

司令官の貴族は若者の剛勇ぶりを聞くと、もはや怒りを心の奥に秘めておくことができなくなって、すぐにサーヴァを呼びつけて言った。

「若者よ、おまえはどこの生まれでだれの息子だ。」

彼は自分がカザンの出身で、フォマー・グルツィンの息子であると答えた。するとこの貴族はあらゆる悪口雑言をならべたてて、サーヴァを非難しはじめた。

「きさまはいったい何の必要あって、自分から死をもとめて来たのだ。わしはきさまの父親や親戚たちが莫大な財産をもっていることを知っておる。きさまはだれに追われて、それとも何が不足で、ふた親を捨ててこんなところへ来たのだ。よいか、ぐずぐずせずにすぐに両親の家に帰れ。そして平穏無事に父や母と暮らすのじゃ。もしもわしの言うことを聞かずにここに残っていたら、どうしても命はないものと思え。すぐにきさまの首をはねさせてやるぞ。」

貴族は若者にこう言い渡して、ぷりぷりしたまま出て行った。若者は悲しみにしずんで天幕を出た。

そとに出ると、悪魔がサーヴァにむかって言った。

「おまえはどうしてこんなことにくよくよしているのだ。もしここに勤務しているのがいけないのなら、もう一度モスクワへ帰ってむこうで暮らそう。」

彼らはすぐにスモレンスクからモスクワに戻り、また百人長ヤコフ・シーロフの家で寝起きするようになった。悪魔は昼のあいだはサーヴァといっしょに過ごし、夜になると彼からはなれ、昔から呪われたものどもがたむろしている地獄の住処へ出かけた。

しばらくして、サーヴァは突然病気にかかった。それはたいへん重い病気で、若者は今にも死んでしまうのではないかと思われた。思慮ぶかくて信心家の百人長の女房は、八方手を尽してサーヴァの看病をしながら、何度もサーヴァにむかって、司祭を呼んで自分が犯した罪を懺悔し、聖餐を受けるようにすすめた。

「こんなに重い病気だから、懺悔もせずにぽっくり死んでしまうかもしれないよ。」

けれどもサーヴァは、「いくら重くても、死ぬような病気ではない」と言って、ことわりつづけた。しかし日ましに彼の病気は重くなっていった。女房は「懺悔をすれば、死なずにすむかもしれない」と言いながら、しつこくサーヴァに懺悔をすすめた。

ようやくこの信心ぶかい女房に説き伏せられて、サーヴァは司祭を呼ぶように頼んだ。百人長の妻は時を移さず、グラーチにある聖ニコライ寺院に使いをやり、その教会から司祭を呼び寄せた。司祭はすぐに病人のもとへ駆けつけた。この僧はすでに高齢であったが、きわめて賢明な信仰あつい人物であった。病人のもとに来ると、司祭はただちにきまりどおり懺悔の祈禱を唱えはじめた。

ほかの者がみんな部屋から出て、司祭が病人の懺悔を聞きはじめると、不意に悪魔の一隊が部屋のなかに闖入して来るのがサーヴァの目にはいった。にせの兄弟、実は悪魔も彼らといっしょにはいって来たが、もはや人間の姿ではなく、本来のけだものの姿に戻っていた。彼は一隊のしんがりに立ち、憤怒の形相ものすごく歯をむき出しにして彼をにらみつけ、かつてカマ川のソーリの近くでサーヴァが与えた背教の証文を彼に示した。悪魔は病人にむかって言った。

「やい、誓い破りめ、これが何だかきさまにわかるか。これを書いたのはきさまではないか。それとも懺悔をすれば、おれたちからのがれられるとでも思っているのか。そうはいかないぞ。おれはありったけの力できさまに取りついてやるからな。」

悪魔たちはこのほかにもさんざん悪態をついた。病人はこの光景を目のあたりに見て、ときには恐ろしさに身をふるわせ、ときには神の御力に望みをかけつつ、すべてをくわしく司祭に打ち明けた。司祭は聖なる人物ではあったが、病人のほか部屋にはだれの姿も見えないというのに、大勢の悪魔のさわがしいざわめきが聞こえるので、肝をつぶした。そしてようようのことで病人の懺悔を聞きおわると、このことをだれにも告げずに家へ帰った。

懺悔がすむと、悪魔はサーヴァをめがけて襲いかかり、容赦なく彼を苦しめ出した。あるときは病人を壁に打ちつけたり、あるときは寝台から床に投げ落としたり、またあるときはいびきや泡で息をとめたりしたほか、さまざまな苦しみを与えて、彼を責めたてた。くだんの信仰あつい百人長と心正しいその妻は、突然悪魔が若者に襲いかかり、さんざん彼を苦しめるのを見て、ふかく心を痛め、胸の底からため息をつくのであったが、少しも彼を助けてやることはできなかった。悪魔は日ましにきびしく病人を責めたて、痛めつけるので、居合わす者たちは病人の苦しみようを見て大きな恐れをいだくようになった。

サーヴァにふりかかっている世の常ならぬできごとを見たこの家の主人は、この若者がその勇敢さをもってツァーリにまで知られていることをよく心得ていたので、このことをツァーリのお耳に入れようではないかと妻に相談した。彼らの身内にあたる女がツァーリの宮殿に仕えていた。それを思い出した百人長は、女房にすぐこの女のもとへ出かけ、くわしく事情を話して、即刻ツァーリに伝えてもらうよう言いつけた。

「もしこの若者がこんなひどい状態で死んでしまったら、なぜ前もってお知らせしなかったのかといって、おれたちはツァーリからお叱りをうけるだろうからな。」

百人長の妻はいそいで身内の女のもとへ走っていき、夫に命じられたとおりのことを、筋道をたててくわしく彼女に物語った。女はこれを聞くと若者に同情し、またそれ以上に、この出来事で自分の親戚が不幸な目にあわなければよいがと心配になった。そしてすぐさま家を出て宮殿におもむき、ツァーリの側近の顧問官たちにこのことを告げた。やがてこの知らせはツァーリ御自身の耳にまで達した。

ツァーリはこの知らせを聞くと、若者の身を憐れと思召され、毎日哨兵交替の行なわれるたびに、若者の寝ている百人長の家に二人ずつの歩哨を派遣するよう側近の顧問官たちに命令された。

「悪魔に苦しめられてわれを忘れ、火のなかや水のなかへ飛びこまぬよう、若者を一生懸命みとらせよ。」

また信仰あついツァーリは若者に毎日の食事を遣わされた。そして若者の容態がよくなり次第、すぐに自分に報告するよう命じられた。ツァーリの言いつけどおり事がはこばれた。しかし病人はそれからまだ長いあいだ悪魔に苦しめられていた。

さて七月の最初の日のこと、若者はいつになくはげしく悪魔から苦しめられた。ところがこの苦しみのあとしばらく寝入ると、若者は眠ったまま、まるでさめている者のように口をききはじめ、閉じたまぶたから涙をはらはらとこぼしながら、こう言った。

「おお、いとも御恵みふかき天の支配者、聖母さま。お許しください。もう決してうそは申しませぬ。約束どおりにいたします。」

彼を見守っている兵士や家の者たちは、病人の言葉を聞いてびっくりし、「何か夢でも見ているのだろう」と言い合った。

病人が眠りからさめるやいなや、百人長が近づいて彼にたずねた。

「サーヴァさん、あんたは夢のなかで涙をこぼしながらどうしてあんなことを言ったんです。それに相手はだれだったのですか。」

若者の頬にふたたび涙がながれ、彼はこう言った。

「わたしはきらきら輝く女の人が、真紅の衣を身にまとい、えも言われぬ光をあたりに放ちながらこの寝台に近づいてくるのを見ました。この方には二人の白髪の老人がお供をしていました。ひとりは大主教の衣をつけ、もうひとりは聖使徒の衣を着ていました。わたしは心のなかでこう思いました――女の人はほかならぬ聖母さまだ、老人のひとりは主の愛し子で神学者の使徒ヨハネだ、もうひとりは、わがモスクワのたゆみなき守護者、もろもろの主教のうちでも最も名高いピョートル大主教にちがいない、と。わたしはこの方々の聖像をよく存じているのです。そのうるわしい女の人はわたしにこう申されました。『サーヴァよ、そなたはどうしたのです。なぜそのようになやんでいるのですか。』わたしは答えました。『主よ、わたしはあなたの御子とわたしの神、それに全キリスト教徒の守り神であるあなたのお怒りにふれてなやんでいるのです。そのため悪魔めがわたしをはげしく苦しめております。』聖母さまはほほえみをうかべて、わたしに言われました。『それでそなたは今どう思っていますか。どうしたらこの苦しみからのがれ、地獄の証文を取りかえすことができるのですか。』わたしは言いました。『主よ、あなたの御子のお助けとあなたの全能の御慈悲がないかぎり、それはできません。』聖母さまはわたしに言われます。『それではそなたのためにわたしの御子と神に頼んであげよう。ただひとつ、わたしの言うことを実行なさい。もしもそなたをこの災から救ってあげたら、そなたは修道僧になりますね。』それでわたしは、あなた方の耳にされた誓いの言葉を、夢のなかで泣きながら口走ったのです。すると聖母さまはまたわたしにこう申されました。『お聞き、サーヴァよ。カザン寺院のわたしの聖像の祭の日が来たら、あの古物市の広場にあるわたしの寺に来なさい。そうすればわたしは皆の目のまえで、そなたに奇跡を示してあげましょう。』こう言われると聖母さまのお姿は見えなくなりました。」

百人長と歩哨の兵士たちは、サーヴァの言うことを聞いて奇異の念にうたれた。そして、まず宮廷の顧問官に伝えてそれからツァーリのお耳に入れてもらうため、例の身内の女を呼びにやった。女が百人長の家に来ると、彼らは病気の若者の夢を彼女に話して聞かせた。彼女はこれを聞くとすぐ宮殿に戻り、近侍の顧問官たちにこれを知らせた。彼らはサーヴァの見た不思議な夢をただちにツァーリに報告した。ツァーリはこれを聞いて非常に驚いた。人々は祭の日を待った。

カザンの聖母像の祭日にあたる七月八日になった。ツァーリは病気のサーヴァを教会まで運んでくるように命じられた。その日、聖母昇天教会から十字架の行列がもよおされた。ツァーリ御自身もその行列に加わっておられた。病気のサーヴァが運ばれてきて教会のそとの敷物の上におかれてから、礼拝がはじまった。

天使ケルビムの賛美歌がうたわれはじめたとき、突然空から雷のような声がひびきわたった。

「サーヴァよ、立ちなさい。何をぐずぐずしているのです。わたしの教会にはいって、すこやかな体になりなさい。二度と罪を犯してはなりませぬぞ。」

そのとき教会の丸天井から、サーヴァが悪魔に与えた背教の証文が、すべての人の見ているまえにひらひらと舞いおりた。それは今はまったく清らかで、その上にはかつて何も書かれたことがないかのようであった。この奇跡を目にしたツァーリはいたく驚かれた。病人のサーヴァは、あたかもいままで病気などしたことがない者のように、足早に教会に歩み入って、いと清き聖母の像の前に身をなげ、涙にむせびながら言った。

「おお、御恵みふかき主のおん母、おのが御子と神の前でわれらをとりなし、祈られる聖母よ。わたしを地獄の深みからお救いくださいい。わたしはすぐに約束を果たします。」

全ロシアの偉大なるツァーリ、ミハイル・フョードロヴィチ大公はこれを聞いてサーヴァを呼びよせ、夢で見たことをたずねられた。サーヴァは一部始終を物語り、証文を出してお見せした。ツァーリは神の御慈悲と言語に絶した奇跡に驚嘆された。

礼拝をすませてから、サーヴァは今までどこも悪くなかったように、百人長ヤコフ・シーロフの家へ歩いて帰った。百人長夫婦は若者の上に示された神の御慈悲を見て、神といと清き聖母に感謝をささげた。

その後、サーヴァは自分のもとにあった全財産を貧しい人々に分け与えてから、自らは天使長ミカエルの奇跡の修道院に入った。この修道院には聖なる僧正アレクセイ府主教の遺体が葬られており、いまはただ奇跡《チュードフ》修道院と呼ばれている。サーヴァは修道僧となり、おのが犯した罪の許しを絶えず主に祈りながら、精進と祈禱の生活をはじめた。この修道院で長寿をめぐまれたのち、彼は主のみもとに去り、聖者たちの住いである永遠の安らぎにはいった。全知全能の神に栄光と御力あれ、とこしえにかわらずに。アーメン。

ロシアの貴族フロール・スコベーエフの物語

一六八〇年のこと、ノヴゴロド州にフロール・スコベーエフという貴族がいた。おなじノヴゴロド州に、宮廷で大膳職を勤めるナルジン・ナシチョーキンの領地があって、娘のアンヌシカがそこに住んでいた。フロール・スコベーエフは大膳職の娘のことを聞いて、彼女の愛を得たいと考えるようになった。ただ、だれの手引があれば彼女に会えるかわからなかった。しかし、やがてその領地の管理人と知合いになることを思いつき、絶えず彼の家をたずねはじめた。あるときフロール・スコベーエフがその管理人の家にいると、ちょうどそこへナルジン・ナシチョーキンの娘の乳母が来合わせた。フロール・スコベーエフは、この乳母がいつもアンヌシカのそばで暮らしていることを知って、彼女が管理人の家を出て主人のアンヌシカのもとへ帰りかけたとき、そのあとを追い、二ルーブルの金を与えた。乳母は彼にこう言った。

「スコベーエフさん、あなたからこんなに御親切にしていただくいわれはありませんわ。

わたしはいままで何のお役に立ったこともございませんもの。」

それでもなおフロール・スコベーエフは乳母にその金を押し与え、何も言わずにその場を立ち去った。乳母は主人のアンヌシカのもとへ戻ったが、もらった金のことは何も話さなかった。フロール・スコベーエフは管理人の家にしばらくいてから、自分の家へ帰った。

嫁入り前の若い娘たちが楽しい遊びの夜会をもよおすクリスマスの祭りの週がやって来たとき、大膳職ナルジン・ナシチョーキンの娘のアンヌシカは乳母にむかって、自分の領地の近くに住むすべての貴族の家をまわって、もし若い娘がいたら、お遊びにお出でくださいと夜会に招いてくるように言いつけた。そこで乳母は出かけていって、すべての貴族の娘たちを主人のアンヌシカのところへ招待した。娘たちはひとり残らず彼女の招きをうけることを約束した。乳母はフロール・スコベーエフにも妹があることを知っていたので、彼の家をおとずれて、主人の夜会に出席してくれるように招いた。妹は乳母にこう答えた。

「しばらくお待ちくださいな。兄のところへ行って話してみます。もし兄が許してくれたら、うかがうことにいたしましょう。」

彼女はフロール・スコベーエフのもとへ来て言った。

「大膳職の娘のアンヌシカのところから乳母が来て、わたしを夜会に招いてくださっていますわ。」

フロール・スコベーエフは妹に言った。

「それでは、おまえひとりではなく、もうひとりの貴族の娘といっしょにお邪魔しますと乳母に言ってくれ。」

妹は、兄が何を言わせようとしているのか考えこんだが、兄の言いつけに逆らうわけにもいかないので、言われたとおり、もうひとりの貴族の娘といっしょに行くと答えた。乳母は主人のアンヌシカのもとへ帰っていった。そこでフロール・スコベーエフは妹にむかって言った。

「おまえはもう、お客に行くために着がえをしなければいけないよ。」

妹が娘らしい身支度をはじめたとき、フロールはまた言った。

「ねえ、おまえ。兄さんにも娘の衣装をもってきておくれ。わたしも着がえをして、おまえといっしょに大膳職の娘のアンヌシカのところへ行くのだから。」

妹はこれを聞いて、ひどく心を痛めた。もし兄の正体がばれたら、きっとひどい目にあうにきまっている、なにしろ大膳職のナシチョーキンはツァーリのおぼえのめでたい方なのだから——そう思ったのである。しかし兄の言いつけに逆らわず、娘の衣装をもってきた。そこでフロール・スコベーエフは娘の服を身につけると、妹といっしょにアンヌシカのところへ出かけていった。彼らが着いたときには、もう大勢の娘たちがアンヌシカの家に集まっていた。女の衣装をつけたフロール・スコベーエフも娘たちの仲間にはいったが、だれにも気づかれなかった。

娘たちはみんなでいろいろなことをしてあそびはじめ、長いあいださわいでいた。フロール・スコベーエフもずっと彼女らといっしょにあそんでいたが、やはりだれひとりとして彼に気づく者はなかった。しばらくしてフロール・スコベーエフは手洗いに行きたくなって、ひとりで出かけたが、このとき乳母は蠟燭をもって控の間に立っていた。フロールは手洗いから出ると、乳母にこう話しかけた。

「ねえ乳母や、わたしたち娘がこんなに集まっていろいろおまえの世話になっているのに、だれひとりおまえに何かお礼をあげようとしないのね。」

乳母は相手がフロール・スコベーエフとは気がつかなかった。そこで彼は五ルーブル出して乳母に与えた。乳母は無理やり押しつけられてようやくその金を受取った。フロール・スコベーエフは乳母がまだ自分に気がつかないでいるのを見て、彼女の前にひざまずき、自分が貴族のフロール・スコベーエフであること、女の着物をきてやって来たのはアンヌシカのためで、どうしても彼女の愛を得たいのだと打ち明けた。乳母は相手がまさしくフロール・スコベーエフであるのを知ると、びっくり仰天して、どうしてよいやらわからなかった。しかし彼から二度も大金をもらったことを思い出して、こう言った。

「けっこうですわ、スコベーエフさん。御恩返しに、お望みどおり事がはこぶよう、何でもお手伝いいたしましょう。」

彼女はそれから娘たちのあそんでいる部屋へ行ったが、このことはだまっていた。そして主人のアンヌシカにむかって言った。

「みなさんもうこの遊びはたくさんですわ。わたしたちが若いころやっていた別の遊びを教えてあげましょう。」

アンヌシカは乳母の言葉を素直に聞いて、こう言いだした。

「ねえ乳母や、わたしたちみんな、おまえの言うとおりにしてあそぶわ。」

乳母は娘たちにその遊びを説明した。

「アンヌシカ、あなたは花よめになるのです。」

それからフロール・スコベーエフを指さしながら言った。

「この娘さんは花むこにおなりなさいな。」

それから婚礼のときのように、二人を少しはなれた寝室に連れていった。娘たちは彼らをその部屋の前まで見送っていき、それからまたもとの部屋に戻ってあそびつづけた。乳母は娘たちに大声で歌をうたわせ、寝室から叫び声がおこっても聞こえないようにした。フロール・スコベーエフの妹は兄の身の上を心配して胸を痛め、きっとわるいことがおこるにちがいないと思っていた。

さて、フロール・スコベーエフはアンヌシカといっしょに横になりながら、自分が娘ではなく、ノヴゴロドの貴族フロール・スコベーエフであると打ち明けた。アンヌシカは何と答えてよいかわからず、生きた心地もしなかった。フロールは内心びくびくしないでもなかったが、しごく大胆にふるまって、力ずくで彼女の処女をうばった。そのあとでアンヌシカはフロールに、このことを他人にもらして、自分をはずかしめないようにたのんだ。

やがて乳母や娘たちが打ちそろって、二人が寝ている部屋へやって来た。アンヌシカは生まれてこのかた一度も味わったことのないはげしい苦しみのために、顔色を変えていた。しかし娘たちはまだフロール・スコベーエフの正体を見やぶることができなかった。アンヌシカもこのことをだれにも言わなかった。ただ乳母の手をとって別室に連れて行き、相手の心をためすように言った。

「おまえは何てひどい目にわたしをあわせたの。わたしといっしょにいたのは娘ではなくて、この町のフロール・スコベーエフという男だったのよ。」

乳母は答えた。

「お嬢さま、そんなこととは少しも知りませんでした。娘とばかり思っていたのでございます。しかしお嬢さま、あの男が乱暴をはたらいたのなら、ここには召使どもも大ぜいおりますので、すぐに取りこめてしまいましょう。」

アンヌシカはフロール・スコベーエフがかわいそうになった。それというのは、彼は寝室で一度いっしょに寝ただけで、たちまち彼女の心に恋心を吹きこんでしまったからである。そこで彼女は乳母に言った。

「ばあや、もう仕方がないわ。とりかえしはつかないのだから。」

娘たちはみな遊び部屋に戻った。女のなりをしたフロール・スコベーエフもそのなかにまじっていた。彼女らは夜おそくまであそんでいたが、やがてみんなやすむことになった。アンヌシカは「いっしょにねむるのにこの娘さんよりすてきな方はいままでなかったわ」と言って、フロール・スコベーエフといっしょに寝た。

二人は夜もすがら肉の喜びにひたっていた。アンヌシカの心にはすでに恋心がしのび入って、フロール・スコベーエフとはなれるのは堪えられぬほどであった。

翌朝になると、娘たちはみなアンヌシカの親切なもてなしに礼を述べて、自分の家へ帰っていった。フロール・スコベーエフも妹といっしょに帰ろうとした。しかしアンヌシカは、ほかの娘たちはみんな帰らせたが、フロールとその妹だけは自分のところに引きとめた。そしてフロール・スコベーエフは、召使たちに気どられぬよう女の着物をつけたまま、三日間アンヌシカの家にとどまり、彼女と楽しい時を過ごした。三日たってから、彼は妹と自分の家に帰った。アンヌシカはフロール・スコベーエフに十ルーブル金貨を数枚与えた。素寒貧のスコベーエフはこの金を手にしてから暮しもゆたかになって、ときには仲間の貴族たちと酒宴をもよおすようになった。

まもなくモスクワの大膳職ナルジン・ナシチョーキンがアンヌシカに手紙をよこし、おなじ大膳職の息子で年ごろの然るべき若者のだれかれと縁談がもちあがっているので、すぐにモスクワへ出てくるように言ってきた。アンヌシカは少しも気がすすまなかった。が、父の意志に逆らうわけにもいかず、モスクワへ出かけた。フロール・スコベーエフはアンヌシカがモスクワへ行ってしまったことを聞くと、狼狽して、途方に暮れた。貴族とはいっても、彼は貧乏貴族に過ぎず、他人の訴訟をたのまれてはしじゅうモスクワに出かけ、それで生計を立てている有様だったからである。やがて彼は、自分の持ちものである荒れ果てた土地を質に入れ、アンヌシカを妻に得るためにモスクワへ出る決心をし、それを実行にうつした。フロール・スコベーエフがモスクワにたつ準備をはじめると、彼の妹はいよいよ兄の身の上に災難がふりかかるにちがいないと思い、ひどく心配した。そこでフロールは別れを告げながらこう言った。

「妹よ、そんなに悲しまないでくれ。ひょっとしたらぼくは命をおとし、ぼくの人生は一巻の終りになるかもしれないが、アンヌシカから手をひくわけにはいかないのだ。首尾よく成功するか、死んで戻るか、二つにひとつだ。もしぼくの思いどおりに事がはこんだら、おまえをこのままにほってはおかない。しかし、もしも不幸なことがおこったら、ぼくの冥福を祈っておくれ。」

こうして別れを告げて、彼はモスクワへ出かけた。

モスクワに着くと、フロール・スコベーエフはナルジン・ナシチョーキンの邸宅の近くに部屋を借りた。そしてその翌日ミサに出かけて、教会のなかでアンヌシカの乳母を見つけた。礼拝がおわると、彼は教会を出て乳母を待ちうけた。乳母が教会から出てきたとき、彼は近よっていって挨拶をし、自分が来たことをアンヌシカに話してくれとたのんだ。乳母は、万事よろしくおはからいしましょうと約束した。そして家に帰ると、アンヌシカにフロール・スコベーエフのことを伝えた。アンヌシカは非常に喜んで、乳母に次の日もミサに行き、二十ルーブルの金をフロール・スコベーエフに渡すようにたのんだ。乳母はアンヌシカに言われたとおりにした。

大膳職ナルジン・ナシチョーキンには、剃髪してデーヴィチイ尼僧院にはいっている妹がいた。ある日大膳職は、妹のいる尼僧院へ散歩に出かけた。彼が尼僧院に着くと、妹は丁重に兄を迎えた。大膳職は長いあいだ妹のところに腰をおちつけていた。話の途中で妹は兄にこう言ってたのんだ。

「お兄さま、お願いがありますわ。どうか、かわいいアンヌシカをわたしのところへよこしてくださいまし。もうあの子には長いこと会っておりませんから。」

ナルジン・ナシチョーキンは娘をよこすことを約束した。すると妹はまた言った。

「でも、わたしのためにお手数をおかけするのは心苦しいし、お兄さまが約束をお忘れになられてもいけません。わたしが馬車を差しむけますから、たとえお兄さまが家にいらっしゃらなくとも、アンヌシカが出かけられるように言いつけておいてください。」

ナルジン・ナシチョーキンは妹の望みどおりにすると約束した。

しばらくしてナルジン・ナシチョーキンは妻といっしょに招かれて、どこかに出かけることになった。そこで娘にむかって言った。

「アンヌシカや、もし尼僧院の叔母さまが迎えの馬車をよこされたら、すぐに出かけて行きなさい。」

そして自分は妻とともに出ていった。

アンヌシカは乳母にむかい、大急ぎでフロール・スコベーエフのところへ行って、どこからでも馬車を手に入れ、自分の家へ乗りつけて、尼僧院のナルジン・ナシチョーキンの妹からアンヌシカを迎えに来たと言わせるようにたのんだ。乳母は彼をたずねていき、主人の言いつけを伝えた。

フロール・スコベーエフはこの伝言を受取ったが、さてどうしたものか、いったい、だれをどうだまして馬車を手に入れようかと途方に暮れた。身分の高い貴族はだれでも、彼が文なし貴族であるばかりか札つきの三百代言で、他人の公事の口ききをして暮しを立てていることを知っていたからである。このときフロール・スコベーエフの頭に、いつも自分に目をかけてくれている大膳職ロフチコフのことがうかんだ。そこですぐに彼のもとへ出かけていった。フロールが行くと、ロフチコフはいろいろ世間話をはじめた。しばらくしてフロール・スコベーエフは、未来の花よめとの見合いに行くから馬車を貸してほしいとたのんだ。ロフチコフは頼みを聞きいれて、馬車と御者を貸してくれた。そこでフロール・スコベーエフは自分の借家に戻って、御者にしたたか酒を飲ませ、自分が召使のお仕着せに着がえて御者台にすわり、大膳職ナルジン・ナシチョーキンの邸宅へアンヌシカを迎えに行った。

アンヌシカの乳母はフロール・スコベーエフがやって来たのを見ると、ほかの召使たちの見ている前でアンヌシカにむかい、修道院の叔母さまからお迎えがまいりましたと告げた。アンヌシカは着がえをして馬車に乗り、フロール・スコベーエフの借家へ行った。

ロフチコフの御者はもう目をさましていた。フロールは御者の酔いがさめてきているのを見て、また酔いつぶれるまで酒を飲ませ、馬車に押しこめて、自分が御者台に乗って、ロフチコフの邸へ行った。邸に着くと門をひらき、馬車を庭に乗り入れたまま、自分は家に帰った。ロフチコフの家の召使たちが庭に出てみると、馬が車につながれたまま立っており、御者は正体もなく酔いつぶれ、車のなかでねむりこけていた。だれが馬車を庭にひき入れたのか、ひとりも知らなかった。ロフチコフは車と馬をかたづけるように命じて言った。

「馬車ごとどこかへいっちまわなかっただけ、まだましだ。フロール・スコベーエフのやつからは、金をとろうにも金輪際とれっこないのだから。」

朝になってロフチコフが御者にむかって、フロール・スコベーエフとどこへ行ったか問いただすと、御者は次のように答えた。

「わっしのおぼえているのは、ただ部屋のなかにいたことだけなんで。あの方がどこへ出かけて何をされたかなんてことは、まるっきりわからねえでごぜえますだ。」

やがてナルジン・ナシチョーキンは招かれた先から帰り、娘のアンヌシカのことをたずねた。乳母は答えた。

「お妹さまが馬車をおよこしになりましたので、お言いつけどおり修道院にいらっしゃいました。」

ナルジン・ナシチョーキンは言った。

「それはけっこうなことじゃ。」

大膳職ナルジン・ナシチョーキンはそれから長いあいだ妹のもとをたずねないでいたが、娘のアンヌシカは尼僧院の妹のところにいるものとばかり思いこんでいた。しかしフロール・スコベーエフはこのときはもうアンヌシカと結婚していた。

しばらくしてナルジン・ナシチョーキンは尼僧院の妹のもとをおとずれ、長いこと話しこんでいたが、いつまでたっても娘の姿が見えないので妹にたずねた。

「アンヌシカはどうして見えないのじゃな。」

妹は答えた。

「お兄さま、ご冗談をおっしゃってはいけません。あの子をここへよこすようにおねがいしたのに、聞きとどけていただけなかったのですから、仕方がありませんわ。わたしを信用なさらないようでしたもの。こちらからはあの子を迎えにやるひまがなかったのです。」

「どうしておまえはそんなことを言うのじゃ。わしにはわけがわからん。娘はひと月も前にここへ来たはずで、しかもおまえから馬車を迎えによこしたではないか。わしはそのとき家内といっしょにほかへ招かれていたので、迎えが来たらここへ来るように言いつけておいたのだから。」

「お兄さま、わたしは一度も馬車など迎えにやったおぼえはありません。アンヌシカはこちらへは来ませんでしたわ。」

ナルジン・ナシチョーキンは杳《よう》として消息を絶ってしまった娘のことを思って悲嘆に暮れ、はげしく泣いた。そして家に帰るとアンヌシカが姿を消してしまって尼僧院にはいないことを妻に告げ、乳母に問いつめた。

「いったい、だれが迎えに来たのじゃ。娘はどこへ行ったのじゃ。」

乳母は答えた。

「馬車に乗った御者がやって来て、『デーヴィチイ尼僧院の叔母さまのところからアンヌシカさまをお迎えにうかがいました』と言ったのです。それで旦那さまのお言いつけにしたがって、アンヌシカお嬢さまは出かけられたのでございます。」

これを聞いて夫妻はなげき悲しみ、はげしく泣いた。そしてあくる朝になると、大膳職はツァーリのもとへおもむいて、娘がいなくなってその行方が知れません、と申し立てた。そこでツァーリは、もしも大膳職の娘をひそかにかくまっている者がいたら申し出るよう、自首せずに発見された場合には、犯人を死刑に処するであろうという布令を出すように命じた。

フロール・スコベーエフはこの布令を聞いて、どうしてよいかわからなかった。やがて思い立って、大膳職のロフチコフの家へ出かけた。ロフチコフはかねがね彼に親切であり、何くれとなく目をかけてくれていたからである。ロフチコフのところへ来るといろいろの話が出たが、そのあとでロフチコフはフロールに、結婚したかどうか、また花よめは金持かどうかたずねた。スコベーエフは答えた。

「いや、まだ金持かどうかというどころではないのです。これから先どうなるか、そのうちにわかるでしょう。」

「それでは、スコベーエフさん、まともな暮しを立てなされ。もう三百代言はやめたがいい。自分の領地へ帰って、まめに暮らすことじゃな。」

するとフロール・スコベーエフは、実はそのことで頼みがあるのですが、と切り出した。ロフチコフは彼に言った。

「わしにできることなら、力になって進ぜよう。しかしわしにできないからといって、恨んでもらっては困る。」

「ナルジン・ナシチョーキンの娘のアンヌシカはわたしのところにいるんです。わたしが結婚した相手というのはアンヌシカなんです。」

「それは自分のしたことだから、自分で責任をとることじゃ。」

するとフロールは彼に言った。

「もしあなたが取りなしてくださらないなら、あなたにも責任をとっていただきますよ。わたしに馬車を貸してくれたことをすっぱぬかなきゃならんでしょう。馬車を貸してくれなかったら、わたしもあんなことはできなかったのですから。」

ロフチコフはすっかりあわてて、彼に言った。

「きさまはまったく食わせ者じゃ。このわしをひどい目にあわせおって。仕方がない、できるだけ力になってやろう。」

それからフロールにむかって、翌日ウスペンスキイ教会に来るように言った。

「ナルジン・ナシチョーキンもあすミサに来るはずじゃ。ミサのあとで、わしたちはイワンの広場に集まっているから、そのときやって来て、彼の前にひざまずき、娘のことを話すがよい。わしもできるだけのことはしてやろう。」

あくる日、フロール・スコベーエフがウスペンスキイ教会のミサに出ると、ナルジン・ナシチョーキン、ロフチコフ、その他すべての大膳職がミサに列席していた。ミサが終ると、みなイワン雷帝の鐘楼の前の広場に集まって、めいめい必要なことを話し合うのが当時の習慣となっていた。ナルジン・ナシチョーキンはまだ娘のことで胸をいため、ロフチコフも彼に同情して、その娘のことをいっしょに語り合っていた。彼らが話をしているところへフロール・スコベーエフがやって来て、そこに並みいるすべての大膳職にむかって型どおりおじぎをした。彼らはみんなフロール・スコベーエフを知っていたのである。フロールはそれからほかの者には見向きもせず、ナルジン・ナシチョーキンの前に身を投げて、許しを乞うた。

「慈悲ぶかいお方、ツァーリの大膳職さま。なにとぞ、あなたの奴隷であるわたしめをお許しください。わたしは厚かましくもあなたに罪を犯してしまいました。」

ナルジン・ナシチョーキンはすでに老齢であり、その上視力もよわってはいたが、それでも男の姿を見分けることはできた。当時、老人たちはかぎのついた葦の杖をもつ習わしだったので、彼はこのかぎでフロール・スコベーエフを起こしながらたずねた。

「おまえはだれだ。名前を言え。わしにどんな用があるのじゃ。」

フロール・スコベーエフはただ、「わたしの罪をお許しください」と繰り返すだけだった。

このときロフチコフがナルジン・ナシチョーキンに近づいてこう言った。

「あんたの前にひざまずいてあやまっているのは、貴族のフロール・スコベーエフですわい。」

すると大膳職ナルジン・ナシチョーキンは叫んだ。

「立て、いかさま野郎め。わしはぺてん師でなまくら者のおまえを前からよく知っておるわい。また何か他人の中傷でもして、しくじりをやらかしたのじゃろう。言ってみろ。もしできることなら助けてやるし、だめならおまえの勝手にするがいい。わしは昔からおまえにまともな暮しをしろと言っておいたはずだ。さあ、おまえの犯した罪とは、いったい何だ。」

フロール・スコベーエフは彼の足もとから身を起こし、大膳職の娘のアンヌシカが自分のところに来ており、二人はもう結婚してしまった、と告白した。ナルジン・ナシチョーキンは娘のことを聞くとたちまち涙にむせび、意識を失った。やがてわずかに気をとりなおすと、こう言った。

「このいかさま野郎め。何をしおったというのだ。きさまは身のほどをわきまえておるのか。きさまの罪は許せぬわい。きさまごときのぺてん師が、わしの娘の亭主になるのじゃと。わしはこれから陛下のところへ行って、きさまからうけた侮辱を訴えて出るぞ。」

するとふたたびロフチコフが彼のそばに来て、これからすぐにツァーリの前に出ようとするのをひきとめて言った。

「まずは家にお帰りなされ。そしてこのことを奥方に知らせるのがよろしいでしょう。お二人で相談の上、善後策を講じられたらいかがです。できたことは仕方がありませんわい。このスコベーエフとて、あんたの怒りを恐れて、逃げかくれできるわけではありませんからな。」

ナルジン・ナシチョーキンはロフチコフの忠告にしたがって、ツァーリのところへ行くのはやめにして、馬車に乗ってわが家へ戻った。一方、フロール・スコベーエフは借家に帰って、アンヌシカに言った。

「アンヌシカ、わたしたちはこれからどうなるかわからないよ。わたしは今、おまえのことをお父上に話してきた。」

さて、ナルジン・ナシチョーキンは家に帰って部屋にはいると、はげしく泣きながらこう叫んだ。

「妻よ、何がおこったかわかるかな。とうとうアンヌシカの居場所がわかったぞ。」

彼女はたずねた。

「あなた、あの子は今どこにいるのです。」

「それがおまえ、泥棒でうそ吐きの三百代言フロール・スコベーエフめが、あの子と夫婦になってしまったのじゃ。」

彼女はこの言葉を聞くと、娘の身の上が心配になり、何といってよいやらわからなかった。二人は大声で泣きはじめ、心のなかで娘をののしりながらも、どう手をくだしてよいものか見当もつかなかった。やがて気をとりなおすと、娘を憐れみながら相談をはじめた。

「召使をやってあのいかさま野郎の居どころをさがさせ、娘がまだ生きているかどうか、たしかめなければなるまい。」

そして召使を呼んでこう命じた。

「これからすぐ出かけていって、フロール・スコベーエフの借家をさがしてこい。そしてアンヌシカがまだ生きているか、またどんな暮しをしているか、調べてきてくれ。」

召使はモスクワの町中フロール・スコベーエフの借家をさがしてあるき、長いあいだ歩きまわったすえに、ようやくさがしあてて、その家のなかへはいっていった。

フロール・スコベーエフは義理の父親のところから召使がたずねてきたことを知ると、妻に命じて寝台に横にならせ、さも病気であるようによそおわせた。アンヌシカは夫の言うとおりにした。使いの者は部屋にはいると、習わしにしたがっておじぎをした。フロール・スコベーエフはたずねた。

「おまえはだれかね。わたしにどんな用があるのだ。」

召使は自分が大膳職ナルジン・ナシチョーキンからの使いの者で、彼の娘の安否をたずねに来たと答えた。フロール・スコベーエフはこう言った。

「アンヌシカの容態はごらんのとおりだ。両親が怒りのあまり、かげでさんざん悪態をつかれたものだから、そのたたりでいまにも死んでしまいそうだ。たとえかげながらでもいいから、あれが生きているうちに、祝福を与えてくださるように伝えてくれ。」

召使は彼におじぎをして出ていった。そして主人のもとへ帰ると、次のように報告した。

「フロール・スコベーエフの借家を見つけました。でもアンヌシカさまは重い御病気で、たとえ人づてでもいいから、生きているうちに御両親さまの祝福をお受けになりたいとのことでございます。」

両親はいいようもなく娘があわれになった。そして「あの泥棒のぺてん師めをどうしてくれよう」とばかり言い合ったが、娘のことがそれよりもっと心配になった。ついに母親が言った。

「あなた、もうあのいかさま師に娘をくれてやりましょう。これも神さまの思召しです。二人のところへ聖像をもたせてやり、かげながらでも、祝福だけはしてやらなければなりませんわ。わたしたちの心がおさまったら、二人に会ってやりましょう。」

そして金と宝石で縁どった五百ルーブルもの価値がある聖像を壁からはずし、さきほどの召使にもたせてやることにし、この聖像に祈るよう二人に伝えさせた。そしてこうも命じた。

「ぺてん師で泥棒のフロールめに、この聖像をさっそく売りとばしたりしないように言っておけ。」

召使はこの聖像をもち、フロール・スコベーエフの借家へ出かけた。フロールはさっきとおなじ男がやってくるのを見て、妻に言った。

「アンヌシカや、起きていなさい。」

二人がいっしょにすわっていると、その部屋へ召使がはいってきて、フロール・スコベーエフに聖像を渡して、こう言った。

「信心ぶかい御両親があなた方に祝福を与えられました。」

フロール・スコベーエフはアンヌシカともどもその聖像にうやうやしく口づけし、部屋のなかのいちばんふさわしい場所にそれをおいた。それからフロールは召使に言った。

「両親の祝福の力は大したものだ――こちらはもともと両親を見捨てたわけではないのだが――神さまはアンヌシカに健康を返してくださった。おかげでもうすっかり元気になった。迷える娘をお捨てにならなかった御恩に感謝していると伝えてくれ。」

召使は主人のもとに帰り、聖像を渡してきたこと、アンヌシカが元気になって、彼ら二人が両親に感謝していることを報告して、自分の部屋へ引きさがった。

ナルジン・ナシチョーキンはツァーリの前へ出て言った。

「娘はノヴゴロドの貴族フロール・スコベーエフのもとにいることがわかりましたが、二人はすでに結婚しておりました。陛下の御慈悲をもちまして、スコベーエフめの罪をお許しください。」

そしてその一部始終をくわしく申し述べた。これを聞いてツァーリは言った。

「願いどおりにしてつかわそう。できたことは仕方あるまい。これからおまえはあの男のうしろだてとなり、わしも引き立ててつかわすほどに、彼が仲間の者に見捨てられぬようにしてやるがよい。おまえの老後の楽しみともなろうぞ。」

ナルジン・ナシチョーキンはツァーリに一礼してわが家へ帰った。そして妻といっしょに娘のことをあれこれ心配し、相談をはじめた。そして妻にむかってこう言った。

「ねえ、おまえ、どうしようか。あのぺてん師はアンヌシカをひどい目にあわせるにきまっている。あの泥棒めにどうしてあの子をやしなっていけよう。自分ひとりでも犬ころみたいにがつがつ飢えているのに。何か食べものを六頭ばかりの馬にのせて送ってやらねばなるまいな。」

妻は答えた。

「もちろん、あなた、そうしてやらなければなりませんわ。」

そこで彼らは食料に目録をそえて送ってやった。荷物が着くと、フロールは目録と照合もせずに、所定の場所におろさせ、両親の御恩に感謝していると伝えさせた。やがてフロール・スコベーエフの暮しはゆたかになり、いたるところに出かけて身分の高い人びとをたずねるようになった。世間の者はみなスコベーエフの機略と、その大胆なやり方に感嘆した。

ずっとあとになると、アンヌシカの両親の心も変わり、娘とおなじようにフロール・スコベーエフのことも気にかけるようになった。そこである日召使をやって、二人を食事に招くことにした。召使が来て、「きょう、あなた方が食事にお出でになられるよう御主人がお招きです」と伝えると、フロール・スコベーエフは答えた。

「いますぐ、ごきげんをうかがいにまいります、とお父上に伝えてくれ。」

フロール・スコベーエフは妻のアンヌシカといっしょに身支度をし、しゅうとの家へ出かけた。家に着くと、二人は部屋に通された。アンヌシカはすぐに両親の足もとに身を投げた。ナルジン・ナシチョーキンは娘が自分と妻に対して犯した罪を思い出し、親らしい怒りに燃えて、ののしったり、責めたりしはじめた。そして娘を見ながら、親の許しも得ずに馬鹿なことをしたものだと言ってひどく泣き、彼女の生涯を呪った。そして長いことくどいたり、叱ったりしたあとで娘の罪を許し、自分たちと食卓に着くように命じた。またフロール・スコベーエフにむかっては、こう言った。

「ぺてん師め、どうしてそんなところに突っ立っておるのじゃ。ここへ腰でもおろしたらどうだ。おまえはわしらの娘の亭主ではないか。」

フロールは答えた。

「父上、神さまの思召しでそうなったのです。」

そしてみな食卓に着いた。ナルジン・ナシチョーキンは召使たちに訪問客をいっさい家のなかに入れぬように命じ、「大膳職はただいま、むこ殿の泥棒のぺてん師フロール・スコベーエフとお食事中で、どなたにもお会いになれません」と言わせることにした。

食事がすむと大膳職はむこにたずねた。

「おまえはこれからさきどうやって生活していくつもりじゃ。」

「父上、わたしの商売は御存じのとおりです。わたしには公事訴訟の口ききをするよりほか収入のみちがありません。」

大膳職は言った。

「三百代言はよすがいい。わしにはシンビールスクに三百戸、ノヴゴロドに二百戸の百姓の住む領地がある。これを管理して、まともに暮らしていくのじゃ。」

フロール・スコベーエフは頭をさげて、妻といっしょに両親に礼を言った。そしてしばらく話をしてから、ふたりは借家に帰りかけた。しゅうとのナルジン・ナシチョーキンは、スコベーエフを呼びとめて、たずねた。

「おまえにはこれから村を管理していくための金があるのか。」

「父上、わたしが無一文のことは御存じのはずです。」

そこで大膳職は執事に命じて五百ルーブルの金を与えさせた。フロール・スコベーエフは別れを告げて、妻のアンヌシカとともに家に戻った。

それからのち、フロールは村々を管理して、しごく裕福な暮しをするようになった。そして、絶えずしゅうとの家をたずねていき、いつも敬意をもって迎えられた。三百代言はとうにやめてしまった。しばらくして、ナルジン・ナシチョーキンは非常な高齢に達し、天国で永遠の生命を得ることになり、自分の死後はフロール・スコベーエフを動産と不動産すべての相続人にするように定めた。その後まもなく、このしゅうとがなくなった。こうしてフロール・スコベーエフは大いなる名声と富のうちに残りの生涯を過ごし、自分のあとつぎを残して、この世を去ったのである。

訳注

各作品は独立しているので、全体を通じてみれば、同一の語に重複して注が附されている場合がある。

聖書からの引用は、かならずしも逐語的に正確ではなく、また典拠が異なるために、現行のものと一致しないことがある。聖書からの引用と思われるもので、出典がつきとめられないものもあった。

原初年代記（抄）

地名については地図I、ルーシ諸公の関係については別掲系図を参照のこと。

（1）大洪水　旧約聖書　創世記　七、八章　参照。
（2）チュージ人　ルーシ北部にひろがって住んでいたエストニア系の種族。以下、メーリャは同地方のフィン系種族。ムーロマはオカ河畔のモルドワ系種族。ヴェーシはベロオーゼロ地方のフィン系種族。モルドワも元来フィン系で、現在モスクワの東方に自治共和国を形づくっている。ペールミ、ペチョーラはともにフィン系種族、その子孫はロシア最北部にコーミ自治共和国を形成している。ヤーミもフィン系種族。ウグラーは現在西シベリアに住むヴォグル、オスチャク人の祖先。ジミゴラ、コールシ、レトゴラはいずれもバルト沿岸の諸種族。リーヴは西ドヴィナ河口に住んでいたレット人。リャフ人はポーランド人のこと。プルシア人はプロシアの原住民。ワリャーグはスカンジナヴィアのノルマン人。アングルはゲルマン系種族。ヴォロフはノルマンジーの住民、あるいはダキアのローマ人、あるいはケルト人とする説があるが、不明。
（3）連水陸路　大河による水路と水路を結ぶ陸上の道。ここではロヴァチ―ドヴィナ―ドニエプルを結ぶ連水陸路。
（4）塔　いわゆるバベルの塔。
（5）ウグル　現在のハンガリー。
（6）ブルガル　ブルガリア。本来のブルガル人はチュルク系。彼らの国はヴォルガ中流にもあった。
（7）ホザール　コーカサス、黒海北岸をひろく支配したチュルク系の遊牧民族。ハザールともいう。

地図Ⅰ　10-11 世紀のルーシ

太字は民族・種族名

------ オレーグ公治下（10 世紀初頭）のキーエフ国家

-·-·-·- ヤロスラーフ時代（11 世紀中頃）のキーエフ国家の版図

『原初年代記』関係略系図

左わきの数字は没年を示す

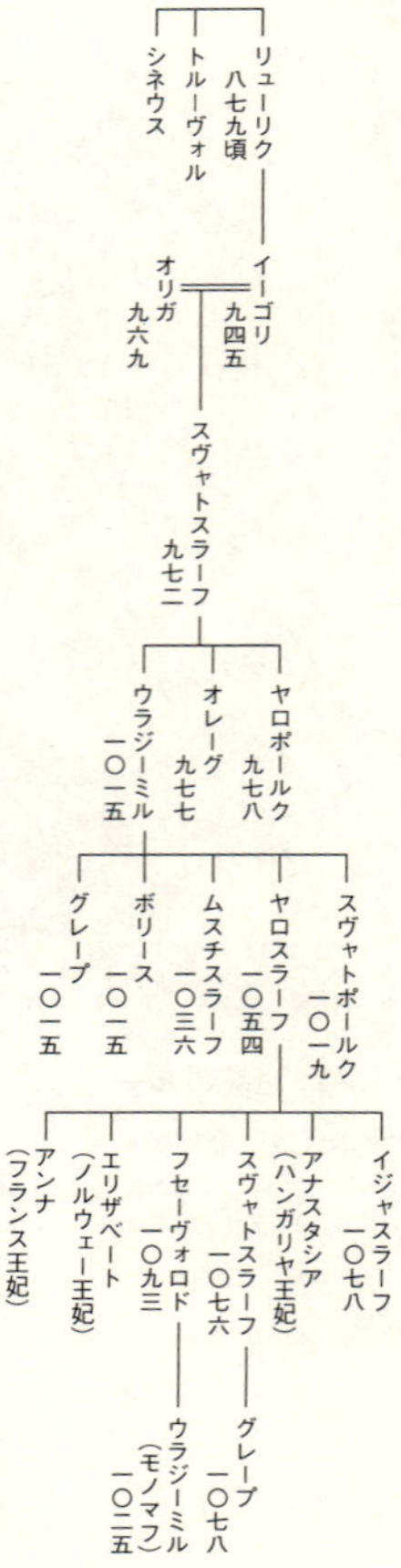

(8) 六三六八年　このように年だけ書かれていて、記載事項のないこともあった。

(9) ツァーリグラード　東ローマ帝国の首都コンスタンチノープルを指す。現在のイスタンブール。

(10) 金角湾を閉鎖し　金角湾はコンスタンチノープルに接する入江。首都に危険が迫ったときには、入口の二つの塔のあいだに鎖を張りわたし、湾を閉鎖した。

(11) 聖デメトリオス　キリスト教の殉教者のひとりで、とくにギリシアでは武人の守護聖人として尊崇された。

(12) グリヴナ　中世ロシアの貨幣単位。十―十一世紀には一グリヴナはほぼ銀五十グラムに相当した。

(13) ギリシアの皇帝レオンならびにアレクサンドロス　ビザンツの皇帝レオン六世とアレクサンドロスは八八六—九一二年、共同統治者であった。
(14) ペルーン　キリスト教以前のロシアの異教的な神々のなかの主神。雷・稲妻を司り、戦士たちの守護神としてあがめられた。
(15) スヴェネリド　リューリク公家に近い有力な貴族。本文後出。
(16) シチェリャーグ　貨幣単位。シリングと同根。
(17) ヤース族とカソーグ族　前者は現在のオセット人、後者はチェルケス人。ともにコーカサスからステップにわたって住んでいた。
(18) ペチェネーグ人　チュルク系の遊牧民。黒海北岸のステップを制圧し、十—十一世紀にはしばしばルーシに侵入した。
(19) …遺言していた　オリガはすでに(原初年代記によればコンスタンチノープルで)、キリスト教の洗礼を受けていたのである。
(20) 皇帝バシレイオスとコンスタンチノス　ビザンツの皇帝。前者は二世、後者は八世として知られる。この二人は九六三—一〇二五年、東ローマ帝国の共同統治者であった。
(21) 聖クリメント　九—十世紀のマケドニア系スラヴ人と信じられる聖者。
(22) カソーグ族　コーカサス地方のチェルケス族の古い呼び名。
(23) 旧約聖書　箴言　八章一二—一七節。

フェオドーシイ聖人伝(抄)

(1) 名を与えた　フェオドーシイはギリシア語で「神から与えられたる者」の意。

(2) クールスク　キーエフ・ロシアの東の辺境にあった。
(3) 十二年　二年となっているテクストもある。そのほうが正しいようである。
(4) マタイ伝　二六章二六節　ほか。
(5) マタイ伝　一〇章三七—三八節　ほか。
(6) マタイ伝　一一章二八—二九節　ほか。
(7) 別のテクスト（いわゆるカシアン本）によっておぎなう。
(8) 詩篇　二五章一八節。
(9) 詩篇　一四五章一八—一九節。
(10) 前出の修道僧ニーコンともうひとりの僧がキーエフから立ち去ることが、省略された部分で述べられているのである。
(11) マルコ伝　九章三五節。
(12) 詩篇　九二章一二節。
(13) マタイ伝　六章三一—三三節。
(14) ペチェルスキイの名は洞窟（古いロシア語でペチェラ）に由来している。
(15) マンチヤ　修道僧の着る長いマント。長袖で、通常頭巾がついている。
(16) スヒーマの位　修道僧の最高の位階。
(17) 四旬節　復活祭のまえの四十日間の精進期間。
(18) 柳の週　復活祭直前の週。
(19) マタイ伝　一〇章三七—三八節　ほか。
(20) マタイ伝　一〇章三九節。

（21）ペテロ後書　二章二二節。
（22）ルカ伝　九章六二節。
（23）詩篇　三四章一五節。

キーエフ・ペチェルスキイ修道院聖僧伝（抄）

（1）スヴャトスラーフ　ヤロスラーフ賢公の子のひとり。キーエフ大公（在位一〇七三―七六年）になるまえにチェルニーゴフを領したことがあり、その公統はとくにこの町と関係がふかかった。
（2）ワルラーム　キーエフの貴族イヨアンの子。アントーニイに次ぐペチェルスキイ修道院の僧院長。
（3）ロマ書　八章一八節。
（4）旧約聖書　列王紀略上　一九章一九節。
（5）聖フェオドーシイ　ペチェルスキイ修道院の三代目の僧院長。『フェオドーシイ聖人伝』参照。
（6）アントーニイ聖者　ペチェルスキイ修道院の創始者。『フェオドーシイ聖人伝』参照。
（7）天使の似姿になる　スヒーマ僧になることを意味する。
（8）ルカ伝　六章三七節。
（9）マタイ伝　五章四節。
（10）詩篇　一二六章五節。
（11）詩篇　三三章一―三節。
（12）シモンの書簡で述べられているように　シモンはこの聖僧伝の作者のひとり（解説参照）。この聖僧伝中の「ペチェルスキイ修道院開基縁起」（ここでは省略）にギリシアの聖像画師に関する記述が含まれている。
(13) 王門　教会の内部で、正面の祭壇に通ずる中央の門。
(14) 使徒行伝　二〇章三三―三四節。
(15) 詩篇　三二章五節。
(16) マタイ伝　六章二四節。
(17) マルコ伝　一一章二四節。
(18) 列王紀略下　五章　参照。
(19) 三体聖像　キリストを中心とし、聖母と洗礼者ヨハネをその左右に配した聖像。
(20) マタイ伝　五章一四―一五節。
(21) ウラジーミル公　ヤロスラーフ賢公の孫、フセーヴォロドの子、キーエフ大公（在位一一一三―一一二五年）。
(22) ポドール　ドニエプル川寄りのキーエフの下町。この火事は一一二四年のこと。
(23) 聖母昇天祭　八月十五日。

モノマフ公の庭訓

公については系図、また地名は地図Ⅱを参照のこと。

(1) ヤロスラーフ　系図3。キーエフ大公（在位一〇一九―五四年）で、賢公と綽名された。
(2) モノマコス一門の母　『庭訓』の作者ウラジーミルの母イレーネ（系図9）は、東ローマ帝国マケドニア王朝コンスタンチノス九世モノマコスの娘であった。ウラジーミルがモノマフと呼ばれたのはそのためである。

『モノマフ公の庭訓』関係系図

アラビア数字の番号は便宜上付したもの
＊印はキーエフ大公たりし者
左わき数字は没年を示す
太字ゴチは作者

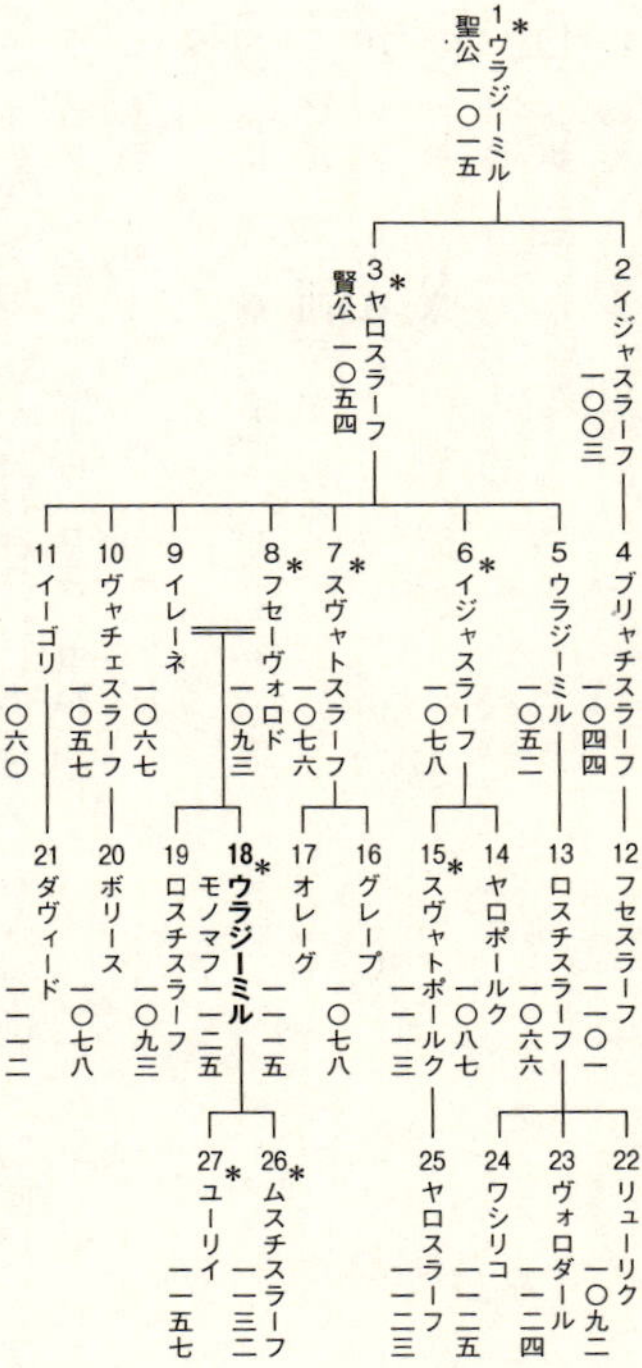

(3) 余命いくばくもなくなった今　原文では「橇に乗りながら」とある。中世ロシアの風習では、棺は橇で運ばれることになっていた。
(4) 予の兄弟たち　実際には従兄弟にあたるスヴャトポールク（系図15）とダヴィード（系図21）。
(5) ロスチスラーフの子ら　系図22―24。
(6) 詩篇　四三章五節。
(7) 同右。
(8) 詩篇　三七章一、九―一七、一九、二二―二七節。
(9) 詩篇　一二四章二―四節。
(10) 詩篇　五六章一―二節。
(11) 詩篇　五八章一〇―一一節。
(12) 詩篇　五九章一―三節。
(13) 詩篇　三〇章五節。
(14) 詩篇　六三章三―四節。
(15) 詩篇　六四章二節。
(16) 詩篇　三四章一節。
(17) バシレイオス　四世紀のカッパドキアの主教。初期のキリスト教会の教父として有名。
(18) イザヤ書　一章一八節。
(19) 詩篇　八章四節。
(20) スラヴ人の言伝えによれば、冬になると鳥は楽園に飛び去り、春の到来とともに彼らの国に飛来すると考えられていた。

(21)イジャスラーフ　系図6。作者の伯父。
(22)スヴャトスラーフ　系図7。作者の伯父。
(23)長男　ムスチスラーフのこと。系図26。一〇七六年に生まれた。
(24)グレープ　系図16。従兄弟にあたる。
(25)スヴャトポールク　系図15。従兄弟。
(26)ポーロヴェツ族　チュルク系遊牧民で、十一―十三世紀にしばしばロシアに侵入した。
(27)オレーグ　系図17。作者の従兄弟であるが、全ロシアの覇権をめぐって、生涯ウラジーミルと対立した。
(28)グリヴナ　中世ロシアの貨幣単位。
(29)イジャスラーフ　既出、系図6。
(30)ボリース　系図20。
(31)フセスラーフ　系図12。この時代の野心的な公・武将として知られる。
(32)ヤロポールク　系図14。
(33)聖母昇天祭　八月十五日。
(34)ロスチスラーフ　系図19。作者の弟。
(35)聖ボリースの日　七月二十四日。
(36)イトラリ　ポーロヴェツの汗、一〇九五年に殺された。
(37)ボニャーク　ポーロヴェツの汗。
(38)ダヴィード　系図21。作者の従兄弟。
(39)トルク人　チュルク系の遊牧民。

(40) ユーリイの母　ユーリイはウラジーミル・モノマフの子（系図27）。その母はモノマフの二度目の妻であった。
(41) アエパ　ポーロヴェツの汗のひとり。
(42) ヤロスラーヴェツ　系図25（ヤロスラーフ）。
(43) チェルニーゴフからキーエフまでの道程は約百五十キロである。

主僧アヴァクーム自伝（抄）

本文中〔　〕で示される部分は、底本としたテクストとは別系統の写本による。くわしくは作品解説参照。

(1) エピファーニイ老師　生年不明、はじめ白海のソロヴェツキイ修道院の僧。ニーコンの改革に反対して、一六六七年アヴァクームらとともにプストジョールスクに流された。アヴァクームの晩年の懺悔聴聞僧。八二年にやはりアヴァクームらとともに焚刑に処せられた。
(2) コリント前書　一三章一節。
(3) ニージェゴロド地方　ニージェゴロドはニージニイ・ノヴゴロド（現ゴーリキイ市）。グリゴロヴォ村はその東南に位置する小村。アヴァクームの生まれた年は一六二〇年あるいは二一年である。
(4) …追われることになった　追われるにいたった理由は不明である。
(5) …実現した　この結婚は一六三八年ごろ。アヴァクームは十七歳、アナスターシアは十四歳であった。なお、アナスターシアは一七一〇年に八十六歳で死んだ。
(6) 詩篇　一一六章三節。

（7）使徒行伝　八章二七―三八節。
（8）ツァーリ　ロマノフ王朝二代目のアレクセイ・ミハイロヴィチ（一六二九年生まれ、在位一六四五―七六年）。篤信をもって知られた。
（9）ドムラ　三ないし四絃のギター風の民族楽器。
（10）ニーコン　一六〇五―八一年。ロシア総主教（一六五二―六六年）。総主教就任直後に実施した教会改革がアヴァクームらの反対にあった。はじめアヴァクームとおなじく教会の気風刷新をめざした「純敬虔派」に属したので、「われわれの友」と呼ばれているのである。
（11）フィリップ府主教　一五〇七―六九年。モスクワの貴族の出身で、出家後まもなくソロヴェツキイ修道院長となり、六六年には全ロシアの府主教に選ばれた。イワン雷帝の政策に反対して修道院に監禁され、のちまたその命令によって絞殺された。
（12）十字架の間　総主教館内の礼拝堂兼接見の間。会議なども行なわれた。
（13）大斎期　復活祭前の精進期間。四旬節あるいは受難節ともいう。
（14）チュードフ修道院　モスクワのクレムリン内にあった。
（15）断髪せしめた　頭髪を剃りおとして僧服をはぎとることは破門を意味した。
（16）ノヴォスパス修道院　モスクワ市内にあった。
（17）シモン修道院　モスクワの東南の郊外にあった。
（18）アンドロニイ修道院　モスクワの東の町はずれ、クレムリンから約三キロにあった。
（19）聖ニケータスの日　九月十五日。この日にはクレムリン内のウスペンスキイ寺院からニケータス（ロシア名ニキータ）教会まで、十字架を先頭とする信者の行進が行なわれることになっていた。

(20) 妻や子供たちといっしょに　一六五三年九月十五日にシベリア庁に引き渡されたとき、アヴァクームには四人の子供がいた。長男イワン（九歳）、二男プロコーピイ（五歳）、三男コルニーリイ（生後八日）、長女アグラフェーナ（八歳）。シベリアへはほかに姪のマリーナや女中も同行した。

(21) ダウーリア　バイカル湖以東の地の古い呼称。

(22) アファナーシイ・パシコーフ　一六六四年没。軍人行政官。メゼーン、エニセイスクなどの知事を経て、五五年にダウーリア地方への遠征を指揮。冷酷さをもって知られた。

(23) 大ツングースカ川　現在のアンガラ川。

(24) 結婚させようとした　当時のシベリアでは男子に比べて女子の数がいちじるしく少なかった。

(25) ヨブ記参照。

(26) 使徒行伝　一四章二二節。

(27) ヘブル書　一二章五―八節。

(28) 聖フィリッポスの斎戒期　十一月十五日からはじまる。

(29) ある金持ちの門前で……なぐさめたように　ルカ伝　一六章一九―二一節。

(30) 人質　当局はシベリアの土民たちの離反を防ぐため、名門の子弟を人質に取っていた。

(31) 連水陸路　古くロシアまたシベリアにおいては主要な交通路は河川であって、分水界をこえるときにはいわゆる連水陸路を利用した。

(32) アブラハムが……住んだように　創世記　一三章一八節。

(33) これは当時としてはすこぶる高価であった。ちなみに下僕の年給はこのころ五ルーブルであった。

(34) エレミヤ記 九章一節。
(35) プード 重さの単位。一プードは約十六・四キロ。
(36) フント 重さの単位。一フントは約〇・四キロ。
(37) メゼーン アヴァクーム一家の第二の流刑地、後出。
(38) マタイ伝 二四章一三節。
(39) ロマノヴォねぎ ロマノヴォはヴォルガ上流地方の小都邑。その近在のねぎは美味で知られた。
(40) オームリ ロシア北部やシベリアに多い鮭の一種。
(41) 詩篇 一四四章四節。
(42) マタイ伝 二七章二四節。
(43) コリント前書 七章二七節。
(44) フョードル・ルチーシチェフ 一六二六—七三年。当時の最も有力な貴族のひとり。高い教養の持ち主で、ニーコン派と分離派の抗争にふかい関心をよせていた。
(45) ロジオーン・ストレーシネフ 一六八七年没。ツァーリの側近、有能な行政官、外交官。しばしばツァーリの意志をニーコンやアヴァクームに伝えた。
(46) 聖シメオンの日 九月一日。当時は九月をもって一年のはじめとしていた。
(47) フェオドーシア・プロコーピエヴナ・モローゾワ 一六七五年没。後出のエヴドキア(ウルーソワ、一六七五年没)とともに貴族プロコーピイ・ソコヴニーンの娘。前出のフョードル・ルチーシチェフの従姉妹にあたる。ツァーリの后とも親戚関係にあった。姉妹そろってアヴァクームらの分離派を熱烈に支持した。ともに七一年に逮捕されたが、いかなる迫害にあっても信念をまげず、モスクワの西南百五十キロのボーロフスクにある修道院の土牢のなかで死んだ。

(48) アンナ・ペトローヴナ・ミロスラーフスカヤ　一六六八年没。旧姓ポジャールスカヤ。名門の貴族で、アヴァクームらに好意をよせていた。

(49) マタイ伝　二七章二四節。

(50) 瘋癲行者　ロシア語でユロージヴィ。宗教狂人、痴愚の行者などと訳すこともある。常軌を超えた所行によってキリストへの献身をつらぬく者。

(51) メゼーン　白海にそそぐメゼーン川の河口にある小集落。北緯六六度。

(52) パフヌーチイ修道院　モスクワから百五十キロ西南のボーロフスクにあった。

(53) ニコラ修道院　モスクワの東南十五キロ、モスクワ川左岸にあった。

(54) イワン・ヴォロトゥィンスキイ公　一六七九年没。ツァーリと従兄弟の関係にあり、その側近のひとり。実際には分離派に対して同情的ではなかった。

(55) イワン・ホヴァンスキイ公　一六四五―一七〇一年。分離派に好意をよせていた貴族。ピョートル一世の在位中に獄死。

(56) イサイア　貴族のサルトゥィコフ家の執事。一六七〇年あるいは七一年に焚刑に処せられた。

(57) 全教会の総主教たちのまえにひき出された　東方教会の宗教会議は一六六六年十二月一日から開かれていた。この会議にはアンチオキアのマカリウス、アレクサンドリアのパイシオス両総主教が出席していた。この会議はニーコンを廃しモスクワ総主教としてあらたにヨアサフを立て、礼拝に関してはニーコン以前のやり方を呪詛した。アヴァクームの喚問は、一六六七年六月十七日。

(58) ポーランド人もローマとともにほろび　ポーランドがカトリック圏にはいっていることを意

味している。中世ロシアでは、ローマ・カトリックはギリシア正教会と分離することによってキリスト教の真の伝統から逸脱したと主張されていた。

(59) あなた方の正教も……不純なものに堕してしまった　オスマン・トルコによる一四五三年の東ローマ帝国の滅亡とその諸結果をさす。このような考え方から、「モスクワ＝第三ローマ」の思想が生まれてきたのである。

(60) メレチウス　四世紀のアンチオキアの総主教。

(61) テオドレトゥス　三八六？―四五七年。東方教会キュロスの主教、すぐれた神学者。

(62) ペテロ　十二世紀のダマスクスの修道僧。八世紀の殉教者とする説もある。

(63) マクシーム・グレーク　一五五六年没。グレークはギリシア人の意。はじめアトスの修道僧。イタリアに学び、一五一八年ロシアに招かれて死ぬまでとどまった。

(64) ツァーリ・イワン　イワン四世、いわゆる雷帝をさす。一五五一年に宗教会議が開かれ、「百カ条」規則が制定された。

(65) グーリイとワルソノーフィイ　前者は最初のカザン大主教、後者はその助力者。

(66) フィリップ　前出注（11）参照。

(67) わたしは潔白だ……落としているのだ　使徒行伝　一八章六節、ならびにルカ伝　九章五節参照。

(68) 聖書外典　集会書一六章一―二節　参照。

(69) イワン・ウヴァーロフ　総主教館の輔祭。ニーコンの腹心。

(70) ヘブル書　七章二六節。

(71) コリント前書　四章一〇節。

(72) ハレルヤについて……争論をはじめた　ニーコンはハレルヤを三度繰り返してとなえることを主張して分離派と対立していた。
(73) 最初に述べておいたような　ここでは省略したが、この『自伝』には「生い立ち」のまえに、ニーコンの改革に対する神学理論的見地からの反駁が含まれているのである。
(74) ディオニシウス・アレオパギータ　パウロによって回心したギリシア人で、アテナイ最初の司教といわれる（使徒行伝一七章三四節のデオヌシオ）。
(75) 雀ケ丘　モスクワの西南の丘、現在のレーニン丘。
(76) アンナスとカヤパ　キリストをさばいたユダヤの祭司長。
(77) アンデレ修道院　雀ケ丘のふもとにあった修道院。
(78) サーヴァ村　前出アンデレ修道院の近くにあった。現在はモスクワ市中。
(79) プストジョーリエ　プストジョールスク一帯の地の名称。プストジョールスクはバレンツ海にそそぐペチョラ川の河口に近い小集落、北緯六七度と六八度のあいだに位置し、ヨーロッパ・ロシアの最北端、ツンドラに属する。
(80) ピラト　キリストの処刑を許したローマ人のユダヤ総督。ここでは後出のイワン・エラーギンのこと。
(81) マタイ伝　二六章七五節。
(82) イワン・エラーギン　メゼーンの知事、ツァーリの親衛隊の副隊長などを経て、七〇年代初頭には分離派の処罰に一役買った。
(83) スヒーマ僧　修道僧のなかでも最も戒律のきびしい最高の位階。
(84) 使徒行伝　一二章六節。

(85) 雅歌　四章一―二節　参照。
(86) アヴラーミイ　俗名アファナーシイ。瘋癲行者のひとり。一六七二年モスクワで焚刑に処せられた。
(87) 詩篇　一一五章一節。
(88) コリント後書　十一章六節。

イーゴリ軍記

公については別掲系図を、地名については地図Ⅱを参照のこと。

(1) イーゴリ　系図34。この作品の中心人物。一一五一年に生まれ、七九年に南ロシアのノヴゴロド・セーヴェルスキイの公となる。八五年にステップのポーロヴェツ族に対して行なった遠征が『イーゴリ軍記』でうたわれているのである。九〇年にはチェルニーゴフ公になった。
(2) ボヤーン　十一―十二世紀に実在したと推定される詩人。この『軍記』のなかで非常な尊敬をもって語られている。
(3) ヤロスラーフ　系図3。キーエフ時代最盛時の大公で、賢明公と称された。『原初年代記』参照。
(4) カソーグ　コーカサス地方のチェルケス族の古い呼び名。
(5) レデジャ　カソーグ族の首領。
(6) ムスチスラーフ　系図4。トムトロカーン、チェルニーゴフなどの公。前出ヤロスラーフの弟で、勢威は拮抗していた。レデジャとの一騎討ちのことは『原初年代記』に見える。
(7) ロマーン　系図14。トムトロカーン公。

『イーゴリ軍記』関係系図

アラビア数字の番号は便宜上附したもの。年長の順とはかならずしも一致しない
＊印は大公の称号をもつもの　左わきの数字は没年を示す

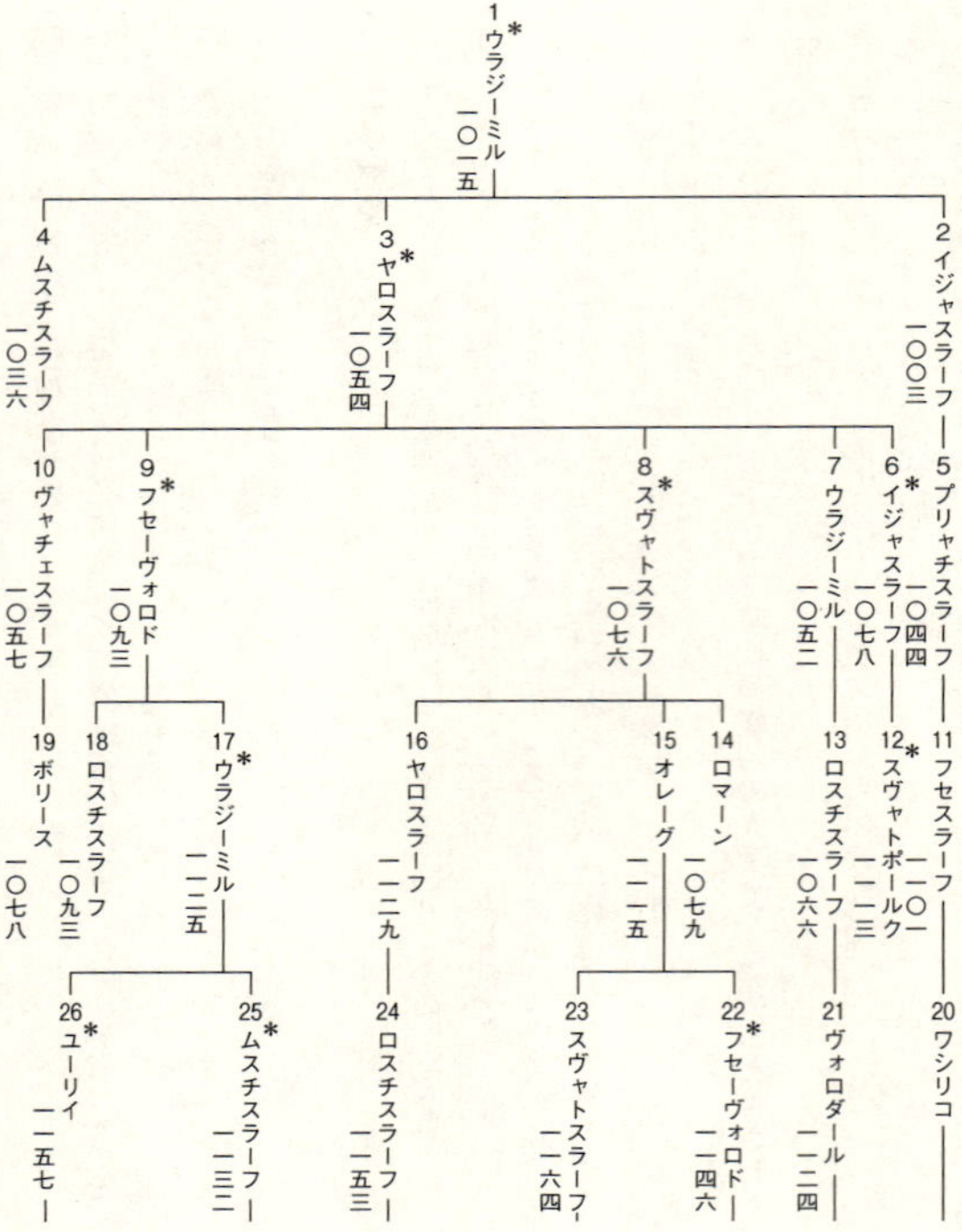

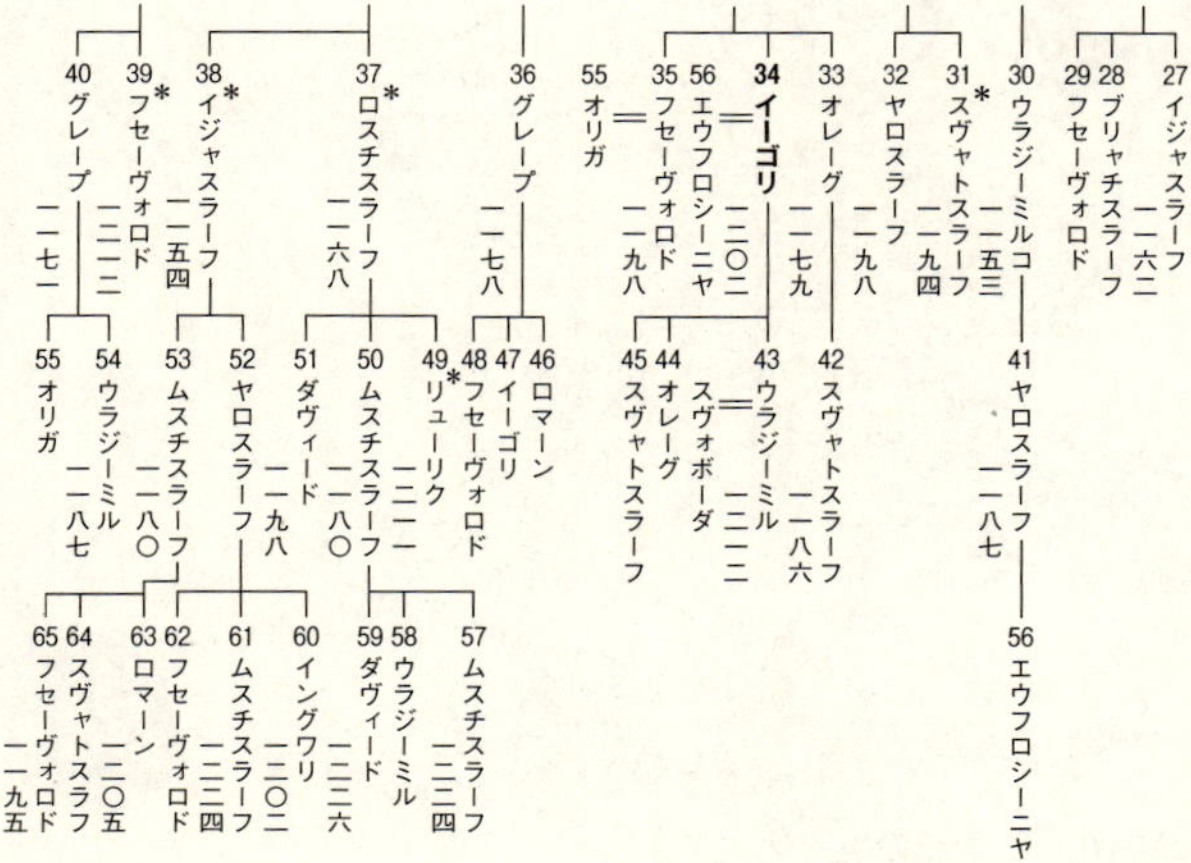
27 イジャスラーフ 一一六二
28 ブリャチスラーフ
29 フセーヴォロド
30 ウラジーミルコ 一一五三
31* スヴャトスラーフ 一一九四
32 ヤロスラーフ 一一九八
33 オレーグ 一一七九
34 イーゴリ 一二〇二
56 エウフロシーニヤ
35 フセーヴォロド 一一九八
55 オリガ
36 グレープ 一一七八
37* ロスチスラーフ 一一六八
38* イジャスラーフ 一一五四
39* フセーヴォロド 一二一二
40 グレープ 一一七一
41 ヤロスラーフ 一一八七
56 エウフロシーニヤ
42 スヴャトスラーフ 一一八六
43 ウラジーミル 一二一二
スヴォボーダ
44 オレーグ
45 スヴャトスラーフ
46 ロマーン
47 イーゴリ
48 フセーヴォロド
49* リューリク 一二一一
50 ムスチスラーフ 一一八〇
51 ダヴィード 一一九八
52 ヤロスラーフ
53 ムスチスラーフ 一一八〇
54 ウラジーミル 一一八七
55 オリガ
57 ムスチスラーフ 一二二四
58 ウラジーミル
59 ダヴィード 一二二六
60 イングワリ 一二〇二
61 ムスチスラーフ 一二二四
62 フセーヴォロド
63 ロマーン 一二〇五
64 スヴャトスラフ
65 フセーヴォロド 一一九五

地図II　12世紀のルーシ

(8)ウラジーミル　系図1。キリスト教をロシアの国教に定めた公。聖公と呼ばれる。

(9)ポーロヴェツ　トルコ系の遊牧民族。クマン人としても知られる。十一世紀の中頃から十三世紀の初めまで、ロシア南部のステップからしばしばロシア人の都市集落を襲った。

(10)ひろがる闇　一一八五年五月一日におこった日蝕をさす。キーエフ時間午後二時二十五分にはじまる部分蝕であった。

(11)トラヤヌス　一—二世紀のローマ皇帝とする説、スラヴの異教神とみる説などがある。またその「街道」についても、実在したと考える者と、大道の象徴的表現とみなす者とに分かれている。

(12)かの者の孫　だれをさすか一致した解釈はない。トラヤヌス、あるいはボヤーンの孫と考えて、『イーゴリ軍記』の作者その人を意味するとみる見方、「かの者」をオレーグ（系図15）と受取り、この部分を「オレーグの孫なるイーゴリの歌」とする解釈などがある。

(13)ヴェレース　古代ロシアの神話で牧畜・技芸の守り神。ボヤーンをその孫とするのは、むしろ比喩的な表現である。

(14)フセーヴォロド　系図35。トルプチェフスク公。兄イーゴリにしたがって一一八五年のポーロヴェツ遠征に参加した。

(15)ジーフ　古代ロシアの神話で鳥（とくに大みみずく）の姿であらわれる不吉な形象。

(16)トムトロカーン の守護神　アゾフ海に面したこの町には、古くから異教神の偶像が立てられていた。

(17)金曜　一一八五年五月十日。この日にイーゴリのロシア軍とポーロヴェツ勢の最初の衝突がおこった。

(18) オレーグ　系図15。作品の主人公イーゴリの祖父にあたる。トムトロカーン、チェルニーゴフの公。チェルニーゴフの公領をめぐり、兄弟や従兄弟の諸公と提携し、ときにはポーロヴェツの協力を得て、伯父にあたるイジャスラーフとフセーヴォロド、ならびに後者の子ウラジーミル・モノマフらとはげしく争った。

(19) グザーク　ポーロヴェツの汗のひとり。

(20) コンチャーク　グザークとならぶポーロヴェツの汗。

(21) 四つの太陽　この遠征に参加したロシアの四人の公、すなわち、イーゴリ、その弟フセーヴォロド、イーゴリの子プチーヴリ公ウラジーミル、およびイーゴリの甥ルィリスク公スヴャトスラーフをさす。

(22) ストリボーグ　古代ロシアの神話で風神。

(23) アヴァール　十世紀以前黒海北岸にいたチュルク系の種族。

(24) グレーボヴナ　系図55。ペレヤスラヴリ公グレーブの娘で、名はオリガ。

(25) トラヤヌスの御世　トラヤヌスについては前出。その「御世」とは、ロシアにキリスト教が確立する以前の異教時代一般をさすと考えられる。

(26) ヤロスラーフの時代　賢明公治下のキーエフ・ロシアの黄金時代を意味する。

(27) オレーグ　前出の注（18）参照。ここではロシア諸公のあいだに内紛をもたらした元兇としてえがかれている。

(28) ウラジーミル　系図17。チェルニーゴフ公、キーエフ大公。母方の祖父が東ローマ帝国皇帝コンスタンチノス・モノマコスであったので、モノマフと呼ばれた。十一世紀末から十二世紀初めにかけての最も傑出した公。オレーグの最大の敵手。『庭訓』の作者でもある。口承作品では、しばしばウラジーミル聖公（注8）と混同される。

(29) ボリース　系図19。従兄弟のオレーグとともに伯父のイジャスラーフ、フセーヴォロドと戦って戦死した。

(30) カーニナ　実在の川とする説と、はねがや草の誤記とみる見方がある。

(31) カヤーラ　本文中既出のアゾフ海にそそぐ実在の川とは地理的にへだたっている。前者とともに、「悲しみの川」を意味するとも説かれている。

(32) スヴャトポールク　系図12。キーエフ大公。その父イジャスラーフが注（29）のボリースらとの戦闘でたおれたのである。

(33) ウグル　ハンガリー。

(34) ダジボーグ　古代ロシアの神話で太陽神。その孫とはロシア民族を意味している。

(35) 仲人ども　ここではポーロヴェツ勢。戦闘を酒宴や婚礼にたとえることはロシアの口承文学の伝統的な手法のひとつ。

(36) 恥辱《オビーダ》　後出の「慟哭《カールナ》」、「哀泣《ジリャー》」などと同様に、抽象的概念や感情の擬人化。これもロシアの民間伝承の常套的手法である。

(37) トラヤヌスの地　ここではルーシの地と同意義に用いられている。

(38) スヴャトスラーフ　系図31。当時のキーエフ大公。イーゴリやフセーヴォロドとは従兄弟の関係にある。あたかも父子の間柄であるかのごとく語っているのは、このときスヴャトスラーフがいわゆる「オレーグの子ら」のなかで年長権をもっていたため。一一八四年にロシア諸公をひきいてポーロヴェツの地へ遠征し、勝利をおさめた。

(39) コビャーク　ポーロヴェツの汗。前出スヴャトスラーフ麾下のロシア勢に捕えられた。

(40) 大粒の真珠　ロシアの口承文学で真珠は涙の象徴であり、それが夢にあらわれることは不吉な前兆とされた。
(41) 梁から丸太が一本欠けている　中世ロシアの俗習では、人が死んだときには屋根の親梁あるいは棟木を取りのけてやることになっていた。そこから霊が出ていくと考えられたのである。
(42) プレセンスクの草原　キーエフの近郊にある。
(43) キサーニの森　やはりキーエフ近傍の地名とされる。この前後の文は作品中で最も難解なもののひとつで、「キサーニの森」の代りに、「橇」(中世ロシアでは遺骸は橇で運ばれることになっていた)、あるいは「蛇」を読みとるべきであるとする意見もある。
(44) 二羽の鷹　すぐ後にあらわれる「二つの太陽」とともに、イーゴリとフセーヴォロドをさす。
(45) オレーグとスヴャトスラーフ　後者は系図42。イーゴリの甥。前者はイーゴリの子のひとり(系図44)か。イーゴリの長子ウラジーミルの誤りではないかと考える者もある。
(46) フン　諸説があるが、ハンガリー人とする意見、あるいはロシア周辺の異教徒の総称ととる解釈、などが有力である。
(47) ゴートの乙女ら　当時アゾフ海の南岸にゴート人が住んでいた。
(48) ブース　四世紀のアント族の公ボオズとみる者、十一世紀のポーロヴェツの汗と解する者、などがある。
(49) シャルカーン　一一〇七年ロシア諸公の連合軍にやぶられたポーロヴェツの汗。前出コンチャークの祖父。
(50) ヤロスラーフ　系図32。チェルニーゴフ公。
(51) モグート……オーリベル　前出ヤロスラーフに仕えていたチュルク系諸民族出身の傭兵。

(52) 羽毛の抜け変った鷹　一人前に成熟した鷹を意味する。
(53) ウラジーミル　系図54。ペレヤスラヴリ公。
(54) グレープの子　前記ウラジーミルと同一人。
(55) フセーヴォロド大公　系図39。当時のロシアの東北部のウラジーミル・スーズダリ地方の大公。同時代の最も有力な公であった。
(56) ノガタ　中世ロシアの貨幣単位。一グリヴナの二十分の一。「ルーシ法典」で定められた奴隷の値段は女六グリヴナ、男五グリヴナであった。この一文の意味は、フセーヴォロド大公が出陣すれば、かならず敵をやぶって一度に大勢の奴隷ができるので、その値段が暴落する、ということ。
(57) レザナ　おなじく貨幣単位。一グリヴナの五十分の一。
(58) グレープの剛胆な子ら　系図46—48。彼らはリャザン地方の諸公でフセーヴォロド大公に従属していた。
(59) リューリクとダヴィード　系図49と51。前者は南ロシアで強大な勢力をほこり、イーゴリの従兄スヴャトスラーフの死後、しばらくキーエフの玉座に君臨する。後者のダヴィードはその弟で、スモレンスク公。
(60) ヤロスラーフ　系図41。ガリツィヤ公。その娘エウフロシーニアはイーゴリの妻。
(61) ウグルの山々　カルパチア山脈の異名。
(62) 重いいわおを投げかけながら　ヤロスラーフの軍勢が投石機を使用したという説と、遠征軍の派遣の比喩的表現とみる見方がある。
(63) サルタンに矢を射かけている　ガリツィヤの戦士が第三次十字軍に参加したことを意味する

と考える者もいるが、真偽のほどは不明。

(64) ロマーンとムスチスラーフ　前者は系図63。ウラジーミル・ヴォルィンスクの公。イーゴリの岳父ヤロスラーフの死後、ガリツィヤを領する。後者のムスチスラーフについては定説がない。しばしば系図61のペレソプニツ公にあてられる。

(65) ヤトヴャーグ、デレメーラ　リトワに属する種族とされる。

(66) イングワリ　系図60。ヴォルィニ地方の公。

(67) フセーヴォロド　系図62。同右。

(68) ムスチスラーフの子の三人兄弟　系図57―59、あるいは63―65の三人兄弟。後者の三人はイングワリ、フセーヴォロドと従兄弟の関係にあり、すべてヴォルィニ地方によっていたので、このようにまとめて呼びかけられた可能性がつよい。

(69) イジャスラーフ　系図27。ポーロックの公。

(70) フセスラーフ　系図11。ポーロックの公。絶えずヤロスラーフ賢明公（系図3）の子孫と争い、一時はキーエフの住民に擁立されて大公の座についたこともある。野心家として有名で、この作品からもわかるように、変身の術を用いると噂された。

(71) 草の上にたおれた寵臣は言った　この部分も難解で、さまざまな読み方がある。草の代りに寝台を読みとり、寵臣を女ととる注解者も少なくない。

(72) ヤロスラーフ　ポーロックの公のひとりとみる意見、あるいは「ヤロスラーフの」と読んで、次につづく「孫たち」にかけるべきであるという解釈などがある。後者をとれば、このヤロスラーフは賢明公（系図3）となる。

(73) トラヤヌスの第七の世　七という数は中世では物事のサイクルを意味したから（たとえば週

の七曜日、世界の七千年終焉説など)、ここでは異教的風習が残存していた最後の時代を意味するとみる見方が有力である。ドニエプル流域でローマの支配が終ってから七世紀目、と考える者もある。

(74)いとしの乙女の籤を引いた　いとしの乙女はキーエフをさす。フセスラーフが宿願としていたキーエフの玉座をねらって行動をおこしたことを意味する。

(75)ヤロスラーフの誉れ　ノヴゴロドの町は賢明公ヤロスラーフ(系図3)から種々の特権を保証されていた。

(76)ひろげられたのは首の束……体から魂をふるい落とす　戦闘を農作業にたとえる方法も、ロシア口承文学の伝統に属する。「骨をまく」、「血を灌ぐ」などの表現もおなじ。

(77)ホールス　古代ロシアの神話で太陽神。既出の注(34)のダジボーグとならべて言及されることがある。

(78)ウラジーミル　系図1の聖公、あるいは系図17のモノマフ公。

(79)リューリク　既出、系図49。

(80)ダヴィード　おなじく系図51。前出の兄リューリクとのあいだにポーロヴェツ遠征をめぐって確執があった。

(81)ドナウの岸辺に　中世ロシアの叙事詩では、ドナウは特定の川ではなく、大河一般をさして用いられていた。

(82)ヤロスラーヴナ　系図56。名をエウフロシーニヤといった。イーゴリの二度目の妻、ウラジーミルらの継母。

(83)オヴルール　イーゴリの脱出を助けたポーロヴェッツ人。

(84) ロスチスラーフ公　系図18。一〇九三年、二十二歳のときポーロヴェッツ軍と戦ってストゥグナ川で溺死した。
(85) 鷹の子　ここではイーゴリの子ウラジーミル。系図43。
(86) 美しい乙女　コンチャーク汗の娘。ウラジーミルはポーロヴェッツに囚われの身となっているあいだに彼女と結婚した。洗礼してスヴォボーダと名のった。
(87) ホディナ　ボヤーンとならぶ詩人か。ただしこの部分、ホディナの名をみとめない別の読み方もある。
(88) ピロゴシチャ　語義について定説がないが、この名をもつギリシア渡りの聖母の像が人々に尊崇されており、この像はキーエフの聖母教会に安置されていた。
(89) ボリチョーフの坂　ドニエプルの川岸からキーエフの町がある丘へのぼる坂のひとつ。

バツのリャザン襲撃の物語

(1) ニコラ　四世紀の小アジアの聖者。その生涯についての確実な史料はないが、奇跡をなす力があったと早くから信じられていた（サンタクロースは彼の名に由来する）。クリミア半島のコールスン（ヘルソネス）から一二二四年ニコラの聖像をリャザンに遷す物語が、この『リャザン襲撃の物語』といっしょに現在まで伝わっている。
(2) バツ　一二〇七—五五年没。チンギスハンの子ジュチの第二子。一二三七—四〇年にかけてルーシを席巻、ヴォルガ河口アストラハン近くのサライ・バトゥを首都とする金帳汗国（あるいはキプチャク汗国）を創始した。抜都とも書く。
(3) タタール　ロシアの年代記では最初モンゴル人をさしてタタールと呼んだが、やがて、西征したモンゴル人はチュルク系の住民と混血し、タタールは金帳汗国の住民一般の呼称になった。

(4) リャザン　オカ川の岸にあり、キーエフ・ルーシの東の辺境に位置した古い町。バツの破壊をうけてから衰微した。当時のリャザンは現在のスターラヤ・リャザンで、今のリャザン市とは異なる。

(5) 大公ユーリイ・インゴレヴィチ　年代記ではユーリイ・イゴレヴィチとして知られる（インゴリあるいはイングワリはイーゴリの別称）。この作品にあらわれるリャザン諸公の系譜上の関係は次のとおり。†印はバツ侵入のさいに死亡した者。

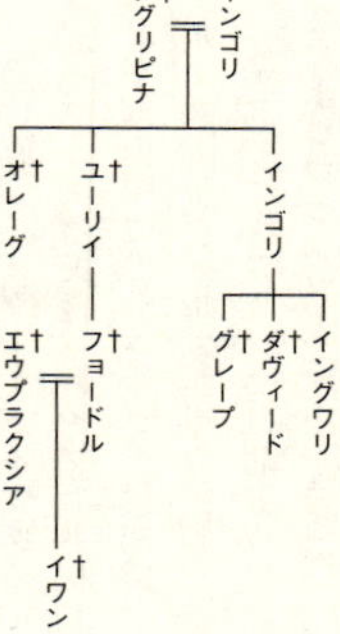

(6) ウラジーミル大公ゲオルギイ・フセーヴォロドヴィチ　キーエフ大公ウラジーミル・モノマフの血をひく当時の最も有力な公。一二三八年、つまりリャザン陥落の翌年にバツと戦い戦死。

(7) ボリースとグレープ　ともにウラジーミル聖公の子。一〇一五年、兄スヴャトポールクが差し向けた刺客によって殺された。ロシアで最初に公認されたキリスト教の聖者。

(8) ステパノ　キリスト教の最初の殉教者（使徒行伝六、七章参照）。

（9）ハガルの民とイシマエルの後裔　ハガル、イシマエルは旧約聖書中の人物（創世記参照）。ここではイスラム教を奉ずる東方の異教徒をさす。

ルーシの地の滅亡の物語

（1）ウグルの民……モルドワ人　当時ロシアのまわりに住んでいた諸民族。ウグル――ハンガリー、リャフ――ポーランド、チャフ――チェコ、ヤトヴャーグ――ブーグ、ネマン両河間のリトワ系民族、ネメツ――ドイツあるいはスウェーデン、カレリア――ネワ川、ラドガ、オネガ湖周辺のフィン系民族、トイマ――北ドヴィナの支流トイマ川流域のフィン系民族、ブルガル――ヴォルガ川中流のチュルク系民族、ブルタス――ブルガル人の南に住んでいたフィン系民族、チェルミス――ヴォルガ西岸の民族、モルドワ――おなじくヴォルガ西岸のフィン系の民族。

地名でウースチュグは北ドヴィナに沿った町、息づく海は北氷洋あるいは白海。

（2）ポーロヴェツ人は……ささげ　ポーロヴェツはドニエプルとドンのあいだの草原を遊牧していたチュルク系の民族。この部分は、「ポーロヴェツ人はロシアの公の名を口にしてゆりかごのなかのわが子をおどし」と読む意見もある。

（3）ヴャーダ人　ヴャトカ河畔のフィン系民族。

（4）ツァーリグラードのマヌエル帝　コンスタンチノープルの東ローマ帝国皇帝。コムネーノス王朝第三代（在位一一四三―八〇年）。

なお、ここにあらわれるロシア諸公の系譜上の関係は次のとおりである。（＊――　キーエフ大公、△――　ウラジーミル大公、左わきの数字は没年。）

ヤロスラーフ*……ウラジーミル*——ユーリイ*——フセーヴォロド△——ユーリイ△
一〇五四　（モノマフ）　一一五七　一二一二　一二三八
一一二五
└ヤロスラーフ△
一二四六

アレクサンドル・ネフスキイ伝

(1) アレクサンドル大公　一二二〇頃—六三年。はじめノヴゴロドの公、のちウラジーミル大公。一二四〇年ネヴァ河畔でスウェーデン軍を撃破して「ネフスキイ」(「ネヴァの公」) の名を得た。四二年にはチュード湖でのいわゆる「氷上の戦い」でリヴォニア・チュートン騎士団をやぶった。

(2) 箴言　八章二—三節。

(3) イザヤ書　一三章三節、箴言　八章一五—一六節　参照。

(4) ヨセフ　後出のサムソン、ソロモン、ダビデなどとともに、旧約聖書に登場する人物。創世記、士師記など参照。

(5) ヨタパタ　イスラエルの要塞。ローマ皇帝ウェスパシアヌスのユダヤ征服はヨセフスの『ユダヤ戦記』にくわしく述べられており、これは早くからスラヴ語に訳されていた。

(6) 「神のしもべ」と名乗るやから　リヴォニア・チュートン騎士団。自ら十字軍をもって任じていた。

(7) 南の国の女王　シバの女王。女王がソロモンをたずねる話は列王紀略上に見える。

(8) 北国の王　スウェーデン王エリック。なお、ローマ領域とはローマ・カトリックを信奉する地域をさす。

(9) 詩篇　三五章一―二節か。
(10) 詩篇　二〇章八―九節。
(11) カルケドンの宗教会議　四五一年に開かれた第四回宗教会議。
(12) キュリクスとユリタ　ユリタは三歳の幼児キュリクスの母、四世紀にアンチオキアでともに殉教の死をとげる。
(13) ボリースとグレープ　ともにキーエフ大公ウラジーミル聖公の子であったが、一〇一五年父の死の直後、権力抗争の犠牲になって、兄スヴャトポールクに殺された。ロシアではじめて聖者の列に加えられた。
(14) イジョラ　ネヴァ川の下流で南側の地域。
(15) ローマ人　ローマ・カトリックの信者の意。ここでは実際にはスウェーデン人。
(16) ヒゼキア王　列王紀略下　一九章三五節　参照。
(17) …三年目の冬　前述ネヴァ川の戦いは一二四〇年であり、これは四二年のはじめ。
(18) アマレクに対してモーゼを助け　出エジプト記　一七章一一―一六節。
(19) 曾祖父ヤロスラーフ　このヤロスラーフはいわゆる賢明公。アレクサンドルより六代まえの祖。前出ボリースとグレープを暗殺せしめた兄スヴャトポールクをたおして、自らキーエフ大公となった。
(20) 土曜日　一二四二年四月五日のこと。
(21) エリコにおいてヌンの子ヨシュアの名を高からしめた　ヨシュア記参照。
(22) 神の騎士　前出のリヴォニア・チュートン騎士団。
(23) マンナ　エホバがエジプトを逃れ去ったイスラエルの子らに与えた食物。出エジプト記　一

地図 III　14 世紀のルーシ

………… 1380 年前後のモスクワ大公国の版図

六章　参照。

(24) 強大な汗　バツ汗のこと（『バツのリャザン襲撃の物語』参照）。なお、東の国とはモンゴルをさすか。

(25) 父の死後　アレクサンドルの父ヤロスラーフは一二四六年の秋、モンゴル宮廷の内紛にからんでカラコルムで毒殺された。

(26) モアビト　ウラジーミル公国の周辺に住んでいたフィン系の種族か。旧約聖書にあらわれるモアブ人の名をかりて、タタール人を意味しているとも取れる。

(27) イザヤ書　一章一七、二三節、五六章一―二節。

(28) 大ローマの教皇　インノケンチウス四世。彼は何度かアレクサンドルに使者を送って、カトリックへの改宗をすすめ、また、モンゴルに対する軍事同盟を提案した。

(29) アンフィロキオス　イコニアの主教。

ザドンシチナ

地名については地図Ⅲを参照のこと。

(1) ドミートリイ・イワーノヴィチ大公　モスクワ大公。一三五〇年の生まれ、在位一三五九―八九年。この作品に述べられているように、一三八〇年クリコヴォの野でママイのひきいる金帳汗国の大軍をやぶった。このドン河畔での勝利を記念して「ドンスコーイ」の異名を得た。ルーシの他の諸公との系譜上の関係は次のとおり。

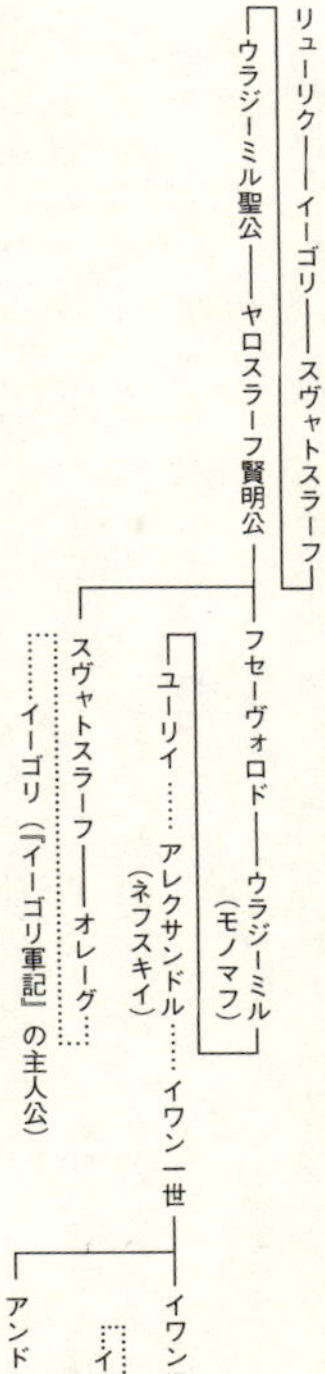

（2）ウラジーミル・アンドレーヴィチ公　モスクワに近いセールプホフの公、一三五三―一四一〇年。ドミートリイ・ドンスコーイの従兄弟にあたる。

（3）ソフォニア　この作品の作者（解説参照）。

（4）ミクーラ・ワシーリエヴィチ　モスクワの貴族。のちに述べられるように、クリコヴォの野の戦闘で戦死する。

（5）ママイ　十三世紀のバツ以来ヴォルガ下流に本拠をおき、ロシアを支配していた金帳汗国の万戸長。汗の女婿となって汗国の実質的な支配権をにぎるが、一三八〇年のロシア遠征に失敗して、この年のうちに黒海沿岸の町カーファで殺された。

（6）ザレーシエ　文字どおりには「森のかなたの地」を意味するが、モスクワを含むウラジーミル・スーズダリ地方の異称。

（7）ノアの子ヤペテ　旧約聖書にあらわれる人物。ロシア人を含むアーリア系の諸民族はヤペテの子孫であると考えられていた。『原初年代記』参照。

（8）フン　ここでは東方の異教徒一般、あるいはタタールと同一の意味で用いられている。

(9) タタール　金帳汗国の住民の呼称。この汗国の支配者はチンギスハンの血をひいていたが、その住民はチュルク系の諸民族であった。
(10) ノアの子セム　前出ヤペテの兄弟。アラブ人、ユダヤ人の祖とされる。ここではとくにイスラム教徒と関係づけられている。
(11) カヤーラの岸でヤペテの後裔を打ちやぶった　一一八五年ノヴゴロド・セーヴェルスキイ公イーゴリのひきいるロシア軍が、カヤーラ川のほとりで遊牧民ポーロヴェツに打ちやぶられたことをさす。『イーゴリ軍記』参照。
(12) カールカの戦いからママイの合戦にいたるまで　前者は一二二三年、ロシア諸公の連合軍がカールカ河畔の戦闘でモンゴルの西征軍に最初の敗北をこうむったことをさし、後者はこの作品であつかわれる一三八〇年の戦い。
(13) 聖なるキーエフ大公ウラジーミル　九六〇—一〇一五年。キリスト教を国教に定めたので聖公と呼ばれる。十三世紀の初めまでキーエフが全ルーシの政治的中心をなしていた。
(14) ボヤーン　十一、二世紀に実在したと推定される詩人。『イーゴリ軍記』でも言及されている。
(15) イーゴリ・リューリコヴィチ　八七八？—九四五年。
(16) ウラジーミル・スヴャトスラーヴィチ大公　前出。聖公のこと。
(17) ヤロスラーフ・ウラジーミロヴィチ大公　九八八—一〇五四年。賢公と呼ばれた。
(18) グースリ　ロシアで古くから用いられていた撥絃楽器。はじめ五—七絃。のちには十三—十四絃、あるいはそれ以上のものもあらわれた。
(19) ポーロヴェツの野　ポーロヴェツは十一—十三世紀にドナウ下流からヴォルガ下流にかけての黒海北岸の広大な平原で遊牧生活をいとなんでいたチュルク系民族で、のち金帳汗国に吸収された。「ポーロヴェツの野」は『イーゴリ軍記』にしばしばあらわれる言葉。

(20)民会　一種の直接民主制的な政治機関で、中世ロシアの諸都市に存在し、とりわけノヴゴロドのそれが有名であった。民会を召集するときには、ふつう鐘を鳴らした。

(21)オリゲルド　アルギルダスとも呼ばれる。リトワ大公（在位一三四五―七七年）。当時のリトワ領には現在のウクライナ、白ロシアも含まれていた。

(22)アンドレイ・オリゲルドヴィチ　前出オリゲルドの子で、はじめポーロツク公。父の没後、大公位をめぐって弟のヤゲロと争ってやぶれる。

(23)ドミートリイ・オリゲルドヴィチ　前出アンドレイの弟。はじめブリャンスクとトルプチェフスクの公。のちトルプチェフスクをドミートリイ・ドンスコーイにゆずって、ペレヤスラヴリ公となる。

(24)ドミートリイ・ヴォルィンスキイ　やはりリトワ領ヴォルィニ出身の公。ドンスコーイに仕え、その妹アンナと結婚していた。

(25)ゲジミン　リトワ大公国の初期の公のひとり（在位一三一五―三九年）。

(26)スコリジメール　リトワ大公で、オリゲルド一族の始祖とされるスキルムント。

(27)ソロモン王　古くウラジーミル聖公、あるいは同時代のリャザンのオレーグ公をさすなどの意見もあるが、文全体の意味は不明。『イーゴリ軍記』のなかの「おお、ルーシの地よ、汝はや丘のかなたにかくれてしまった」というリフレインが誤って伝えられたとする説が有力である。

(28)チェルケス　コーカサスの民族。

(29)ジーヴォ　古代ロシアの神話で鳥の姿をもってあらわれる不吉な形象。『イーゴリ軍記』のジーフにあたる。

(30) 鉄門　一般に大河が山峡などでせばまって自然の隘路をなしている個所をこう呼んだ。カスピ海西岸のデルベント、ドナウ中流のルーマニアとユーゴスラヴィアの国境の「鉄門」が有名。ここではそのどちらかをさしていると思われる。

(31) カーファ　クリミア半島の都市。現在のフェオドーシア。

(32) トゥィルノヴォ　バルカン半島の都市。一三九三年トルコ軍に占領されるまで、ブルガル王国の首都であった。

(33) ツァーリグラード　東ローマ帝国の首都コンスタンチノープル。

(34) フョードル・セミョーノヴィチ……ミハイロ・イワーノヴィチ　いずれも貴族。年代記あるいはその他の文書にも名が見える。本文中のちにその妻が言及されるチモフェイ・ヴォルーエヴィチはウラジーミルの町の軍兵を指揮した武将、アッドレイ・セルキーゾヴィチはペレヤスラヴリ軍の司令官。

(35) 修道僧ペレスヴェート　もとブリャンスクの貴族で、モスクワの北にあるトロイツェ・セルギエフ修道院の僧となっていたが、ドミートリイ大公の軍勢に加わって出征した。クリコヴォの野でママイ方の勇士との一騎討ちで相手を殺し、自分もたおれる話が伝わっている。

(36) オスリャービャ　もとリュブックの貴族。やはりトロイツェ・セルギエフ修道院の僧であった。

(37) 入江　アゾフ海の沿岸地方。

(38) 歓喜　抽象的観念の擬人化。『イーゴリ軍記』にもおなじ表現がみえる。

(39) イタリア人たち　カーファの町は十四世紀以来、イタリアのジェノアの町の植民地であった。

(40) バツ汗　抜都汗。金帳汗国の始祖。『リャザン襲撃の物語』参照。

作品解説

原初年代記

ロシア史の最も古い時期を扱った年代記であるので、このように呼ばれる。原文には「これはルーシの国がどこから出たか、だれが最初にキーエフに君臨したか、そしていかにルーシの国が興ったかについての、過ぎし年月の物語である」という長い題がついている。そこでこれをつづめて、「過ぎし年月の物語」と呼ぶこともある。『原初年代記』だけを収めた独立の写本は知られず、つねに十二世紀以降の年代記の冒頭に掲げられて伝わってきた。最古最善の写本は、スーズダリの僧ラヴレンチイによって一三七七年に書かれた北ロシアを中心とする年代記に含まれているもの。それについで、十五世紀の二〇年代に書かれ、コストロマーのイパーチイ修道院に保管されていた南ロシア系の年代記の巻頭に収められているものが古く、かつ価値が高い。

一般にロシアの年代記はその内容が多種多様であって、編年体の記述のなかに外交文書・書簡・独立した物語・聖者伝などを含んでいる。とりわけ『原初年代記』においてこの特徴はいちじるしく、作者の目撃した事件の記録や関係者からの聞き書のほか、古くから口承で伝わるスラヴやスカンジナヴィアの伝説や昔話、ギリシアの年代記（主としてゲオルギオス・ハマルトロスのもの）、新旧の聖書、ビザンツの聖者たちの伝記などをしばしば引用している。ここに訳出した章（〔 〕で示した章名自体は訳者が便宜上付したもの）のうち、最初の「スラヴ人の起源」から「スヴャトスラーフ公の生涯」までは、幾世代かにわたる口伝えの説話にもとづくもの、「ウラジーミル公の改宗」から「ムスチスラーフ公とレデジャの一騎討ち」までは比較的新しく発生した宗教説話と軍記物語、「ヤロスラーフ公の事績」と「妖術師退治」は同時代人の回想と記録によっている。また八五二年（原文では六三六〇年。これは聖書にもとづいてアダムを起点としたギリシア風の年代の数え方）以前の記事には、何年のこと、という指示がない。

『原初年代記』が現在知られる形をとるにいたった経緯については、まだはっきりしないところもあるが、ほぼ次のような複雑な段階を経て成立したと考えられている。まず、一〇三七年にキーエフに府主教座がもうけられたときにはじめて年代記の最初の原型がつくられ、つづいて一〇五〇年にノヴゴロドでそれが増補され、その後キーエフのペチェルスキイ修道院で一〇七三年と一〇九五年の二度にわたってまとめられた記事が追加され、ついに一一一三年にいたって、やはりペチェルスキイ修道院の有名な学僧ネストルによって十二世紀初頭に及ぶ記録が加えられて、『過ぎし年月の物語』の表題のもとに、ある種のまとまりをもつ年代記が出来上がったのである、と。ネストルはロシア最初の聖者であるボリース公とグレープ公の殉教の物語や、次の『フェオドーシイ聖人伝』の作者でもあるし、この時代の他の文献で「年代記作者」と呼ばれているので、『原初年代記』の成立にかなりの貢献をしていることは疑問の余地がない。（十八―十九世紀には、この年代記はネストル個人の筆になると信じられていた。今でもこれを「ネストルの年代記」と呼ぶことがある。）もっとも、『過ぎし年月の物語』はネストルが編纂したままの姿では後世に残らず、一一一六年にキーエフ郊外のヴィドゥビツキイ修道院の僧院長シリヴェストルが幾分手を加えたものと、一一一八年にペチェルスキイ修道院でもう一度部分的に改訂されたものの二つの系統の写本が伝わり、前者はラヴレンチイ年代記、後者はイパーチイ年代記に収録されているのである。ネストル以後に追補された資料は、一一一三年にキーエフ大公となったウラジーミル・モノマフに関するもので、このことからも、年代記の編纂事業が時の権力者と密接に結びついていたことがわかる。

文学的には、十世紀までの前半に含まれる口承説話が興味ぶかく、プーシキンをはじめとする多くの近代ロシアの作家たちが、ここに題材を求めて作品を書いている。作者と同時代の諸事件を記録した十一世紀の部分には、キリスト教の立場からの宗教的情熱が前面にあらわれている。

本書に収めた翻訳は抄訳であって、分量から言えば、全体の約七分の一である。底本にしたのは、ラヴレンチイ本『原初年代記』の次の校訂本である。

В. П. Адрианова-Перетц (ред.) « Повесть временных лет » М.-Л., 1950, ч. 1, Текст и перевод. Подготовка текста Д. С. Лихачева.

『原初年代記』にはすでに次のような邦訳がある。除村吉太郎《よけむらよしたろう》氏『ロシヤ年代記』、弘文堂書房、昭和十八年（ここには『原初年代記』のほか『キーエフ年代記』と『ガリツィヤ・ヴォルイニ年代記』の翻訳も収められている。ただし、いずれも抄訳）。この『原初年代記』の翻訳はのち、『世界文学全集古典篇　第二十七巻　ロシヤ古典篇』河出書房、昭和二十九年（以下これを『河出版ロシヤ古典篇』と略称する）、ならびに『ロシア文学全集　第三十五巻　古典文学集』修道社、昭和三十四年（これはのちに平凡社からも出版された。以下これを『修道社版古典文学集』と略称）にも再録された。木崎良平氏「原初年代記考」第一篇、『鹿児島大学文理学部文科報告第九号史学篇』第六集、昭和三十五年—同第九集、昭和三十八年。日本古代ロシア研究会訳「原初年代記（訳註）」、『古代ロシア研究』第一号、昭和三十七年—同第九号、昭和四十三年（未完）。

フェオドーシイ聖人伝

キーエフ時代の典型的な聖者伝。作者は『原初年代記』の編纂で有名な修道僧ネストル。

フェオドーシイ（？—一〇七四年）はきびしい禁欲と絶対的な自己卑下を実生活のなか

で実践することにより、ロシア的キリスト教精神の基をきずいた人物である。青年時代にキーエフ・ペチェルスキイ修道院の創始者アントーニイのもとで薫陶を受け、ワルラームについで第三代目の僧院長となり、この修道院の発展に力を尽した。僧団が洞窟内の僧庵から地上に出たこと、はじめ木造の、ついで石造りの聖母教会を建立したこと、ビザンツのストゥディオン修道院の規則を採用してロシアの修道生活の規範をつくったこと、などはすべてフェオドーシイの発意によるものである。十一世紀の後半から十二、三世紀にかけて、この修道院は全ロシアの宗教と文化の中心地の観を呈した。各地の主教に任命されるのは、ほとんどここで修行した僧たちであった。没後三十四年目にあたる一一〇八年に、フェオドーシイは聖者の列に加えられ、その直後にネストルがこの伝記を執筆したものらしい。ネストル自身がこの修道院にはいったとき、すでにフェオドーシイはこの世を去っていたので、聖人伝の資料になったのは、当時すでに修道院のなかでなかば伝説となっていたであろうフェオドーシイについての追憶である。ある特定の人物からの聞き書であると、作者がことわっている部分もある。伝記の枠組の点では、このころすでにスラヴ訳のあったビザンツの大アントニウスや聖サバスの聖者伝を範にしているといわれる。

『フェオドーシイ聖人伝』は早くからひろく読まれ、最古の写本は十二世紀から伝わっている。十三世紀には『キーエフ・ペチェルスキイ修道院聖僧伝』のなかに収められた。本書の翻訳は全体の約三分の一にあたる部分訳で、底本は十二世紀の写本にもとづく次のテクストである。
O. Бодянский, Житие Феодосия, игумена Печерьского, сьписание Нестора. « Чтения в императорском Обществе истории и древностей Российских прѝ Московском университете », M., 1858, кн. 3.
なお、ネストルは『フェオドーシイ聖人伝』より前に、ロシア最初の聖者の伝記『祝福された殉教者ボリースとグレープの生涯と殺害についての講話』を書いている。おなじ二人の聖者の作者不詳の伝記の翻訳として、福岡星児氏「ボリースとグレープの物語（訳及び解説）」、『スラヴ研究』第三号、昭和三十四年、がある。またキーエフ時代の聖職者の著述の翻訳として次のものがある。木村彰一氏「修道院長ダニイール『聖地巡礼記』より」、『河出版ロシヤ古典篇』昭和二十九年。

キーエフ・ペチェルスキイ修道院聖僧伝

ペチェルスキイ修道院の歴代の特色ある僧たちの伝記あるいは逸話を集めたもの。この列伝の中心をなしているのは、ウラジーミルの主教シモン（一二二六年没）とペチェルスキイ修道院の僧ポリカルプが取り交わした書簡である。非凡な文才と博識をもって知られたポリカルプは、ある有力な公妃の庇護のもとに、主教の職につくことを望み、かつてペチェルスキイの修道士であったシモンに斡旋を依頼した。シモンはポリカルプの手紙を読んで、「兄弟よ、口をとざし、よくよく考えて、おのれに問うがよい。愚かなる者よ、汝は主のおんために、この世と生みの親たちをすてたのではなかったか……」ではじまる返事を与えて、彼をいましめた。それとともに、ペチェルスキイ修道院の聖母教会の開基由来と、この修道院で修行した名僧奇僧たちについての短い物語を九篇ほど書いて、ポリカルプに送った。ポリカルプは自らのあさはかさを悔い、今度はペチェルスキイ修道院の僧院長アキンジンにあてた書簡の形で、やはり先輩にあたる僧たちにまつわる十一篇の逸話を書き加えた。その後十三世紀の中頃になって、『原初年代記』一〇七四年の項に含まれるペチェルスキイの初期の修道士たちの物語と、ネストル作の『フェオドーシイ聖人伝』が追加されて、今日知られるような『聖僧伝』が出来上がったのである。本書に収めた物語は、最初の三話がシモンの作、残りの二話がポリカルプのものである。

シモンとポリカルプの二人は、おそらくこの有名な修道院に伝わるかずかずの伝説のなかから、とくに印象ぶかいものを選んで、この『聖僧伝』の中心部分を編んだものにちがいない。列伝の形式は、ビザンツの『シナイ教父伝』や『エルサレム教父伝』のスラヴ訳によって、キーエフ・ルーシに伝えられていた。シモンとポリカルプの物語は、語り口の朴訥さという点ではネストルの『フェオドーシイ聖人伝』をしのぎ、まして「言葉の編み細工」と呼ばれた十四世紀以後の聖者伝とは全く趣きを異にしている。これが「素朴さと想像力の魅力」をもってプーシキンをひきつけたのも、ゆえなきことではない。

この作品の最古の写本としては十五世紀からのものが残っている。十五世紀にトヴェーリの主教アルセーニイが編纂したものがアルセーニイ本、そののちまもなくペチェルスキイ修道院のカシアンが改訂したものがカシアン本として知られる。ここで用いた底本はカシアン本にもとづく次のテクストである。

Д. Абрамович, « Киево-печерський патерик » (« Пам'ятки мови та письменства давньої України », т. IV), Киев, 1930.

モノマフ公の庭訓

キーエフ大公ウラジーミル・モノマフ（一〇五三―一一二五年）がその子供たちに与えた教訓。前半は聖書からの抜萃、後半は自らの生涯についての簡潔な記録から成り、全体を通じて、君主として人間としていかに生くべきかを教えている。モノマフの祖父ヤロスラーフ、父フセーヴォロドはともにキーエフの大公の位についたことがあり、母はビザンツの皇帝コンスタンチノス・モノマコス（モノマコスは「一騎討ちで戦う者」を意味する）の娘であった。彼がモノマフという異名で知られるのはこのためである。若いころから勇武と智略をもって名高く、しばしば草原の遊牧民ポーロヴェツ族と戦って勝利を収め、一一一三年にはキーエフ大公となった。その治世には諸公のあいだの内訌もやみ、大公の権威も回復して、キーエフ・ルーシ中興の明君とあおがれた。

この『庭訓』はラヴレンチイ系『原初年代記』一〇九六年の項に、単に「教訓」と題して収められているが、執筆されたのはそれより遅く、十一世紀のごく末から没年の一一二五年までのあいだと考えられている。年代記ではこのあとに、従兄弟にあたるオレーグ公（『イーゴリ軍記』で「悲しみの子《ゴリスラーヴィチ》」と呼ばれている公）にあてたモノマフの書簡がつづいている。書簡の内容はオレーグに講和を求めたもので、これは実際に一〇九六年に書かれたものらしい。

モノマフの『庭訓』は、キーエフ時代の一流の教養人のビザンツ文学への造詣のふかさをうかがわせるとともに、戦いに明け暮れた中世ロシアの武人の生活と心理をよく示している。言語の面では、自叙伝の部分に口語の要素がいちじるしい。ビザンツ文学にも、たとえば十一世紀のケカルメノスの「ストラテギコン」のように、家長たる者の心得を説いた教訓書があるけれども、この種のものがロシアに知られていたかどうかは明らかでない。

翻訳の底本は前述の『原初年代記』中のテクスト（Поучение, стр. 153-163）である。

邦訳、木村彰一氏「子らへの教訓」、『河出版ロシヤ古典篇』昭和二十九年（抄訳）。

主僧アヴァクーム自伝

アヴァクーム（一六二〇?—八二年）は十七世紀の中葉にロシア正教会から分離した旧教徒（旧儀式派、分離派とも呼ばれる）の指導者で、同志たちをはげますために極寒の流刑地で書き上げたその伝記は、中世ロシア文学のなかでも最もすぐれた作品のひとつにかぞえられている。

リューリク王朝断絶ののち、十七世紀の初頭にはほとんどロシア全土が「動乱《スムータ》」の渦にまきこまれた。外国軍隊の干渉と国内の内乱や暴動の結果、国土は荒廃し、社会一般の道徳的水準はいちじるしく低下した。アヴァクームはつとに宗教的情熱をもって知られ、四〇年代の末から教会のモラルの刷新をめざす「敬虔派」グループの一員として活躍していた。一六五二年、ロマノフ朝二代目のツァーリ・アレクセイは、やはり「敬虔派」に属するノヴゴロド主教ニーコンを総主教に任命した。ニーコンは総主教に就任すると、ただちに祈禱書の改訂と教会儀式の改正に着手した。多数の写本間で不一致があらわれていた祈禱書をギリシア語のテクストにしたがって統一すること、またギリシアの流儀にならって教会のなかでは跪拝を行なわぬこと、それまで二本の指で十字をきっていたのを三本の指を用いるようにすること、祈るときハレルヤを二度ではなくて三度繰返すこと、等々がニーコンの改革の内容であった。ツァーリやニーコンの真の意図は、ロシア国内の改革をおしすすめて、大ロシアの正教会とウクライナ教会のギャップをうめ、ひいてはモスクワを名実ともに、東ローマ帝国なきあとの東方教会の総本山たらしめることにあった。ニーコンのいわば国際主義的な改革に対して最もはげしく抵抗したのは、「敬虔派」のメンバーたちであった。彼らはナショナリスト的立場から、ギリシア風の儀式の模倣に反撥した。

宗教においては形式と内容が特別の結びつきをもっているので、アヴァクームらの反対をかならずしも些事への拘泥《トリヴィアリズム》と見なすことはできない。教会と国家当局はきびしい弾圧をもって応酬し、結局、反対派は国家教会から離脱して、各地にコロニイをつくり、独自の宗教生活をいとなむようになった。

アヴァクームは一六五三年にシベリアに流された。それから十一年後、許されてシベリアから戻ったとき、ニーコンは失脚していたが、改革の方針には変化がなかった。アヴァクームはツァーリや高僧たちの説得と強制をしりぞけたため、今度は北の果てのツンドラ地帯に流刑になった。受難の聖者の名声が旧教派のあいだでますます高まるのを恐れた当局は、一六八二年にアヴァクームらを焚刑に処した。

アヴァクームが自伝を執筆したのは、極北の地ともいうべき最後の流刑地プストジョールスクにおいてであった。序文にあるように、彼が当時の文語であった教会スラヴ語によらず、「わがロシア固有の言葉」なる口語を用いたのは、信仰をともにする多くの民衆にうったえるためであった。かえってそのために、この自伝の文体は飾り気のないひきしまった文体を獲得し、かたい信念にもとづく力づよい筆致と、人間味豊かな内容とともに、トルストイ、ツルゲーネフ、ドストエーフスキイらの近代作家によって高い評価を受けることになった。自伝のほかにも、アヴァクームの筆になる説教、請願状、書簡などが残っており、彼がなかなかの文章家であったことを示している。

アヴァクームの名に冠された主僧《プロトポープ》は、ロシア正教会の古い僧位で、現在の長司祭《プロトイェレイ》に相当する。司祭の上、掌院あるいは首司祭の下に位置する。

現在まで伝わる四十部あまりの自伝の写本は、少なくとも三系統に分類される。はじめて自伝が書かれたのは一六七二年から七三年にかけてで、その後七六年までのあいだに二度改訂が行なわれたのである。このうち最初の系統については、アヴァクームの自筆本が現存する。ほかの二つの系統の写本には第一系統と比較すると、多少の出入りがみられる。拙訳は全体の約三分の一にあたる抄訳で、底本は自筆本にもとづく次のテクストである。

А. Н. Робинсон, « Жизнеописания Аввакума и Епѝфания », М., 1963.

なお、〔 〕に入れた章名と章の区切りは原文にはなく、訳者が便宜上挿入したもの。本文中の〔 〕の部分は別系統の写本から追加したものであることを示す。そのさい利用した底本は次のものである。

Н. К. Гудзий (ред.), « Житие протопопа Аввакума », М., 1960, Подготовка текста Н. К. Гудзѝя и др.

邦訳、松井茂雄氏「司祭長アヴァクム自伝（訳及び註）」、『スラヴ研究』第十号、昭和四十一年。

ムーロムのピョートルとフェヴローニアの物語

民間伝承にもとづく作者不詳の物語。ムーロムはオカ川に沿った古い町で、十五世紀まではロシアのほとんど東端にあたっていた。伝説によれば、ピョートルとフェヴローニアは、ともに一二二八年に没したムーロム公ダヴィードとエフロシーニア公妃であるとされるが、年代記の記録には、彼らの名は見えない。一五四七年にモスクワで開かれた宗教会議で、ピョートルとフェヴローニアは「新しき奇跡成就者」として、聖者に列せられた。しかし物語自体はそれより早く、すでに十五世紀の中葉から末までのあいだに成立していたと考えられている。十六世紀のイワン雷帝の御世に、教会作家エルモライ・エラズムの筆がはいって記述文学としての体裁をととのえたとする説もある。

この物語は「大蛇退治」と「賢明な娘」という二つのモチーフを柱にして成り立っている。いずれもロシアの口承文学にしばしばあらわれる題材で、叙事詩や民謡のなかでさまざまなヴァリアントをもっている。一部の写本では「聖者伝」あるいは「聖者伝からの物語」という題が附され、事実主人公はともに教会公認の聖者としてあがめられているにもかかわらず、教会の活動への貢献という点では、ピョートルにもフェヴローニアにもさしたる功績はない。翼もつ蛇の出現、フェヴローニアの謎かけ、ピョートルの傷の治療、などにはむしろ異教的な息吹が感じられる。このような内容に対応して、形式の面でも、素朴な語り口、会話を多くとり入れた口語的要素の優勢なスタイルが特徴的である。これは修辞的技巧をこらした同時代のセルギイ伝やステファン伝などと、いちじるしく異なっている点である。

現在まで写本が約百五十部伝わっていることからも、この清らかな愛の物語がいかに中世ロシアで人気を博していたか想像できる。十九世紀にはリムスキイ＝コルサコフのオペラ『キーテジの町の伝説』のなかにこの物語の筋がとり入れられた。

翻訳の底本は次のとおり。

M. O. Скрипиль, Повесть о Петре и Февронии Муромских, « Русские повести XV–XVI веков », М.-Л., 1958, стр. 108–115.

邦訳、金子幸彦氏『河出版ロシヤ古典篇』昭和二十九年（抄訳）。同氏『修道社版古典文学集』昭和三十四年。後者は『世界文学大系　第六十六巻　中世文学集二』、筑摩書房、昭和四十一年、その他に再録されている。

ウラジーミルのチモフェイの物語

十五世紀末の歴史的状況を背景にもつ抒情的な物語。作品の冒頭に、イワン三世が大公として君臨し（在位一四六二―一五〇五年）、フィリップがモスクワ府主教の位にあった時期（一四六八―七三年）の出来事という設定がある。これは十三世紀以来の「タタールのくびき」の圧力がかなり弱まり、モスクワ大公国が次々と近隣の公国を合併して、中央集権国家の形成を急いでいた時代である。キプチャク汗国の衰退の結果、一四三八年にはヴォルガ中流のカザンを中心としてタタール人の新しい汗国が成立していた。このためロシアの東の辺境は南からの脅威に代って、カザン汗国の軍勢の侵入になやまされることになった。イワン三世は一四六七年にカザンに兵を送ったが、これは失敗におわった。この遠征からフィリップ府主教の没する一四七三年までのあいだに、この物語で述べられるような事件がおこったものと推定される。しかし、この物語が現実にあった出来事に取材しているという確証はない。「この物語は昔から民衆のあいだで語り継がれるだけで、書きしるされることがなかった」と作者自身も述べている。これは口承説話にもとづいているのである。もちろん作者の名は伝わらない。はじめて書かれた時期は十五世紀の末か十六世紀の初めと思われる。

処女凌辱と国家への裏切りという二重の犯罪をおかしたチモフェイは、これに対する許しを、聖界の最高権力者たる府主教と、世俗的な支配者であるツァーリから得ようとする。物語の展開のなかでは、後者の政治的モメントのほうが前面に出ている。これは一五〇〇年前後の複雑な社会的状況のなかで、モスクワ大公の支持者としての作者の政治上の立場の表明と理解すべきであろう。しかし文学作品としてのこの物語の特質はその抒情性にある。祖国を侵しての帰り道、思わずもチモフェイの口をついて出るのは聖母の祈りであり、それを聞きつけてあらわれる同国人の若者にむかって望郷の思いを述べる部分、帰国を前にして主人公が喜びのあまり息絶えるくだりは、中世ロシア文学のなかでも有数の感動的場面である。この点でもこの作品は当時の記述文学の主流をなしていた歴史物語や軍記物と異なっている。

翻訳には十七世紀の写本による次のテクストを用いた。

M. O. Скрипиль, Повесть о Тимофее Владимирском, « Русские повести XV-XVI веков », M.-Л., 1958, стр. 119–123.

邦訳、中村喜和『修道社版古典文学集』昭和三十四年。

トヴェーリ・オートロク修道院開基物語

民間伝承にもとづいて十七世紀の中葉以後に成立した作者不明の物語。その書き出しで、修道院の建立が一二六五年のことで、トヴェーリ大公ヤロスラーフ（一二七一年没）が援助を与えたと述べられている。しかし歴史的に知られる限り、トヴェーリのオートロク修道院は十五世紀までしかさかのぼることができない。物語の末尾にモスクワ府主教ピョートル（在位一三〇八―一三二六年）が登場することもアナクロニズムである。おそらく十七世紀の作者は、オートロク修道院の開基縁起を執筆するにあたって、トヴェーリ地方に伝わるさまざまな民間伝説を忠実に総合したものらしい。

『ムーロムのピョートルとフェヴローニアの物語』にもみられる「賢明な娘」の民話的モチーフがここでも用いられている。ヤロスラーフ公の見る夢、狩猟、教会での婚礼なども、中世ロシアの民謡や民話でしばしば用いられる題材である。グリゴーリイが夢にあらわれた聖母のお告げにしたがって修道院の建立を思い立つという筋立ても、口承文学の影響であることは明らかである。それに対して、主君に婚約者を奪われ、失恋の傷心から放浪の旅に出る主人公に作者の同情が示されていること、ヤロスラーフ大公がグリゴーリイの出奔後も、かつての寵臣に対してやさしい愛情をいだきつづけていること、などは十七世紀の後半にはじめてあらわれた文学的趣味の反映とみることができる。

この物語は十八世紀の歴史家たちからは、史実に則さぬ荒唐無稽の作り話として不評を買ったが、十九世紀になってからは、多くの作家によって小説に書き変えられたり、劇化されたりした。

ちなみに、この修道院に冠せられているオートロクの名の由来については、修道院の敷地はかつて要塞《デチーネツ》であり、このデチーネツという語は意味の上で従士《オートロク》に通ずるためという説、尼僧院の「乙女《デーヴィチイ》」という名称に対立して「従士《オートロク》」が男子修道院の通称であるとする解釈など、諸説がある。

翻訳の底本は次の書物に収められている十八世紀の写本によるテクストである。

Н. К. Гудзий, Повесть об основании тверского Отроча монастыря, « Хрестоматия по древней русской литературе XI–XVII веков », М., 7-е изд., 1962, стр. 436–442.

イーゴリ軍記

しばしば『ロランの歌』や『ニーベルンゲンの歌』と並び称せられる中世ロシアの代表的作品。原題を「スヴャトスラーフの子にしてオレーグの孫、イーゴリの遠征の物語」といい、一一八五年の春、南ロシアのノヴゴロド・セーヴェルスキイの公イーゴリが、チュルク系の遊牧民ポーロヴェツに対して行なった遠征の史実にもとづいている。作者の名は明らかでなく、この遠征に身をもって加わったイーゴリの従士（いわゆる親兵）か、あるいはイーゴリの従兄キーエフ大公スヴャトスラーフに仕えていた者と推定されている。捕虜になったイーゴリの帰国後まもなく（一一八七年ごろ）書かれたものらしい。ポーロヴェツはクマン人という別名でも知られ、十一世紀以来黒海の北にひろがる広大なステップを遊牧しながら、ロシアと南方・東方との交易路をおびやかし、またしばしばロシアの集落や都市を襲って掠奪をはたらいていた剽悍《ひょうかん》な民族である。『イーゴリ軍記』の作者は、「ルーシの地」をこの異教徒の攻撃から守るため、全ロシアの諸公がただちに無益な仲間争いをやめ、団結して立ち上がるよう繰返し呼びかけている。この緊迫感のこもった政治的主張が作品全体の基調をなしている。

作者が名をあげているダジボーグ、ホルス、ヴェレース、ストリボーグは、いずれもキリスト教がはいってくる以前のスラヴのオリンポスの神々である。この神たちはもはや信仰の対象というより芸術的な象徴として姿をあらわしているにせよ、その登場は、アニミズム的自然観に結びついた口承文学的表現とともに、『イーゴリ軍記』に異教的な色合いを与えている。事実、この時代の記述文学の作品で、これほどキリスト教と結びつきのうすいものはないのである。他方、比喩や形容にはビザンツ伝来の高度な修辞技法の影響が指摘されているし、部分的に頭韻や脚韻がたくみに用いられているのは、スカンジナヴィアのサガの手法と関係があるとも考えられている。『イーゴリ軍記』の文体は、このほか、場面の急速な転換、抒情的シーンの効果的な配置、過去と現在の目まぐるしい交錯、作者の地理的・歴史的博識の誇示、などによって一層華麗さを加えている。

『イーゴリ軍記』は長いあいだその存在を知られずにいた。十八世紀の九〇年代になって、骨董収集家として知られたムーシン・プーシキンが、十六世紀に書かれたとおぼしき古写本のなかからはじめてこの作品を発見し、一八〇〇年に刊行した。この写本は一八一二年のモスクワ大火で焼けてしまった。その写本のテクストは、古めかしい書体で文や語の切れ目なしに書かれていたといわれ、初版のさいにも完全に解読されていたわけではなかった。初版本とは別に写本からコピーがとられていたが、これも不完全であるため、今なお「不明個所《チョームノエ・メースト》」と呼ばれるところがいくつかあって、絶えず問題になっている。

『イーゴリ軍記』がキーエフ時代の作品としてはあまりにもすぐれた技巧を駆使しているとして、これをムーシン・プーシキンらの贋作と主張する文学史家も、初版があらわれた十九世紀初頭からあとを絶たない。

近代ロシアの作家で『イーゴリ軍記』に対して何らかの形で敬意を表明しなかった者はほとんどない。ジュコーフスキイ以来、現代にいたるまで現代ロシア語への翻訳のこころみは数十をかぞえるほどである。ボロジンのオペラ『イーゴリ公』も有名である。
翻訳の底本は次のとおり。節の区分、改行は訳者が行なった。

Д. С. Лихачев и др., « Слово о полку Игореве », Л., 1967, Подготовка текста Л. А. Дмитриева и Д. С. Лихачева, стр. 43–56.

部分的には次の現代ロシア語訳の読み方にしたがった。

Д. С. Лихачев, « Слово о полку Игореве », М.-Л., 2-е изд., 1954, стр. 49–111.

邦訳、米川正夫氏「イーゴリ軍譚」、『ロシヤ文学研究』第二号、昭和二十二年。神西清氏「イーゴリ軍記」、『河出版ロシヤ古典篇』昭和二十九年（これは『修道社版古典文学集』、『世界文学大系　第六十六巻　中世文学集二』筑摩書房、昭和四十一年、に再録）。植野修司氏「イーゴリ遠征物語」、『ロシア古代叙事詩』有信堂、昭和三十年。木村彰一氏「イーゴリ遠征譚」、『スラヴ研究』第一巻、昭和三十二年―同第三巻、昭和三十四年（未完）。木村浩氏「イーゴリ軍記」、『世界名詩集大成　第一巻　古代・中世篇』平凡社、昭和三十八年。

バツのリャザン襲撃の物語

モンゴル勢のロシアへの侵入と、それに対するロシア軍の抵抗を描いたいわゆる軍記物語。モンゴル人がはじめてロシアの国境にその姿をあらわしたのは、一二二三年のことであった。南ロシア諸公とポーロヴェツの連合軍はカールカ川での戦闘で、アジアの騎馬隊のためにひとたまりもなく打ちやぶられた。ロシアのある年代記はこの前代未聞の強敵についてこう書いている。「その言語も素姓も信仰もわからぬ民があらわれた。だれひとりとして、彼らが何者であるか、どこからやって来たかを知らない。ある者は彼らをタタールと呼んでいる……」この前哨戦から十年あまりのちの一二三七年から四一年にかけて、バツ（抜都）のひきいるモンゴルの大軍がロシア全土を席巻した。まず手はじめに襲われたのが、東の辺境にあったリャザンの町であった。このときの戦いを題材にしているのが『バツのリャザン襲撃の物語』である。

中世ロシア文学における軍記物語のジャンルは、かならずしも明確に定義されたものではないが、内容的にはロシアに攻めかかる異教徒をキリスト教に対する敵対者として把握し、敵の襲来を「自らの罪のいや増したるがゆえに」神から下された懲罰であると受取る態度、形式の面では戦闘の描写を含み、かつ特有の常套的な表現を用いる技巧、をその主要な特徴とすれば、この作品は軍記物語の最も代表的な作品である。

同時に、この物語の構成は多元的である。大きく分ければ、バツの侵入とリャザンの町の陥落、エウパーチイ・コロヴラートの奮戦、イングワリ公の嘆き、の三つの部分に還元することができる。第一の部分は年代記風の歴史記述、第二の部分は口承叙事詩、第三の部分は聖者伝の文体に近い。もっとも、このうち第一の物語に登場して戦死することになっているリャザン諸公のなかには、明らかにバツの来襲以前に死亡しているプロンスク公フセーヴォロドや、一二五八年まで存命している美貌公オレーグの名が見えるので、この作品は事件直後ではなく、それから数十年の間隔をおいて書かれ（成立時期の下限は古いリャザンの町そのものが消滅する十三世紀七〇年代）、全体として民間伝承に依拠するところが少なくなかったと想像される。最後のイングワリ公の嘆きは、さらにのちの十四世紀末か十五世紀の初めにつけ加えられたものらしい。どの部分についても作者の名は伝わらない。なお年代記などでは、『バツのリャザン襲撃の物語』のまえに『コールスンよりのニコラ像将来の物語』が置かれていることが多い。

現在まで伝わっている七十部以上の写本はすべて十六世紀以後のもので、十三、四世紀当時の原型の復元は困難とされている。翻訳の底本は次のテクストである。

В. П. Адрианова-Перетц (ред.), Повесть о разорении Батыем Рязани, « Воинские повести древней Руси », М.-Л., 1949, Подготовка текста Д. С. Лихачева, стр. 9–19.

邦訳、金子幸彦氏「抜都のリャザニ襲撃」、『河出版ロシヤ古典篇』昭和二十九年（抄訳）。

ルーシの地の滅亡の物語

ロシアの国土の美しさをたたえ、昔に変わる諸公の勢威の衰退をなげいたとおぼしき作品の断片。冒頭の二百語あまりだけが伝わっている。

現在知られる写本は二部のみである。一部はプスコフの修道院に伝わった十五世紀のもの、もう一部はリガの旧教派の信者が所蔵していた十六世紀の写本で、いずれの場合も、アレクサンドル・ネフスキイ公の伝記がそのあとにつづいている。しかも前者には、「ルーシの地の滅亡の物語」という表題のあとに、「しかしてヤロスラーフ大公の死ののち」という謎めいた句がついていた。このため、この作品をアレクサンドル・ネフスキイ伝の序文とみる説、ネフスキイの父ヤロスラーフ公の伝記と関係づける見方、いずれの公の伝記とも関係のない独立した作品とみなす考え、などが主張され、今なお意見の一致をみていない。これらの説のいずれを採用するかによって、成立の時期についても、一二二三年モンゴル軍からこうむったカールカ河畔での最初の敗北の直後から、一二六三年のネフスキイ公の死後までに、見解が分かれている。むろん作者は不詳である。いずれにせよ確かなことは、東の草原から遊牧民が怒濤のようにロシアに侵入してきた状況のもとで、祖国の運命に対するふかい危機感から生まれた作品であるということである。

文章の格調の高さ、自然に対する鋭い感覚からみて、この断片的作品と『イーゴリ軍記』がきわめて近い関係にあることが推定できる。

翻訳の底本は次のテクストによった。

Ю. К. Бегунов, « Памятник русской литературы XIII века. Слово о погибели русской земли », М.-Л., 1965, стр. 154–155.

邦訳、中村喜和「『ルーシの地の滅亡の物語』について」、『スラヴ研究』第五号、昭和三十六年。

アレクサンドル・ネフスキイ伝

ロシアの国民的英雄とあおがれている公の伝記。内容的には戦闘の描写を多く含んでいて、軍記物語の一種とみることができる。アレクサンドル（一二二〇？—一二六三年）の功績は、十三世紀の四〇年代ロシアの北西部を侵そうとしたスウェーデン軍とドイツ騎士団を撃退したことである。とくにネヴァ河畔での戦い（このときの勝利にちなんでネフスキイという異名を得た）とチュード湖上の氷上の戦いが後世にまで知られている。この時代はまたモンゴル軍がロシアを征服し、キプチャク汗国の支配がはじまったばかりの時期でもあった。さしもの勇将も西からのゲルマンの侵入に全力をあげて対抗するため、東のタタールには屈従する政策をとらざるを得なかった。タタールと並んでネフスキイの意のままにならなかったのは、ノヴゴロドやプスコフの市民たちである。外国貿易によって富強を誇るこれらの都市は、世襲の公をいただかず、実質的には少数の有力な貴族によって治められていた。重要な決定のさいには民会が開かれることになっていた。ノヴゴロドの公として招かれたネフスキイも、一度ならず市民と衝突して、町を追われている。

この伝記の枠組は通常の聖者伝と変りがない。すなわち、命日から書き出して、父母の名をあげ、聖書の名句や故事をしきりに引用して、主人公を敬虔なキリスト教徒として描き出そうとしている。しかし、キリスト者としてのネフスキイの最大の貢献はロシアの国土と信仰を勇武をもって守ったことであるから、伝記の内容が軍記物語に近づくのは当然である。（一部の写本では表題が「聖者伝《ジチエ》」ではなく「物語《ポーヴエスチ》」となっているほどである。）この伝記の成立については、はじめ公の逝去の直後、彼の武勲をたたえることに重点をおいた世俗的な作品が書かれ、のち十三世紀の末に教会関係者が現在知られるような宗教的色彩の濃い聖者伝に書き直したという説と、最初から教会に籍をおくものが、なかば聖者伝的、なかば軍記物語的に公の生涯を記録にとどめたという主張が対立している。後者の見方をさらにすすめて、その世俗性と軍記物語的性格をもって有名な『ガリツィヤ・ヴォルィニ年代記』と『アレクサンドル・ネフスキイ伝』のあいだに共通する文学的手法をみとめ、この伝記（『ルーシの地の滅亡の物語』を含めて）の作者を、一二五〇年にガリツィヤからウラジーミル（ネフスキイは一二五二年からここに君臨する）におもむいた府主教キリールか、あるいはその弟子のひとりと考える者もある。

『アレクサンドル・ネフスキイ伝』は十四世紀以後の七十部あまりの写本が知られる。後代の改変によって、写本間でいちじるしい相違がある。本書で底本に用いたのは、最も初源的な形を示すとされる次のテクストである。

Ю. К. Бегунов, Житие князя Александра Невского, « Памятник русской литературы XIII века. Слово о погибели русской земли », М.-Л., 1965, стр. 159–180.

邦訳、中村喜和「『ルーシの地の滅亡の物語』について……付試訳、アレクサンドル・ネフスキイ一代記」、『スラヴ研究』第五号、昭和三十六年。

ザドンシチナ

十四世紀末のロシア軍とタタール軍との戦いをうたった物語で、一部の写本の原題は「ドミートリイ・イワーノヴィチ大公とその弟ウラジーミル・アンドレーヴィチ公の物語、リャザンの修道僧ソフォニア作」となっている。ザドンシチナは「ドン川のかなたの戦い」を意味する言葉である。

一三八〇年九月、モスクワ大公ドミートリイのひきいるロシア諸公の連合軍は、ドンのかなたクリコヴォの野で、ママイの指揮するキプチャク（金帳）汗国の大軍を打ちやぶった。これはバツのモンゴル勢のためにロシア全土が蹂躙されてから一世紀半ぶりのロシア軍の勝利であった。クリコヴォの戦いは、動員された双方の兵力、直接間接の参戦地域の広さからみて、十四世紀ヨーロッパにおける最大の軍事行動であったといわれる。異民族支配のもとでのロシア史の最も暗黒の時代を通じて、クリコヴォは唯一の栄光であった。

この勝利をたたえて、『ザドンシチナ』のほかにも、年代記に収められた『ママイ戦記』や、長大な軍記物語『ママイ合戦の物語』などが生まれた。

『ザドンシチナ』が『イーゴリ軍記』の模倣作であることは一目瞭然である。後者にあらわれる文や句が、あるときはそのままの形で、あるときは部分的に変えられて、『ザドンシチナ』の随所で用いられているのである。『イーゴリ軍記』との重要な相違としては、口承叙事詩ブィリーナからの影響がみられること（とくに書き出しの酒宴の部分）、異教的な傾向がよわまり、その代りにキリスト教の立場が前面に押し出されていること、の二点がまず目につく。モスクワ大公が十二世紀末のキーエフ大公よりはるかに大きな権威をもつにいたったというような社会的変化も、むろん作品のなかに反映している。

リャザンの修道僧ソフォニア（ソフォーニイと呼ぶ説もある）なる人物がなぜキーエフ・ルーシの文学的伝統に依拠する作品を書いたかは、ひとつの謎である。この時代のトヴェーリの年代記にソフォニアをブリャンスクの町の貴族と呼んでいる記録があるので、あるいはふかい森林にかこまれた南ロシアの辺境ではキーエフ時代の親兵文学がこの時代まで余命をたもっていたのではないかという推測も行なわれている。この作者はクリコヴォの戦いのあとまもなく、『ザドンシチナ』を書き上げたらしい。

『イーゴリ軍記』の偽作説をとなえる者は、『ザドンシチナ』を模倣作とはみずに、逆に『イーゴリ軍記』こそ『ザドンシチナ』をまねたものであると主張している。

『ザドンシチナ』は十五世紀から十七世紀までの六部の写本によって伝わっている。このうち二部は断片である。写本相互間に食い違いが多いのは、この作品が口承文学として民衆のあいだに流布していたためであるといわれる。ここで用いた翻訳の底本は次のとおりである。

В. П. Адрианова-Перетц, Задонщина, « Воинские повести древней Руси », М.-Л., 1949, стр. 33–41.

邦訳、木村彰一氏「『ザドンシチナ』より」、『河出版ロシヤ古典篇』昭和二十九年（抄訳）。

不幸物語

十七世紀に成立したいわゆる世相物語に属する作品。世相物語のなかでも、散文ではなく詩の形で書かれているのが特徴的である。ふつう『不幸物語』あるいは『不幸不運物語』と呼ばれるが、十八世紀前半に筆写された唯一の伝来写本では、「不幸不運がいかにしてある若者を修道院に入らしめたかの物語」という長い題がついている。

従来の文学と変り、世相文学では名もない庶民が一篇の主人公としてあらわれる。これは下級貴族や町人が力を得てきた社会的変化の反映であることは言うまでもない。今までもっぱら口承文学の享受者であった層が、記述文学の読者として登場してきたのである。

『不幸物語』のテーマは要するに、父と子の争いである。若者は古い道徳観にもとづく両親の教えにそむいて、自分の欲するままの生活を送ろうとする。しかし運命は「不幸」の形をとって若者を苦しめる。若者は「不幸」の執拗な迫害をのがれるために、修道院に救いを求めることを余儀なくされる。ここでは修道院はもはや生活の理想ではなく、俗世間での生活に破れた者の避難所という消極的な意味しかもたない。このような世俗性の優位は、当然文体の面にも影響を及ぼしている。教会文学との結びつきは、冒頭におかれたアダムとイヴの堕落の物語くらいのものである。これは神の戒めを守らなかったアダムとイヴの運命を、両親に反逆した主人公の若者と対比させる目的でここに示したものであろう。それ以下の物語はほとんど口承文学特有のモチーフや倫理観の表明から成り立っている。世間知らずの若者を悪友が酒場へ誘惑すること、酒宴での問いかけや自慢、若者に「不幸」（あるいは「悲哀」）がとりつくこと、はだかはだしの「不幸」の擬人化されたイメージ、などは民話や民謡でこのんで取り上げられる題材であるし、父母が子に与える教訓、他国の分別家が若者に呈する忠言は、ブィリーナをはじめとする口承叙事詩をつらぬいているモラルと一致する。反復法や常套的なエピテットをしきりに使用し、長い会話や民謡をそのまま引用していることなども、口承文学になじんできた新しい読者をひきつける上で大きな効果をもったにちがいない。他の世相物語と同様、『不幸物語』の作者の名も不明である。成立年代は十七世紀の中葉と推定されている。

翻訳には次のテクストを用いた。

Н. К. Гудзий, Повесть о Горе и Злочастии, « Хрестоматия по древней русской литературе XI–XVII веков », М., 7-е изд., 1962, стр. 386–396.

邦訳、木村彰一氏『河出版ロシヤ古典篇』昭和二十九年。

シェミャーカの裁判の物語

裁判の不正を諷刺した民話風の物語。文学史上では、やはり十七世紀の『ヨルシ・エルショーヴィチの物語』などとともに、世相文学と並ぶ諷刺文学のジャンルに属する作品として扱われることがある。

シェミャーカという名はロシアでも珍しい名前で、十五世紀モスクワ大公の一族のなかにこの綽名をもつ公がいたことが知られている。しかし十六世紀にはこの名前は廷臣や農民のあいだにもひろまったので、この物語が特定のモスクワ公の逸話にちなんでいるのか、それとも同名の他の人物の行状にもとづくものか、不明である。今では「シェミャーカの裁判」は、それだけで不正な裁きを意味する言葉として使われている。

その素朴な文体からみて、『シェミャーカの裁判の物語』は民衆のあいだで伝わっていた話を十七世紀の知識人が記述文学風にまとめたものと考えられている。作者の名前はわからない。ここにあらわれる訴訟手続（たとえば、被告を呼び出しにくる役人の出張費用を被告が負担すること）や法律上の術語は、十七世紀の六〇年代当時の実情を正確に反映しているといわれる。

これに対して、富裕な兄と貧乏な弟というモチーフや、裁判官が一見奇抜で結局は公平な判決を下すという話は、古来多くの民族に知られている上、十七、八世紀の物語集にはこの作品がポーランド語から翻訳された笑話・小咄といっしょに収められているところから、『シェミャーカの裁判の物語』がポーランドの民話、あるいはポーランドを経て伝わった東方起源の物語に由来するという説も早くから主張されている。もともと、金持がその強欲さのために貧乏人にしてやられるという民話が基礎にあって、それに間抜けで欲張りな裁判官の筋がからんでこの物語ができたのではないかという見方もある。十八世紀になるとこの物語は詩の形に書き直されたり、絵入りの木版で印刷されたりして、大いにひろまった。

翻訳の底本は次のテクストである。

В. П. Адрианова-Перетц, Повесть о Шемякином суде, « Русская демократическая сатира XVII века », М.-Л., 1954, стр. 20–23.

邦訳、木村彰一氏「シェミャーカの裁判」、『河出版ロシヤ古典篇』昭和二十九年。

サーヴァ・グルツィンの物語

悪魔に魂を売り渡した若者を主人公にした十七世紀の代表的な世相物語。写本によってさまざまな長い題名をもっている。商人の父とその息子の対立をテーマとしているという点では、『不幸物語』と共通している。最後に放蕩息子が罪を悔いて修道院に身をかくすことも変りがない。つまり、この時代には家父長的な家族原理に堪えきれず、自由な生活にあこがれる新しい世代が発生したことをみとめながら、究極的には祈りと懺悔によって、新しい生活の冒険者の魂を救済せしめるという基本的な構想が、双方の作品の骨格をなしているのである。この種の世相物語が教訓物語と呼ばれるのは、このためである。『不幸物語』と大きく異なっているのは、『サーヴァ・グルツィンの物語』が個人の生涯を現実の歴史的な諸事件をバックに描き出そうとしている点である。すでに巻頭から、サーヴァの父親のフォマーが、「動乱《スムータ》」時代に外国軍隊の乱暴迫害をのがれて大ウースチュグからカザンに移住した商人であることが明らかにされる。サーヴァが成人してから、ロマノフ朝初代のツァーリ・ミハイルがポーランドと戦いをはじめる。一六三二―三四年のいわゆるスモレンスクをめぐる戦争がそれで、サーヴァはモスクワ軍の一員としてスモレンスク攻撃に参加することになっている。ツァーリの后の兄弟として登場する貴族セミョーン・ストレーシネフも実在の人物であり、この物語のなかで疑わしい行動をとるロシア側の司令官シェインは、事実、裏切りのかどをもってまもなくツァーリの命令によって処刑されている。グルツィン＝ウーソフやバジェーンの一族は、当時のロシアでよく知られた商人の家系でもあった。すなわちこの作品はすべての読者にとってきわめてアクチュアルな社会的事実と結びついているのである。

悪妻、世間知らずの若者、悪魔などは中世ロシア文学にしばしばあらわれる形象であるが、それらの組合せが、このころのロシアで最も活動的な階層である商人の社会で具象化されていることは、やはり『サーヴァ・グルツィンの物語』を代表とする一群のこの時代の作品が、すぐれて「現代的」なものであったことを示している。自分の欲望のために魂を悪魔に売り渡すいわゆる「ファウスト博士」伝説は、早くからビザンツ文学を通じてロシアに知られていた。これに対して、若者と人妻との道ならぬ恋のモチーフは、十七世紀の六〇年代の末にロシア語に訳された西ヨーロッパの小説からの影響とみられている。恋愛の心理描写はそれまでのロシア文学が全く知らなかったものであるだけに、この点だけでも、『サーヴァ・グルツィンの物語』は読者から新鮮な驚きをもって迎えられたことであろう。

とはいえ、内容の部分的な新しさにもかかわらず、全体の筋が教訓的な枠を脱していないことからみて、作品は教会関係の人物であろうと推定されている。成立年代は十七世紀の七〇年代らしい。伝来写本の数は非常に多い。翻訳に使用した底本は次のとおりである。

Н. К. Гудзий, Повесть о Савве Грудцыне, « Хрестоматия по древней русской литературе

XI–XVII веков», M., 7-е изд., 1962, стр. 400–415.
邦訳、中村喜和「サヴァ・グルツィンの物語」、『修道社版古典文学集』昭和三十四年。

ロシアの貴族フロール・スコベーエフの物語

十七世紀末（十八世紀の初頭という説もある）のロシアのピカレスク小説。この場合の「貴族」にあたるロシア語ドヴォリャニーンは、とくに十六世紀以後に台頭してきた官吏を中心とする階層で、これに対して、アンヌシカの父のナルジン・ナシチョーキンやロフチコフの場合の「貴族」すなわちボヤーリンは、概してキーエフ・ルーシ以来の古い家系を誇る名門大身である。（前者を士族、後者を大貴族などと呼んで区別することもある。十八世紀初めのピョートル大帝の改革によってドヴォリャニーンとボヤーリンの差別はなくなった。）下級貴族の身で、しかも三百代言を職業にしているフロール・スコベーエフが、その厚かましさときわどい策略によって、まんまと大貴族の娘を手に入れ、しかも岳父の広大な領地を相続するというこの物語は、下剋上的な時代の世相をよく反映している。

ロフチコフは実在の貴族、ナルジン・ナシチョーキンはオルジン・ナシチョーキンのもじりで、ともに当時のロシアで知られた顕官であった。クレムリン内の「イワンの広場」に大膳職（十七世紀にはこれは官職というより官位で名門貴族が任じられた）が集合する習慣も実際に存在した。このことは、「一六八〇年のこと……」という時間の限定とともに、この物語に現実感を与えている。たしかな証拠はないが、現実におこった事件をモデルにしているのではないかという推測もある。

注目されるのは、おなじ世相物語のジャンルに含められる作品でありながら、『フロール・スコベーエフの物語』は『不幸物語』や『サーヴァ・グルツィン』の物語とは全く異なった一面をもっていることである。ここには、神や悪魔は一度も登場しない。クリスマスや教会や聖像、それに修道院も、筋の展開のためのいわば大道具小道具として利用されているだけである。貧乏貴族フロール・スコベーエフはいつでも自分ひとりの才覚と決断にもとづいて行動する。これに反して大官のナルジン・ナシチョーキンの性格は優柔不断である。

この物語からは宗教的・教訓的な色彩は消え失せ、文体もそれにふさわしく、教会スラヴ語特有の装飾性と荘重さを脱して、きびきびした口語に近づいている。その意味ではこの作品は、ピョートルの改革の文学的な先ぶれであるということができるであろう。

作者の名は知られないが、主人公とおなじように下級貴族の出身者で、官庁用語にくわしいところから、多分官吏であろうと考えられている。現存する写本は五、六部しかなく、最も古いものでも十八世紀末の転写である。一部の写本では主人公の名がスコムラーホフ、アンヌシカの父がナルジン・ツァプリンとなっている。

十九世紀以後、しばしば小説に書き直され、喜劇やオペラにもなっている。翻訳に用いた底本は次のとおりである。

Н. К. Гудзий, История о российском дворянине Фроле Скобееве, « Хрестоматия по древней русской литературе XI–XVII веков », М., 7-е изд., 1962. стр. 416–425.

訳者解説　ロシアの中世文学について

一　その特質

㈠

ピョートル大帝以前のロシアの中世文学が人々の注意をひくようになったのは、それほど古いことではない。たとえばプーシキンは、中世ロシアに文学が存在したことを否定した。「残念ながら、われわれの背後にあるものは暗黒の曠野である。そこには唯一の記念碑として『イーゴリ軍記』がそびえているにすぎない。ロシア文学は、ロシアの貴族と同様、祖先もなければ系譜もなしに、十八世紀に突如として出現したものである。」（『ロシア文学論草稿』一八三〇年）これが近代ロシア最大の詩人の意見であった。

有名な批評家ベリンスキイの考えも、その基本においては、プーシキンのそれとさほど異なるものではなかった。彼の場合は、さすがに作家のプーシキンほど思いきりよく十七世紀までの文学的伝統を無視はせず、ロシア語のスロヴェースノスチ、ピーシメンノスチ、リテラトゥーラ（これらの言葉を的確に表現する日本語は見つからない。内容的には口承文芸、記録、文学に近い）などの概念を使い分けて、文学の発展過程を段階づけようとする。しかし次のような発言を見れば、ベリンスキイがロシア文学という言葉によって何を理解しようとしていたか、一目瞭然である。「ロシア文学の歴史を書くということは、ロシア文学が、ピョートル大帝の行なった社会改革の結果、いかにして外国の模範の奴隷的模倣からはじまり、純粋に修辞的性格をおびたか……そしていかにして、ついに完全な芸術性にまで発展し、自己の社会の生活の表現となり、ロシア的となったか、を示すことを意味する。」（『文学という言葉の一般的意義』一八四二―四四年、藤井一行氏訳による。）つまりベリンスキイにとっても、中世ロシアの文学は、文学以前の文学であったのである。

プーシキンやベリンスキイの考え方――これは現在でも完全に消滅しているわけではない――は、ある意味では正しく、ある意味では誤っている、と言うべきであろう。このさい、現在、中世ロシアの文学的遺産としてみとめられている作品のうちのかなりの部分が、プーシキンやベリンスキイの死後である十九世紀後半になって発見されたり、公刊されたりしているという事情も、まず考慮に入れておかなければならない。具体的な例をあげれば、分離派教徒の聖典ともいうべき『アヴァクーム自伝』が一般に知られたのが一八五四年以後、一種の叙事詩『ザドンシチナ』の初刊も一八五〇年代、『ルーシの地の滅亡の物語』がはじめて見出されたのは一八九〇年代のことに属する。『原初年代記』ですら、最初に活字になったのは一八四六年で、これはプーシキンの没後九年目、ベリンスキイの最晩年にあたっている。すなわち、プーシキンもベリンスキイも、まだ中世ロシアの文学的状況の全貌を認識する機会に恵まれていなかったと言うことができる。もっとも、全貌という点では、現在のわれわれさえも、果たして中世ロシアの全体をくまなく俯瞰しうる立場にあるかといえば、それは多分に疑わしい。とりわけ教会の保護を受けられなかった非宗教的作品の場合、後世に伝わるにはよほどの僥倖にたよらなければならなかった。たとえば、十二世紀末に成立したと信じられる中世ロシアの代表的傑作『イーゴリ軍記』は、かろうじてモンゴル支配の時代を生きのび、十五世紀あるいは十六世紀に転写されたたった一部の写本によって、近代に伝わった。この孤本も一八一二年、ナポレオンの侵入のさいのモスクワ大火で焼失してしまった。この『イーゴリ軍記』に匹敵する作品が、世俗文学に対する教会の敵意、異民族の征服者たちのヴァンダリズム、度重なる兵火、あるいは人間に免れがたい忘却作用、等々のために、永遠にわれわれの目にとどかぬものになってしまった、ということも充分に考えられるのである。中世ロシア文学の歴史は、ロシア民族の過去がそうであったように、受難の歴史でもあった。

とはいえ、十九世紀のロシアの文学者たちが、もっぱら写本伝来上の制約のゆえに、中世ロシア文学について誤った見方をするにいたった、とは言えない。ピョートルの強引な近代化政策の結果として発生したロシアのインテリゲンツィヤが、自らの文学の出発点を西欧諸国の文学の模倣に求めたということは、それなりに根拠のあることであった。逆に言えば、ピョートルの改革とは、旧来のあらゆる伝統の価値を全面的に否認せずにはおかぬ徹底した性格をもつものであった。十八・十九世紀のロシア文学は十七世紀までのロシア文学よりも、むしろ同時代のフランス文学やドイツ文学に多くを負っている、と人々は信じたのである。この事情は、日本における近代文学の成立の場合と、ほとんど変りがない。

ここであらためて現在の視点から、十七世紀までのロシアに文学が存在したかどうか、もし存在したとすればそれはいかなる内容のものであったか、またピョートル以前の「古いロシア」の文学がそれ以後の「新しいロシア」の文学とどのようにかかわっているのか、といった問題が提起されなければならない。

㈡

最近なくなったソビエトの文学史家のエリョーミンは、中世ロシア文学についてこう語っている。「われわれの前にあるのは独特の世界であり、その扉はとざされ、鍵は失われている。遠い過去に通じ、多くの点でわれわれの美意識とは縁遠いこの謎めいた世界に通ずる扉を開くことが、中世ロシア文学研究の任務である。」(『中世ロシア文学講義』一九六八年)

たしかに、近代文学に慣れた読者の目には、中世ロシアの文学作品はひどく無味乾燥なものに映るにちがいない。「文学」作品といっても、それらは大体において、きわめて現実的な目的をもって書かれたものであった。年代記は何よりも国家的事件の記録であり、聖者伝は信仰を堅固ならしめるための手本、叙事詩や軍記物語は異民族に対する祖国防衛、あるいは異教徒に対するキリスト教護持の呼びかけであった。十七世紀になってあらわれた世相物語においても、教会の立場からの教訓的な色彩はおおうべくもない。いかに美しく書くか、ということが作者の念頭にまったくなかったわけではないが、それは当面の実際的必要に比べれば、第二義的な意味しかもたなかった。楽しみのための文学は、かえって文字に定着されることなく、ブィリーナ・歴史歌謡と呼ばれる口承叙事詩や、民話・民謡の形をとって口づたえで後世に伝わった。

年代記や聖者伝が、わずかの例外をのぞいて、登場人物の個性にほとんど関心を示さなかったのも、中世ロシア人の美意識から見れば、当然のことであった。すべての善良な公は、君主としてのあらゆる規範にかなった公でなければならず、すべての聖者は、完全無欠なキリスト者として理想化されたタイプを少しでもはずれてはならなかった。定まった規範やタイプからの逸脱、個人的な感情の表明は、罪悪でなければ不謹慎とみとめられた。プーシキンの先輩でロシア主情主義《センチメンタリズム》の創始者とされるカラムジーンが、イワン雷帝までのロシア史を「アフリカの砂漠」にたとえたのは、このためにほかならない。中世ロシア文学の主要な担い手であった修道僧たちは、あるがままの現実よりも、彼らにとってあるべき理想の姿を描こうとしたのであった。近代の規準から見れば没個性的で装飾性過剰の様式化された文体がこうして生ずる。

この文体の重要な構成要素として、中世ロシアの作品のなかで、いわゆる常套形式《フォーミュラ》、つまり一定の型にはまった言いまわしが絶えず用いられていることを指摘しておかなければならない。「いと清き聖母」、「水青きドン」、「白い体」などの形容句づきの表現がそれであり、時には、「矢は雨のごとく飛ぶ」、「血は川をなして流れた」のように、完全な文章をなした常套形式もある。この種の表現は、客観性のまさった記録よりも、主観的要素の濃い叙述、言いかえれば、より文学性の高い作品において、とくに頻繁にあらわれる。中世の読者や聴衆はそこに独特の「語調のよさ」を感じとっていたに相違ないが、同時にそこには、現象に対する観念の優位という中世的な考え方がうかがわれる。

中世文学の世界で写実《リアリズム》の方法が重んぜられなかったことは、人や物に与えられる性質、それらの相互関係が、かならずしも近代人が感じる意味で「自然的《ナチユラル》」でないことからも容易に想像できる。一言でいってしまえば、中世人は事物の本質がつねに可視的であるとは考えなかったのである。神や悪魔は、彼らにとって山や川とおなじ生々しい現実感をもって、実在していた。人間自体も、それを取りまく外界も、すべて奇跡と啓示に満ちていた。

一方、文字によって書かれるものに対する一種畏敬の念は、中世の前半においてとくに際立っていた。年代記に記入するに値するのは、普遍的な意義をもつ事件、すべての者にとって知る必要のある事柄であった。聖者伝の一言一句は信者たる者ふかく心にきざんで生活の指針となすべき金科玉条であった。ここから冗漫な装飾性とは裏腹に、表現の形式における極端な簡潔性《ラコニズム》、内容の面での禁欲主義が、中世ロシアの記述文学の特色をなすことになる。これは、この文学が煩瑣な神学的な議論とは無縁なふかい宗教性・思想性を獲得することをさまたげなかった。

中世ロシア文学の美しさは聖像画《イコン》の美に通ずる。これについては、有名な歴史家のクリュチェーフスキイに次のような指摘がある。「聖者伝は伝記ではなく、伝記の枠をもった教訓的賛辞である。あたかも聖者伝中の聖者の像が肖像《ポートレイト》ではなく、聖像であるように。」(『ロシア史講義』一九〇六年)ビザンツ以来の厳格な諸規則にしたがい、遠近法をまったく無視して描かれた聖像画が、近代的な絵画と異質な性格のものであることは言うまでもない。本来、聖像は美にあこがれる芸術的鑑賞の対象ではなく、救いを求める信仰の対象であった。十九世紀のロシアの知識人が絵画としての聖像画にほとんど興味らしい興味を示さなかったことは、中世文学に対する彼らの態度と軌を一にしている。

(三)

プーシキンが、時代の子として、中世ロシア文学に冷淡な評価を下したことは初めに書いたとおりであるが、彼自身作家としての活動では、ピョートル以前のロシアにふかい愛着と憧憬をよせていた。（プーシキン家は十八世紀の成上り者どころか、「六百年の家系」を誇る貴族でもあった。）ごく初期の作品である長詩『ルスランとリュドミラ』は中世の民話に題材を求めているし、その晩年には『イーゴリ軍記』の語句の注解に凝った一時期もあった。劇詩『ボリース・ゴドゥノーフ』は十六世紀から十七世紀にかけての政治的事件にもとづいているが、そのなかで老いたる年代記作者ピーメンは、最も印象的に描かれている。ピーメンは深夜、チュードフ修道院の僧房で神聖な職務にはげみながら、こう独語する。

　これでわしの年代記は終り、
神様から罪深いわしに申しつかった、
義務が果される。主が多年わしを
目撃者とせられ、著述の業を
教えられたのは謂なしとしない。
いつかは勤勉な修道士が
わしの丹念な、無名の労作を見出し、
わしのように、燈明を点して、
羊皮紙から数世紀の塵を払い、
正教の子孫たちが故国の過ぎし運命を知り、

自分たちの偉大な歴代皇帝の
業績、栄光、徳行——を追想し、
また罪業と暗き所業に対しては
敬虔に救世主のお赦しを願うため、
真実の物語を書写すであろう。
（佐々木彰氏訳による）

「正教の子孫」のために「真実の物語」を編むという思想は、たとえば、トルストイの『戦争と平和』の根底にもながれていると言ったら、意外に聞こえるであろうか。もちろん、近代リアリズム小説のモニュメントともいうべきあの壮大なロマンは、古拙な年代記とは極端なコントラストをなしている。『戦争と平和』が五百数十人の人物を舞台に登場させ、その中心的な主人公はもとより、脇役の群像にいたるまで、ひとりひとり克明に描きわけているのに対し、前述のように、年代記は主として諸公の動静を記述し、しかも彼らの個人的相違よりすぐれた君主としての共通性を強調することに重点をおいて、公以外の人間には歴史の端役を割り当てることすら惜しんでいる。しかし、『戦争と平和』は近代的リアリズムの枠をはみ出している点では、年代記と驚くほどの共通点をもっている。トルストイは冷静な傍観者、客観的な記述者として、この小説を書いてはいない。彼は独自の歴史観にもとづいて、事態のすべての進行を解釈し、しばしば描写の筆をとめて、自分の歴史観を思想として開陳し、その正当性を証明しようとする。このとき、トルストイは作家たることをやめて歴史家となり、リアリストたることをやめてパトリオットとなる。それは地上に神の王国を建設しようと念願した年代記の作者たち、異民族の進出をまえにして民族の運命をうれえた叙事詩や軍記物語の作者たちの姿を思い出させる。これはトルストイひとりにとどまらない。社会的な問題につよい関心をもちつづけ、このんで求道者的な主人公を描いた十九世紀のロシア文学全体を、中世からの文学的伝統の延長線上に位置せしめることができるはずである。

　手法の面でも、中世ロシア文学と十九世紀文学の共通性を見出そうとする試みがある。ソビエトの最もすぐれた文学史家のひとりに数えられるリハチョフは、最近の労作『中世ロシア文学の詩的《ポエチカ》方法』（一九六七年）のなかで、ゴンチャローフ、ドストエーフスキイ、サルトゥィコフ＝シチェドリンなど十九世紀作家の作品のなかに、中世ロシア文学における「時」の表現方法と一脈通ずるものがあることを指摘している。たとえば、ドストエーフスキイの場合、作中の人物が、継起するさまざまな事件を、ほとんど間をおかずに書きとめていくという形式がしばしば用いられている。これは基本的に年代記の方法にほかならない。さらに、小説中の記録者が一見何の脈絡もないかのような出来事を忠実に記述していき、あとになってそれらの事件のあいだの関係が明らかにされること、登場人物の心理の動きが一種の超越者的な立場から描かれず、動作や会話などの外見的特徴から間接的に描き出されること、なども年代記作者の手法と同じである、とリハチョフは主張する。二十世紀の三〇年代に禁圧された形式主義《フォルマリズム》の流れをくむこのような研究方法は、中世ロシア文学と近代・現代のロシア・ソビエト文学との結びつきを明らかにしていく点で有効な武器となるであろう。

二　史的展開

(一)

ロシアは初めルーシと呼ばれた。ルーシの語源には、大きく分けて二通りの説がある。ひとつは、ヴァイキングとして知られるノルマン人のうち、とくにスウェーデン系の住民が、彼らの言葉で「航海者」を意味する ruotsi の名でバルト海沿岸のフィン人に知られ、これが東スラヴ人に伝わってルーシとなり、さらにこの名がノルマンの政治的支配下にはいった東スラヴ人の国の呼称になった、というのである。もうひとつは、これはもともとロシア語であり、現在ウクライナに属する地方に住んでいた東スラヴの一種族の名であった、という意見である。この二つの説のうちどちらが正しいにしても、主としてドニエプル水系の流域に住む東スラヴ族の最初の国家の成立にさいして、北欧のヴァイキングが重要な役割を果したことは、否定できない事実であった。ロシア語で公を意味する knjaz'

という言葉がドイツ語の König や英語の king と同根であることが、そのひとつの例証である。

ロシア語ではワリャーグと呼ばれるノルマン人は、武装した貿易商人としてバルト海からロシアの河川を経てビザンツにいたる交通路を往復したり、スラヴ人の傭兵としてこの通路に沿った都市に駐屯しているうちに、次第にこの地方の住民に対して支配権をにぎっていった。

九世紀に招かれてノヴゴロドに渡ったといわれるノルマン人の頭目がリューリクであり、その子イーゴリはドニエプル河畔のキーエフに移って、東スラヴ族の上に君臨した。それから十三世紀のモンゴル侵入までの約三世紀間キーエフが政治・文化の中心であったので、この国家をキーエフ・ルーシと呼ぶ。もともと少数であったルーシのノルマン人は、急速にスラヴ化した。東スラヴ人が大ロシア、ウクライナ、白ロシアに分かれるのはこれより後のことであり、ルーシに代ってロシアという呼び方が一般的になるのも十六世紀以後である。

公のもとで親兵と呼ばれた戦士たちが、いわば騎士階級をなしていた。当時のルーシではすでに農業が経済の基盤であったが、それと同時にキーエフ・ルーシは、国際貿易でも重要な位置を占め、南のビザンツ、北のスカンジナヴィアはもとより、西方のカトリック圏、東方のイスラム圏とも盛んに交易を行なっていた。政治的にも全ヨーロッパに相当な威信をもって臨んでいたことは、たとえば、キーエフ・ルーシの最盛時を現出せしめた十一世紀のヤロスラーフ大公が、その息子のひとりにビザンツの皇女をめとらせ、三人の娘をそれぞれフランス、ハンガリー、ノルウェーの王に嫁がせたことからも想像できる。

キリスト教がキーエフ・ルーシの国教と定められたのは、ヤロスラーフの父のウラジーミル大公のときである。ルーシにとってギリシアからのキリスト教の受容は、文学の上でも、重大な結果をもたらした大事件であった。キリスト教とともに、ヨーロッパ随一の先進文明国である東ローマ帝国の文物が北方の若い蕃国にもたらされたからである。まず文字そのものが、キリスト教と結びついていた。スラヴの文字は、九世紀の後半ビザンツ領マケドニア出身の学僧キリロスとメトディオスの二人の兄弟によって、モラヴィア地方のスラヴ人へのキリスト教布教のために考案されたものであった。彼らはこの新しいアルファベットを用いて、福音書や使徒行伝などをスラヴの一方言であるマケドニア・ブルガリア語に翻訳した。そのころスラヴの諸言語はまだ相互にかなり似通っていたので、この翻訳がのちにそのままスラヴ人のあいだにひろまった。このときに用いられた言語がいわゆる教会スラヴ語で、ロシアでも中世の全期間を通じて口語である東スラヴの方言の特徴を徐々にとり入れながら、文語の座を維持しつづけた。

書物は、ある場合には直接ギリシアから、またある場合にはすでにキリスト教国になっていたブルガリアを経由して、ルーシに伝えられた。そのなかで宗教関係のものが多かったことは当然である。聖書では正典のほかに、外典あるいは偽経と呼ばれる宗教伝説もはいってきた。聖母マリアが首天使とともに地獄にくだり、地上で罪を犯した人々の苦しむさまを見て歩くことを内容とした『聖母の地獄めぐり』もそのひとつである。聖者の伝記は、詳細なものが各聖者の祝日順に大部な『教会暦《チエーチイ・ミネーイ》』に収められ、短い逸話風のものが『聖者略伝集《プローログ》』に集められていた。ビザンツやブルガリアの聖者伝は、もちろんロシアの初期の聖者たちの伝記の模範となった。

教会関係のものばかりでなく、世俗的な内容の作品もドニエプル川をさかのぼって、新しい読者を見出した。そのうちおもなものだけを列挙すれば、一世紀のユダヤ人ヨーセーフスが書いたローマ人支配に対するパレスチナの反乱の記録『ユダヤ戦史』、アレクサンドロス大王の生涯をつづった『アレクサンドリア』、『イーリアス』とおなじ題材を扱った『トロイアの物語』、東ローマ帝国とサラセン人の闘争を主題とする『ディゲニス・アクリタース』などがある。これらはキーエフ・ルーシの叙事文学のスタイルの確立に寄与した。また、ヨーアンネス・マララース（六世紀）やゲオルギオス・ハマルトーロス（十一世紀）の年代記は、『原初年代記』以下のロシア年代記の成立にあずかって力があった。

支配者側のイニシアチヴによって、上からのキリスト教化がすすめられても、キーエフ時代の民衆のあいだには、異教信仰が根づよく残っていた。公に対する都市の住民や農民たちの暴動が、反キリスト教の形をとってあらわれることも稀ではなかった。教会的イデオロギイとは無縁な民衆の心情は、口承文学として結実した。はるか古代から伝わる伝説・民話、農村の作業と結びついた各種の民謡・俚諺《りげん》・呪《まじな》い、などがそれである。一種の英雄叙事詩であるブィリーナもすでにこの時代には成立していたと考えられる。しかしこれらの民衆文芸はほとんど文字に書きとめられなかった。現在では、せいぜい十七世紀以降の記録によって、昔日の面影をしのぶことしかできない。

文字を用いて文章を書き残すことができるのは、ごく一部の知識人に限定されていた。ロシアでは十一世紀から十六世紀までの約六百年間に、さまざまな著述の作者として二百四十人ほどの名が知られるが、このうち百九十人が修道士、二十人がそれ以外の僧侶、俗人は三十人にすぎないという事実は、いかに教会がこの面で独占的な地位を誇っていたかを示している。現存する写本は十四世紀まではすべて羊皮紙であり、それ以後は紙も使われはじめる。手紙などの文書には、十五世紀ごろまで白樺の皮が使用されることもあった。キーエフ・ルーシにあらわれた最初の、そして芸術的にもすぐれた作品は、年代記である。十一世紀の中葉にはその初源的な形ができ上がっていたらしいが、今に伝わる最古のものは、十二世紀の初頭に修道僧ネストルらが編纂した『原初年代記』である。これはいわばロシアの古事記であって、スラヴ民族の成立、ルーシの建国から十二世紀初頭にいたるロシア最古の時期の歴史を、興味ぶかく物語っている。

文字の使用が教会関係者の特権ともいうべき状態にあったので、キーエフ時代の記述文学が全体として宗教文学の色彩を濃厚に帯びていたことは、必然のいきおいであった。しかし『原初年代記』は言うに及ばず、僧侶たちの説教や巡礼記においてすら、共通して自らの国ルーシに対する誇り、あるいは国民的自覚ともいうべきものが明確にあらわれていることは注目に値する。たとえば、ロシア人として最初にキーエフの府主教に就任したイラリオーンの説教『律法と恩寵について』は、ビザンツの教会文学の技法を縦横に用いて、キリスト教のすぐれている点を整然と論証するとともに、キーエフの公たちと「地上あまねくその名を知られたルーシの国」の強盛をたたえている。また十二世紀の初頭パレスチナにおもむいた修道院長ダニイールの『聖地巡礼記』は、素朴な文体で聖地での見聞を記述しているが、作者は「ルーシ全土になりかわって」キリストの墓に燈明をささげるのを忘れない。

キリスト教文学のなかで最大のジャンルをなすのは聖者伝である。これに属するものとしては、十一世紀初めの公ボリースとグレープに関する物語が最も古い。この二人はウラジーミル大公の子で、父の死後、大公権をめぐる争いのなかで、兄から派遣された刺客の刃にたおれたものである。若年の身で権力闘争の犠牲となり、無抵抗のうちに不条理な死をとげてから半世紀以上のちに、彼らはロシア最初の聖者として教会から公認された。この聖列加入が動機となって、十一世紀末から十二世紀の初めまでのあいだに、二つの物語がつくられた。ひとつは修道僧ヤーコフ作といわれ、もうひとつは年代記作者ネストルのものである。ネストルはこのほかにも、キーエフ・ペチェルスキイ修道院の有名な僧院長フェオドーシイの伝記を書いた。フェオドーシイはロシアのキリスト教精神の真髄ともいうべき絶対的な愛と謙譲と服従を身をもって示した聖者で、ネストル作の伝記はロシアの古典的聖者伝の典型とされている。すこし下って、十三世紀初めの主教シモンと修道僧ポリカルプの書簡を中核とする『キーエフ・ペチェルスキイ修道院聖僧伝』は、この修道院で修行した初期の僧たちの逸話を集めたものである。その文体にはとくに修辞的な技巧はみられず、飾り気のない語り口に、かえって中世人の心理が如実にうかがわれて魅力がある。

宗教書ではないが、十二世紀初頭にルーシを統治したウラジーミル・モノマフ大公の自伝も、この時期の特色ある作品である。これより一世紀のちの十三世紀初めには、わが身の不運な境遇をある公にうったえた『流罪人ダニイールの祈願』が書かれている。プーシキンも指摘したように、十二世紀の末に成立した『イーゴリ軍記』は、キーエフ・ルーシのみならず、全中世ロシアの文学のなかで、最もつよい光をはなっている。この作品は基本的には、キリスト教とはおよそ縁どおい精神によってつらぬかれている。作者は異教徒の侵入に対処するためロシア諸公に団結せよと力づよく呼びかけているが、ここで守るべき対象となっているのは「ルーシの地」であって、キリスト教会ではない。ここにあらわれる汎神論的な自然観や流麗な修辞は、一方ではビザンツ伝来の古典文学的レトリックの影響を示すとともに、他方ではロシア固有の口承文学と結びついている。このことは、キーエフ・ルーシの記述文学のなかに、聖者伝や年代記によって代表される教会文学と対立して、非キリスト教的世俗文学の伝統が存在したことを想像せしめる。惜しいことに、先に述べた理由から、教会の庇護を受けない文学作品は、後世に残る機会がきわめてとぼしかった。十一世紀に活躍したと推定される詩人ボヤーンも、その名が『イーゴリ軍記』によって伝わるだけで、作品は知られない。また、『ガリツィヤ・ヴォルィニ年代記』の一二四〇年の項には、「とうから傲慢のゆえにダニイール公に仕えることを欲しなかった謀叛人なる、名高き歌手ミトゥーサを縛しめて連れ来った」（除村吉太郎氏訳による）という記事がある。歌びとミトゥーサの作品はむろん残ってはいない。しかし、この「謀叛人」は、ボヤーンや『イーゴリ軍記』の作者とおなじように、教会権力に屈しなかった反骨の詩人であったように考えられるのである。

㈡

中世初期のロシアにとって最大の脅威は、東南にひろがるステップからの遊牧民の侵入であった。この脅威がいかに深刻なものであったかは、島国に住むわれわれには容易に理解しがたいものであるにちがいない。十二世紀以後、諸公が各地に割拠してキーエフ・ルーシの国家的統一が保たれなくなると、ステップからの圧力はますます増大した。キーエフ・ルーシに対する決定的な打撃は、十三世紀二、三〇年代のモンゴル軍の襲来であった。モンゴルの騎馬隊を中核とするアジアの大軍によって、ノヴゴロドをのぞくロシアの主要都市は徹底的に破壊された。ロシアはこののち二百数十年の長きにわたって、年代記作者がタタールと呼んだキプチャク汗国の支配、すなわち「タタールのくびき」のもとで、苦しむことになる。

モンゴルの侵入の初期にあらわれた作品『ルーシの地の滅亡の物語』は、キーエフ時代末期の『イーゴリ軍記』の伝統につらなっている。今に伝わるのは二百語あまりの断片にすぎないが、そこにこもっている作者の高揚した精神は充分に感じとることができる。それから一世紀半ののち、ロシア軍がタタール勢を初めて打ちやぶったクリコヴォの戦いを題材として、『ザドンシチナ』が書かれた。めずらしくこの作品はソフォニアという作者名が知られている。『ザドンシチナ』には随所に『イーゴリ軍記』特有の表現が用いられていて、一種のパロディとみることができる。この事実は、『イーゴリ軍記』を知る者が少なくとも二世紀間連綿として絶えなかったことを示すとともに、ソフォニアのころには、かつて『イーゴリ軍記』を生んだ文学精神は、もはや新しい社会状況のなかで独創的な作品を生み出す力を失っていたことを暗示している。

それとは対照的に、キーエフ時代の年代記や聖者伝の系列に属する軍記物語が、とくに十三世紀から優勢になっていく。東のモンゴル軍の侵入に対するロシア軍の抵抗を描いた

『バツのリャザン襲撃の物語』、西方から攻め入るドイツ騎士団を打ちやぶったアレクサンドル・ネフスキイ公の伝記が十三世紀に成立した。これらの作品はすでに『原初年代記』にみえるビザンツの軍記物の手法を取り入れながらも、ときには聖者伝の枠組をそなえ、護教的な精神に裏打ちされている。その後このスタイルの作品は次第にふえ、「タタールのくびき」に対して各地でおこった反抗が、長短さまざまな軍記物語の体裁をとって、年代記に記録されるようになった。前述のクリコヴォの合戦を題材にしたいくつかの物語や、トルコ軍に対するコンスタンチノープルの防衛とその陥落を描いた『トルコ軍のツァーリグラード占領の物語』は、すでに形式としては聖者伝の影響を完全に脱し、もっぱら戦争にいたる経緯や戦闘そのものの描写に重点をおいている。

文化の面ではルーシがタタールから受けたものはほとんどなかった、というのがほぼ定説となっている。むしろ、タタールの政治圏に組み込まれたことによって、ビザンツやヨーロッパ諸国との交流がよわまり、西ヨーロッパではルネサンスの胎動がはじまった時期に、ロシアが多少とも孤立した道を歩まなければならなかったという事実のほうが、大きな意味をもつと考えられている。

国内政治では、歴代の統治者のたくみな外交手腕と地理的条件に恵まれて、モスクワ公国が近隣の諸公国をおさえて次第にロシア随一の大公国に成長していったこと、その行政支配機構にはキプチャク汗国の影響が顕著にうかがわれ、西ヨーロッパに例をみない独自の政治体制が形成されていったことが、重要な変化であった。

キプチャク汗国はキリスト教会に対しては租税を免除するなどかなりゆるやかな態度を示した。そのためもあって、この時代にはすぐれた聖職者が輩出して、キーエフ時代にもまして活発な布教活動を行ない、異民族支配のもとでロシア民族の精神的連帯感を保つことに貢献した。ロシアの民衆が真のキリスト教精神を理解し、ロシア的国民性が形成されるのは、キーエフやノヴゴロドに都市文化が栄えた十一、二世紀ではなく、タタールの重圧のもとでロシアが最も苦難に満ちた日々を送らねばならなかった十三、四世紀であったように考えられる。キーエフ時代には修道院が都市に集中していたが、十四世紀からは森林のなかに建設される修道院のほうが多くなった。都市の修道院の保護者は公や貴族や富裕な商人であったのに対し、森林の修道院は、ある場合には民衆的な植民運動の積極的な担い手であり、ある場合には異民族への布教の拠点の役割を果たしていた。

十四世紀になると、トルコの圧迫をのがれてバルカンからロシアに亡命する知識人があらわれた。彼らはビザンツをはじめ、ブルガリア、セルビアなどのすすんだ文化をもたらし、その感化（これはキーエフ時代のそれに対して「南スラヴの第二の影響」と名づけられている）でさまざまな文化領域で新しい傾向がおこった。修道院の森林への進出をうながす一因となった神秘的瞑想主義も、このころビザンツから伝わった「静寂主義《ヘシカスム》」の流れを汲むものであった。文学のなかで当時の南スラヴからの影響を最もいちじるしく示しているのは、華麗な修辞技巧をこらした新しいタイプの聖者伝である。その代表的なものは「賢者《プレムードルイ》」と綽名されたエピファーニイの筆になるセルギイとステファンの二人の伝記である。セルギイは十四世紀の後半モスクワの北のふかい森のなかに三位一体修道院を開いた僧で、ロシアで最もあがめられている聖者のひとりである。その弟子たちが創設した修道院だけでも数十にのぼった。ステファンはセルギイの同時代人で、その生涯を異教徒ペルミ族へのキリスト教布教にささげた聖者として名高い。エピファーニイによるこの聖者たちの伝記は、極度に様式化された同義的な形容を際限なく積み重ねていく点に特徴がある。彼自身この文体を「言葉の編み細工」と呼んだ。このスタイルは聖者の生涯の事実を具体的に述べるよりは、作者の感動なり尊崇の念を抽象的に吐露するのに向いていた。エピファーニイと並ぶこの時代の聖者伝作家であるセルビア人パホーミイが書いた一部の聖者の伝記では、作全体の九分九厘までが作者自身の感情表現についやされているほどである。

これらの聖者伝は描かれる聖者もその作者も、ともに当代に名を知られた人物であり、伝記自体、教会公認の文書という性格をもっていたが、これとは別に、民衆のあいだに語りつがれた聖者の物語が、十五世紀以後文字に記録されるようになった。『ムーロムのピョートルとフェヴローニアの物語』をはじめとする一群の宗教説話がそれである。それらはおおむね、聖者伝の体裁をとりながらも、紋切型の美辞麗句の羅列とは無縁で、ふかい意味での宗教性と民話特有の美しい幻想性に満ちていて、かえって正統的な伝記より魅力的である。

モンゴルの支配時代には、多くの公が各地に分立していたため、さまざまの都市でそれぞれの地方的利害を反映した、特徴のある作品が生まれた。なかでもキーエフ時代から引きつづき国際的な貿易都市として繁栄を誇り、独自の文学的伝統をつくり上げていたノヴゴロドでは、『ノヴゴロドの大主教ヨアンのエルサレム旅行』、『代官シチールの物語』、『ノヴゴロドの白頭巾の物語』など、数多くの作品が書かれた。最も有名な『ノヴゴロドの白頭巾の物語』は、ローマのコンスタンチヌス大帝が教皇シリヴェストルに与えた白い僧帽が、神の思召しによってノヴゴロドの大主教に受け継がれる次第を述べたものである。ここには新興のモスクワ大公国への対抗意識が、はっきりとあらわれている。トヴェーリ、スモレンスク、プスコフなどでも、同様の意識にもとづいて年代記が編纂されたり、聖者伝が書かれたりした。

この時代の文学のなかで特異な地位を占めるのは、十五世紀の六〇年代から七〇年代にかけてインドへ旅行したトヴェーリの商人アファナーシイ・ニキーチンの旅行記『三つの海のかなたへの旅』である。三つの海とは黒海、カスピ海、アラビア海のことで、中世ロシアでも類まれなこの冒険家は、主としてインドの自然と風俗を、誇張をまじえながら生き生きと描いている。

㈢

クリコヴォの戦いの前後から、ロシアの諸公国のなかでモスクワ公国の優位はすでに決定的なものになっていた。それとともに、キプチャク汗国も次第に弱体化し、ロシアは一四八〇年に「タタールのくびき」から完全に解放された。ときのモスクワ大公イワン三世は、東ローマ帝国の最後の皇帝の姪ソフィアを妻にむかえ、はじめてツァーリと名乗った。ツァーリは、ドイツ語のカイザーとおなじように、ラテン語のカエサル（シーザー）に由来する称号である。第一のローマは異端のためについえ、第二のローマたるコンスタンチノープルがトルコに屈した今、モスクワこそ第三のローマであって、全キリスト教世界の中心でなければならぬ、といういわゆる「第三ローマ」の思想が生まれ、これはのちのちまでロシアの為政者の指導理念となった。

十六世紀は絶対主義的な中央集権国家の確立期にあたり、ロシアの国威も大いに発揚した時代であるが、この世紀の文学は概して不毛であった。何よりも国家的関心が人々の心を占めたことは、この時代の著作に歴然と影を落としている。まず第一に、政論文学と呼ばれるジャンルが盛んになった。絶対主義的政治体制を擁護したペレスヴェートフの作品や、この体制の可否をめぐってのイワン雷帝対クールプスキイの書簡によるはげしい論戦、がその代表的なあらわれである。修道院の土地所有の是非に関する論争の過程であらわれたおびただしい著述も、このジャンルに含めることができるであろう。

第二には、モスクワ府主教マカーリイのイニシアチヴによる大規模な年代記と聖者伝の編纂である。前者は宇宙開闢からはじまり、アウグストゥスにさかのぼるとされるリューリク王朝の歴史を、全十巻、一万六千のさし絵をもつ約一万葉からなる『絵入り年代記集成』として完成し、後者は、当時知られたすべての聖者伝と教会文献を網羅した二万七千ページの『大教会暦《ヴェリーキイ・チエーチイ・ミネーイ》』に結実した。いずれも強烈な国家意識の裏づけなしには考えられない大事業であった。

軍記物語では、十五世紀のカザン汗国の成立から十六世紀中葉のイワン雷帝によるその占領までを扱った『カザン汗国の物語』、十六世紀の後半のリヴォニア戦争中ポーランド軍の包囲からプスコフを救ったロシア軍の奮戦を描く『ステファン・バトーリイのプスコフ来襲の物語』がこの時期の産物である。ともにモスクワ国家の強大さ、イワン雷帝の偉業をたたえることに力をそそいでいる。

ロシアの印刷は十六世紀の中頃イワン・フョードロフによってはじめられた。しかし当初はもちろん十七世紀にいたるまで、印刷されたのはもっぱら教会関係のものばかりで、中世ロシアの文学の発展に刺戟を与えるにはいたらなかった。

十六世紀が統一の時代であったのに対し、十七世紀は分裂をもって幕を開けた。キーエフ・ルーシ以来のリューリク王朝の断絶にからんで、国内の貴族が分裂し、さらに偽のツアーリを擁立した外国軍隊が侵入して、ロシアの各地で大混乱が生じたのである。この時代は、ロシア史上「動乱《スムータ》」と呼ばれる。この「動乱」を題材にした物語が数多く書かれた。そのうち多少なりとも文学的価値のあるものは、ポーランド王と同盟したロシア貴族を非難した『ロシア帝国についての新しい物語』、『モスクワ国家の捕囚と荒廃の物語』などの歴史物語、偽ドミートリイ二世軍を打ちやぶって国民的人気を得たスコーピン・シュイスキイの生涯を述べ、その早世をいたんだ物語、ならびに自ら政治的活動にも従事したアブラアーミイ・パーリツィンの筆になる才智あふれる記録、などである。これらの作品は常套的な形容や様式化された表現などの点で、おおむね従来の歴史物語のスタイルを踏襲しているが、全体的に即物的な描写への志向があらわれている。とくにパーリツィンやその同時代人のカルトゥィリョフ・ロストフスキイの著作にはこの時代に活躍したさまざまな人間の個性へのつよい関心がみられる。これは今までなかったことで、新しい時代の到来を予感させる。

ポーランド軍はやがてロシア国民軍のために追い払われ、国内の秩序は一六一三年、古くからの貴族であるロマノフ家のミハイルがツァーリに選出されることによって、ふたたび回復された。ロマノフ家は二十世紀の初めまでつづく王朝である。政治情勢が落ち着くとともに、文化の面ではウクライナを通じて西ヨーロッパの影響が次第につよまってきた。ウクライナは十三世紀からポーランドやリトワの支配のもとにあって、おなじ東スラヴ人ながら、モスクワを中心とするいわゆる大ロシアとは別個の道を歩んできたが、ドニエプル左岸がモスクワ国家に合併される十七世紀までには、大ロシアよりはるかにすすんだ文化を形づくっていた。キーエフからは多くの学僧たちがモスクワにやってきて、新設されたばかりの「スラヴ・ギリシア・ラテン・アカデミー」などで、神学や哲学や修辞学を教授するようになった。ウクライナや白ロシアを経て、西ヨーロッパの騎士物語や恋愛小説が主としてポーランド訳でロシアに伝わった。ラテン系の『ローマ人行状記』、東方に起源をもつ『七人の賢者の物語』、『エルスラン・ラザレヴィチの物語』、イタリアのノヴェルラ、フランスのファブリオなどがそれである。

「動乱」以後、下級の貴族、商人をはじめとする町人階級が社会の一勢力としてうかび上がってきた。これは記述文学を享受し、つくり出す社会層がいちじるしく拡大したことを意味する。その結果として、ロシア文学のなかで世俗的な要素が急速につよまった。今まで知られなかった世相物語、諷刺物語、詩、演劇などのジャンルもあらたに出現した。

中世から近代への過渡期としての十七世紀の性格を最もよく示すものは、一群の世相物語である。ここでは世態風俗に関心が向けられ、著名な公や行ないすました聖者たちに代って、名もない庶民が主人公として登場する。『不幸物語』のなかで親の家をとび出し、破滅していく放蕩息子、『サーヴァ・グルツィンの物語』において親にそむき、人妻との恋に悩んで悪魔に魂を売り渡す若者は、いずれも商人の息子である。作者はここで飲酒や肉欲などの現世的快楽を否定する立場をとりながら、主人公がそれらの快楽に耽溺していく過程を実にリアルに描写している。この二つの世相物語では、主人公が最後には修道院にはいって救済を見出すことになっていて、教訓小説の枠をぬけ出ていないが、十七世紀のごく末に書かれた『ロシアの貴族フロール・スコベーエフの物語』では、もはや懺悔や出家は問題外である。その機智と鉄面皮で大貴族の娘を手に入れ、さらに莫大な財産をもわがものにする貴族フロールを、作者は非難するどころか賛美しているかのようである。

西ヨーロッパからの影響とともに、文学の世俗化のもうひとつの源泉となったのは民話である。不正な裁判を戯画化した『シェミャーカの裁判の物語』、『ヨルシ・エルショーヴィチの物語』などの諷刺文学はロシアの民衆のにがい笑いから生まれている。世相物語にしても諷刺物語にしても、キーエフ・ルーシ以来ロシアの文語の地位を占めてきた教会スラヴ語では書ききれなくなったのは当然のことである。日常的な口語の言いまわしや外来語が、荘重で固苦しい教会文語の表現を押しのけていった。作品をつくり、写本を書き写す仕事が、もはや僧侶の手をはなれてしまったのである。

十七世紀になっても古い文学のジャンルが完全に消滅したわけではない。「動乱」時代直後の歴史物語の簇出はさきに述べたが、四〇年代のはじめにはロシアの南部でのコサックとトルコ軍との戦いを題材にした『ドン・コサックのアゾフ籠城の物語』が、戦闘の参加者のひとりによって書かれた。これは軍記物語の長い歴史の最後をかざる大作である。

聖者伝の分野では、この世紀の初頭俗人のままなくなったユリアニア・ラザレフスカヤの有徳の生涯がその息子の手によって書きしるされた。家庭の主婦にすぎない女性が聖者とみとめられ、その伝記が血縁のものによって書かれることは、今まで例をみないことである。後半の七〇年代には情熱の僧アヴァクームの自伝が生まれた。アヴァクームは五〇年代に国家権力の立場からの教会改革に反対して国教会から離脱したいわゆる分離派の指導者のひとりであった。教会当局と政府の弾圧にあってシベリアに流され、最後には北の果てのプストジョールスクに流刑になって、ここで火あぶりの刑に処せられた。彼の自伝はプストジョールスクの土牢のなかで書かれたものである。聖者伝としては、自ら執筆したこと自体が破格であり、卒直な告白と力づよい信念は、この伝記を中世ロシアの文学の歴史を通じて類例のない貴重な人間記録としている。意図的に口語を用いた張りのある文体と高い思想性によって、アヴァクームの自伝は『イーゴリ軍記』とならんで中世ロシア文学の地平にひと際高くそびえ立っている。

中村喜和

訳者あとがき

十九世紀のロシア文学は、むろん、偉大である。そして、その目くるめく光芒のかげにかくれて、近代以前のロシア文学は、今まで知られるところが極めて少なかった。これはひとりわが国に限ったことではなくて、ロシア人のあいだにおいてさえ、しばらく前まで事情は変わらなかったようである。

中世ロシア――記述文学が発生した十一世紀からピョートル一世登場前夜の十七世紀末までの、約七世紀にわたる期間をここではロシアの中世と呼ぶことにした――の文学は、単に系譜上豊饒な近代に連なっているだけではなく、独自の芸術的価値をもっている、それはどちらかと言えばつつましい、しかし他の何ものにも代えがたい美しさを確実にそなえている、と私は信じている。その美しさを多くの人々に知ってもらいたいという幾分か押しつけがましい気持が、私に本書を編ませた主要な動機である。

したがって、作品の選択は、もっぱら文学的な見地から行なった。このアンソロジーは、中世ロシア文学の有名な作品をすべて網羅しているわけではない。逆に、最近のソヴェトの詞華集が掲げていないものも、幾点か本書には収録されている。その結果、翻訳の底本として十九世紀に刊行されたテクストを使用せざるを得ない場合も生じた。

一部の作品が抄訳という形をとったのは、もちろんスペースの制約にもよるが、歴史研究の史料として利用する場合は別として、文学的興味の点では、全訳があまり意味をもたないと考えられたためでもあった。

作品の分類と配列も、同様の見地から、かならずしも年代順にはこだわらず、私なりの判断によって行なった。

中世ロシアでは文字にたよらぬ口承文学《フォークロア》が重要な地位を占めていたと考えられるが、その作品は主として近代になってからの採録によってしか知られないので、一応本書に収める範囲から除いたことも、とくにお断りしておかなければならない。

文学作品を味わうのに、およそ解説は不要であろう。その意味では、巻末の「作品解説」以下はあらずもがなの蛇足であったかもしれない。しかし、あえてそれを省かなかったのは、作品を読んで興味をもたれた読者が、すすんでその作品の背景をさぐろうとされる場合、幾分なりとも参考資料を提供できればと考えたからである。「ロシアの中世文学について」は、いわば我流の見取図にすぎない。

中世ロシアの文学は、わが国で全く未開拓の分野であるわけではなく、いくつかの作品については、すでに翻訳がなされている。『原初年代記』や『イーゴリ軍記』のように、幾種類もの邦訳が存在する例さえある。（すでに発表されている翻訳はすべて「作品解説」に列挙した。）私は本書を編むにさいして、先輩諸氏の訳業に有形無形の恩恵をこうむったことを明らかにしておく。

かつて学生であった私にロシアの古い文学に近づく道を示された金子幸彦《ゆきひこ》先生、教会スラヴ語や中世ロシア語の手ほどきをしてくださった木村彰一先生、本書に収められた作品の一部について日本語表現上の注意を与えられた宮川康雄氏、ならびに校正にさいして助力を惜しまれなかった栗生沢猛夫《くりうざわたけお》氏に、感謝をささげたい。また筑摩書房編集部の後藤守孝氏にもお礼を申し上げたい。同氏の好意ある発意と鞭撻がなかったならば、私の意図はこのような形で実現することはできなかったであろう。

一九七〇年四月末日

東京　国立にて

中村　喜和

文庫版解説　中村ロシア学のエッセンス

三浦清美

中村喜和さんという人

卓越したロシア文学研究者である中村喜和さんの旧著『ロシア中世物語集』が、このたびちくま学芸文庫で復刊されることになった。同じく中世ロシア文学を専攻する学徒であり、中世ロシア文学の研究を志した頃から、何くれとなく中村さんにお世話になってきた筆者は、このような重要な本が装いも新たに復刊されることを心から慶《よろこ》ぶと同時に、その解説を書くという責任ある務めを引き受け、身が引き締まる思いである。などと、力こぶを作って大見えを切ってみたものの、洒脱な世間通の中村さんの本の解説文なのだから、ちょっと身体から力を抜いて気軽な思い出話からはじめたいと思っている。

月一回で開かれる中世ロシアの歴史と文学の勉強会があり、松木栄三さん（静岡大学名誉教授）とならんで、中村さんはその中心メンバーだった。というよりも、ロシア中世に関心をもつメンバーがごく自然に中村さんの周りに集まったのがこの勉強会だった、というほうがふさわしいかもしれない。一橋大学の語学教員のたまり場のような部屋で、大体一〇人くらいが集まって中世ロシア語のテクストを読んだ。筆者もそのメンバーの一人だった。この勉強会は、私が参加してからも二〇年以上続いたのではないかと思う。会則なし、会費なしの自由な会であったが、毎回担当者を決めて中世ロシア語のテクストを読み、参加者から講評を受けるという、いたって真面目な勉強会で、その会の成果としては、イワン雷帝の『百章（ストグラフ）』（一橋大学研究年報、人文科学研究29、30、31）、スウェーデンに亡命した一七世紀ロシアの外交官コトシーヒンのアレクセイ帝時代についての手記『ピョートル前夜のロシア』（彩流社、二〇〇三年）、『「一六四九年会議法典」翻訳と注釈』（富山大学人文学部紀要43、45、46、49、50、52、54、56）などがあった。以上の成果は、インターネットで見ることができる。

勉強はしっかりやるものの、勉強以外の交流も忘れないというのが、中村さんの中村さんらしいところだった。勉強会後に場を居酒屋に移してのおしゃべりも楽しみの一つだったし、合宿と称して、毎年、伊豆、鎌倉、箱根、房総などに連れ立って出かけた。中村さんは座談の名手でもあって、研究仲間の近況はもとより、最近読んだり見たりした本や映画のこと、昔の思い出話など、話題は尽きなかった。その席で、ほぼ同時代の同窓で、寮で幅を利かせていたという石原慎太郎氏の話なども伺った記憶がある。

中村さんは、一橋大学でロシア文学の碩学、金子幸彦氏の門下でロシア文学の研究をはじめたのだが、愛校心のひときわ強い一橋大学出身者の例にもれず、中村さんもこよなく母校を愛しておられた。一橋大学でロシア文学を学んだことに誇りと自負を持っておられたのではないだろうか。それからもう一つ、一橋大学には渡辺金一氏以来のビザンツ史学の強力な伝統があることも忘れてはならないだろう。これらのことがロシア文学研究の主流であった一九世紀文学、銀の時代、ソビエト・ロシアの二〇世紀文学とは、一味も二味も毛色の異なるロシア中世文学、ロシア・フォークロアの研究の道に中村さんを進ませたのではないかと、筆者は思っている。

中村さんは、総括するのが難しいくらい、多岐にわたって仕事をされてきたが、平凡社ライブラリーの『ロシア英雄物語』(一九九四年)の解説を書かれた沼野充義さんが手際よくまとめたとおり、ロシア中世文学、ロシア・フォークロア研究、日ロ交流史が三つの柱だった。なかでも、ドミートリイ・リハチョーフによる重厚なテクスト分析の理論にもとづく中世ロシア文献学は、中村さんのもっとも思い入れの深かった分野なのではないかと思う。このことは後述する。何よりも本書はその最大の成果なのであるが、ここではちょっと寄り道をして、ロシア中世文学以外の二つの柱についても触れておきたい。知的好奇心でいっぱいの中村さんの研究者としての幅がいかなるものだったかを伝えたいからである。

ロシア・フォークロアの仕事では、ロシア民衆文化研究の泰斗、アレクサンドル・アファナーシエフへの傾倒（『ロシア民話集』上下巻［岩波文庫、一九八七年］、『ロシア好色昔話大全』［平凡社、二〇〇六年］）と、一九世紀の中葉に北ロシアで発見されたロシア民衆の英雄叙事詩、ブィリーナの紹介、翻訳（『ロシア英雄物語――語り継がれた《ブリーナ》の英雄たち』平凡社ライブラリー、一九九四年）が、二つの軸だったのではないかと思う。

アファナーシエフの民話集は、中村白葉氏のものと金本源之助さんのものとがあり、三者三様それぞれ味わいがあって甲乙つけがたいが、中村さんの仕事は、アファナーシエフの人生の軌跡が簡潔にまとめられている点が際立っている。権力に抗って不幸な死を遂げたこの不世出の大学者の伝記の決定版は、ロシアでも、西欧諸国でもまだ出ていないのだ。アファナーシエフが集めたロシア民衆の過激な猥談集である「ロシア好色昔話」を、学術性を踏まえながら訳しおおせた大業も、好奇心あふれた中村さんでなくてはできない、まさに余人をもって代えがたい仕事であった。

また、ロシア民衆の英雄叙事詩「ブィリーナ」は、ロシア人がモンゴル支配の時代をどう生き抜いたかの貴重な証言でもあるが、何百年ものあいだ、何世代にもわたって口承のみで伝わってきたために、特殊な語彙、用語法が用いられることも珍しくない。中村さん以前のブィリーナ研究については、前掲書のなかで中村さん自身が丁寧に紹介しているが、それらを踏まえて中村さんは、ブィリーナ研究の泰斗でソビエト科学アカデミー民俗学研究所の教授であったボリス・プチーロフに数々の疑問点を直接問い合わせながら、翻訳を完遂させている。尋ねる中村さんも偉いが、見ず知らずの外国人研究者に懇切に答えるプチーロフ教授もすばらしい。ロシア人の懐の深さをうかがわせるエピソードである。

日ロ交流史については、筆者の専門外で何も言えないが、プチーロフ教授とのやり取りを見てもわかるとおり、中村さんの生き方そのものがまさに日ロ交流史の一コマだった。同じ分野で大きな仕事をいくつもされている澤田和彦さん（埼玉大学名誉教授）が、中村さんご本人が『ロシアの風』（風行社、二〇〇一年）、『ロシアの木霊』（風行社、二〇〇六年）、『ロシアの空の下』（風行社、二〇一四年）の三部作をもって自分の日ロ交流史研究は完結するという旨のことをおっしゃっていたのを耳にしたというから、上の三冊が、中村さんのこの分野の代表作ということになるだろう。

筆者は、華族、万里小路《までのこうじ》正秀《なおひで》についての論考「思春期を露都で過ごした公卿留学生」（『ロシアの空の下』所収）が特に印象に残っている。万里小路正秀は、明治初期一三歳で留学生としてロシアにわたり、ロシア語を完璧にマスターし、有名な岩倉使節団をロシアで出迎えた。ロシアでの生活になじみ、名家の出身でありながらほとんど帰化する寸前であったが、日本政府の招請《しょうせい》で日本に戻った。ロシア人女性との恋愛と破綻、ニコライ神父との交流と離反、皇太子ニコライ（のちの皇帝ニコライ二世）の大津における遭難事件との遭遇、ロシア正教徒ながら宮内省の神職を全うした経歴など、中村さんの論文には、明治日本の懐の深さを伺わせるエピソードが満載されている。まさに雄渾たる大河の趣だ。筆者の想像するところ、中村さんは、日ロ交流にさまざまな業績があった人々の面影と、日本人としてロシア研究に一身をささげた自分の姿とを重ね合わせていたのではないだろうか。でありながらしかし、贔屓《ひいき》の引き倒しでロシアべったりというわけでは決してなかった。ロシアのノーベル賞作家、ソルジェニーツィンの日本滞在記には、一言しっかり物申す、気骨ある一面を示している（『ロシアの木霊』所収）。

スラヴ学とロシア学のあいだで

筆者がロシア研究の道に足を踏み入れた時代は、冷戦が終わろうとする一九八〇年代末であったが、ソ連時代末期と言いながらも、世界が資本主義陣営と共産主義陣営に分かれて覇を競う冷戦が終わるとは、まったく予想もしていなかった。冷戦時代というのは、未来永劫ずっと続くのだという感覚は、今の若い人にはちょっと理解できないものかもしれないが、それはたしかにあったのである。

冷戦時代、ＮＡＴＯに対抗したワルシャワ条約機構に属した国々は、スラヴ民族が構成する東欧の国家が多かったから、アメリカと世界を二分した共産主義陣営は、スラヴ民族の一体性を基盤に成立したのだと、不覚にも筆者は思い込んでいた。いや筆者だけではない。冷戦終結後それぞれがまったく別の道を歩むことになったスラヴ諸国の一体性を疑う人は、珍しかったのではないのだろうか？

スラヴというものがわかれば、ロシアが、そして世界が見えてくるという希望があったように思う。筆者が進学した東京大学ロシア語ロシア文学科は、一九七二年木村彰一さんによって設立されたものだが、木村さんが語学の達人で、ドイツ語、ラテン語、ギリシア語はもとより、ロシア語、ポーランド語、古代教会スラヴ語をはじめ、スラヴ語全般に造詣が深かったこともあり、スラヴ語という大きなくくりから、あるいは、英語だけではなくフランス語やドイツ語を含むインド・ヨーロッパ語のさらに大きな視点から、ロシアを見ようという雰囲気があった。筆者の師である栗原成郎《しげお》さんは、ロシア語のほかに古代教会スラヴ語、ポーランド語、セルビア・クロアチア語がよくお出来になったし、ロシア語は言うまでもなくポーランド語にも造詣の深い長谷見一雄さん、沼野充義さん、ロシア語だけではなくクロアチア語も自在に使いこなした三谷惠子さんのような、仰ぎ見る先輩たちがたくさんいた。ちなみに、東京大学「ロシア語ロシア文学科」は、一九九四年に「スラブ語スラブ文学科」に改称している。

スラヴがキーワードになった背景には、ソビエト解体のかなり末期に至るまで、ロシアへの留学の可能性が非常に限られていて、ポーランド、チェコ、ブルガリア、セルビア、クロアチアなどほかのスラヴ諸国へ留学する人が多かったことにも拠っていたと思う。当然のことながら、ロシア以外のスラヴ諸国に留学した場合、留学した先の国の文化になじみ、そちらを自らの専門とされる人のほうが多かったから、スラヴに比重を置くことによって、ロシア研究が手薄になるような傾向が決してないとは言えなかった。

このような事情もあってか、川端香男里《かおり》さんが率いていた東大露文科は、今思うときわめて贅沢な人選で非常勤講師を招聘していた。その一人が、中村さんであった。中村さんはスラヴというかたちで方向を水平に広げる性格の人ではなく、ロシアをより深く穿《うが》つ垂直的な方向性の人だった。同じ方向性で、遠い国であった「ロシア」を体感する授業をされたことで、いまでも鮮明に思い起こすのは、中村さんの盟友であった安井亮平さん（早稲田大学名誉教授）である。安井さんの授業は、ロシア人の日常生活の感覚を、具体例を挙げ、ユーモアを込めて話されることが持ち味で、軽妙洒脱であり、ロシア人というのはこのような人たちだったのか、という発見に満ちていて、東大の学生たちからも非常に人気があった。

中村さんは安井さんのことを「竹馬の友」と呼んでおり、ロシアを深く穿つという方向性は共通していたが、安井さんが（原テクストへの忠実さはもちろんあるのだが）実感的であるのに対して、中村さんの持ち味といえば、実感に根差した軽妙さも十分にあるのだけれど、むしろ文献学的な精密性だった。筆者は、古代教会スラヴ語のほかにポーランド語などもかなり勉強はしたのだが、スラヴという方向性で自分を育てることに難儀していたため、たちまち重厚な中村さんの授業に魅了された。学部三年のはじめての講読の授業で読んだのは、ニコライ・レスコフの名作『ムツェンスク郡のマクベス夫人』だったと記憶している。学生にとっては非常に難解なテクストだが、中村さんはロシアの地方都市の商人の生活がいかなるものであったかなどの解説も交えて、難しいテクストの難しさを感じさせぬほど、やすやすと読み進めていき、週一回の授業を三か月半ほどかけてこの中編小説を読み切った。時間関係が前後してしまったが、これが中村さんと筆者との最初の出会いということになる。

今思い返してみると、中村さんも安井さんも本務校を離れて、東大ではむしろのびのびと授業をされていたのではないかと思う。両先生ともに、ロシアという国に対する強烈な憧憬が感じられ、それが学生を引き付けた面があったのだが、一九九〇年にゴルバチョフ政権のもとで、日ソ間の交換留学協定ができ、さらに一九九一年一二月二五日にソ連が解体して、ロシアにわりと気軽に留学することができるようになると、状況が変わってきた。筆者は、一九九二年八月から一九九三年一二月にかけて、サンクト・ペテルブルグ国立大学に留学したが、そのときにほんとうに頼りになったのが、ロシアとの交流が極端に難しかった時代に、中村さんが培ってきた人脈だった。

中村さんが研究者としての形成期を過ごしたのはソビエト時代のことで、ロシアに行く可能性が非常に限定されていたことは、どんなに強調しても強調しすぎることはない。ロシア人研究者と交流を持つことは極度に難しかった。中村さんの思い出話のなかで印象的だったのは、ロシア科学アカデミー、ロシア文学研究所（プーシキン館）のドミートリイ・リハチョーフ博士の知己を得たときの話である。

おそらく一九七〇年代のことだったと思う。若き学究の中村さんは、西洋史学者として著名だった亀井高孝《たかよし》氏と、これも大物言語学者である村山七郎氏の「かばん持ち」として、ソビエト科学アカデミー、東洋学研究所を訪れたのだという。ソビエト政府からの招聘だったかもしれないが、おそらくは通訳としての役割を期待されていたものであろう。そのとき、自分の専門の中世ロシアの研究者を紹介してほしいと申し出て、ロシア文学研究所の中世ロシア文学部門を統轄していた大学者のリハチョーフ博士を紹介されたのである。飛び込み営業に近い形だったのだと思うが、ロシアでも必ずしも関心が高いとは言えないロシア中世文学に興味を持っている日本人がいるというのは、彼らにとっても驚きで、しかも話の端々から、中村さんの学問が筋のよいものであることもわかり、以来、中村さんはプーシキン館からは賓客としての待遇を受けることになった。あとになってその恩恵を受けたのは、サンクト・ペテルブルグに留学した筆者のような後輩たちである。

ゴルバチョフ政権でも、エリツィン政権でも精神的支柱となったリハチョーフ博士はその後、国際交流基金の招きで来日したし、そのあと、その弟子のゲリアン・プローホロフ博士も日本に来て中世ロシア文学にかかわる連続講演をした。中村さんは、彼らの講演をコーディネートすると同時に、同行して京都、奈良をはじめとする日本の名所を案内した。またさらに若い世代のリハチョーフ博士の弟子、アレクサンドル・ボブロフ博士は、札幌と京都に二回の長期滞在をして、日本の中世ロシア学の発展に寄与したが、中村さんはボブロフ博士を自分の子供のように可愛がったものである。また、日本からも中沢敦夫さん（富山大学名誉教授）がプーシキン館からスウェーデン王マグヌスの書簡（ただし偽書）を研究対象として準博士学位を授与されている。

一九九〇年代は、ロシア人は郵便というものを全く信頼していなかったので、大切なものを送るときには、人づてに品物を渡したものである。先ほど述べた通り、一九九〇年代の初めに留学した筆者は、中村さんからよくサンクト・ペテルブルグやモスクワの知人に贈り物を託された。お宅にお邪魔し、手紙と品物を渡すと、そのロシアの知人は筆者の目のまえで贈り物の封を切る。すると出てくるものは、けっして高価なものではないのだが、禅味あふれる小皿であったり、ちょっとした飾り物であったり、来日の折においしいと感想を述べていたお菓子であったり、細やかな心遣いのあふれるもので、ロシアの知人の顔がパッと明るくなるのがわかって、見ているこちらまで嬉しくなってしまう。まさに筆者は、日ロ交流史の一コマに立ち会っていたのだと思う。

『ロシア中世物語集』の価値

思い出話が長くなったが、これも半世紀以上前に出された『ロシア中世物語集』が、今日なお価値あるものであることを読者に納得してもらいたいためだ。ソ連解体というのは、大きな歴史の区切りで、マルクスやレーニンの世界観を立て、彼らの著書から引用をしないと本が書けなかった学問の造りが一掃され、人文科学の研究者たちは、自分の研究をどう進めていったらよいか、苦しんだことと思う。ソビエト時代に自らの学問の基礎を作ったロシア、東欧研究者にとって、これは特に深刻な問題であり、なかなかこのことが話題に上らないのは、多くの場合、その克服が著しく難しかったからである。中村さんにしてもこの苦悩とは全く無縁だったわけではなかったはずだが、中村さんには、ロシア人研究者との、地に足がついた心の深い結びつきがあったから、この点で躓くことはあまりなかったのではないかと思う。また、好奇心旺盛でありながら、石橋をたたく生来の慎重さを持っていたことも幸いした。『ロシア中世物語集』でも、作品の解題はもちろん、解説「ロシアの中世文学について」も慎重な書きぶりで、訂正すべき間違いはあまり見つからないのである。

現在では、一九八〇年代にプーシキン館から発刊された一二巻本の『中世ロシア文学記

念碑 Памятники литературы Древней Руси』、この全集を補完するかたちで世紀の変わり目を跨いで刊行された二〇巻本の『中世ロシア文学文庫 Библиотека литературы Древней Руси』があり、ここには、中世ロシア語のテクストとともに詳細な注と現代ロシア語の翻訳があるので、中世ロシア語の作品の紹介、翻訳は格段に手の付けやすいものになったのだが、中村さんのこの訳書が刊行されたのは、半世紀以上もまえの一九七〇年である。私はくだんの勉強会のあとに、酒の勢いもあって、いったいどうしてそんな難業が可能だったのかと、聞いてみたことがある。中村さんはちょっと答えにくそうにしながら、ニコライ・グッジーの選文集がたいへん参考になったとおっしゃった。グッジーはモスクワ大学教授で一九六五年に没した文献学者で、たしかに選文集があるが、そこには現代語訳は付されていない。

中村さんはこの選文集をくまなく読み、この作品は面白そうだとあたりをつけたうえで、翻訳にあたっては、その選文集のテクストをそのまま使うのではなく、その作品のもっとも信頼できるテクストを探しあて、見つけ出したその信頼性の高いテクストを原典として、必要な部分には注釈を施し、翻訳を完成させていったのであろう。その痕跡は、本書作品解題をよく読めばだんだんとわかってくる。『ロシア中世物語集』の作品のチョイスも、時代、ジャンルを広く見わたした絶妙なバランスがある。際立った文学センスが光っている。さらに同業者としての筆者が断言できるのは、それは、気の遠くなるような膨大な労力と根気、適正な訳語を見つける瞬発力、優れた判断力と知力など、学者としての総合的な力量が必要とされる、まさしく偉業と呼ぶにふさわしいものだったということだ。

ロシア中世文学の作品そのものについては、中村さんが書かれているので、そちらを熟読していただきたい。翻訳については、中村さんの文章のすべてに言えることだが、語彙選択の大胆な鮮やかさ、日本語としての流麗さは、日本語がわかる人ならば一読して了解できる。それは、筆者があえて指摘するまでもないことだが、ただこの半世紀間で時代は大きく変わった。一九九一年一二月二五日のソ連解体と二〇二二年二月二四日にはじまったロシア・ウクライナ戦争はともに、一世紀に一回しか起きないような大きな転機だったが、そんな大転換が半世紀のうちに二回も起こった。そのなかで世界に対する見方も変わらざるを得なかった。筆者の見立てにしたがえば、この二つの大転機によって、ローマからキリスト教を受容した西方キリスト教と、コンスタンティノープルからキリスト教を受け入れた東方キリスト教とが、ほとんど別の宗教と考えたほうがよいほど異なっていることが露わになったのである。

冷戦終結とほぼ同時にユーゴスラヴィア（直訳すれば「南スラヴ国」）で戦争がはじまった。「七つの国境、六つの共和国、五つの民族、四つの言語、三つの宗教、二つの文字、一つの国家」と言われ、ソ連と一線を画す独自の共産主義路線を歩んでいたユーゴスラヴィアは、ソ連解体によって東西冷戦という重しが取れると、たちまち民族間の対立が激化し、血で血を洗う内戦を繰り広げた。ユーゴスラヴィア時代の安定は、六つの共和国のなかでもっとも力の強かったセルビアの自制に拠っていたが、冷戦の重しがなくなると、各民族の自己主張が激しくなり、もはやそれを抑えることができなくなった。激しい対立の根底には、西のキリスト教を受け入れたクロアチア、スロヴェニアと東のキリスト教を受け入れたセルビアとの対立があったと筆者は見ている。ソ連解体の混乱冷めやらぬロシアは、正教国のセルビアがアメリカに叩かれているのを、臍《ほぞ》をかんで見守っていた。

ほぼ同じ対立の構造は、ロシア・ウクライナ戦争にも見出される。東方正教原理主義に陥りがちなロシアと、西方キリスト教文化への許容性が高いウクライナとのあいだに、回復不可能な溝ができたことが、この戦争の原因である。直接の引き金になったのは、ウクライナがNATO加盟を公言し、それを憲法にまで書き込んだことであるが、この戦争もやはり、東西教会の対立というコンテクストのうえにある。こう書くと、侵略国家ロシアを擁護するのかと集中砲火を浴びそうだが、三年近くも戦争が続いて出口が見えない今、日本を含め世界の人々が冷静にこの戦争がなぜこんなに長引くのか、その文明史的基盤をじっくり考える必要がある。

その文明史的基盤というのは、筆者の考えでは、東西教会の本質的な違いである。それは、①イエス・キリストの捉え方、②言語への態度、③暦の在り方、④統治機構の構造、⑤過去への姿勢の五点に集約される。拙著『ロシアの思考回路』（扶桑社、二〇二二年）は、このことを詳述しているので、興味がわいた方はぜひお読みいただきたい。この東西キリスト教の違いという点に留意しながら本書を読むと、読者は予想外の収穫を得るかもしれない。

東西教会を分ける点を子細に検討してみると、東西キリスト教の対立というものが、キリスト教の枠内での対立にとどまるものではなく、神と人間の距離をめぐる一神教の劇的な変容のなかで、次第に露わになってきた必然的な葛藤を含むことがわかるだろう。神と人間の距離をめぐる一神教のドラマとは、神と人間の距離が隔絶したユダヤ教の一異端として、イエス・キリストを神とするキリスト教が生まれ、キリスト教がユダヤ教を抑えて隆盛すると、人間であるイエス・キリストを神とするキリスト教への強烈な不満から、イスラームが生まれてくるというものだ。東西キリスト教会の分裂は、イスラーム生誕以降も継続した一神教の変容の一つの現れである。その変容は今この瞬間にも動きつづけている。そのことを認識することは、ガザでの戦争を理解するうえでも役に立つはずだ。ロシア中世文学を読み、理解することによって、対立と分断の現代社会の現状を理解し、そこから脱出する解決策を考えるうえでのヒントをもらうことができる。本書は、うってつけのロシア中世文学の入門書である。

こうした点を踏まえつつも、中村さんの偉業に対して一つだけ異論を唱えたいことがある。それは、ロシア中世文学の随一の傑作とされる『イーゴリ軍記』についてである。中村さんは本書のなかで、これをキリスト教色の薄い異教的な作品として紹介している。ソビエト時代、それはロシアでも、アメリカでも、ヨーロッパでも、日本でも、学界で受け入れられているごく普通の見解であったが、ソ連解体以降、ロシア正教が復活するにつれて別の考え方が浮上してきた。

筆者が編者を務めた『ロシア精神』の形成と現代』(松籟社、二〇二四年)で詳しく論じたが、イタリア人研究者でエール大学教授を務めたリカルド・ピッキオ、ロシアの記号学者ボリス・ガスパーロフ、モスクワの研究者アレクサンドル・ウジャンコーフらの仕事によって、『イーゴリ軍記』は、その核心に「堕罪」(仮想的な)死(=虜囚)―改悛―復活(=帰還)」の筋立てをもつ、純粋にキリスト教文学であることが明快に論証されている。その新しい『イーゴリ軍記』についての考えは、学界でじわじわと認められつつあるようだ。本職は化学者で音楽家としてはディレッタントだった作曲家アレクサンドル・ボロディンは、学者たちが喧々囂々《けんけんごうごう》の議論をしている一九世紀半ばにすでに、謎めいた中世文学の古典のこの筋立てを見抜き、オペラ『イーゴリ公』を創作していたことも付け加えておこう。ボロディンは人文学者としても素人ながら素晴らしい業績を残していたのである。じつに偉大なるディレッタントだったと言うべきだろう。

いずれにせよ、中村喜和さんの『ロシア中世物語集』は、時代の変化によって色あせることのないロシア中世文学の古典的名訳として、また、ソビエト期の日ロ文化交流の一つの重要な証言として、永遠の輝きを帯びることは間違いない。理屈はともかく、『ロシア中世物語集』を読んで、さあ、この桁外れのワンダーランドへ！

（みうら・きよはる　中世ロシア文学　早稲田大学教授）

本書は一九七〇年に筑摩書房より筑摩叢書として刊行された。

ちくま学芸文庫

ロシア中世《ちゅうせい》物語《ものがたり》集《しゅう》

二〇二五年二月十日　第一刷発行

編訳者　中村喜和（なかむら・よしかず）
発行者　増田健史
発行所　株式会社　筑摩書房
東京都台東区蔵前二―五―三　〒一一一―八七五五
電話番号　〇三―五六八七―二六〇一（代表）
装幀者　安野光雅
印刷所　株式会社精興社
製本所　株式会社積信堂

ISBN978-4-480-51288-8 C0198